365 dias para mudar

Sònia Borràs Gómez

365 dias para mudar

TRADUÇÃO
Cristina Barcia

ubook ubk
Publishing House

Publicado mediante acordo com Nova Casa Editorial, Espanha. Edição original do livro, *365 días para cambiar*, publicado por Nova Casa Editorial.

ubook ubk Publishing House

COPIDESQUE Bárbara Prince
REVISÃO Juliana Bianco e Rafael Ottati
CAPA E PROJETO GRÁFICO Bruno Santos
IMAGEM DA CAPA Koksharov Dmitry| Shutterstock.com

Dados Internacionais de Catalogação na Publicação (CIP)
(Câmara Brasileira do Livro, SP, Brasil)

Borràs Gómez, Sònia
365 dias para mudar / Sònia Borràs Gómez ; tradução Cristina Barcia. -- Rio de Janeiro : Ubook Editora, 2019.

Título original: *365 días para cambiar*
ISBN 978-85-9556-101-4

1. Ficção espanhola I. Título.

19-28849 CDD-863

Ubook Editora S.A
Av. das Américas, 500, Bloco 12, Salas 303/304,
Barra da Tijuca, Rio de Janeiro/RJ.
Cep.: 22.640-100
Tel.: (21) 3570-8150

Para meu avô,
porque depois de sua partida somente
as letras conseguiram suprir a sua perda.

Sonhos

O sinal toca, o que anuncia que as aulas acabaram. Ao meu redor, mais de 26 estudantes se levantam de suas cadeiras quase ao mesmo tempo, com vontade de fugir da aula na qual as horas parecem ficar presas entre os livros.

Recolho meus livros e, quando estou cruzando a porta da sala, sou detida pelo sr. Ruiz, o professor de literatura.

— Elise, queria falar contigo — diz, e imagino qual deve ser o motivo. Dirijo-me à sua mesa e me surpreendo quando ele me fala que está pensando seriamente em me inscrever em um concurso literário, depois de ter lido uma das minhas últimas redações. — Queria que soubesse que vejo muito potencial em você, vejo sua melhora com o passar dos dias, mesmo que não perceba. Se enfim decidir se inscrever, não deixe de me consultar.

— Muito obrigada, pensarei a respeito — respondo com um sorriso enquanto me despeço e fecho a porta atrás de mim. Suas palavras flutuam em minha mente e, por mais que eu tente desviar a atenção, percebo que não posso. Chego em casa ainda submersa em meus pensamentos.

Ao entrar em casa, a quietude e o silêncio sepulcral me reconfortam. Ao mesmo tempo vejo que tenho todo o tempo de que preciso para estudar, sem nada para me atrapalhar.

No entanto, minutos mais tarde o celular toca. Pensei que o tivesse desligado, mas pelo visto esqueci mais uma vez de fazer isso antes de estudar. Não costumo gostar de distrações. Vejo que meu amigo Pol enviou uma mensagem para avisar que está me esperando na biblioteca.

Olho para o relógio do meu quarto e percebo que já são sete e meia! Então fecho o livro e recolho todos os outros que estão espalhados pelo escritório.

Com os livros nas mãos, ando depressa, e em apenas alguns minutos estou em frente à biblioteca que, para minha sorte, fica perto de casa.

Meu amigo me olha com as sobrancelhas ligeiramente franzidas. Mas não parece chateado, já que desde que me conhece — e isso já faz bastante tempo — poucas vezes fui pontual. Eu me apresso para sentar-me a seu lado e continuo a tarefa que deixei pela metade. Um tempo depois, vamos resumindo o conteúdo em voz baixa e fazendo esquemas do que acredito que cairá na prova de filosofia.

Às vezes não sei dizer com exatidão quem é que ajuda quem. Pol é um grande amigo que sempre esteve ao meu lado, e com o passar do tempo comecei a sentir por ele um afeto especial.

Também não sei o que faria sem todas as pessoas que, independentemente do tempo que nos conhecemos, já fazem parte de mim e se tornaram muito importantes e queridas.

Alguns dias marco com Pol e uns colegas de classe para estudar ou preparar trabalhos em grupo, em especial na época de provas.

Sei que Pol, como a grande maioria dos estudantes, tem dificuldades, e ele, por sua vez, sabe perfeitamente que sempre que eu puder estarei a seu lado para ajudá-lo. O tempo a seu lado parece não existir. Antes que eu possa perceber, o relógio indica que já são nove da noite. Pol me acompanha até em casa e o dia chega ao fim.

Quando chego em casa, meus pais já voltaram do trabalho. Minha mãe está preparando o jantar, e a ajudo colocando a mesa. Depois de comer vou para o meu quarto, pensando ainda no que o professor disse no fim da aula.

Gosto de saber que ele tem fé em mim. De fato, desde as primeiras aulas que tive com ele, já com a primeira redação que escrevi — um texto breve que me descrevia — ele soube que meu mundo estava entre as letras.

Nos últimos meses, importei-me com cada um de seus comentários e observações para poder melhorar. Ele viu em mim um potencial que nem eu mesma fui capaz de encontrar; sem dúvida foi um incentivo para minhas decisões. Se não fosse por ele, eu não teria começado a escrever nos tempos livres por conta própria.

Pensei em me inscrever em um concurso literário; afinal, por que não? Não custa nada tentar. Quero que as pessoas possam me conhecer um pouco além do que eu diga ou do que se vê à primeira vista. Gostaria que lessem meu verdadeiro eu, porque tudo o que escrevo é o que sinto, e para expressar e traduzir milhares de emoções que às vezes não têm nem nome certo, as traduzo nas folhas de papel.

Já faz tempo que escrever se tornou uma verdadeira terapia para mim, passou a ser a melhor forma de mostrar meus sentimentos e ao mesmo tempo refletir sobre minha vida. Pouca gente sabe que meu sonho é ser escritora, a maioria das pessoas se limita a pensar que quero me dedicar à música e que minha vida depende disso. Mas elas não sabem que, mesmo que o mundo musical seja essencial para mim, não é mais do que um passatempo ao qual dedico muitos esforços, que têm sido recompensados. A verdade é que, através desse mundo, minha felicidade é muito diferente da que sinto cada vez que escrevo. Cada vez que, por umas horas ou só por uns minutos, não existe nada além de palavras.

Quero ser escritora, e esse é o sonho que pouca gente sabe fazer parte de minha consciência. No momento não tenho certeza se quero que as pessoas ao meu redor saibam; é como um pequeno segredo que compartilho apenas com quem já me viu escrevendo, e por enquanto vai continuar assim.

Agora, o único professor que me animou com a escrita foi o de literatura. O que ele enxerga em minhas redações me motiva a acreditar que posso conseguir, e dessa forma tento me guiar somente por meus sonhos e anseios.

Sei que ainda é cedo para saber o quero ser nesta vida; sempre há dúvidas, indecisões e mudanças repentinas que modificam uma mesma situação. Mesmo assim, sei que tenho muitos sonhos para tornar realidade e pelos quais pretendo lutar sempre.

Mesmo sem ter pensado muito sobre isso, sei que a escrita forma uma parte essencial de mim. Há muito tempo não passo nem um dia sem escrever um pouco no bloco de notas que tenho na gaveta do meu quarto; é como se fosse um diário pessoal. É claro que poderia escrever no computador, seria mais rápido, mas não seria a mesma coisa; gosto de ver como minha letra vai mudando à medida que os dias passam, e o mais importante: o papel pode ser destruído, e se alguma vez eu não quiser que algo seja lido, sempre o poderei rasgar em mil pedacinhos, e somente minha consciência o guardará.

Por uns instantes, imagino como seria minha vida se me dedicasse a escrever, e entre um sem fim de pensamentos caio em um sono profundo.

Só me resta ser uma lutadora

Acordo assustada depois de um pesadelo. Não sei exatamente do que se tratava, mas sentia que me machucavam. Guardei algumas lembranças difusas: no sonho, pessoas de rostos desconhecidos me atacavam e, ainda que eu fugisse por ruas de cidades onde jamais andei, aqueles rostos me acompanhavam o tempo todo. Meus agressores eram mais rápidos do que eu, e em algum momento eles acabavam me agarrando. De repente, quando eu estava diante de uma parede cinza, acordei, assustada e angustiada, poucos segundos antes que tocasse o alarme do despertador.

Com a esperança de me esquecer do sonho, observo o claro amanhecer pela janela, saio da cama e escolho uma roupa aleatória. Nessas horas não fico obcecada pensando no que vestir. Só quero que chegue o dia de amanhã, apesar de sentir os nervos à flor da pele e um nó no estômago só de imaginar o que irá acontecer.

Percebo que estou tremendo, com medo de que a atuação no concerto seja um fiasco e que todos estejam lá para vê-lo.

Finalmente repito para mim mesma que tudo vai dar certo. No fim das contas, eu ensaiei, e só me resta esperar que todo o esforço concentrado em muitas horas de ensaio não tenha sido em vão. Uma parte de mim sabe que estou preparada, mas pensar que estarei diante de muitas pessoas gera um pânico que não sei como deixar de lado.

Tocar piano diante de mais de duzentas pessoas não é o que me dá medo. O que me deixa aterrorizada de verdade é que minha mãe e meu avô estarão lá. As pessoas que quiseram que eu tocasse, para ser como minha mãe.

A música fez parte de mim desde a infância, e sempre encontrei consolo nela; é como se me fizesse sentir confortável neste mundo. Com o passar do tempo, ela foi ganhando mais força, mas secretamente sei que, apesar de nunca reclamar, a música não é o que me preenche e me faz feliz. Às vezes penso em abandoná-la e tomar coragem de uma vez por todas para dizer à minha mãe que quero me dedicar a ser escritora, e que esse é meu verdadeiro sonho. Mas perco a coragem quando vejo o sorriso em seu rosto ao me ver tocando.

Deixo minha reflexão para trás e me concentro no presente. Depois de perder alguns minutos tomando café, me encaminho direto à escola, mas não sem antes dar um beijo em minha mãe. Hoje estou de bom humor.

As aulas acabam rápido demais para o meu gosto. Estou em uma constante contradição. Por um lado, quero que o dia de amanhã não chegue, ou pelo menos que o tempo passe tão lento quanto possível; por outro lado, sinto uma certa atração por esse sábado em específico, para o qual estou há tanto tempo me preparando. Depois de alguns meses, o dia chegou.

Não tenho aula à tarde, e, justamente quando estou me preparando para algumas horas de ensaio, recebo uma mensagem: Pol, Clara e os outros irão a uma festa à noite.

Tento dizer que não posso ir, porque devo ensaiar para amanhã, mas depois de pensar várias vezes, decido que o melhor a fazer é esquecer de tudo por um tempo. Amanhã terei tempo suficiente para continuar ensaiando.

De toda forma, ensaio durante duas horas até que começo a me desconcentrar cada vez mais e me surpreendo ao perder o ritmo de cada música. Desafino em alguns acordes, mesmo que sejam os básicos. Em suma, minha mente divaga por mil lugares e está muito longe da música.

Ao perceber que, mesmo me empenhando, não consigo avançar, decido que chegou a hora de parar. Troco de roupa e coloco um vestido que é a minha cara, me maquio sem exagerar, faço um rabo de cavalo e em cinco minutos estou pronta para sair.

Quando chego na boate, meus amigos já estão lá. Clara é a primeira que me vê. Ela se alegra e ao mesmo tempo fica surpresa, e confessa que pensou que eu não viria. Ainda assim sorri e me abraça.

Não beberei esta noite. Prometi a mim mesma, porque sei que não posso: devo dirigir na volta para casa. Sairei da festa relativamente cedo, apesar de o concerto não começar antes do meio-dia. A última coisa que gostaria seria me apresentar no palco com olheiras e me sentindo mal.

Tomo um drink e começo a dançar. Percebo que todas as minhas preocupações vão sumindo à medida que a música reverbera pelas paredes. Eu me sinto bem, despreocupada e extremamente feliz, sentimento que não sei como descrever.

Algumas horas passam, ainda não é tarde — nunca é tarde se estamos em uma festa —, mas o pouco bom senso que ainda me resta me adverte que pelas duas da madrugada preciso ir embora. Eu me despeço de todos. Apesar dos protestos gerais que me pedem para ficar um pouco mais, estou cansada e já me decidi.

Vou para o estacionamento e, no momento em que dou partida no carro, um calafrio percorre minhas costas. Deduzi que algo vai acontecer, mas o quê? Apenas não sei.

Sinto as pálpebras pesarem e dirijo concentrada na estrada, mas justamente quando estou mudando de faixa para me posicionar à direita, um carro a toda velocidade bate contra o meu e o joga no acostamento.

Tudo acontece tão rápido... Um grito de terror escapa de minha garganta. Vou morrer!

O airbag dispara de imediato e fico confusa. Não sei o que aconteceu, não sei como estou, não sei sequer se posso me mexer. Fico imóvel enquanto fecho os olhos e me sinto incapaz de fazer qualquer outra coisa.

Minutos depois, escuto a sirene da ambulância cada vez mais perto, mesmo sentindo os ouvidos tampados. Vejo muita gente ao meu redor, mas não me dou conta do que aconteceu até ver no retrovisor o reflexo de meus olhos manchados pela maquiagem preta que escorre por meu rosto.

Sou colocada em uma maca e o pior de tudo é que não perco a consciência em momento algum; o que me dói ainda mais é não poder me mover. Eu me sinto paralisada e me esforço para pensar que deve ser devido ao choque que estou sofrendo. Não perco a calma em nenhuma circunstância, não o devo fazer, e digo para mim mesma que ficarei bem, ainda que não acredite nos próprios pensamentos. Nessas horas, o mais difícil é não perder a calma — me custa não gritar até não sentir mais as cordas vocais, me custa não chorar até que não me sobrem mais lágrimas, mas permaneço distante, como se estivesse em algum lugar muito longe.

Várias pessoas estão me atendendo, e não processei nada. Às vezes sinto que me afogo, sobretudo quando tento me levantar da maca em um reflexo inconsciente, mas alguém me impede. Temo por minha vida e sinto que por um tempo deverei deixar meu mundo em um segundo plano. Estou submersa em um estado no qual me sinto levitando; escuto vozes distorcidas, alguém me pergunta algo, se me lembro de algum número de telefone. Eu me esforço para recordar, mas não sei quantos segundos ou minutos passam até que me lembre do número de casa. Percebo que ainda posso falar, mesmo que mal reconheça minha voz quebrada por causa das lágrimas, indico o telefone de meus pais e volto a escutar vozes ao meu redor. Estou nervosa, impaciente. Não consigo ter consciência de nada, só vejo gente correndo em várias direções, a única coisa que escuto são frases pela metade. Por fim desmaio, caindo nos braços da escuridão.

Quando abro os olhos, perdi toda a noção do tempo; não sei exatamente se ainda estou no dia 10 de junho ou se já se passou uma semana. A última coisa que lembro é o lugar onde estou, o hospital. Entre as paredes frias do quarto, penso no que me fez chegar aqui. O que aconteceu para me deixar imobilizada? Com certeza me deram algum medicamento, algum sedativo para me tranquilizar, e por isso só tenho lembranças confusas. Não sinto nada: nem dor, nem alegria, e também não lembro o que aconteceu antes que tudo fosse reduzido ao mais absoluto nada. Por instantes me acalmo, me sinto em paz, sedada por todos os calmantes que fluem por minhas veias. Sei que todo este estado foi induzido e, portanto, é falso; mesmo com toda a nuvem de repouso me envolvendo, não posso evitar chorar de sofrimento, por saber que a partir de agora, seja como for, minha vida vai mudar. Eu tenho medo.

Meu choro alerta as enfermeiras, que entram apressadamente no quarto. Preparam mais calmantes, vejo seringas e agulhas que deixam sobre a cama e frascos de medicamentos. Quero lhes dizer que não preciso de nada, que quero apenas saber o que aconteceu e sair desta constante incerteza, mas não tenho forças sequer para perguntar. Elas se aproximam de mim e me perguntam se ainda sinto dor em algum lugar. Respondo que não; para dizer a verdade, só tenho dor de cabeça e queima em mim uma vontade de saber o que aconteceu. Uma das enfermeiras aplica em mim mais remédio através do soro e me deixa navegando entre meus pensamentos até que uns leves toques na porta me fazem voltar para a realidade. Vejo meus pais chegarem. Minha mãe tem os olhos vermelhos, mas tenta se mostrar forte. Já meu pai é quem reflete um sofrimento maior no rosto. Quando se aproximam da cama, lhes pergunto o que me aconteceu. São reticentes em me dizer, e não me surpreende que eu não lembre de nada do que vivi nas últimas 24 horas ou seja lá quantas se passaram.

Minha mãe é quem se atreve a falar, depois de alguns segundos de olhares furtivos entre eles, como se estivessem decidindo quem seria o primeiro.

— Você sofreu um grave acidente de carro, Elise. Fomos chamados às duas e dez da madrugada, e ao que parece foi na hora em que você saiu da festa. Um carro que ia a uma velocidade maior que a sua provocou uma forte batida. O motorista do outro veículo saiu ileso. Já você, minha filha, é um milagre que não esteja morta. — Algumas lágrimas aparecem em seus olhos, mas são impedidas de sair. Quero lhes dizer que não lamentem, que apesar de tudo estou bem, mas não sei se isso é verdade; também não consigo reunir as forças necessárias para falar tudo o que sinto. Mesmo com toda a situação pela qual estou passando, o primeiro pensamento que vem a minha mente é referente ao concerto.

— Estou me preparando há tanto tempo para o concerto... De repente, um acidente deixa tudo pela metade — digo, manifestando incredulidade.

— Sei que se sente frustrada de mil e uma maneiras que não se podem descrever. Nesses instantes você não consegue carregar o peso de sua vida, e isso é normal. Mas pense que, apesar de tudo, você ainda possui o que é mais importante: sua vida. O acidente não lhe arrancou a vida. — Sem dúvida, são as palavras mais duras que já ouvi até hoje, mas a realidade que enfrento é ainda pior.

— Mas esta situação me privou de muitas coisas, não é? Por que não posso me mexer? — perguntei, sem disfarçar a irritação.

— Elise, meu bem, então... Acho que você não quer falar disso neste momento... — Minha mãe tenta falar, mas não deixo que se explique; preciso saber o que aconteceu, ainda que aos poucos já esteja compreendendo.

— Não preciso de mentiras, não é justo que vocês saibam o que está acontecendo e eu seja a última a saber — digo. — Não posso me mexer, por isso preciso saber até onde o acidente me prejudicou. — Estou praticamente gritando, por isso tento me acalmar um pouco.

— Sabe que não suporto mentiras — diz minha mãe, me olhando com seriedade. — Sendo assim, se você quer saber a verdade, vou dizer. — Ela faz uma pausa na qual calcula quão forte será o impacto de suas palavras e volta a falar. — Você não poderá voltar a andar. — Inspiro algumas vezes enquanto espero as lágrimas, mas elas não aparecem. — Para recuperar um pouco o movimento, deverá fazer muitas horas de fisioterapia no hospital. Durante um ano, serão várias horas de reabilitação todos os dias para fortalecer a musculatura. Mas não espere voltar à sua rotina, porque talvez seja necessário um milagre para que você volte a andar. Os médicos não sabem até onde chega a lesão, por isso nada está definido ainda. Pode ser que suas suspeitas não sejam corretas e eles estejam enganados...

Sinto que já escutei o bastante e peço que saiam do quarto. Quero ficar sozinha para processar toda a informação que caiu sobre mim como uma avalanche. Não é surpresa nenhuma, já faz horas que não sinto as pernas, o que eu poderia esperar? Já sabia que havia acontecido alguma coisa grave, mas uma parte de mim queria se proteger e se negava a admitir os fatos iminentes. Como disseram, tenho sorte de continuar com vida, mas não imaginei que estivesse tão machucada. Não sabia que o preço para seguir respirando sairia tão caro.

Quem estou querendo enganar? Agora mesmo odeio minha vida com todas as forças que ainda me restam. Se olho para trás, vejo que tinha tudo, não podia pedir mais nada, e ainda assim, não era feliz. Sou uma garota estudiosa e empenhada, vejo que sou querida pelas pessoas ao meu redor, tenho amigos e tudo aquilo que me importa ao meu lado. Gosto de esportes, sou trabalhadora e luto por tudo o que quero... Apesar de entender que nem tudo está perdido, sei que muitas coisas estão, e também compreendo que uma grande parte de minha vida já não será como antes.

Neste momento só me resta lutar. O único caminho que tenho, e a única coisa que me convém agora é seguir adiante. Mas não sei se quero continuar lutando, sabendo que minha vida jamais voltará a ser a que foi um dia.

Grito mais uma vez e volto a chorar, apesar de saber que não adianta, é absolutamente inútil se lamentar. Posso estar muito enfurecida, e culpando a mim mesma, pensando que não deveria ter ido à festa, mas é um absurdo imaginar o que poderia acontecer. Catástrofes apenas acontecem, e é praticamente impossível evitá-las.

Estou estirada nesta cama de hospital, me preocupando com tudo, exceto com o que minha mãe disse: para recuperar as forças das pernas, terei que fazer reabilitação por 365 dias.

Tenho pouco tempo para mudar meu pessimismo, e desta vez, se quero seguir adiante, não tenho alternativa. Mas eu quero mesmo lutar? Será que me resta energia?

Fecho os olhos com força. E uma parte de mim deseja não abri-los nunca mais.

Companheiro de quarto

Passam os dias, e agora esta é a única certeza que tenho.

Na hora em que o concerto estava sendo celebrado, eu estava afundada em lágrimas. Deveria estar sobre aquele palco, lutando pelo que havia me esforçado. Tinha dado tudo de mim. Mas nunca, nem em meus piores pesadelos, poderia imaginar que um grave acidente mudaria o rumo de minha existência e a giraria de tal modo que eu abriria os olhos em um quarto de hospital.

Hoje apenas os pensamentos negativos têm lugar em minha mente. Sinceramente, me custa muito pensar em algo bom, porque tudo o que era positivo para mim não existe mais.

Já se passou uma semana da minha nova vida. Por hora, sem mudanças. Sigo sem poder me mexer e tento assumir isso com toda a tranquilidade que ainda possuo.

Muitas pessoas vêm me visitar, mas o que ninguém compreende é que nesses momentos quero ficar sozinha para poder me perder de uma vez por todas na escuridão na qual minha vida se transformou. Gostaria que me deixassem sozinha. Às vezes a solidão é a única amiga de que precisamos, e nessas horas é a única companhia que eu queria ter, para poder colocar em ordem uma pequena parte de todos os pensamentos que vêm e vão sem ordem alguma. A última coisa da qual preciso é que as pessoas me olhem com pena e se dirijam a mim com tristeza. Com certeza pensam e acreditam que sou fraca, algo que não posso discutir, até porque ontem, ao me olhar no espelho, pude constatar o que eu já imaginava: que pareço ser frágil como um pássaro cujas asas foram cortadas. Mas uma parte de mim consegue se manter forte, apesar das circunstâncias.

No decorrer dos últimos dias, chorei até esgotar minhas lágrimas, que não eram somente de dor, mas também se misturavam a uma tristeza inexplicável e a uma sensação de vazio que senti em poucas ocasiões. Meus pais estão a meu lado, há muita gente que me acompanha agora que o sol não está mais presente em meu mundo, e apesar de todas as demonstrações de afeto que recebo, me sinto mais abandonada do que nunca, porque uma parte de mim se ausentou do meu corpo. E isso é o que mais me causa dor.

Também recebo um monte de ligações de meus familiares e dos meus amigos. Ainda estou sem vontade de conversar, mas me alegro que tanta gente me apoie.

Com o passar das horas, vou entendendo que devo me esforçar para seguir com minha vida, e também para lutar até não poder mais. Perdi muitas coisas sim, isto é certo, mas não posso deixar que o acidente me tire algo mais.

Nesta manhã me comunicaram que eu seria transferida para um quarto com acompanhante. Justo o que não precisava agora. Não quero ninguém ao meu lado, mas não perguntaram minha opinião.

Um maqueiro me acompanha com a cadeira de rodas até meu novo quarto. É o número 154, e não é diferente dos outros que estão no oitavo andar. Ao entrar, vejo um rapaz com uns dezoito anos. Em um primeiro momento, o acho encantador. Percebo que ele também não está atravessando seus melhores momentos, e mesmo assim seus olhos azuis emanam muita força e energia.

Ele não me cumprimenta, apenas me olha durante alguns segundos. Sem saber por quê, pela primeira vez em toda a semana, sorrio, e agradeço por não se tratar de um falso sorriso.

Minha mãe me ajuda a me deitar na cama e fico apoiada no encosto enquanto me dou conta de que aquele garoto estranho continua me olhando. Passa um longo tempo sem que nenhum de nós dois articule alguma palavra e eu me distraio olhando por uma janela a nova vista do quarto em que me encontro.

Vislumbro algumas casas de aparência moderna que se estendem para o horizonte e gosto de imaginar as vidas que se escondem no interior delas.

Os minutos continuam passando lentamente e o silêncio que nos rodeia, de alguma forma, não chega a ser incômodo. Talvez porque nenhum dos dois ache que seja o momento propício para falar.

Ao deixar de olhar pela janela, percebo que caí no tédio, então começo a falar com o rapaz.

— Qual o seu nome? — pergunto, para cortar o silêncio.

— Sou Drew, e você? — Sua voz é um tanto melódica e pausada, e ele tem um belo sotaque, que não sei dizer de qual província é.

— Eu me chamo Elise — respondo com um sorriso.

— É um nome bonito, mas confesso que nunca o tinha ouvido antes — diz ele, enquanto sorri.

— Por que está aqui? — pergunto, e ao mesmo tempo penso que não é certo eu me intrometer na vida de alguém que acabei de conhecer. Porém, parece que Drew não se aborrece com minha pergunta.

— Tinha apendicite, mas não dei importância, até que passei muito mal e percebi que, se esperasse mais alguns dias sem dizer que estava doente, não estaria vivo para contar a história.

— Sei como se sente — digo. — Também tive apendicite, faz alguns anos. — Eu me surpreendo relembrando algo que achei que tinha esquecido.

— E agora, o que você tem?

— Sofri um acidente de carro que quase acabou comigo. Não me tirou a vida, mas às vezes não consigo deixar de pensar que isso teria sido melhor — respondo, com tristeza. — Agora não posso andar.

A maneira como relato o acontecido é a interpretação de um roteiro que já decorei. Com o passar desses dias, me vi obrigada a dizer tantas vezes o que me aconteceu, que finalmente já sei o que dizer à perfeição.

— Porém, está aqui, e isso é muito importante. Você deve fazer uma nova vida, mudar sua forma de viver e de ser.

— Certamente passei algumas horas na UTI, mas não consigo lembrar. Todo mundo diz que foi um milagre, mas acho que seria mágico estar sã e salva, porém olhe para mim, estou deitada sem poder me mexer pela primeira vez na vida. Tenho tantos sentimentos conflituosos que não sei como devo reagir. — Sem saber por quê, desabafo com um rapaz a quem acabo de conhecer e percebo uma confiança que não sei de onde vem.

— É difícil de enfrentar isso, mas... você deveria estar agradecida.

— Durante os últimos dias escutei isso tantas vezes... — Olho para o teto e suspiro, um pouco cansada dessas palavras que se repetem tantas vezes em diferentes tons. Passado um tempo, acho que a conversa chegou ao seu fim, mas me surpreendo quando ele fala mais uma vez e sua voz soa distante, como se ele estivesse perdido entre nuvens de recordações.

— Eu tinha um amigo que era muito importante para mim. Em um dia de primavera, foi passear com a família no bosque e sofreu um acidente. Todos os ocupantes do carro sobreviveram, e ninguém sofreu ferimentos graves, exceto ele... — Drew fica em silêncio por uns segundos; sei que é complicado porque o assunto é muito delicado, mas ele reúne forças e continua falando. — Ele... não teve tanta sorte. Com isso, quero dizer que nunca se sabe o que pode acontecer em um futuro mais ou menos distante. Mas se você sempre se preocupar com o que pode acontecer, não vive. Isso é o que posso lhe dizer. Você está passando por uma situação muito complicada, com certeza não são os seus melhores dias, mas muita gente já passou por situações parecidas com a tua. Ainda que doa e às vezes você ache que não vai conseguir, deve seguir em frente e ser forte. — Ele fala como se fosse mais velho do que realmente é; isso me intimida um pouco, mas que ao mesmo tempo o admiro. Fico pensativa por uns segundos antes de falar de novo.

— Perdi o concerto em que iria tocar piano. — Vou me lembrando, mas depois do que Drew disse comecei a relativizar os problemas. — Em um dia que deveria ser muito especial, acabei despertando no hospital, sem poder me mexer.

— Você tocará outro dia, quando estiver recuperada — diz ele, como se fosse o mais óbvio, e sei que está certo.

— Tem razão, mas eu tinha me preparado durante tantos dias... E de repente, zás! Todos os planos escaparam de meu alcance. É injusto — digo, como uma criança mal-humorada porque não lhe compraram um brinquedo.

— A vida não é justa, por que você está surpresa? É verdade que você não pode fazer o que quer, mas isso não é nenhum fim do mundo. Ainda há muitos dias mais, e novas oportunidades estão lhe esperando.

— E quanto à sua vida? Não gosto de fazer alarde da minha. — Não consigo evitar sorrir, apesar daquele "drama" em minha vida, que não é precisamente um motivo para estar alegre.

— Eu morava em Barcelona, mas me mudei para Madrid quando minha mãe morreu, há apenas alguns meses. Meu pai não se preocupa muito comigo. — Percebo que seus olhos começam a lacrimejar pela emoção e ele pisca com força. — As poucas pessoas que estão ao meu lado são minha irmã e meu irmão; ele às vezes fica comigo, mas sobretudo é minha irmã quem me acompanha. Sempre penso que ela é meu tesouro mais precioso. Tenho a sorte de ter uma irmã que me ajuda muito. É apenas três anos mais velha que eu, mas é quase uma mãe para mim. Meu pai, depois que ficou viúvo, ficou muito mal. Passava os dias com as persianas abaixadas, balançando a cabeça, tinha até perdido a vontade de sair na rua. Às vezes chorava, se afundando em seu luto, até que toda a família o incentivou a seguir adiante, porque não podia continuar daquela maneira.

— É terrível não ter superado uma tragédia da qual é preciso se recompor para enfrentar o que vier depois. — Eu me sinto incapaz de assimilar as palavras que ele disse de um modo tão natural que me pareceu desolador. — Mas enfim, durante estes dias, concluí que, uma vez que você se levanta, volta a cair, e é sempre assim. Mas também há momentos em que a vida está no seu máximo esplendor e nos faz sorrir infinitamente. É um ciclo, que só acaba quando morremos — digo, o olhando com atenção. — Teve uma vida difícil, e sei que já lhe disseram muitas vezes que é um grande lutador, mas esta é a única verdade. Não tenho pena de você, porque sei que ninguém quer isso, nem eu mesma quero. E apesar de termos acabado de nos conhecer, se alguma vez eu puder ajudá-lo, mesmo que só um pouco, conte comigo.

Sorrio e sei que, de uma forma ou de outra, acabei de ganhar um amigo. Não falamos mais durante todo o dia; tudo o que deveríamos dizer está no ar.

Olhos cinzentos

— E então, o que você gosta de fazer? — pergunta Drew.

Sei que está falando comigo, mas esta manhã me sinto distraída pensando no que o médico me falou ontem: que a reabilitação vai começar. Já passo tanto tempo sem me mexer que agora estou inquieta, a única coisa que desejo é, dentro do possível, não sentir dor.

— Você está em outro planeta hoje, não está, Elise? — insiste Drew, me trazendo de volta à realidade. Assim que olho para ele, percebo que está rindo da minha expressão.

— Perdão, mas é que tenho tanto no que pensar…

— Não pense tanto, Elise, você já tem o suficiente para refletir. Achei que aqueles momentos de ficar pensativa já tivessem ficado para trás.

— Faz alguns dias que não penso mais nisso, mas hoje começarei minha reabilitação e não sei como será. A propósito, o que me perguntou quando estava distraída?

— O que gosta de fazer em seu tempo livre?

— Além de tocar piano, não há muito mais para contar. Gosto de escrever e também de ler. É algo que me distrai ultimamente. E você?

Você me faz tantas perguntas, mas também quero saber quais são seus hobbies.

— Gosto de compor canções e também de cantar. Mas minhas músicas não são dessas românticas que falam que tudo é cor-de-rosa em um mundo ideal, bonito e fictício, o tipo de música que, pelo que imagino, é o que o a maioria das garotas gostam. Não componho as canções para que as pessoas gostem, mas sim para eu ser feliz.

— Não sei se você se deu conta, Drew, mas não sou uma garota sonhadora. Faz dias que deixei de pensar em um mundo ideal, porque vi que a realidade está muito longe do que podemos imaginar. Nada mais me parece cor-de-rosa, e meu mundo se tingiu de cores mais parecidas com o mundo real. Não me guio mais pelas mentiras sobre um mundo perfeito que não existe em lugar algum.

— Eu já tinha percebido que você é um tanto especial… — Ele diz com um sorriso largo. — E quanto à sua opinião sobre o mundo, é verdade, uma coisa é o que queremos ver e outra bem diferente é a realidade.

O tempo vai passando e junto com ele a nossa conversa, e não percebi que um jovem rapaz tinha entrado no quarto já há algum tempo, dizendo que é meu fisioterapeuta e que hoje começaria a primeira sessão. Eu me despeço de meu amigo, que sorri ao ver o fisioterapeuta, e subo na cadeira de rodas. O moço desconhecido me conduz por corredores que ainda não tive oportunidade de percorrer.

Ele se chama Diego, e eu o achei atraente, tem 23 anos e olhos cinza, com um ar misterioso. É simpático — o que pude constatar à medida que íamos falando —, parece ser sério e falar pouco. Mostrou-se agradável comigo e até me sorriu algumas vezes, mas suponho que seja assim mesmo durante o tratamento com os pacientes.

De repente a cadeira de rodas para, com uma freada.

— Chegamos. Por ser o primeiro dia, os exercícios serão leves. Vou lhe mostrar o que deve fazer durante o ano de reabilitação. As sessões durarão uma hora e meia durante o primeiro mês, e depois duas horas ou mais, conforme for progredindo. — Enquanto ele fala, vou olhando a academia ao meu redor. Observo os aparelhos de metal que as pessoas estão usando e me pergunto o que irei fazer. — Você tem um ano para mudar, 365 dias que podem ser muito úteis, se bem-aproveitados. A reabilitação no hospital acontecerá somente durante este ano. Se melhorar irá para outras academias, mas serão privadas. Mas antes de trabalhar a mobilidade das pernas, terá que ganhar força nos braços, porque eles serão seu ponto de apoio mais importante a partir de agora se você quiser voltar a ter independência. Entendeu tudo até aqui?

Afirmo que sim e parece que me falta o ar. Não consigo parar de olhar para esses olhos cinza que me lembram um céu nublado se formando minutos antes de uma forte tormenta.

— Além desta reabilitação, quando voltar para casa, terá que continuar treinando. Não aceitarei desculpas sobre estar cansada por conta dos estudos. Lembre-se de que é a sua saúde que está em jogo. Portanto, pelo menos meia hora de alongamentos será de grande ajuda. Precisa ser forte se quiser conseguir voltar a andar. Talvez minhas palavras sejam duras demais, mas pelo que posso ver, você não é nada frágil, por isso sei que fará tudo o que puder para alcançar seu objetivo. Imagine que seu futuro está na próxima esquina e, para alcançá-lo, você só depende de seu próprio esforço. Para começar, hoje vou lhe ensinar alguns exercícios para os braços. Apesar do forte impacto que sofreu, seus braços parecem não ter sido afetados, o que é bom, mas agora precisa desenvolver a força que já tem. Terá que usá-los se quiser se levantar da cadeira.

Eu o acompanho e entro na academia. Diego me ensina muitos alongamentos e eu vou guardando todos na memória. Durante uns minutos os pratico e como é o primeiro dia, a sessão acaba sem que eu sentisse dor nos braços. Diego fica a meu lado durante todo o tempo para me indicar o que devo fazer, me ajuda com o treinamento pesado que enfim termina.

— Bem, a primeira sessão acabou. Por hoje é só. Você foi muito bem, agora só resta demonstrar o quanto lutará para alcançar seus objetivos. E lembre-se: 365 dias para dar uma guinada nessa situação. Terá toda essa margem de tempo para se esforçar e aprender o caminho. Encare isso como um desafio, afinal, não resta outra opção a não ser aceitá-lo. Até amanhã. É provável que tenha câimbras, mas depois de um tempo se acostumará.

Ele sorri para mim e vou embora. Faço o caminho de volta para o quarto sem deixar de pensar naqueles olhos cinza que têm uma aura certamente enigmática. Devo reconhecer que ele não se parece em nada com os garotos que conheci até agora, e há algo nele que me atrai inevitavelmente.

Ao chegar no quarto, vejo que Drew está escrevendo em um caderno, e ao me ver o deixa sobre a mesinha de cabeceira.

— Não quero ser fofoqueiro, mas como foi com o rapaz? — Ele arqueia as sobrancelhas em uma pose inquisitiva que me faz rir na hora. Ele também ri.

— Ele só me ensinou um monte de alongamentos para os braços — digo, encolhendo os ombros.

— Não me referia a como foi a reabilitação precisamente, e sim como foi sua companhia. — Sem conseguir evitar, fico vermelha, e ele percebe, mas respondo. tentando fazer com que minha voz não trema.

— Ele é uma pessoa agradável, foi simpático comigo... — Quero parar de falar daquilo, mas não sei como me esquivar do assunto.

— Só isso? — insiste ele, com um ar de curiosidade.

— Sim, mas... Não consigo esquecer seus olhos cinza como a névoa.

"Eu disse isso de verdade?" Repreendo a mim mesma; deveria ter guardado esse pensamento somente para mim. Quando percebo que Drew o escutou, fico envergonhada outra vez.

— Já imaginava. De fato, percebi que ele a atraía desde o momento em que você entrou pela porta com um sorriso que poucas vezes tinha visto.

— Quem disse que estou atraída por ele? Ele me ajudará durante um tempo na minha reabilitação. Não é nada mais do que isso, até porque o conheço há apenas algumas horas... — Eu hesito e me sinto nervosa naquele momento incômodo, sem saber o que dizer.

— Não pode negar o que está claro, Elise.

Drew continua rindo e, se não fosse pelo fato de que o conheço, gostaria de me enterrar até o fundo da terra. Que momento mais embaraçoso!

— Ainda é cedo demais para dizer algo — falo, depois de uns segundos de silêncio.

— Está bem. Então, daqui a uns dias você me diz o que pensa. — Ele pega o caderno para continuar escrevendo e, de certa forma, posso respirar tranquilamente, e até agradeço por parar de falar.

Também decido fazer algo para me ocupar pela manhã e faço uma vídeo chamada para Clara, que esteve muito preocupada comigo nos últimos dias. Ao menos essa conversa me distrai daqueles olhos cinzentos durante alguns minutos...

O calendário

— Posso saber o que está fazendo? — Drew me pergunta, ao me ver pendurando um calendário na parede do meu lado do quarto, perto da janela.

— Estou colocando um calendário, não está vendo? — respondo um pouco irritada. Ele está sempre prestando atenção no que faço, e isso me incomoda um pouco.

— Desculpa, só queria saber por quê.

— Ontem, Diego, o fisioterapeuta, me deu uma ideia quando me disse que eu tinha um ano para mudar. Marcarei um x em cada dia que passar e anotarei em meu bloco de notas os progressos que conseguir ao longo do dia. Você tinha razão quando disse que eu precisaria aprender o caminho por mim mesma.

— Acho que é uma boa maneira de ver seus avanços e ser consciente deles. É uma boa ideia. — Drew sorri, mas seu sorriso não tem a mesma alegria de todos os dias.

— O que você tem? Parece triste... — Sei que não está bem, posso notar em seus olhos. Ele olha para mim e vacila uns segundos antes de falar. Quando se atreve a falar, olha para o chão e não consigo decifrar o que está sentindo.

— Os médicos me disseram que amanhã farão um exame para determinar se a operação que fiz saiu ou não como o esperado.

— E você, como está se sentindo? — pergunto.

— No momento me sinto bem, não tenho tido mais dores nos últimos dias, acho que isso indica que tudo está correndo bem.

— É claro que tudo está bem. Logo, você irá para casa e não vai mais poder fofocar sobre mim. Pelo que vejo é seu passatempo favorito — digo, meio que brincando, mas ao mesmo tempo com um ar de seriedade, esperando que ele se anime um pouco e volte a sorrir.

— Sempre teremos o celular. — Ele ri, e fico feliz de que esteja mais animado. — E como está indo com os braços? Estão doendo?

— Mal os sinto, pode ser que tenha me esforçado demais, mas nunca me arrependerei por ter querido ir mais fundo com todas as minhas forças, porque sei que, no futuro, toda a dor vai valer a pena. Será o momento em que a dor que carrego será transformada em uma vitória.

— Essa é a atitude que você precisa ter, Elise — diz ele. — Sabe? Tenho cada vez mais certeza de que quando eu for embora sentirei saudade. É verdade que só nos conhecemos faz uns dias, mas gosto de estar a seu lado, porque de alguma forma ajudamos um ao outro quando precisamos — diz, com tristeza.

— Também sentirei sua falta, sinto que tive liberdade de falar com você sobre muitos assuntos pessoais que me preocupavam. Você tem me ajudado de verdade — respondo com total sinceridade.

Depois sorrio e vou para a academia. É o meu segundo dia e darei o melhor de mim outra vez. Quando chego, confirmo a hora no relógio que está na parede e vejo que pela primeira vez fui pontual. Quando entro na academia, Diego estava me esperando e olho ao redor sem ver muita gente. Está cedo, e posso dizer que a academia é praticamente minha.

— Como está? — Ele me pergunta assim que chego.

— Estou bem. Os braços estão doendo um pouco, mas eu já sabia que isso iria acontecer. — Sorrio involuntariamente.

— Está preparada para mais alongamentos do que ontem?

— Não sei, mas pelo menos vou tentar — confesso. Ao mesmo tempo, penso que acabarei ainda mais cansada, mas agora nada disso me importa, só tenho uma coisa em minha mente: alcançar meus objetivos sem olhar para trás.

A primeira coisa que faço é relembrar, sob seu olhar atento, os alongamentos que ele me ensinou ontem. Diego me corrige em alguns exercícios e sigo adiante com os novos. Considerando que meu propósito é ganhar mais músculos, logo percebo que preciso fazer mais força e por isso os alongamentos se tornam mais cansativos e pesados, além de complicados. Mas, não sei por quê, estar ao lado de Diego me alegra um pouco. Consigo esquecer o esforço feito para realizar as atividades.

Ele é uma companhia silenciosa. Desde que o vi soube que seria assim, e hoje pude comprovar que, se não faço perguntas, ele não fala nada. Ainda assim, gosto que esteja me acompanhando no que eu poderia chamar de uma nova experiência.

— Ontem você me deu uma ideia ao dizer que eu tinha um ano para mudar — começo a dizer. — Pendurei um calendário no quarto, para ir marcando os dias que passam durante minha recuperação, e passarei a anotar meu progresso todos os dias — conto, e vejo que sorri.

— Elise, as pessoas fortes aproveitam os obstáculos para continuar lutando e aprender durante todo o caminho. Acho uma ideia muito boa que você também o faça.

— É verdade que é difícil começar de novo. Estou iniciando uma outra vida, e tenho que mudar muitos hábitos, mas conseguirei sair por cima.

— No início tudo custa um pouco, mas sei que você é capaz de conseguir o que quiser. Haverá dias escuros em que você não aceitará nada e tudo vai parecer injusto e inútil, mas não deve se render. É como dizem: tudo tem seu preço. E se quiser voltar a andar, o preço será esforço e sobretudo muita dedicação.

— Nunca fiz reabilitação, e posso dizer que jamais me imaginei usando uma cadeira de rodas, e olhe para mim agora. De repente tudo muda e é só o começo… — digo, me sentindo confusa diante de uma torrente de emoções. Poder falar com ele ou com qualquer outra pessoa que compreenda um pouco minha situação faz eu me sentir amparada em meio a este acúmulo de vivências.

— São imprevistos, coisas que não esperava que acontecessem com você, mas um dia você acorda e percebe que tudo mudou. Talvez com o tempo aceite estes fatos ou se rebele contra o mundo e a vida. Mas pouco a pouco vai vendo o lado positivo de tudo.

— Falar com você me ajuda muito — digo, ao mesmo tempo que acho que me precipito com as palavras.

— Também gosto de falar com uma moça que está aprendendo o que é ser forte. Você precisa de alguém que a guie por este novo caminho e a ajude, e se quiser posso ajudá-la. Não se preocupe, porque estarei aqui.

— Suas sinceras palavras são justamente o que preciso neste momento, e não posso fazer mais do que lhe agradecer de coração.

Durante o resto do tempo não falamos mais, mas o que Diego me disse ficou gravado em mim. A partir de agora posso dizer que ele está se transformando em alguém especial para mim. Eu poderia chamar isso de amor, poderia. Mas... Ainda não estou certa de que o que estou sentindo seja o início de um amor. A única coisa que sei é que, apenas para vê-lo, treinarei todas as horas que forem necessárias, para poder falar com esse rapaz tão maravilhoso. Talvez nem tudo seja tão sombrio como pensei no começo. Fiz um bom amigo com o qual posso falar com total confiança, mesmo sem sequer saber de sua existência há apenas uns dias, e neste instante estou na academia diante do que me parece uma nova vida.

Ao retornar para o quarto não vejo Drew, mas em troca me encontro com meus avós, que estão falando com minha mãe. Sempre que podem eles vêm me visitar, e eu já lhes agradeço pelo simples fato de se preocuparem comigo. Eles estavam destruídos nos primeiros dias; com o passar do tempo percebem que estou superando o que me aconteceu.

Eu os cumprimento e sei que estão felizes por me ver fora do quarto.

— Está vindo de onde, querida? — pergunta minha avó afetuosamente, enquanto se aproxima e me abraça.

— Voltando do treino. Todos os dias vou para a academia do hospital um pouco antes das dez, e fico lá até as onze e meia — respondo sem muita vontade, já que não consigo mais disfarçar o cansaço.

— Mas tão rápido depois do acidente? — pergunta, ao mesmo tempo confusa e contente.

— Os médicos dizem que estou melhorando... — Pelo menos um pouco, penso. — Acreditam que estou preparada para o treinamento.

— É incrível, Elise. E como se sente em relação a tudo isto? Nós entenderemos se não quiser conversar sobre o assunto. — Desta vez foi meu avô quem falou.

— Meu humor está melhor. Entendi que para seguir adiante preciso deixar certas coisas para trás e dar tudo de mim. E, bem, digamos que farei tudo o que for possível para alcançar minhas metas. Além disso, os dias de ficar deprimida chorando na cama acabaram.

— Você se recuperou muito rápido, ninguém diria que, há apenas algumas semanas, sofreu um terrível acidente de carro que por pouco não lhe custou a vida — diz minha avó. — E como continuará os estudos a partir de agora?

De repente, indo de encontro ao meu curto momento de reflexão, volto a pensar na vida que deixei inacabada, a que tinha relação direta com os estudos e com o futuro. Não tinha pensado nisso uma só vez desde que entrei no hospital, basicamente porque era o que menos me importava, ao menos no que diz respeito aos meus sentimentos. A verdade é que ainda é cedo para pensar no que vai acontecer mais para frente; às vezes nem entendo o presente que me rodeia.

A princípio não sei o que dizer, porque não tenho nenhuma resposta certa, mas minha mãe se antecipa e responde por mim:

— Ainda não sabemos o que irá acontecer. O ano escolar já terminou, e talvez possa iniciar o próximo mais tarde, quando sair do hospital. Ou, caso se recupere antes de o ano começar, poderia retomar a rotina. Mas por enquanto é muito cedo para falar e decidir.

Creio que ela tem razão, ainda há muito tempo para recomeçar. Agora só devo me importar com o presente, que por si só já é bastante preocupante e incerto.

Antes

— Hoje talvez seja seu último dia aqui — digo a Drew, que está distraído olhando pela janela os pássaros que cruzam o céu. Ao dizer em voz alta que ele vai embora, começo a sentir uma dor e uma tristeza que se apoderam de parte de mim.

— Ainda que só tenha ficado duas semanas aqui, sinto como se tivesse passado um mês, ou até mais tempo. Entre estas paredes, o peso das horas e dos dias são diferentes — diz ele, se sentindo abatido por toda a vivência que teve em poucos dias. — Apesar das lembranças que não posso considerar positivas, prefiro mais uma vez ficar com o que foi bom e me fez sorrir, que não foi pouco. Ao final posso pensar com alegria que me recuperei e não somente isso… conheci você. — Sua voz treme ligeiramente quando diz essas últimas palavras.

— Sobre ter me conhecido… É claro que poderia ter sobrevivido sem isso. As pessoas, de fato, são imprescindíveis, mas algumas se tornam únicas para nós, de tal forma não lembramos como é viver sem elas. — Percebo que se estabeleceu uma tensão aparente entre nós, que me esforço para aliviar.

— Sinceramente, tenho muita vontade de voltar para casa, de recuperar minha vida normal. Quero continuar avançando.

— Entendo, eu também me sinto assim. Há dias em que sinto uma saudade da minha casa, de poder sair com os amigos, até sinto falta de estudar... mas desde que comecei a reabilitação, sinto que minha rotina mudou e agora mantenho a cabeça ocupada com outras coisas.

— Sobre a reabilitação... — Ele parece relutar. — Preciso confessar algo: Diego é meu irmão.

Ao mencionar seu nome, ele consegue de repente atrair toda minha atenção. Eu o encaro atônita por alguns segundos.

— Seu irmão?! Por que não me disse antes?

Primeiro achei que era mentira, que era apenas uma brincadeira que quis fazer comigo, mas a seriedade com que falou dissipa minhas dúvidas e sei que ele disse a verdade. Ao mesmo tempo, não me parece tão surpreendente o fato de serem irmãos, pois eles são muito parecidos, mas nunca os teria relacionado. Como se diz, o mundo tem apenas dezoito pessoas, no final todo mundo se conhece.

— Apenas me parecia estranho que você gostasse do meu irmão, porque... Não me interprete mal, mas ele não tem o costume de sair seriamente com garotas. Que eu saiba, até agora só teve um relacionamento que poderia ser considerado sério. Ou pelo menos só conheço uma garota com quem ele saiu — diz ele depois de alguns segundos, e enfim sorri. — Mas enfim, espero que você se cuide direito, porque depois de tudo o que passou, o que você mais merece é ser feliz. Continuo não querendo me intrometer, mas não acha que ele é um pouco velho para você? — pergunta Drew, ao se dar conta da diferença de idade. — Mesmo que seja apenas alguns anos mais velho que eu o que não considero como uma barreira intransponível, muito menos um impedimento.

— A idade não importa quando se ama. Essa é a lição número um do meu livro pessoal imaginário do amor. — Sorrio enquanto me dedico por uns instantes a sonhar com todas aquelas histórias de amor nas quais, apesar de todas as barreiras, sempre há algo que prevalece sobre qualquer dificuldade, e isso é o amor, ver-se refletido nos olhos da outra pessoa e saber que o sentimento de ambos é real. — Não sei por que alega que gosto de Diego, até porque nada aconteceu nem acontecerá.

— Ainda não, mas quem sabe... — responde com um breve sorriso.

Suspiro, dando-lhe as costas enquanto finjo estar entretida com o computador, mas a verdade é que estou apenas encarando as pastas e pensando que deveria organizá-las qualquer dia. No entanto, Drew não parece se conformar com a conversa e para ele não terminamos, pois continua falando.

— Sinto que vocês foram feitos um para o outro. Sei que soa meio piegas, mas não deixa de ser verdade. No fim das contas, pense que terá um ano para definir seus sentimentos em relação a ele. Falando nisso, tem uma pergunta que fica rodando em minha cabeça desde que a conheci, mas não a fiz para não incomodar. Você tem namorado?

— Não, já faz tempo que terminei... — digo, relembrando. — É preciso abandonar o amor quando ele se transforma em sofrimento, não é?

Drew assente com a cabeça e sorri.

— Hoje você está muito filosófica, ou é impressão minha? —diz rindo, antes de passar a uma expressão mais séria. — Quando algo a machuca, você pode escolher o que fazer: continuar sofrendo e mentindo para si mesma, dizendo que está bem, ou pelo contrário, deixar esse sofrimento antes que fique mais ferido.

Olho para o relógio e percebo que chegou a hora de ir para a reabilitação.

— É melhor terminarmos a conversa filosófica do dia por aqui. Estão me esperando. — digo e, sem saber por quê, sorrio.

— Meu irmão está esperando por você? — pergunta, mesmo sabendo a resposta.

— Quem poderia ser? Boa sorte com o exame, vai ver que tudo vai dar certo. — Antes de sair do quarto, por impulso o abraço e percebo que ficou corado. Quando nos damos conta da situação começamos a rir, e estes são os momentos com ele de que mais sentirei falta. Então entendo que o que mais sentirei falta é poder sorrir por qualquer gesto, porque enquanto rimos nos esquecemos de tudo.

Cada vez que saio do quarto, as enfermeiras me olham sorrindo, porque não acreditam que a esta altura eu ainda não esteja chorando. Mas o que elas não sabem é que essa atitude não é viável nestes momentos.

Chegando na academia, me encontro com uma moça jovem, o que indica que Diego não veio. Ela me informa que ele passou mal e por isso não pôde vir, então fico sozinha no meio da academia fazendo os últimos exercícios que aprendi. Devo admitir que me senti vazia nos primeiros minutos, mesmo que não quisesse reconhecer. No entanto, à medida que o tempo ia passando foi muito fácil esquecer Diego e me concentrar no propósito da reabilitação. Então entendo que minha saúde está em jogo e retomo os exercícios com mais força e determinação. A hora teria corrido perfeitamente se eu não tivesse me machucado em alguns alongamentos, precisando reprimir a vontade de gritar de dor, e sobretudo frustração.

Chegando no quarto, vejo que não há ninguém. Drew ainda não deve ter voltado do exame. A solidão que senti na academia volta a me invadir durante uns minutos. Meus pais ainda não chegaram e, diferente dos primeiros dias, agora o que mais detesto é estar sozinha, porque começo a pensar no acidente, em todas as mudanças, no que será da minha vida. E o resultado de tudo isso é que me consumo em uma espiral de negatividade que só gera uma amarga vontade de chorar, o que faria com força se não fosse pelo fato de não me restarem mais lágrimas. Foram muitas as situações impostas a mim e as que precisei encarar em pouco tempo. Tudo aconteceu tão rápido, em um ritmo vertiginoso, ainda não consegui assimilar. A vida, mais uma vez, queria me ensinar de uma maneira impactante e chocante, mas era a lição de que eu precisava: tudo pode mudar de um segundo para outro e, por que não, alguém que tem tudo pode, de uma hora para outra, ficar sem nada.

Apenas um mês atrás, se me perguntassem como era minha vida, teria dito que era tranquila, sem muitas surpresas. Estava inquieta e ao mesmo tempo ansiosa pelos desafios que teria que enfrentar, como o concerto ao qual não pude ir. Como qualquer pessoa da minha idade, tinha muitos planos para o futuro — sem me importar com quantos eram possíveis ou como eles iriam se desenrolar — e vi que estes poderiam ser destruídos depressa, como se fossem levados pelo vento. Mas, pensando um pouco, chego à seguinte pergunta, que me remonta para antes do acidente: eu era feliz? Sei a resposta. Tinha tudo o que desejava e era simplesmente irracional se me queixasse; apesar disso, não sentia nenhum entusiasmo pela vida e pensava muitas vezes que não me importaria em abandonar tudo. Era terrivelmente inconformada, sem ter motivos para sê-lo. Agora, vendo o antes e o depois do acidente que me tirou a mobilidade por um tempo indefinido, enfrento uma mudança no jeito de perceber a vida e como a vivemos. Tive que passar por diferentes obstáculos para compreender que fui bastante mal-agradecida no passado, e agora que começo do zero entendo e percebo as muitas realidades que não quis enxergar.

Quando uma pessoa tem todo o apoio e a confiança de pais e amigos, e sabe que poderá conseguir tudo o que desejar, não há motivos de sobra para despertar com um sorriso no rosto? Somente meus pais sabiam que, mesmo sem ter motivos, eu passava grande parte do dia deprimida e meu humor mudava depressa quando algo não saía como previsto. Eu me esforçava para sorrir na frente dos amigos, fingia que era feliz, mas meus pais sabiam o que se escondia por trás daquele sorriso. Foi assim até o dia fatídico em que estive a ponto de perder a vida. Então entendi que tinha muitos motivos para sorrir, para ser feliz... Ainda assim, não era. De que mais eu precisava? Formulo a pergunta para mim mesma, mas por mais que pense, não consigo encontrar a resposta.

A cada segundo que passo aqui, entre estas paredes escuras e frias, o ambiente me oprime um pouco mais. Quero sair para a rua, ver o sol e as nuvens, e voltar a sentir o vento no rosto. Estou há mais de duas semanas no hospital e fiquei tão preocupada com tudo o que aconteceu que cheguei a esquecer de ações banais como sair e respirar o ar fora do quarto número 154.

Quando minha mãe chega, uma hora mais tarde, lhe peço, sem pensar muito, que me acompanhe até a rua.

— Por que quer ir? — Ela parece desnorteada e posso entender que se sinta assim; minha reação diante de sua chegada não é exatamente o que ela esperava. Mesmo assim, uma parte de mim acreditava que ela ficaria alegre, esperançosa e feliz por ver que esses dias sombrios enfim chegavam ao fim.

— Preciso voltar a respirar ou perderei a cabeça. Estou aqui há muito tempo e sinto que este quarto encolhe cada vez mais.

Dirijo-me para o corredor, mas com a cadeira de rodas preciso que alguém me ajude a subir e descer do elevador; por isso ainda não consigo me locomover com independência.

Sigo para a rua e, assim que o ar fresco entra em meus pulmões, sinto como se fosse a primeira vez que estivesse respirando. E é verdade, de certo modo, porque é a primeira vez que fico aliviada por sair daquele ambiente estéril e com cheiro de antisséptico no qual permaneci durante dias.

Diante deste pequeno feito, não posso evitar olhar para o céu e sorrir. Minha mãe freia a cadeira de rodas e se senta ao meu lado, em um banco de pedra.

— Sabe, Elise? — diz, olhando para as poucas nuvens que flutuam no firmamento de um dia claro e ensolarado. — Depois do acidente pensei que você ficaria despedaçada, que não sairia do quarto e acabaria se afundando na parte mais apagada de sua vida. No entanto, está lutando para que a vida seja como antes. Os médicos estão espantados com sua recuperação, e eu principalmente não acredito.

— Não pretendo ficar em um canto chorando por tudo o que aconteceu e pensando "ai, pobre de mim!" — digo, dramática. — Talvez tivesse que passar por tudo isto para perceber que, mesmo possuindo tudo, não era feliz. A vida nos ensina por meio de lições muito duras, que acabam ou nos tornando mais fortes ou nos destruindo.

— Esta garota com seu nome e sua aparência não parece minha filha. Você mudou muito, enxerga a vida de outra forma e isso é apenas o começo — diz, com um brilho em seus olhos cor de café.

— Tenho um ano para mudar, tenho esse objetivo. Este ano tentarei ser feliz, farei o que for necessário para conseguir, somente lutando pelo que vale a pena.

Ficamos mais uns minutos sob o sol, os raios me deslumbram e cegam meus olhos por uns segundos. Olho para as pessoas à nossa volta, as crianças brincam na pracinha e algumas mães estão lendo, outras olham concentradas para seus celulares, mas a maioria observa seus pequenos apaixonadamente.

Havia muito tempo que não saía. Prometo para mim mesma, em silêncio, que todo dia encontrarei um tempo para ir até a rua.

Passam os minutos e ficamos em silêncio, não resta mais nada para dizer. Minha mãe está perplexa por minha atitude e eu estou surpresa de ver como as tragédias mudam as pessoas e, apesar de às vezes as deixarem abatidas, também podem torná-las mais fortes.

A meu lado

Acordo cedo, antes de Drew, e olho pela janela. Os frequentes pesadelos que enfrento me atormentam e me fazem abandonar o sono no meio da noite. Desta vez sonhei que perdia as pessoas mais valiosas de minha vida, e o pior era que não podia evitar. Via entes queridos de minha família morrerem, e o mais doloroso é que eu estava amarrada a uma cadeira e não podia fazer nada. Senti como a impotência reinava em meu interior. Nessas horas fecho os olhos com força, sei com certeza que estão vermelhos, já que chorei nos sonhos. Não é a primeira vez que acontece.

Olho o relógio de pulso que está na mesinha de cabeceira, e são só seis da manhã. Poderia voltar a dormir, mas sei que não conseguirei, por isso assisto pela janela ao amanhecer de um novo dia.

Tudo está na mais absoluta calma, só escuto o som de minha respiração e, bem perto de mim, a de Drew. Gostaria que os pensamentos estivessem em repouso na minha mente.

Verifico o celular. É muito cedo para falar com Clara. Pego o caderno no qual escrevo todos os dias, antes ou depois de ir para a reabilitação.

Leio algumas das pequenas reflexões de uns parágrafos, uma página ou às vezes mais, e é assim que vou vendo minha evolução. Passo as páginas e vejo que vou conseguindo pouco a pouco pequenas conquistas, mas que para mim representam grandes avanços, e não só continuo com o treinamento como também — e talvez seja o mais importante— com a atitude. Cada dia me sinto de uma forma diferente. Alguns dias nas nuvens e outros debaixo da terra. O sol amanhece a cada manhã, mas as nuvens são diferentes. Simplesmente há dias de todas as cores possíveis e imagináveis. Sou o sol e meus pensamentos são as nuvens, e o cenário ao meu redor está diferente a cada dia.

Vou ao banheiro. Com a cadeira de rodas, não consigo chegar na altura do espelho, mas me aproximo e uso toda a força que tenho nos braços para alcançá-lo. Vejo o reflexo da garota que vem mudando tanto nas últimas semanas... "Quem é? Como se chama?", me pergunto. As pessoas que vêm me visitar com mais frequência acham que encontram uma pessoa diferente diante deles, mas agora percebo que devo ter mudado muito para não reconhecer a mim mesma. Meus olhos verdes recuperaram o seu brilho e intensidade, desprendem uma magia que não tinham há uns dias. Estavam tristes e apagados, apesar de eu os ressaltar com maquiagem. Agora brilham sozinhos, não preciso de nada mais do que um sorriso para conseguir que fiquem iluminados. Passo a mão pelo meu cabelo, faz tempo que não o aliso, por isso ele cai sobre minhas costas em finas ondas, agora com um tom mais escuro. O contraste entre a cor de meu cabelo e a dos meus olhos nunca foi tão evidente.

Estou emocionada nesta manhã porque meus amigos virão me ver. Senti falta deles durante os dias em que não os vi. Não sei como será a reação deles ao me verem em uma cadeira de rodas, um reflexo da garota com quem estudaram na biblioteca há apenas uns dias. Mas também não me preocupo com sua reação, porque sei que me amam e continuarão ao meu lado em qualquer circunstância.

Procuro por meu *nécessaire* que está no banheiro, mas no fim não me maquio. Penteio o cabelo e visto uma blusa limpa. Saio do banheiro e deparo com o olhar atento de Drew, que já está acordado.

— Bom dia, passou a noite em claro? — pergunta, consciente de que, nos dias em que tenho pesadelos, me dou por vencida e passo o resto da noite no celular.

— Apenas acordei quando tive outro pesadelo, nada demais — respondo, tentando não dar importância ao assunto.

— Por que tem tido pesadelos? Algo a está preocupando? — pergunta. — Pode ser que se sinta melhor se os explicar.

Ele boceja e me encara com olhos sonolentos.

— Tenho pesadelos sobre coisas que não gostaria que acontecessem ou das quais tenho medo. A verdade é que não me sinto confortável falando disso. Pensando bem, percebo que não tem a menor importância, levando em conta de que perdi várias coisas significativas para mim em tão pouco tempo, e agora mesmo não sinto medo de nada... então... o que importa? Só preciso seguir adiante — digo, e me dou conta de que, ao falar, sinto como se um pequeno peso desaparecesse de cima de mim. — E você, como está? — pergunto, numa mistura de animação e tristeza. — Ficarei sozinha no quarto...

— Tenho certeza de que ficará bem acompanhada — diz Drew, com muitos sentimentos contraditórios em sua voz. — Estou feliz por ir embora, mas ainda falta um exame. Não sei se vão me dar alta hoje. Amanhã talvez...

— Mas já conseguiu o mais difícil, que era a recuperação — digo. Ele assente e me olha durante uns segundos, como se pensasse no que dizer.

— Você também conseguirá. Logo terá alta, não? — pergunta, mas não sei o que responder. Tenho tão poucas certezas...

— Eu melhorei, fizeram alguns exames para se certificar de que não tenho nenhuma lesão interna. Parece que estou aqui apenas para a reabilitação. Quanto à alta, só me resta esperar e confiar em que talvez um dia desses eu possa ir embora...

"Ou é nisso que quero acreditar", acrescento internamente.

— Depois disso não verá mais meu irmão? — questiona ele, com certo ar de brincadeira.

— Continuarei vendo, porque mesmo que me deem alta, vou continuar com a fisioterapia no hospital durante um ano.

— Eu já imaginava que não deixaria de vê-lo — responde ele com o olhar perdido entre as lajotas do piso.

— Preciso ir e, bem, suponho que já sabe que gosto de você...

Quando me escapam essas palavras fico corada e me arrependo mil vezes do que disse. Fui traída pelo meu subconsciente, que agora zomba de mim enquanto busca desculpas para ajeitar minhas palavras, mas não encontra. Bem, Elise, sempre estragando bons momentos. Não dou importância a essa voz na minha cabeça, porque disse somente o que sinto e, mesmo não sabendo o porquê, Drew se tornou muito querido para mim.

Eu me apresso em dizer, rindo de uma forma nervosa:

— Desculpa, eu... não deveria ter dito isso. Não sei o que me aconteceu.

— Não tem problema, Elise. De toda forma, somos amigos, qual é o problema? — Suspiro ao ver que ele não levou aquilo a mal.

— Sim, somos, mas ainda assim é estranho para mim mostrar meus sentimentos aos amigos, não costumo ser assim. Na maioria das vezes, não digo uma só palavra sobre meus sentimentos. — Eu me demonstro um pouco inquieta, e quando termino de falar saio do quarto.

Chego distraída à cafeteria, onde vejo meus amigos, que estão sentados conversando.

Assim que me vê, Clara se lança sobre mim em um abraço. Seus olhos estão encharcados de lágrimas; ela fica completamente muda. Sabia que isso aconteceria, e o estado em que me encontro impressiona; por isso não me resta outra coisa além de começar a falar.

— Vocês sabem que nunca fui uma boa corredora, mas agora com a cadeira, não tenho desculpas para não fazer esporte — digo, para quebrar o gelo.

Clara sai do estado de choque e, ainda me abraçando, pergunta como estou.

Os outros ficam a certa distância, inquietos e ao mesmo tempo espantados em me ver, afinal não pareço a Elise que conheceram um dia e que viram na festa. Não os culpo por seu estado de incerteza. Começaram a me fazer uma infinidade de perguntas desde que chegaram. Você sente alguma dor? Está bem? Como são os dias no hospital? Conheceu alguém? Quando vai sair daqui? E assim as perguntas não têm fim. Foi um pouco angustiante responder a todas, mas era de se esperar que as fizessem, considerando que estão preocupados comigo.

— Elise, deixe-me dizer que, apesar de tudo, você está linda — diz Pol, depois de um tempo de conversa.

— Você mudou depois do acidente... Posso estar enganada, mas noto você diferente, renovada? — fala Clara. — Achei que a encontraria com uma expressão triste, mas aqui está você com um sorriso radiante e muita vontade de mudar e lutar.

— Não me deram opções desta vez — respondo. — Eu tinha dois caminhos: recomeçar a viver de uma maneira diferente, ou não sair mais da depressão... Sem dúvida, me deprimir não é o que preciso neste momento.

— É como se você tivesse amadurecido de repente. Onde está a Elise que se preocupava com que roupa usar? — pergunta Clara, ao mesmo tempo que me faz relembrar os dias em que eu não parava de pensar na maquiagem, rapazes e festas. Eram os assuntos mais recorrentes e pelo visto mais importantes e essenciais em minha vida. Algo que agora é um outro mundo para mim e me parece completamente distante.

— Aprendi o que importa mais — respondo com franqueza.

Depois de falar sobre como aconteceu o acidente e todo o resto, falo de um assunto que não está resolvido para mim e sobre o qual não consigo parar de pensar.

— Ainda não pensei em como vou voltar a estudar — afirmo, ao mesmo tempo que me surgem muitas dúvidas.

— Você acaba de sair dos que devem ter sido os piores dias de sua vida e, entre todos os assuntos possíveis... pergunta como vai voltar a estudar? Está de brincadeira! — exclama Pol, incrédulo.

— É melhor pensar em coisas que não são tão sérias quanto o meu estado; estou sempre obcecada pensando nas últimas viradas de minha vida, e é bom ocupar a mente com outras coisas — digo. — Além disso, em um piscar de olhos estarei na universidade, e as dúvidas estão se amontoando na minha cabeça.

— Eu me preocuparia mais em ficar bem e deixaria de sofrer por outros assuntos que são facilmente solucionados — opina Pol.

— Sei o que quer dizer, mas pensar na minha recuperação me dá muita dor de cabeça e também já me fez chorar muitas vezes.

Eu os acompanho pelo corredor onde estão os elevadores e me despeço deles. Agradeço a visita, porque demonstraram que podem estar a meu lado nos momentos em que toda ajuda possível é muito importante.

— Fico feliz por ver que, apesar de tudo, ainda lhe restam sorrisos para oferecer — diz Pol, antes de que fechem as portas metálicas do elevador — Nós te amamos muito, nunca se esqueça disso.

Ao voltar para o quarto, encontro minha mãe de braços cruzados e, mesmo estando de cabeça baixa, percebo uma expressão de sofrimento indescritível. Mil coisas terríveis passam pela minha cabeça, mas o primeiro pensamento que consigo articular é:

— Mamãe, o que aconteceu?

Vai ficar com ele

— Mamãe, me diga a verdade — exijo. Depois de vários minutos evitando o contato visual, ela me encara com os olhos marejados.

— É seu pai... — começa a dizer, mas não a deixo terminar. Sei que algo ruim aconteceu.

— Ele... morreu?! — pergunto por impulso, enquanto se acendem os alarmes na minha cabeça e me impedem de pensar com clareza.

— Não! — responde ela de imediato, e se levanta bruscamente da cadeira. — Teve outro ataque do coração — comunica, tentando me acalmar. — Ele foi internado ontem, mas agora está estável e os médicos acreditam que o perigo já passou.

— Então, o que você está fazendo aqui? Não deveria estar com ele? — questiono levantando muito o tom de voz.

— Não posso fazer mais nada por ele... — Ela reprime a si mesma com uma tristeza transmitida em cada palavra.

— Pode acompanhá-lo — sugiro, mas ao ver o olhar gelado que ela me dirige, acho que deveria me calar.

— E quanto a você? Quer ficar sozinha? — pergunta minha mãe, ainda sem sair do estado de comoção.

— Eu não estou sozinha — retruco com firmeza, levantando um pouco a voz. Certamente, não estou acompanhada todo o tempo, mas sempre estou rodeada pelas pessoas com quem quero estar. — Ficarei bem — acrescento com um tom de voz mais suave. — Tenho dezoito anos e você não deveria se preocupar comigo, pelo menos agora.

Segundos mais tarde, eu me arrependo de ter gritado. No fundo, me sinto apenas dolorida. Aconteceram tantas coisas ao mesmo tempo que não sei mais por quanto tempo aguentarei seguir por um caminho em que mal me levanto já me vejo de novo no chão.

— Vá ficar com ele, mamãe — digo mais calma — É a única coisa que posso lhe dizer, ele precisa de você. Não é a primeira vez que isso acontece e sabemos que não será a última, mas acho que você deveria estar lá para ajudar.

— Sei que não foi uma boa ideia deixá-lo, mas não sabia o que fazer em casa; estava me afundando com tantos problemas sem solução e precisava escapar de toda aquela pressão.

— E você achou que vindo para cá poderia esquecer dos problemas? — Mais uma vez me coloco na defensiva e preciso controlar minhas reações exageradas.

— Só queria lhe informar sobre o que aconteceu, achei que você deveria saber. — Ela suspira, cansada, enquanto se levanta da cadeira.

— Você deve ficar ao lado dele. Eu também voltarei logo para casa e a vida irá voltar ao normal. Isto tudo é mesmo inesperado, mas não nos resta mais do que seguir lutando dia após dia. — Quero e preciso acreditar em minhas palavras, mas é muito difícil.

— Filha, sei que cedo ou tarde tudo vai acabar, e até lá não podemos fazer nada a não ser seguir adiante e permanecer unidos. — Posso sentir como parte da esperança abandonou sua voz e foi substituída pela dor que não quer demonstrar, mas não consegue fazer que suas palavras emitam outro sentimento a não ser tristeza.

Sai do quarto, e parece que fala com as enfermeiras. Inspiro profundamente; o silêncio invade meu quarto outra vez. Sem perceber, estou com as bochechas úmidas. Não sei em que momento comecei a chorar, mas sei que tenho muita tristeza em mim. Não posso acreditar que agora vejo tudo cinza e perdido, e me sinto cansada até mesmo para continuar avançando, tudo vai piorando. Precisava ter mais motivações e uma ou outra boa notícia, não é? Pelo visto, não é assim. Agora meu pai também está mal, e isso não deixa de ser um motivo a mais de preocupação. Eu me sinto cada vez mais dentro de um pesadelo, e não sei quando despertarei. O que está acontecendo em minha vida? A despreocupação que precedeu os últimos dias agora foi substituída pelo ódio e pela dor, uma explosiva combinação de emoções que poucas vezes senti com tanta força. Hoje acho tudo injusto, sinto uma dor pulsante no peito, que por vezes se mistura com muitas emoções e sentimentos desordenados, mas há um pensamento que sobressai sobre os demais: tenho medo, medo de perder meu pai, a pessoa que sempre me compreendeu e me abraçava quando já não me restava consolo nem lágrimas. Tantos sentimentos acumulados... Como devo reagir? Só passa pela minha cabeça secar as lágrimas enquanto vou para a academia, mesmo que seja tarde e que esteja acabando a hora da reabilitação.

Diego quase fala alguma coisa quando me vê, mas se cala ao ver a expressão de tristeza refletida em meus olhos. Sem dizer nada, começo com os alongamentos. Ele fica de pé a meu lado como de costume, mas desta vez não está reparando em como faço os exercícios. Parece estar ansioso, mesmo que possa ser só impressão minha.

— Quer conversar? — pergunta com cautela, em um tom de voz que consegue me tranquilizar surpreendentemente.

— Pode me fazer bem — digo suspirando, cansada e sofrida.

— O que aconteceu? — questiona com suavidade.

— Meu pai... — começo, sem me atrever a falar, como se evitar o assunto o tornasse menos real — teve um ataque do coração. E tenho medo de perdê-lo — confesso em voz baixa e tremida, enquanto sinto um nó na garganta que me impede de continuar falando.

— Ele só precisa se recuperar, não significa que vai falecer— diz com a esperança de que eu esqueça o medo que invadiu meu corpo na última hora.

— Sei disso, mas ao longo da vida ele já teve muitos problemas no coração, e tenho medo de que termine tudo em um último ataque — explico, com os olhos cheios de lágrimas que me esforço para ignorar. — Não posso fazer nada por ele.

Então, Diego olha para todos os lados da academia e me surpreende quando me abraça. De repente paro de chorar; estou surpresa com seu gesto, mas em momento algum o recuso. Certamente só o fez para que eu me sentisse melhor, ainda assim o gesto me reconfortou, mas também me deixou sem reação. Nenhum dos dois se atreve a dizer nada. Diego está vermelho de vergonha e acho engraçado vê-lo... nervoso? Posso dizer que está.

Decido continuar com os alongamentos como se nada tivesse acontecido, e finalmente, poucos minutos antes de terminar a fisioterapia ele comunica:

— Me disseram que você terá alta em breve.

— É, parece que melhorei — respondo, sem vontade. Continuo concentrada nos exercícios, tentando não dar atenção a tudo o que estou pensando.

— Sabia que conseguiria desde a primeira vez que a vi chegar à academia. Elise, você tem muita força de vontade, e não entendo por que não fica feliz com isso.

— Ainda não consegui nada significativo — reconheço, entredentes.

— Acha que não? E todas as suas melhoras... O que são, então?

Paro uns segundos antes de responder, ao mesmo tempo que percebo como Diego se parece com Drew na forma tão característica de falar. Eles são iguais como duas gotas de água.

— Pode ser que eu tenha conseguido alguns avanços, mas ainda me resta um longo caminho para percorrer.

— Elise, isso não é só com você, é com todo ser que está vivo. Há sempre algo mais que aprender, algo novo para experimentar, não acha?

— Tem razão. Na verdade, você está certo em muitas coisas que fala — digo, esperando que ele não tenha ouvido a última parte, mas me engano.

— Não se trata de ter ou não razão, e sim de que são leis da vida, que venho aprendendo com o tempo e que gosto de compartilhar com todo mundo que queira escutar.

Adoro ouvi-lo falar; ele ameniza os alongamentos complicados e cansativos. Pelo menos quando converso me distraio e faço os exercícios sem pensar neles.

— Aprendi tanto depois do acidente... — Não percebi que estava falando novamente, porque estava apenas refletindo em voz alta.

— E não se sente orgulhosa de si mesma? — pergunta Diego, e não hesito em responder.

— Claro que estou, mas sinto que aconteceram muitas coisas em tão pouco tempo — digo. — Acredite, sinto como se não tivesse tempo para me levantar de cada queda, sou obrigada a avançar sem ao menos repor as energias.

— A vida lança desafios e obstáculos, não espera que a gente se levante para continuar em frente — diz ele, e vejo muita verdade em suas palavras. — Sei que você não está bem e não é para menos, mas está seguindo por um bom caminho. — Ele sorri, faz uma pausa e enfim se atreve a continuar falando. — Eu sofri um acidente quando tinha doze anos. Tive uma convulsão cerebral e, depois do acidente, até perdi minha identidade. Não me lembrava do meu nome, nem ao menos reconhecia minha família. Mas tudo isso serviu para um recomeço e agora minha vida é diferente. Como teria sido a vida sem esse acidente? — pergunta a si mesmo. — Talvez eu tivesse tomado outro rumo, mas o que poderia ter sido é apenas uma incógnita que não me incomodo em responder. Prefiro pensar que minha vida é diferente e que tudo se aprende.

— Deve ter sido uma etapa muito complicada da sua vida — respondo sinceramente.

— Foi, mas a sua vida também tem sido difícil e, no entanto, você está aqui lutando e dando o melhor de si. Pode ser que ainda precise enfrentar muitas coisas, mas com o tempo irá aprender a lidar com elas, pode apostar. Passará a ser uma coisa normal para você.

— Agora só preciso de tempo para assimilar tudo o que aconteceu — digo. — São muitas situações novas que precisei enfrentar, e às vezes não sei qual caminho devo seguir.

— Nem sempre sabemos como agir — fala Diego, encolhendo os ombros. — Por isso, deixe-se guiar pelo que lhe parece o caminho certo.

— Hoje de manhã, gritei com a minha mãe. — Penso no que aconteceu e olho para o chão. — Estou zangada, mas não é com ela, e sim com o mundo em geral.

— Você tem todo o direito de estar irritada com tudo o que aconteceu, mas a irritação não lhe fará nenhum bem. Nunca se esqueça disso.

Reparo que já passou mais de uma hora e meia desde minha chegada.

— Gosto de falar com você, mas a hora acabou — digo pausadamente, sem vontade de partir, como se quisesse reter aquele momento para sempre.

— A hora da reabilitação acabou e com isso meu turno também, mas podemos continuar conversando, não acha? — pergunta ele, e não sei o que responder. — Ou tem outra coisa para fazer?

Não imagino o que poderia ser melhor do que ficar conversando com ele. Hoje é um daqueles dias que começa com lágrimas, mas vai melhorando pouco a pouco e termina com um sorriso.

Tanto para dizer...

— Pode-se dizer que eu gostaria de saber mais sobre você — diz Diego a caminho da cafeteria. Nós nos dirigimos a uma mesa afastada das outras pessoas.

— Por quê? — pergunto, sem entender que interesse ele teria na minha vida. Sou apenas uma pessoa com uma vida comum, uma entre tantos milhões. Mas é verdade que "comum" não é a palavra que define melhor o que tenho vivido nos últimos dias.

— Acho você uma garota diferente da maioria das pessoas que conheci até agora.

— Em que sentido? — pergunto, porque pode ser por vários motivos, e nem todos seriam necessariamente memoráveis. — Sabe que só tenho dezoito anos?

— Você é uma pessoa única. Pude observar que você faz tudo o que for preciso para batalhar e que não fica em um canto pensando e se lamentando por tudo o que lhe aconteceu — diz ele, com um sorriso. — E, sim, sei que tem dezoito anos, mas por que se importa tanto com a idade? Não considero uma informação de vital importância.

— Por que tantas pessoas acham estranho o fato de eu não passar meus dias chorando? — retruco, um pouco irritada.

— Talvez porque seja algo bastante comum, sobretudo em situações como a sua. É quando muitas pessoas tendem a se derrubar, mas você não agiu assim. — Ele emudece durante alguns segundos e depois me pergunta: — Pensou no que irá estudar?

— Um tempo atrás, eu me obcecava pensando no que queria estudar, como se isso fosse o mais importante. Tinha muitas dúvidas, misturadas com desejos. Mas agora, depois de tudo, já não estou tão nervosa pelo que pode acontecer. Pelo contrário, tenho muitos sonhos que gostaria de realizar, mas também não seria uma catástrofe se minha vida se desviasse por outros caminhos. Eu gostaria de ser escritora — digo por fim.

— Se for feliz com isso, todo mundo deveria apoiar suas decisões — reflete, e eu estava completamente de acordo. O que me importa de verdade é ser feliz com qualquer coisa que faça. O resto é secundário.

— Pouca gente sabe que esse é um sonho meu. Na verdade, a segunda pessoa a saber é você — confesso. — Só contei para um de meus professores. Ele foi o único que viu algo em mim que ninguém tinha visto, nem sequer eu mesma.

— Por que não contou para sua família? — pergunta Diego. — Por acaso você tem medo de que eles se oponham a isso?

— Não, bom... talvez. Meus pais queriam que eu fosse pianista. — Volto a pensar no dia do concerto, mas afasto esses pensamentos de minha mente. — Mas esse não é o meu sonho. Ficaria bem se me dedicasse a esse mundo, mas... Sei que não seria feliz.

— Não se trata do que faz os outros felizes, mas sim, daquilo que faz você sorrir — diz ele, com sinceridade. — Acho que você deveria reunir toda a sua coragem para dizer o que sente. Não quer continuar com a música? — pergunta, e eu demoro uns segundos para responder.

— Eu gosto da música, apenas não consigo ver meu futuro nesse meio, muito menos profissionalmente. — Sem me dar conta, volto a me transportar para o dia do acidente. — Há algumas semanas eu tinha um recital, justo no dia em que fui internada. Claro que a apresentação foi cancelada. Eu poderia fazer o concerto outro dia, quando estiver melhor, mas pensando friamente percebo que o esforço que empregaria nisso eu quero reservar para mim e nada mais, porque não quero voltar a me apresentar. Agora vejo tudo de forma diferente e sei que é melhor assim.

— No fim, trata-se da sua vida e, portanto, é você quem decide — diz ele. — Pense bem, porque pode participar do concerto ou de outra atividade musical, e depois colocar um ponto final nessa história e dar lugar para novas.

— Para começar, sei que preciso contar a eles sobre a decisão que tomei. Não encontrei um momento apropriado, mas a verdade é que tenho que fazer isso, pois não gostaria que ficassem sabendo por meio de outras pessoas. — Penso no prof. Ruiz, e sei que poderiam saber a verdade através dele, e então automaticamente pensariam que não tive confiança suficiente neles.

— Mas você tem algum motivo para se esconder? — Nego, e ele continua me questionando: — Então por que não conta?

— Tenho medo. De agir de maneira errada e perder muitas oportunidades de futuro.

— Não vejo por que isso arruinaria o seu futuro. Não há nada de errado em falar seus verdadeiros sentimentos — diz ele, e eu compreendo. — Além disso, você deveria saber que não há nada de ruim nos erros. Todo mundo erra. Talvez antes de conseguir algo você tenha que errar diversas vezes, e pode ser que o resultado final não seja o que esperava. Mas a chave está em tentar. Você nunca pode se arrepender de ter tentado.

— Eu gostaria de participar de um concurso literário. Acho que seria o primeiro passo para iniciar um caminho para meus sonhos — digo, sorrindo.

— Todo começo é bom, ao menos nos encaminha para um novo lugar. Sei que cada um tem uma opinião, mas penso que, seja lá qual for a sua decisão, deve escolher a melhor oportunidade e contá-la aos seus pais. Agora talvez não seja o melhor momento para dizer nada, mas quando passarem uns dias e tudo voltar ao normal, talvez seja bom colocar as cartas sobre a mesa. Entende?

— E você, por que decidiu ser fisioterapeuta? — pergunto, para poder saber mais sobre ele e ao mesmo tempo, para deixar de falar de mim.

— Eu simplesmente gosto de ajudar as pessoas — responde ele. — Poder ajudar quem precisa me faz muito feliz, ver que meus pacientes melhoram. É admirável ver que há gente que consegue dar uma virada radical em sua situação — diz, me encarando fixamente. Eu desvio o olhar por impulso.

— No fundo, falar com você às vezes me ajuda — murmuro inconscientemente, e quando percebo minhas palavras me apresso em dizer: — Não sei por que disse...

Não sei o que posso dizer para consertar isso, então termino olhando para a mesa.

— Você disse porque é o que sente, não é?

— Tem vezes em que eu deveria ficar calada, é algo que me acontece muito. — Coro ligeiramente e mais uma vez olho para qualquer lugar, como se pudesse esquivar-me de seu olhar atento. Ao se dar conta ele ri, e não posso parar de prestar atenção nesses olhos cinza que me agarraram desde que os vi.

— No que está pensando? — Sua pergunta me surpreende.

— Em muitas coisas — digo, evadindo da pergunta, enquanto agradeço que ele não possa ler minha mente.

— É lógico. — Ele sorri. — Mas no que está pensando?

— Você quer a verdade? — pergunto, nervosa, mas pensando que seria melhor tentar algo.

— Ainda que às vezes não seja o que gostaria de escutar, sempre prefiro saber a verdade.

— Bem... estava pensando em você — digo, sem rodeios e sem pensar demais.

— Por quê? — pergunta ele, e começo a pensar que não deveria ter dito nada.

— Não tenho certeza, mas enfim... Dá no mesmo, não sei por que falei isso. — Eu engasgo, nervosa, e me enrolo à medida que falo; me custa encontrar as palavras adequadas.

— Por tentar, não perdemos nada, lembra? — diz Diego, divertindo-se. Para mim, a situação é um tanto constrangedora.

— Não consigo parar de pensar em você — respondo enquanto fecho os olhos e fico de cabeça baixa.

— Eu também não paro de pensar nesses olhos verdes que parecem esmeraldas... — Fico congelada por uns instantes. Não posso acreditar no que me disse, e não entendo que ele possa pensar em mim. Fico ainda mais corada, mas apesar de tudo me sinto sortuda. — Bom, eu passaria o resto do dia conversando com você, mas meu turno da tarde começa em uns minutos, por isso tenho que voltar a trabalhar. Até amanhã.

Ele se desculpa e me dá um beijo rápido na bochecha. "Devo estar sonhando", penso.

Atordoada e ainda sem acreditar no que aconteceu, dou um sorriso, ainda que ele não me veja. Durante alguns segundos, meus braços não me respondem e fico parada no mesmo lugar. Depois, sigo na direção contrária.

Chegando no corredor, me engano de quarto — os quartos são todos réplicas de um mesmo modelo — e entro em um onde há uma mulher mais velha. Não sei se ela me viu, mas murmuro uma desculpa e finalmente chego ao meu. Paro por uns segundos para pensar sobre como me sinto, e não chego a outra conclusão que não seja a de que me encontro em um pequeno paraíso no meio deste inferno.

Estou sozinha no quarto, como tem acontecido várias vezes durante os últimos dias. Agradeço pelos instantes de paz para que eu possa pensar no que quiser, ainda que nestes momentos seja capaz apenas de pensar em Diego. Ele é meu melhor remédio, o único que consegue acalmar minha dor. Desde a primeira vez que o vi, soube que aqueles olhos seriam o remédio para eu me sentir melhor. De alguma forma, estou organizando os sentimentos que redemoinham em meu interior à medida que vão tomando conotações diferentes.

A única coisa que espero é que tudo isto se dirija a um porto seguro, não quero que Diego seja alguém com quem eu apenas passe o tempo, para que depois não fiquem nem cumprimentos onde um dia houve amor. Não vou permitir que me machuque, nem ele nem ninguém.

Ninguém merece sofrer com o amor. No entanto, o amor é algo totalmente gratuito e não serve para nada mais que para causar sofrimento.

Pelo pouco que conheço do amor — sentimento que traz sentido e alegrias para vida de muitos, mas que para mim não tem sido mais do que desengano —, posso dizer que espero pelo menos poder lembrar dele, já que o amor às vezes infelizmente se acaba, mas em troca as boas recordações prevalecem mesmo que tenha passado o tempo. Por seu sorriso sincero e pelo brilho em seus olhos, confio em que o que Diego sente seja verdadeiro, ainda que o tempo tenha me ensinado a não confiar nas pessoas mais do que deveria, e também que por vezes quem parece mais amável é quem pode esconder mais dor em seu interior.

Gostaria de dizer algumas das coisas que escondo, mas sei que ainda não posso. Seria bom dizer a ele que o vejo como mais do que um fisioterapeuta; no entanto, é cedo demais. Devo esperar, o tempo não me fará sofrer a ponto de mudar de ideia, e se o que sinto for real, o continuarei sentindo hoje, amanhã e nos dias que passarem, por muitos que sejam.

No momento, Diego é um rapaz impossível de descrever. Ele me ajuda a curar minhas feridas e eu ainda tenho muito a dizer... Se chegarmos a algum lugar.

Sentirei saudades suas

— Hoje é meu último dia no hospital — diz Drew, mas estou tão concentrada em meus próprios pensamentos que não presto atenção.

— Fico muito feliz por você — respondo sem hesitar.

— Você me ouviu? Ou está distraída demais pensando nele? — pergunta, com um sorriso travesso.

— O quê? Não! — digo por impulso. — Não estava pensando no seu irmão. Agora mesmo, estava pensando em... em... — Tento buscar uma desculpa, mas Drew me interrompe.

— Sabia que você mente muito mal? — Ele dá um amplo sorriso.

— Sou péssima quando fico sob pressão. — Eu acabo me contagiando pelo bom humor desta manhã. Por alguns momentos, quase consigo me esquecer de tudo; até deixo de pensar que estou no hospital e que não posso andar. — Você deve estar feliz, não está?

— Por fim você voltou para a Terra! — diz Drew, dando gargalhadas, mas então se detém e passa a mostrar uma expressão de maior seriedade. — É verdade que alguns dias foram insuportáveis, mas também não posso me queixar, e devo confessar que os melhores dias... Foram ao seu lado.

— É lindo o que acaba de dizer. — Mesmo que ele tenha falado com seriedade, me custa acreditar que tenha sido sincero.

— Não digo isso para ser educado, somente digo o que sinto — afirma ele, e percebo que está um pouco envergonhado. — E desde que você chegou à minha vida, me deu um motivo a mais para ser feliz.

— Eu nunca teria imaginado. As pessoas não costumam me achar importante.

— Isso é o que pensa. Com certeza há quem pense em você e a ache importante, ainda que você não saiba. Não é necessário que digam para saber que se importam com você.

— Sentirei falta de seu jeito de ser, de falar... — afirmo, e sei que por trás destas palavras que refletem uma bela amizade, há tristeza.

— Sentirei saudade, Elise — diz Drew, e eu me esforço para sorrir, mas não consigo. — Sentirei saudade de vê-la dormir e acordar cada manhã. Foi a melhor companheira de quarto que eu poderia imaginar...

Eu ignoro o que ele disse por último.

— Como você pode ter reparado nisso? — Não posso evitar me sentir um pouco envergonhada e ao mesmo tempo assustada que ele tenha reparado nos pequenos detalhes, que poucas pessoas conseguem ver.

— Todos os dias — confessa ele. — Por que acha que eu acordava tão cedo? — pergunta.

— Talvez quisesse aproveitar o dia desde o primeiro minuto... — digo, mesmo sabendo a resposta.

— Eu queria ver você acordar. — Suas palavras me deixam ligeiramente tonta; nem mesmo nos meus melhores sonhos alguém me diria algo tão sincero como o que Drew acaba de dizer com todo o coração.

— Olha só, vejo que hoje é você o filósofo. — Tento brincar, mas por trás de tudo isso percebo cada vez mais emoções escondidas.

— Não ria. Se não quiser ouvir o que sinto, não me escute — diz ele, e percebo que está irritado.

— Me perdoe, não falei por mal — admito, arrependida.

— Não há nada para perdoar, porque sei que não faz com má intenção — diz, voltando a sorrir. — É por isso que tanto faz o que me diga, contanto que continue falando comigo.

Depois dessa conversa, não sei o que dizer. Fico observando-o andar em diferentes direções enquanto recolhe a roupa do armário e a dobra para guardar na mala, sempre no mais absoluto silêncio.

Uma garota parecida com Drew — sua irmã, alta de pele clara e com uns grandes olhos escuros — entra no quarto e o ajuda a terminar de fazer as malas.

Quando sua irmã abandona o quarto, Drew me olha fixamente e por um segundo me lembra muitíssimo Diego. Desfaço o pensamento no mesmo instante. Cada um deles é diferente e seria impossível fazer comparações.

— Por que está me olhando? — pergunta Drew, e por impulso desvio o olhar para a janela.

— É difícil pensar que você vai embora. Estive tão bem ao seu lado, com suas brincadeiras e com todas as nossas conversas nas quais pude ser eu mesma sem me preocupar com nada. Você tem sido um companheiro de quarto único, para mim não é um simples um conhecido, sei que será para sempre um grande amigo.

Vejo que ele olha para o chão, como se quisesse me dizer algo, mas finalmente opta por não o dizer. Em vez disso, fala:

— Com certeza nos tornamos amigos, mas Diego está ao seu lado... — Quando escuto esse nome, não sei por quê, mas esquivo o olhar.

— Só durante uma hora — me apresso a dizer.

— Entendo o que sente. Ele não é alguém que se apaixona com rapidez, mas com você poderia ser diferente. Poderia ser a exceção.

Ele fecha o armário e a última mala. De repente, a vontade de chorar me faz sentir dividida. Eu não deveria chorar, porque o que fica comigo é algo muito poderoso. No entanto, as lágrimas se apoderam de mim. Tento ser forte. É incrível como alguém, até ontem desconhecido, pode se tornar tão importante para mim em tão poucos dias.

Não posso evitá-lo, então o abraço, e então a vontade de chorar se enfraquece. Ficamos durante uns segundos no mesmo silêncio cômodo que nos envolveu na primeira vez que nos vimos; não nos resta muito a dizer.

— Enquanto você estiver no hospital, virei visitá-la em alguns fins de semana. — Suponho que ele diz isso para quebrar o silêncio.

— Já sabe onde me encontrar. — Sorrio, ainda que sem vontade.

— Quando precisar de alguém para conversar, é só me ligar, entendido? — diz Drew, enquanto anota seu número de telefone no bloco de notas. — Preciso ir.

— Adeus, Drew — digo, sentindo que minha voz treme. — Espero que tudo dê certo para você.

— Igualmente. Adeus, Elise! — Um último olhar acompanhado de um sorriso antes que ele abandone o quarto. Drew fecha a porta atrás de si e volto a me sentir sozinha. A sensação paira sobre mim como se fosse uma avalanche. Parece mentira como as emoções mudam tão rápido. Pela manhã eu me sentia leve, e agora, umas horas mais tarde, estou a ponto de chorar, apagada, porque sei que ele se foi, mas não me deixará.

Há pessoas que chegam tão rápido quanto se vão, parecem ser levadas pelo vento. Alguns chegam a deixar marcas por onde passam. Poder conhecer este garoto incrível me marcou, me fazendo ser consciente de que às vezes a única coisa que faz uma pessoa melhorar é conversar com alguém, ou apenas ter alguém a seu lado, com todas as lágrimas e sorrisos. Drew se tornou um grande amigo em poucos dias. Estou bastante convencida de que não conhecerei outro companheiro de quarto com quem consiga estabelecer tamanha confiança. Eu me alegro em pensar que não será a última vez que verei Drew. Sem dúvida as amizades verdadeiras nunca acabam. Mesmo assim, pelo menos por hoje, é inevitável me sentir triste por saber que não terei com quem falar abertamente sobre como me sinto. Drew me ajudava com poucas, mas sinceras palavras.

Faço a única coisa que sei que me ajudará neste momento. Escrevo meus sentimentos e, depois de um tempo, já estou mais leve, apesar de ser pesada a carga emocional.

Quando minha mãe chega, encontra um rastro de tristeza em meu rosto, mas as lágrimas que o haviam inundado já secaram.

— Ele foi embora, verdade? — pergunta enquanto olha para o resto do quarto, agora vazio. Não respondo. Apenas assinto. — Você deveria se alegrar que ele tenha melhorado, e não ficar triste. Você também voltará para casa em algumas semanas, como se sente a respeito?

— Não quero falar agora. Como está o papai? — mudo de assunto para não continuar falando de Drew.

— Está bem, não se preocupe com ele. Foi outra recaída, mas parece que passou.

— Tomara. Doeria tanto perdê-lo... — Minha voz fica embargada.

— Ele não está passando por seus melhores momentos, mas não é a primeira vez que lhe acontece e agora não é diferente — diz ela, tentando mostrar uma segurança que nem mesmo ela sente.

— Claro, quero acreditar que tudo ficará bem, mas como sempre, existe esse espinho de medo que vai se encravando no coração — digo para mim mesma.

— Elise, acredite que tudo irá melhorar, mais cedo ou mais tarde. Por mais que queira, não dê ouvidos ao medo; ele nos torna frágeis e nos impede de agir — diz minha mãe. — Sei que há uma certa tensão no ambiente, mas Marcos é um homem forte. Foi somente mais um baque no seu caminho, como foi o acidente para você.

— Ainda não entendo como tudo aconteceu, as coisas ainda estão muito confusas. Como se fosse apenas uma lembrança, e agora eu não saberia se minha mente está me confundindo ou me pregando uma peça — confesso. — A única coisa que sei é que, no momento do acidente, eu só pensava em sobreviver. Nada mais me importava. — Relembro o momento do acidente, que mudaria tudo em minha vida. Ainda lembro o calafrio que senti ao ligar o carro.

— Ninguém entende como você não entrou em coma depois do acidente — disse minha mãe, pensativa.

— Eu tinha que viver. — É a única coisa que me ocorre dizer.

— Fico feliz em ver essa mudança de atitude em você. Sinceramente, eu não a esperava. Às vezes precisamos de algo para abrir nossos olhos.

— Esse algo já chegou em minha vida, e não foi só o acidente... — Só depois de ter falado, percebo que delato a mim mesma com as palavras.

— Então o que foi? — pergunta minha mãe com curiosidade, e vejo que sorri. Penso de imediato que fazia tantos dias que não a via sorrir...

Eu me debato com a dúvida de lhe contar ou não, mas trata-se de minha mãe e por isso posso confiar nela.

— É o meu fisioterapeuta, Diego — sussurro, porque falar dele é estranho e ao mesmo tempo idílico.

— Você se apaixonou por quem a ajuda a andar?

Visto dessa forma, fico corada.

— Exato, ele me ajuda.

— É muito bom ouvir isso — responde ela com sinceridade.

— Agora vejo tudo de uma forma diferente. Percebi que, se nada disso tivesse acontecido, eu não o teria conhecido, nem Drew. O acidente tirou muitas coisas de mim, às vezes penso que demasiadas, mas jamais poderá me tirar a força de seguir adiante — falo com firmeza.

— Não está esquecendo a felicidade? — pergunta ela, reflexiva.

— Não sou feliz, mamãe, não sou, e não posso enganar você — respondo, com uma mistura de dúvidas e esperança. — Ainda não sou, mas pode ter certeza de que serei.

— E quando esse dia chegar, entenderá que toda a luta valeu a pena.

Eu não poderia estar mais de acordo. Fico absorta olhando pela janela enquanto sinto que as últimas palavras ficaram marcadas em minha alma.

Companhias

Acordo e, como nas últimas manhãs, vou dar bom dia a Drew. Mas no último instante lembro que ele não está mais aqui e preciso dizer a mim mesma que ele está em casa, voltou para sua vida normal, enquanto eu sigo aqui enclausurada. Eu me sentia muito à vontade a seu lado e isso, junto com outras recordações, é algo que não tem preço. Certamente logo virá alguém para ocupar a cama que ficou vazia, mas sem precisar conhecer essa pessoa, já sei que não será o mesmo, nem algo perto disso.

Uns minutos depois de eu ter acordado, as enfermeiras me trazem o café da manhã. Passei a noite sozinha, minha mãe foi para casa antes que eu adormecesse, mas ainda pude sentir que me dava um beijo na testa antes de partir. Eu estava com tanto sono que não pude nem me despedir.

Quando estou sozinha percebo que as paredes perfeitas do quarto, de um branco imaculado, têm uma falta excessiva de cor, elas precisam de vida e aquela energia era dada pelos sorrisos de Drew. Agora, apesar de ser tudo igual, o lugar parece um pouco mais escuro.

Há dias em que quero me fechar em mim mesma, como se fosse uma tartaruga que se fecha em seu casco. Cada vez que olho para minhas pernas e sou consciente de que não as posso movimentar, uma onda de tristeza me engole e se apodera de mim.

Eu me esforço para pensar que, pelo menos, ainda me restam os braços e não estou imobilizada por completo, mas sei que a normalidade demorará para chegar (se é que chegará). Uma parte de mim sabia que me sentir firme seria somente questão de tempo. A falsa felicidade também chega ao fim.

Penso no antes e depois de minha vida e penso que, se alguém tivesse me contado o que aconteceria, eu teria sido incapaz de acreditar, de tão irreal e fictício que me parece hoje.

Já é sábado e mais uma semana se passou. Hoje meus tios virão me visitar, os que vejo em raras ocasiões, e a ideia de vê-los não me enche de entusiasmo. Ainda assim, troco de roupa, me olho no espelho mais uma vez e, antes de ver meu reflexo, já sabia que não veria a mesma pessoa que vi há uns dias. A Elise daquele tempo estava despedaçada, mas ao mesmo tempo ansiosa. Ainda havia esperança em seus olhos e, mesmo destruída, mostrava-se forte. Seu olhar estava manchado de tristeza, mas também de força. A Elise que vejo hoje está apenas destruída. Eu me reprimo mentalmente, porque sei que não posso dar ouvidos a esses pensamentos, não devo gastar meu tempo sentindo pena de mim, porque a única coisa que preciso é evoluir, e é inútil ficar lamentando por algo que já aconteceu. Conseguirei solucionar algo pensando em minhas tristezas? Tirarei algo bom delas? Temo que não.

Como não tenho nada para fazer enquanto espero meus tios, vou dar uma volta pelo corredor. Pouca gente está acordada a esta hora.

Cruzo com as enfermeiras e elas me dão um sorriso que logo se apaga ao perceberem que estou deprimida de novo. Silvia é a enfermeira com quem mais falei e com quem também sinto mais confiança. É poucos anos mais velha que eu. Raras vezes me pergunta como estou, mas sempre me anima e nunca me olha com compaixão, algo que eu sinceramente agradeço.

— Elise, o que você tem hoje? — Ela percebeu que algo está errado.

— Não estou bem, meus ânimos estão debaixo da terra.

— Nem todos os dias são bons. Tudo o que você ocultou durante estes dias também deve sair. — Então me pergunta com afeto: — Posso fazer algo para você se sentir melhor?

— Acho que não, a menos que você tenha um remédio para aliviar a dor emocional. — Não gosto quando minha voz soa tão apagada e derrotada, mas hoje a voz me falta, amanhã talvez me faltem as lágrimas.

— Você brigou com alguém? — me pergunta, e nego. — Alguém se foi e por isso você está cabisbaixa?

— Drew, meu companheiro de quarto, foi embora. Sinto muito sua falta, mas ao mesmo tempo me alegro por ele ter se recuperado.

— Você gostava dele... — afirma com um sorriso, me compreendendo como se lesse minha mente.

— É claro que gostava dele, mas só como amigo, sabe? — digo para que não pense que entre nós dois havia mais do que os laços de uma linda amizade. — Ele me dava bons conselhos, sempre estava presente, e hoje o quarto não me parece o mesmo sem ele, sem seus sorrisos.

— Conheço um remédio bastante eficaz para curar isso: estar rodeada de gente que você gosta, porque alguém deve significar algo para você, estou certa?

— Sim, há alguém. Não consigo parar de pensar no Diego...— Quero corrigir o que disse, mas antes que possa fazê-lo, Silvia muda sua expressão afável para uma mais séria e imperturbável.

— Diego, o fisioterapeuta do hospital? — pergunta, confusa, para se assegurar de que estou falando dele.

— Às vezes, penso que ele me ajuda mais que a própria reabilitação. É claro que não é verdade, mas é como me sinto — confesso, sem saber o que passou por sua cabeça com a simples menção do nome dele.

— Bom, pelo menos você se sente bem a seu lado, e... desde quando está gostando dele? — Silvia está bisbilhotando, mas, como confio nela, não me incomodo.

— Desde o primeiro segundo em que o vi. — Um sorriso sonhador se apossa de meu semblante. De verdade, eu acabei de dizer isso? Talvez seja verdade que o amor modifica a percepção das pessoas e as torna mais sonhadoras e fantasiosas.

— Isso é muito... Romântico. — Ela sorri e por um segundo seus olhos brilham. Eu a encaro sem entender onde está a piada, e ela diz: — Eu sei, é normal que tenha se apaixonado, para mim ele é um garoto excepcional. E ele já sabe?

— Acho que já deve saber — respondo. — Estaria cego se não visse. — Eu relembro o dia em que ficamos na cafeteria.

— Então existem mais garotos cegos do que você pensa, porque há aqueles que não enxergam as demonstrações de amor nem que elas sejam esfregadas em seus olhos. Diego é um desses — diz, com uma raiva súbita que não sei de onde apareceu.

— Como você sabe? — Pouco a pouco vou imaginando por que ela se precipitou para aquela conclusão, mas ainda assim preciso ouvir.

— Para ser sincera, pois não gosto de mentiras: eu também gostava dele um tempo atrás — conta, e ao ver minha expressão se apressa em continuar falando. — Mas fique tranquila, a gente nem chegou a decolar. Acho que nossos caminhos não estavam destinados a se cruzar. Não só não fui correspondida, como fui rejeitada. Mas não me arrependo de ter tentado, pelo menos é uma lição a mais. Espero que não aconteça com você, você deve ser justamente a pessoa que ele precisa em sua vida.

— Você acha? — pergunto, sem esconder meu assombro.

— Não acho, eu sei. Vocês são dois lutadores natos, e pela forma de falar nota-se que você pensa muito nele — me diz, alegre. — No entanto, meu conselho é que vá devagar e sem se precipitar. Eu a aviso por experiência. Ainda assim, não deixe a oportunidade passar; ele é um garoto com quem poderá conversar sobre o que precisar, é muito inteligente. Mas também deve levar em conta que ele é seu fisioterapeuta, e você é sua paciente. Só posso lhe recomendar que não alimente falsas ilusões.

— Ainda que seja meu fisioterapeuta, não deixarei escapar a oportunidade, e vamos ver aonde isso me leva. — Sorrio pela primeira vez desde que acordei.

— Já terminou o turno da noite — diz Silvia, olhando para o meu celular. — Agora sou eu quem vai dormir. — Ela se dirige à recepção e deixa uns papéis sobre a mesa. — E anime-se, se fica feliz ao lado dele, o que mais poderia fazer? Vá ficar com ele. Mas sob nenhuma circunstância deixe-se enganar pelos dias sem sol. Tudo melhora, ainda que às vezes não enxerguemos. Entendeu?

— Farei o possível, Silvia — prometo, e recebo um sorriso como resposta. — Obrigada por tudo.

Ela me acompanha até a cafeteria, onde encontro meus tios, pontuais como sempre.

Eu me despeço de Silvia e me aproximo da mesa onde eles estão.

Rosario, minha tia, é uma mulher tão sincera que sempre diz o que pensa, mesmo quando não é o momento propício. Por isso eu sabia que não demoraria muito para soltar a primeira pérola.

— Lisa, querida. Que desastre! O que aconteceu? — Um calafrio me percorre quando escuto (com todo o respeito) sua voz irritante. Para ser sincera, não é nada demais dizer que não tenho um carinho especial por esta mulher, mesmo que seja irmã de minha mãe. A família nunca se escolhe, e é por isso que valorizo tanto a amizade.

— Para começar, meu nome Elise, nada de me chamarem de Lisa. — Não permito que troquem meu nome por qualquer outro parecido, então me coloco na defensiva inevitavelmente. — E como suponho que já sabe, tive um grave acidente de carro no qual perdi minha mobilidade e agora estou presa a uma cadeira de rodas. — Finjo que não escuto a parte do desastre.

Durante alguns minutos perco a compostura. Costumo ser educada com a maioria das pessoas, quando estas me tratam com o respeito que todo mundo merece. No entanto, Rosario não se encontra nessa lista de pessoas. Por sorte, meu tio é uma pessoa diferente. Às vezes me pergunto o que ele poderia ter visto nessa mulher e quais motivos o teriam levado a ficar com ela, sabendo que seu caráter não é precisamente amigável.

— Desculpe a sua tia Rosario, ela não fez por mal. Elise, ela... Simplesmente é assim. — Ele me lança um olhar de desculpa e depois se dirige à esposa, parecendo adverti-la quase que sussurrando: "Mantenha essa maldita boca fechada", mas não sei se é impressão minha. Mesmo pensando que ela o faz de propósito, e mesmo tendo vontade de lhe dizer o que penso sobre sua visita, sei que às vezes se calar é o melhor a fazer. Mas, sem dúvida, a melhor parte de algumas visitas é quando elas vão embora.

— Não se preocupe. Mas posso saber a que devo sua visita? — pergunto, tentando soar mais feliz do que me sinto. Não consigo evitar que minhas palavras soem hostis.

— Agora que está passando por um momento difícil nos preocupamos com você, e é assim que agradece a nossa companhia? — Rosario fala de novo e eu a olho de rabo de olho.

— Para ser sincera, não estou no meu melhor dia — respondo, sem esconder o mau humor.

— Já percebi, mas gostaria de saber como está indo com a recuperação do acidente — diz Rosario, e parece afetada, mas espero que finalmente tenha parado de falar besteiras.

— Vou tentando absorver o que aconteceu — respondo sem emoção alguma.

Temos uma hora de diálogo monótono, perguntas e respostas mecânicas. Falamos sobre o que aconteceu, já que pelo visto o acidente se transformou no assunto mais crucial de minha vida, e minha existência, aos olhos dos demais, gira em torno dele.

Durante aquela conversa interminável, esgotei as reservas de minha paciência e demonstrei bem a educação que meus pais me deram. "Que sorte isso, porque se não fosse assim aos dez minutos já os teria convidado a sair por onde entraram", penso, exasperada. Neste momento, sinto que já aguentei demais sua presença e só quero voltar ao quarto. Ao notar minha mudança de humor eles ficam satisfeitos ou ao menos é o que demonstram. Depois de uma eternidade, decidem ir embora.

— Obrigada por vir, agradeço que se preocupem comigo. — Finjo um sorriso que acaba parecendo mais uma careta de desagrado.

— Quando voltar para casa, nos ligue, está bem? — pede meu tio.

— Fique tranquilo, avisarei. — Mais um sorriso falso, que desaparece assim que viro de costas. Minha mãe chega neste exato momento, e sei que daqui a poucos minutos irá me recriminar pela maneira como tratei meus tios. Mas ela deve entender que eles me fazem perder a paciência de uma forma surpreendente.

Dias sombrios

Amanheceu e a primeira coisa que vejo é a chuva batendo com força contra a janela. Um relâmpago fugaz me ilumina e me cega por alguns instantes, enquanto ressoa um trovão ao longe. Meu humor teve uma queda considerável, não estou bem. De certa forma, só consigo ver a minha vida como algo escuro no qual não existe luz. Durante os primeiros dias que passei aqui, eu sentia uma força incrível, conseguia ver a luz onde provavelmente não havia. Mas sinto que essa força vem se desvanecendo nos últimos dias.

O que devo ter feito para chegar a este ponto? Talvez esteja assim por não ser feliz com o que tinha, por viver por obrigação, sem vontade de seguir adiante. E este é o preço que preciso pagar por minhas atitudes.

Agora mesmo não tenho nem vontade nem forças para sair da cama. Passam as horas, mas minha mãe ainda não chegou e, pela primeira vez, estou prestes a me esquecer da fisioterapia, penso que se não fizer a reabilitação (pelo menos hoje), não haverá uma mudança significativa em minha vida. Estou cansada de continuar lutando por algo que no fundo tenho certeza de que não me levará a lugar nenhum. Sinto que ainda há esperança em algum lugar em mim, mas… onde está? Por mais que a procure, não encontro.

Eu me perco entre músicas melancólicas e depressivas que se tornam minhas fiéis escudeiras à medida que vão passando os minutos, e em algum momento adormeço. Volto a abrir os olhos quando alguém conhecido me acorda com uma leve carícia. É Diego, que veio porque faltei à reabilitação e sabe que não é meu costume perder treinamento nenhum. Sei que ele deve estar decepcionado com a maneira como estou enfrentando o dia; não o culpo por isso. Nem eu mesma estou satisfeita com a forma como estou encarando a vida neste momento.

— Entendo que esteja cansada e que não queira fazer os exercícios, mas seria bom que viesse à academia. Preciso lhe dizer uma coisa — comunica, inseguro.

— Está bem — respondo. — Só me dê cinco minutos, e já vou — digo suspirando enquanto me levanto da cama. Ele sai e fecha a porta atrás de si. Penso em suas palavras; o que será o que tem para me dizer? Motivada mais pela curiosidade que pela vontade de me mexer, eu me visto o mais rápido que posso e saio do quarto no momento em que minha mãe chega. Ela não diz nada ao me ver, mas, por minha expressão, ela já sabe exatamente como estou me sentindo. Ela me oferece um sorriso triste e compreensivo.

Fora do quarto, Diego está me esperando.

Chegando à academia, não faço rodeios ao perguntar:

— O que você queria me dizer?

Durante alguns segundos vejo que ele se pergunta se vai me dizer agora ou em outro momento. Depois suspira e me diz diretamente:

— Farei um estágio em outro hospital. — Eu o encaro confusa e ele se explica melhor: — Hoje é meu último dia aqui, mas voltarei em dois meses — comunica, e pisco sem entender nenhuma palavra.

— O quê?

Custo em acreditar que ele vai embora.

— Serão só dois meses, e virá um substituto para o meu lugar… — Diego tenta diminuir a importância do assunto, mas não consegue. — Você não terá problema com a reabilitação.

— Não se preocupe, espero que se dê bem, e entendo que precise ir. — Na verdade, eu não entendo nada, não sei sequer por que está partindo justo agora, quando mais preciso de alguém em quem possa confiar para falar de todos os pesadelos que me atormentam. Sei que provavelmente terei progressos na reabilitação, porque vou evoluindo com o tempo, mas minha situação emocional não será muito melhor do que tem sido nestes dias.

Faço os exercícios em silêncio. Não articulo uma palavra sequer; meu olhar fica perdido em algum lado da academia e minha mente está infestada por coisas demais para dizer, mas este não é o momento propício para falar e tampouco sei como reagir. Uma coisa é não dizer o que sente e outra coisa é não se machucar.

Diego me ensina alguns novos alongamentos. Aprendo e memorizo cada um deles com avidez e percebo que são mais pesados dos que estou acostumada a fazer. Isso é um tanto paradoxal, porque hoje me sinto mais fragilizada do que nunca. No meio dos alongamentos, caio algumas vezes no chão, mas não aceito a ajuda de ninguém para me levantar, devo fazê-los por conta própria, sozinha, ainda que doa às vezes, assim como a vida dói.

Sei que muitas coisas mudarão neste ano, mas a única coisa em que eu penso é no fato de que não o verei por sessenta dias. Um sem fim de horas nas quais vou precisar dele, mas sei que não estará a meu lado. Sei que talvez esteja fazendo um drama maior do que a situação merece, mas não posso evitar ficar pensativa. Percebo que de todas as pessoas com as quais me envolvo de forma rápida vão embora tão rápido como chegam.

Termino os alongamentos, mas a última coisa que penso é em que estou cansada.

Não gosto de despedidas, ainda que não sejam para sempre. Mesmo assim, sinto que é um dos piores momentos que se precisa enfrentar: quando uma pessoa querida se afasta.

— Podemos ir à cafeteria como fizemos há alguns dias? — peço, porque quero passar o maior tempo possível com ele.

— Mesmo que não tenha chegado minha hora de descanso, posso fazer uma exceção— diz Diego. — Sinto que ainda quero conversar mais com você.

— Para me dar mais más notícias? — exclamo, sofrendo. Não quero escutar algo que me entristeça mais. Mas, com tudo o que está acontecendo, não posso fazer mais nada além de enfrentar o que vier, por mais que me custe.

— Não, não é para dizer nada mais, simplesmente quero me despedir de você. — Ele sorri, mas não vejo nenhum indício de emoções, é como se estivesse coberto por uma máscara. Às vezes eu gostaria de saber o que é que ele sente de verdade.

Chegamos à cafeteria e sinto que, apesar de Diego estar a meu lado, surgiu um vazio entre nós antes mesmo de sua partida. Sei que será um desafio aparentar normalidade nos próximos dias, pois quando ele está a meu lado sinto, de uma maneira ao mesmo tempo estranha e mágica, que Diego me dá ainda mais motivos para mudar. Ele é um motivo a mais para a minha felicidade.

À medida que vão passando as horas (e nelas, inegavelmente, penso nele), acumulam-se em mim dezenas de sentimentos para dizer a ele. Sinto que não posso mais esperar para falar. Por isso solto tudo sem pensar nas consequências.

— Sentirei saudade — digo, e sem saber o porquê relembro do momento em que me despedi de Drew. — Diego, apesar de nos conhecermos há pouco tempo, sei que você se tornou alguém... especial para mim. — Meço o que vou dizer e enfim me atrevo a falar — Sem perceber, você se transformou na minha verdadeira reabilitação, não a que está nas intermináveis horas de exercícios. Agora que vai embora, sentirei falta de poder comemorar as melhoras a seu lado. Por mais que isso pareça irreal, acordo sempre ansiosa para vê-lo. — Sorrio e tento me animar — Acho que não me resta mais nada a não ser sorrir ao me lembrar de você, e depois de deixar de pensar em você e continuar com um brilho nos olhos. É isso que farei.

Parece que diante de minhas palavras ele não sabe o que dizer. Talvez eu tenha me precipitado, mas precisava falar para poder expressar uma mínima parte escondida e confusa de minhas emoções, que às vezes não sei como expressar.

Diego respira e finalmente me responde:

— Lembre-se que a tua felicidade depende apenas de uma pessoa, e é de você mesma. Não se esqueça — diz com firmeza. — Eu estando aqui ou não, nada deve mudar em você. Com o passar dos dias, as pessoas acabam se acostumando a viver com aqueles que um dia foram importantes. Mesmo que sinta dor ao se separar de alguém que ocupa sua mente e seus sonhos, você irá compreender que a alegria se mede pelos momentos e não pelas pessoas que cruzam sua vida. — Ele deixa de falar durante alguns segundos, mas ao perceber que não digo nada, prossegue. — Eu deveria mentir para mim mesmo e pensar que não sentirei sua falta, deveria pensar que você é alguém que chegou na minha vida há relativamente pouco tempo, sim, é o que deveria fazer. Mas, Elise.... Às vezes, as pessoas que conhecemos há pouco tempo são as mais importantes.

— E posso afirmar que durante os últimos dias sinto que você faz parte da minha vida — afirmo, com os olhos brilhantes. Gostaria que ele pudesse compreender que a distância que nos separa é cruel e totalmente injusta com as emoções. Gosto dele, sei que faz apenas alguns dias e que antes nem sabia de sua existência, mas quem diria que em um suspiro tudo mudaria, e que o próximo a mudar seria eu.

Sempre que converso com Diego acho que não tenho coragem suficiente para confessar o que sinto em meu coração. Mas hoje o medo não existe, já devo lidar com a tristeza; digo a mim mesma que certas oportunidades são raras e que eu não deveria deixar esta escapar.

— Desde que você entrou na minha vida senti que tinha me apaixonado por você. Por quê? Não me pergunte, temo que não saberia responder. Simplesmente, desde que vi esses olhos cinzentos comecei a pensar em você dia e noite, sentia que seu olhar sempre me perseguia, sobretudo nos momentos em que sentia que ficava sem energia. — Minha voz treme. — Agora, talvez esta seja uma palavra muito forte, mas a única coisa que sinto por você é amor. E sei que depois de sua partida esse sentimento será substituído pela dor.

"Normalmente, dois meses poderiam passar rápido, mas serão mais de sessenta dias em que não poderei escutar a sua voz — digo, mais sofrida do que gostaria de demonstrar. — Entendo que você deve ir por trabalho, e mais ainda, todas as oportunidades que se apresentam são sempre favoráveis e ajudam você a crescer na vida. Mas neste momento, me sinto egoísta em pensar que não estou nos meus melhores dias, eles estão tingidos pela escuridão, e estar do seu lado me conforta, porque sei que você é o único que me faz sorrir mesmo quando não tenho vontade.

— Elise, desde que percebi sua personalidade lutadora, soube que você é única, mas peço que tenha paciência. — Algo que costumo esquecer muito rápido. — Guarde seus sentimentos por mais um tempo.

— Por que sinto que as despedidas são como pequenas facas que se cravam em mim? Por que dizer adeus custa tanto? — digo, e um nó que se formou em minha garganta dificulta a fala. A última coisa que quero é que esta seja a imagem que Diego tenha de mim, não quero que lembre de mim como uma garota prestes a chorar e que se debate em um duelo interior para não derramar nenhuma lágrima. Eu me esforço para sorrir e quase consigo.

— Este não é o fim, muito pelo contrário — diz ele, sorrindo. — Se conseguiu superar isso tudo, todo o resto que foi mais difícil, por que não superaria estes dias mais escuros, que parecem agora algo intransponível? Além disso, muito em breve deixará de pensar em mim, você vai ver.

— Não, não verei, porque é impossível esquecer o vazio que alguém deixa quando vai embora. Mesmo que seja por um tempo indeterminado. É como pedir que eu deixe partir algo que amo com todas as minhas — sussurro.

— Os dias passam e em um piscar de olhos tudo voltará ao normal.
— Eu também quero me contagiar pela esperança, mas não sei se sou capaz de sentir tanta esperança.

— Não quero que você me esqueça. — Essas palavras me escapam sem que eu entenda por que as disse, mas não me corrijo.

Ele me abraça durante alguns segundos, e sinto que o tempo para. Pelo menos o meu tempo, meu mundo, está congelado. Todas as palavras flutuam e estão entre nós, e relembro a conversa algumas vezes, como se esperasse não esquecer nem uma vírgula do que foi dito. Como se quisesse que esta lembrança ficasse ancorada nesta cena, concentrada neste momento.

Chegou a hora de dizer adeus, então para que sofrer mais, adiando o momento?

Quando me viro e vejo seu rosto triste, sinto que algo se afunda em mim, como se eu estivesse flutuando por um mar calmo e de repente fosse pega por uma onda.

Digo para mim que ele precisa ir, que novas oportunidades estão lhe esperando para poder continuar progredindo e aprendendo seu ofício. Somente com esse pensamento sigo em frente, mas sinto como se a cadeira de rodas estivesse presa no chão por correntes pesadas.

"Não olhe para trás, não faça isso" repito para mim mesma várias vezes. Antes de chegar no quarto, as lágrimas já mancham meu rosto e meu choro ressoa pelo corredor deserto.

Presa por meus sentimentos

Seu irmão foi embora e ele também. É o primeiro pensamento que cruza minha mente ao despertar. Afinal, por que devo despertar? A única coisa que desejo é dormir para sempre, pois minha vida vai mudando, mas custa muito me adaptar às mudanças. Tão rápido quanto acontecem, elas criam lagoas de sentimentos e emoções que fazem redemoinhos em mim. "Tudo de ruim passará", repito para mim mesma todos os dias, como se fosse um mantra. Mas por enquanto me sinto enjaulada. Presa por meus pensamentos, presa pela situação. Sou como um pássaro com as asas quebradas, que está preso na própria gaiola e não pode escapar.

Vou ao banheiro e sei que não deveria me olhar no espelho para não me desanimar ainda mais, mas não posso evitar. Meus olhos estão vermelhos e inchados de tanto chorar e perderam todo o brilho e a cor viva. Minha pele está mais pálida, como se eu estivesse doente, e há olheiras profundas sob meus olhos. Eu me sinto apagada, mas tudo isso deve acabar, sei que algum dia acabará.

Quando a porta se abre, espero ver minha mãe, como na maioria das manhãs, mas quem vejo é meu pai, o que me alegra muito. Aproximo a cadeira de rodas o mais rápido que consigo, para o abraçar. Meu pai fica feliz ao me ver, mas quando percebe que estou tão apagada seu sorriso diminui e se transforma em preocupação.

— Como você está, meu amor? — pergunta.

— Não estou em meus melhores dias, mas não sinto dor. — "Pelo menos não fisicamente", quero acrescentar, mas no último minuto decido que este não é o momento de expressar que me sinto mal. Ele já tem motivos suficientes para se preocupar. — E o senhor, papai, como está? Eu estava muito preocupada. — "Tinha medo de perdê-lo", uma parte de mim pensa, mas me nego a falar em voz alta.

— Foi uma recaída, só isso. Já estou bem. — Ele sorri, mas sei que não está bem. Seus olhos não transmitem isso. É possível descobrir muitas coisas pela expressão dos olhos de uma pessoa, sei disso desde criança. O rosto é o reflexo da alma, mas os olhos demonstram o que se sente.

— Mamãe me contou o que lhe aconteceu, não sabe o quanto senti por não poder estar ao seu lado — digo, angustiada.

— Não se pode fazer nada sobre isso, Elise, mas já passou. Foi só mais um susto — diz em um tom que, ainda que pretenda ser tranquilizador, ainda soa um pouco preocupado.

— Assim espero. — Mas sei que não acredito nele. Meu pai teve mais de três ataques nos últimos meses e algo não está bem, mesmo que os médicos digam o contrário. Sei que não está bem, posso sentir isso.

Ele me abraça, senti tanto sua falta, temi por sua vida, espero que não volte a me assustar. Porém, ambos sabemos que não será a última vez que isso vai acontecer. Não quero dizer tudo o que penso, mas me escapa uma lágrima, e antes que a possa esconder, meu pai a vê.

— O que está acontecendo? Você não está bem? — pergunta, preocupado.

Mais uma vez... Por que me tornei tão sentimental de repente? Nunca fui de chorar com facilidade, e nos últimos dias poças das minhas lágrimas poderiam ser formadas no chão do quarto.

— Não é isso, é que... tive medo que você me abandonasse. Vi que não poderia estar a seu lado e fiquei muito mal. Senti que muitos pesadelos estavam se tornando realidade, de repente. E, o que é pior, eu não podia escapar deles — digo entre pausas, nas quais tenho que afogar os soluços para poder continuar.

— Filha, não vou deixar você, farei tudo o que puder. — Ele sorri. — Mas se por desgraça algum dia a deixar... Quero que saiba que é a garota mais lutadora da família e, mesmo que eu vá, você deve seguir adiante. E saiba que amarei você para sempre. — Ele me abraça e eu contenho as lágrimas como posso.

— Pare de falar assim — digo, com temor em minha voz.

— Elise, não posso mentir para você, ambos sabemos que isso pode acontecer hoje, ou amanhã ou daqui anos ou meses. Chegará o dia em que novos pesadelos se tornarão realidade, mas quando isso acontecer lute por seus sonhos, lute por sua vida. Não se preocupe comigo. Estarei bem, tentarei viver o melhor que puder, e não quero que sofra por mim, meu amor. Você já tem motivos demais para se preocupar. — Ele olha para a cadeira de rodas. — Apenas pense em ficar boa, porque isso algum dia será uma realidade. E pelo visto você já está melhor. — Ele enxuga as lágrimas que caíram por minhas bochechas. — Não quero ver você chorar, entendido? — Ele me reprime um pouco por meu sentimentalismo. — Por que chora quando deveria estar se esforçando para seguir em frente? Apenas seguir em frente, e não olhar para trás.

— Tenho estado muito sensível, e você sabe que nunca fui assim. Não sei o que colocam na medicação, mas nestes dias só tenho vontade de chorar — digo, me esforçando para brincar sobre meu estado e aliviar o peso das palavras.

— O que você esperava? Que fosse tudo cor-de-rosa? — diz meu pai com seriedade, e vejo o homem que esteve a meu lado desde pequena em tantos momentos. O homem que me animava quando eu precisava, mas que também sabia me repreender quando necessário. Ele me fez ser quem sou hoje em dia, e tenho muito para lhe agradecer.

— Não... Acho que não. Mas não sabia que seria assim. — Encolho os ombros e pisco com força para me livrar das lágrimas.

Ele me abraça de novo, e nenhum dos dois fala nada neste momento. Continuo com medo de perdê-lo, mas quero acreditar no que me diz, quero guardar um pouco de inocência e pensar que a vida voltará a ser como antes, saber que os dias de felicidade chegarão, ainda que eu saiba que a realidade não se parece em nada com o que já foi um dia, se é que no passado podia se falar em felicidade.

Minha mãe chega com um café na mão e nos olha. Não esperava que nós dois déssemos vazão às lágrimas diante das situações colocadas pela vida em nosso caminho.

—Ontem me disseram que você estava deprimida, o que aconteceu nos últimos dias? — pergunta ela, com suavidade.

— Sinto que não posso fazer nada para mudar a situação, tudo continua igual, não posso me mexer. Já estou começando a perder a esperança — confesso enquanto deixo cair o braço sobre o descanso da cadeira de rodas.

— Pois perdeu seus objetivos de vista muito rápido. Eu não esperava isso de você, Elise. Achei que lutaria até o último momento, que jamais iria se render. O que a fez mudar de opinião? — Ela começa com um tom severo, mas termina em um tom compreensivo, que é o que preciso agora.

— Minha vida atual me fez ver tudo de outra perspectiva. Não estou encarando tão bem tudo o que me está acontecendo, e não sei se posso aguentar tudo isso — digo entre soluços abafados, mas reúno forças para falar de novo. — No início eu me sentia forte, capaz de tudo, tinha metas para cumprir. Mas, à medida que os dias passam, vou perdendo os motivos pelos quais seguir em frente, quando a realidade é cada vez mais forte e luta contra mim. Não quero ficar nem mais um dia nesta cadeira de rodas, e muito menos ficar nela para sempre, porque sei que não poderei voltar a andar. — Agora olho para a cadeira de rodas com raiva, e percebo que falo como uma pessoa que perdeu todas as esperanças. Isso faz eu questionar até que ponto cheguei, se perdi algo tão fundamental quanto a vontade de viver.

— Você está passando por uns dias bem sombrios, e eu poderia oferecer conselhos, mas às vezes sinto que não será de grande ajuda... Precisa de algo que a faça voltar a encontrar a luz e parar de apenas observar as sombras. Onde estão seus amigos? Se forem verdadeiros, devem ficar ao seu lado.

— Papai, eles não podem ser minha muleta. Isto é algo que preciso solucionar por conta própria.

— É claro que você deve seguir em frente sozinha. Afinal, não deixa de ser sua vida. Mas às vezes a companhia dos amigos é o melhor remédio, apesar de isso soar meio clichê. Não acha que na companhia deles, você se sentiria... um pouco melhor?

— Já fizeram muito por mim, vieram me visitar alguns dias... Clara me liga na maioria dos dias para saber como estou, mas até que você passe por isso não entende a situação de uma pessoa que está em uma cama de hospital.

— Ninguém melhor do que você para saber o que está sentindo nestes dias. Mas acho que o melhor é que os amigos estejam a seu lado mesmo assim. Nos bons momentos também, claro, mas agora é quando você mais precisa tê-los por perto.

Eu me viro para a janela, acho que a conversa está chegando ao seu fim, e não tenho vontade de continuar falando.

— E como está indo a reabilitação? Faz dias que não me fala disso — pergunta ele para mudar o rumo da conversa, e não sei qual assunto é o menos indicado. Não me demonstro incomodada com a pergunta, já que meu pai não falou com má intenção. Tento fingir como fiz tantas outras vezes e uso uma palavra-chave: dissimular. Agir como se nada estivesse acontecendo, quando no fundo sei que não é assim.

— Vou bem, dizem que tive muitos progressos nas últimas semanas. Suponho que melhoro rápido, ou o mais rápido que posso. — Tento sorrir, mas não consigo, não estou de bom humor, não tenho forças sequer para me demonstrar zangada. Estou apenas cansada; só preciso dormir e viver em um outro mundo que ainda não inventaram.

— Sinto muito que a visita tenha sido curta. Entro no trabalho ao meio-dia, mas decidi aproveitar para vir ver você, ainda que só para dar um oi — diz meu pai, em tom de desculpa, ao se despedir.

— Eu me sinto mais tranquila sabendo que você está bem — digo com franqueza.

— Ficarei bem, querida. Mas agora você precisa ser um pouco egoísta e se preocupar com sua recuperação. Ainda deve enfrentar muitos problemas, e dependerá de você superá-los.

Depois de sua partida me encontro novamente sozinha com meus sentimentos, presa em minhas emoções. Presa por cordas invisíveis que me oprimem e me encurralam contra minhas emoções.

Hoje será meu primeiro dia de reabilitação com o substituto de Diego. Embora ninguém possa preencher o vazio que sinto por não o ter a meu lado, tentarei continuar com a reabilitação como o fiz até agora. Só me resta pensar que foi graças a ele que dei o melhor de mim mesmo quando pensava em abandonar tudo.

Antes de sair do quarto pego o bloco de meus progressos, para ver o que me impulsionou a seguir lutando. Às vezes faz falta voltar atrás e ver qual foi a motivação para conseguir algo, e agora me dou conta de que não foi Diego o meu incentivo, e sim voltar a andar. Esta foi a verdadeira razão para eu seguir em frente. Agora que ele já não está na reabilitação, as coisas serão diferentes. Conseguiu que eu me esforçasse apesar da dor que meus braços suportavam; às vezes com um olhar me dava a força que eu não possuía naquele momento. A parte difícil agora é saber de onde tirar a força quando não a encontrar.

Chego na academia e minha primeira reação ao ver o novo fisioterapeuta diante de mim é querer fugir, girar a cadeira de rodas na direção contrária e sair da reabilitação. Mas não posso, fico imobilizada. E ele já me viu.

O que faz aqui?

É um rapaz novo, um ano mais velho que eu. É alto, de cabelo castanho e feições muito marcadas. Parece ser alguém agradável, mas haverá sempre uma barreira contra ele em meu coração, por toda a dor que me causou no passado, pelo tanto que se aproveitou de mim, por todas as feridas que deixou em cada minuto que passei a seu lado. Talvez por todo o sofrimento que ele me fez passar, eu não acredite tanto nas histórias de amor com final feliz. Ele me mostrou as partes mais sombrias da realidade, aprendi muito, principalmente como me afastar de quem não me convém, que só quer se aproveitar e depois me jogar fora. Não sei quanto tempo poderei aguentar antes de sair daqui. Preciso de todo meu autocontrole para não o deixar plantado desta vez.

— Jack, o que faz aqui? — pergunto, quando na realidade quero lhe dizer é que, conhecendo sua forma de estudar e sua rotina, não compreendo como conseguiu se formar em fisioterapia.

— Eu poderia perguntar o mesmo. O que faz nessa cadeira de rodas?

O Jack que deixei há tanto tempo volta novamente. Ele tem a mesma voz, que agora me parece desprezível. Gostaria de tampar as orelhas para não o ouvir nem um segundo mais.

— Não está vendo? É a última moda. Por favor não me diga que será o substituto de Diego. — Só espero que me diga isso, mesmo me parecendo ruim o suficiente que ele esteja na academia, e que se mantenha a certa distância de mim, ou mesmo o mais longe que possa estar em um mesmo espaço.

— Você estava com Diego? — questiona ele, surpreso. Eu me limito a assentir com a cabeça enquanto faço o possível para não encarar seus olhos. Não quero voltar a vê-lo, mas ele está diante de mim e sou inundada por muitas recordações. — Aposto que já havia se apaixonado por esse idiota, sempre brincando com amores impossíveis, Elise. Você nunca aprende. Enfim, chega de falar, vamos começar. — Umas palavras mais e a cada segundo que passo a seu lado a raiva vai se apoderando de mim, no início devagar, mas depois sinto a raiva em minhas veias. Decido que, na primeira estupidez que ele disser, largarei a reabilitação. É provável que esteja pensando agora que, pelo fato de eu estar em uma cadeira de rodas, não posso machucá-lo, e na verdade me pergunto: como posso me vingar por tudo que ele me fez? Ao mesmo tempo me arrependo de pensar em vingança, porque isso conduz apenas a destruição; toda a dor que uma pessoa tenha causado retorna a ela.

— Vejo que continua tão bonita como sempre — diz Jack com jeito galanteador característico pelo qual me apaixonei um dia. Mas já não me parecem palavras bonitas, e sim algo parecido com insultos.

— No entanto, você continua sendo tão idiota como de costume, vejo que certas coisas não mudam. — Não consigo reprimir o sarcasmo misturado com ira que sinto por ter que estar a seu lado.

— Por que está na defensiva, Elise? Aqui, rodeados de tanta gente, nunca aconteceria nada. — Não posso olhar no rosto dele com esse sorriso inocente, me lembro que tudo isso faz parte de uma pessoa cínica que, no fundo, é o que ele é. Muitas vezes, as coisas não são o que parecem e nem sempre sabemos o que se esconde atrás de um doce sorriso.

— O que acontece é o seguinte: você já me magoou, e estou aqui depois de um grave acidente que quase me custou a vida, tentando juntar os pedaços de mim que ficaram pela estrada. Quando a única coisa que quero é pôr minha vida nos trilhos... Aparece você — coloco ênfase no *você* com desprezo, para que entenda — para me fazer retornar a um passado que eu já havia superado.

— Se quer que isso fique no passado, por que não esquece o que aconteceu e começamos do zero? — atreve-se a perguntar.

— O quê? — é minha primeira reação, mas depois acrescento: — Não posso, não depois das feridas que você deixou em mim, mais profundas do que as causadas pelo acidente.

— Só lhe peço para começarmos do zero, como se não me conhecesse. Imagine que nunca nos vimos. Éramos jovens e eu não sabia que podia lhe causar tanta dor. Quem não cometeu erros no passado ou no presente e luta para melhorar? — Ele está quase me enganando com suas palavras, mas já não sou tão inocente quanto antes, quando acreditava em tudo o que me diziam e em todas as promessas falsas que me faziam.

— Mas me causou dor sim, me despedaçou, e não quero lhe dar o gosto de me ver deste jeito. Ser jovens não parece uma desculpa válida, você sabia que estava brincando comigo, e ainda assim quis ir mais longe. — Apesar de não ver meu reflexo em um espelho, sei que estou vermelha de raiva.

— Foi você que começou se aproximando de mim, esqueceu? — diz ele, enquanto começo a olhar para o passado novamente, mas logo, antes de ficar perdida nas lembranças, reajo.

— Esqueci, de fato. Esqueci tudo o que aconteceu — respondo mal-humorada, afastando qualquer rastro de recordação parecida com a felicidade que se aproxime de mim.

— Os bons momentos também? — pergunta em uma voz suave, e um sentimento se apodera de mim, ainda que só por uma pequena fração de segundos. É então que vejo seus olhos de menino inofensivo e arrependido, e percebo que conheço de verdade todas as suas facetas, mas prometo a mim mesma que não vai me enganar de novo. Sei onde ele quer chegar, e também sei de toda a dor que me causou, o que me faz ver que ele não mudou, mas eu sim, e não me permitirei voltar atrás. Ninguém deveria voltar ao passado para relembrar sofrimentos. Deveríamos guardar apenas as lembranças inesquecíveis e recorrer a elas quando fosse necessário, e... seguir em frente, deixando o resto para trás.

— Está passando a hora e estamos perdendo tempo de reabilitação. Você é o fisioterapeuta, não é? Então... por onde começo?

— Por dizer que me dá uma segunda chance — diz em um tom suplicante, diante do qual eu suspiro com relutância e me nego a encará-lo. Só falta que se ajoelhe e diga que ainda me ama; pelo visto é melhor ator do que eu pensava.

— Ouça, não quero continuar falando de minhas histórias do passado. Tudo que tinha para dizer já foi dito. Mas se quiser eu repito, caso você não tenha entendido algo, porque parece que ainda não foi capaz de compreender. Agora preciso fazer a reabilitação, e é por isso que vim.

Ele sorriu de novo, mas me obrigo a não olhar para ele, não quero voltar a cair em sua rede. Não outra vez. Há histórias que um dia já tiveram um final, e se existe final existe um novo começo, e esse começo que eu precisava já chegou à minha vida.

— Bem, por que não me mostra o que Diego lhe ensinou?

— Ele me ensinou mais do que exercícios — provoco, ainda com uma pontada de ira em minha voz, enquanto luto para me acalmar.

— Se é assim que você quer... agora não sou eu quem está fazendo você perder tempo.

Quem ele achava que era para falar comigo desse jeito? Em alguns momentos até parece que pode ser carinhoso, mas depois demonstra-se irritado comigo, invertendo os papéis.

Começo meus alongamentos diários, ignorando seu olhar constante, que repara mais em mim do que em meus exercícios. Estou irritada e tensa demais, e jamais foi assim com Diego. Ele me dava confiança, com ele estava tranquila, e é nestes momentos que me pergunto o porquê de sua partida. Enfim acabo os alongamentos, depois do que parece ter levado o dobro do tempo costumeiro. Por um momento, Jack não sabe o que dizer.

— Perfeito, vejo que ele lhe ensinou bem todos os exercícios. Parece que você foi uma boa aluna, não entendo por que comigo tem que ser tão diferente…

— Não quero voltar a falar com você — digo, virando o rosto. Estou verdadeiramente irritada e não quero falar com ele depois de ele ter me olhado durante toda a reabilitação. Se ele não fosse meu fisioterapeuta, acho que lhe teria dito algumas coisas.

— Não faça isso. — De repente ele se aproxima de mim e gira meu rosto, de modo a me fazer encarar aqueles olhos escuros que esconderam tantos sentimentos e… então… me beija. Eu o recuso com toda minha alma, com as forças que me restam, mas não posso, não consigo me afastar, é impossível, ele me mantém presa, é tão confuso… Nesse momento, vejo todos os bons momentos que passei ao seu lado e isso me deixa ainda mais confusa e me faz sentir como se estivesse em uma rede.

— O que aconteceu? Por que você fez isso Jack? — Procuro palavras de reprovação quando consigo me recompor, mas não as encontro.

— Preciso de você e ainda te amo. — Por alguns segundos me parece sincero, mas mais uma vez tento não me aproximar de alguém que me causou dor. A verdade é que aquilo que agora é passado deveria ser esquecido. Mas o que fazer quando esse passado retorna? Pode-se recusá-lo ou aceitá-lo, e eu agora estou mais inclinada à primeira opção.

— Você jamais me amou. — Agora não preciso buscar palavras, elas saem sozinhas.

— Eu te amei, mas só percebi quando você desapareceu da minha vida. Sei que enxerguei meu erro tarde demais, e é por isso que agora gostaria de consertar o que quer que eu tenha feito de errado.

— Então, se afaste de mim — respondo com uma determinação que não tinha hoje de manhã e que chega a me surpreender.

— Não foi você o meu erro, porque fui eu que despedacei o que havia de mais valioso em minha vida — diz enquanto seus olhos brilham, e chego a pensar que talvez esteja prestes a chorar diante de mim pela primeira vez na vida. Eu sou o motivo de seu choro? Quem é esse diante de mim? É possível que Jack tenha mudado? Tantas perguntas ainda sem resposta…

Pessoas nos olham pelo que aconteceu há pouco, mas Jack não parece envergonhado, ao contrário de mim, que me sinto incomodada depois do beijo. Ele tenta dissimular, mas o ambiente mudou.

— Por que Diego não lhe ensinou exercícios para as pernas? — pergunta, mudando radicalmente de assunto.

— Porque não voltarei a andar — respondo angustiada, como se voltasse a me sentir fraca.

— Isso não quer dizer que não possa fortalecê-las. Diego talvez tenha pensado que é cedo demais, mas eu acho que você já se sustenta bem com os braços. Pelo menos pode tentar fazer alguns exercícios. Não a obrigarei se não se sentir bem, mas pelo menos tente.

— Está bem, mas prometa que não voltará a me fazer sofrer — digo por impulso.

— Não comecemos de novo... — avisa, mas eu o ignoro.

Como prometido, Jack me ensina alguns alongamentos. No começo não me sinto segura, até que tento e vejo que não é tão difícil como pensei no início. Não tenho força nas pernas, mas esses exercícios são os que me ajudariam a consegui-la.

— Diga, foi tão difícil? — pergunta ele, sem deixar de me olhar.

— Não sabia que ainda poderia me mover apesar de não sentir as pernas.

—Você não sentir as pernas não quer dizer que elas tenham desaparecido. — E por um instante não sei se ele está falando das pernas ou das emoções, mas creio que o fato de eu encontrar duplo sentido não passa de imaginação minha.

Continuo, cada vez mais segura de mim mesma. No início ia com cuidado, observando cada passo. Sei que não sinto dor porque estou sob medicação, mas esta é a primeira vez que volto a sentir as pernas. É uma conquista importante, é um grande passo.

— Bom, já acabamos. Você foi muito bem, por que não tentou antes? — diz Jack ao olhar no relógio e ver que o tempo terminou.

— Era Diego quem tinha que dizer, não eu... Confiei nele, me disse que ainda era cedo demais, que logo teria tempo para tentar, mas que sua prioridade eram os braços.

— Entendo. Aqui cada um usa seus métodos. Quanto tempo ainda tem de reabilitação?

— Um ano. Mas com você, só dois meses. — Sem querer me coloco na defensiva, como se fosse um mecanismo de proteção.

— Achei que você tinha deixado de ser grossa comigo, mas vejo que não. — Ele sorri, divertido.

— Já eu achava que você poderia ser romântico, mas é mais uma mentira — digo cruzando os braços.

— Eu, romântico? Desde quando? — pergunta ele, rindo. — Você fala de algo que nunca irá acontecer.

— É verdade, nem sei por que menciono isso, mas às vezes é bom acreditar em algo que jamais será possível. A verdade é que tudo ficará bem, desde que você não se aproxime de mim — respondo, um pouco mais calma.

— Está tornando as coisas muito difíceis. Podemos pelo menos falar um com o outro?

— Sim, contanto que seja apenas falar — respondo, ainda com um ligeiro mau humor.

— É quase impossível ficar ao seu lado. — Lá vamos nós outra vez. Pensei que tudo tinha acabado, mas não é assim. — O que acha de irmos para fora do hospital? — propõe e não tenho certeza se quero sair com ele.

— Podemos ir a uma praça que fica aqui ao lado, onde há alguns bancos — ofereço, porque prefiro ficar perto do hospital.

— Está bem, como preferir — concorda, dando-se por vencido.

— Mas se algo acontecer comigo, você será demitido — aviso em um tom ameaçador.

— Você estará a salvo, não precisa me ameaçar — diz ele, com um sorriso. E é então que me pergunto... O que estou fazendo agora?

Erros

Vamos para a praça dos bancos, e lembro de ter estado aqui com minha mãe há apenas uns dias, mas sinto como se tivesse acontecido há mais tempo. O valor do tempo aqui é diferente, os dias passam devagar e se tornam eternos.

Jack está do meu lado. Por que não me afasto dele o máximo que posso? O que o torna diferente desta vez? Nem mesmo sei por que aceitei conversar com ele. Estou voltando ao passado, mas sinto que devo falar com ele, para fechar feridas abertas, se não quero que me faça sofrer de novo. Não posso evitar que ele esteja por perto, justo agora. Diego foi embora, e Jack ocupa seu lugar, o que significa que durante dois meses terei que vê-lo toda manhã na academia, e quero poder respirar tranquila sempre que tiver que encontrá-lo. No momento apropriado lhe disse o que tinha para dizer, mas não me lembro, de fato esqueci muitas coisas. Dizem que o primeiro amor não se esquece, mas há coisas que se pode evitar relembrar, bloqueando-as em sua mente. Porque um primeiro amor nem sempre deve ser revivido pelas lembranças, ele nem sempre precisa permanecer no coração com o passar do tempo. Sim, sinto que Jack ainda está em meu coração, mas apenas como uma pedra.

— Elise, sei que faço parte dos erros de seu passado. De fato, fui o que mais a prejudicou, e isso não posso mudar, eu sei e assumo. É por isso que sinto muito. Preciso que me perdoe, preciso parar de pensar em toda dor que lhe causei, e quero que saiba o quanto me arrependo. — Assinto com a cabeça enquanto começo a me confundir com suas idas e vindas, vejo alguém diferente a cada minuto em um mesmo corpo.

— Gostaria de poder acreditar em você, de verdade. Mas tudo o que vivi me ensinou a me afastar das pessoas que só quiseram me fazer sofrer — reflito, e ele me olha confuso.

— Mas me arrependo e juro que jamais voltarei a fazer isso. Não é o suficiente?

— Não, Jack. Não quando o sofrimento já foi causado e as feridas estão presentes, mesmo que cicatrizadas. — Eu me esforço para não deixar que suas palavras me afetem e ao mesmo tempo para manter-me firme em minhas convicções.

— Não há nada que eu possa fazer para consertar nossa história? — suplica, mas não confio nele.

— Na verdade, há algo — digo, depois de pensar com calma. — Se ainda me ama como diz, não irá se importar em me ajudar na reabilitação.

—Tecnicamente sou seu fisioterapeuta agora, esteja ou não de acordo. E se por acaso se esqueceu… meu direito e obrigação é ajudá-la em tudo o que for possível.

— De acordo… — respondo, ainda sem ter as coisas muito claras.

— O que você tem, Elise? Já não é mais a mesma… — Ele me encara e vejo tristeza em seus olhos.

— Tem razão, não sou. Agora sou mais forte.

No instante em que digo isso, compreendo que agora mesmo não me sinto assim. Estou frágil e vulnerável, e neste momento Jack poderia aproveitar para voltar a me fazer sofrer. Mas desta vez nada será assim, porque aprendi pela dor.

—Posso ver em seus olhos que você está mais forte, mas também vejo que não está em um bom momento. — Agora se apresenta um Jack compreensivo e não sei qual de suas caras é mais surpreendente ou talvez falsa.

— O que está dizendo? Eu me sinto ótima, estou no melhor momento de minha vida.

Todo o sarcasmo disfarça a dor e a vontade de chorar até fechar os olhos, porque não posso mais continuar me machucando.

— Posso perguntar uma coisa? — pede ele, com certa cautela.

— Depende do que for.

— E se eu pedisse uma segunda chance?

— Por que está me perguntando isso agora? — questiono, lembrando do que ele tinha me dito sobre fingir que não nos conhecíamos e deixar de lado todos os erros passados.

— Gostaria de poder voltar com você — admite ele com sinceridade, ou pelo menos é o que parece.

— Não posso. Já lhe dei uma oportunidade, e você me mostrou toda a dor que poderia causar. Não creio que tenho força suficiente para voltar e tentar neste momento. Agora minha força está concentrada em me recuperar, e não nas mil formas que você teria para me destruir.

— Elise, não sabe o que está dizendo. Eu mudei, de verdade. — Ele aumenta o volume da voz, claramente exasperado.

— Quando você demonstrar com atitudes e não com palavras bonitas, eu acreditarei. Enquanto isso, só consigo ver em você o mesmo rapaz estúpido e ignorante que conheci no passado.

— Estúpido e ignorante? Sou só isso para você? — Ele eleva ainda mais a voz, mas o que não sabe é que já não me intimida mais.

— É o que você sempre me demonstrou ser. Se não quiser que o chame assim, demonstre-me que estou errada sobre quem está por trás desses olhos que chegaram a ser impiedosos — digo, com a testa franzida.

— Entendo que eu tenha sido um problema para você. Eu te machuquei, é verdade, mas não posso permitir que meus erros do passado afetem o presente.

— Não foram somente os seus erros, eu também cometi os meus. O primeiro foi me aproximar de você.

— Não me diga isso, por favor. Conhecer as pessoas jamais é um erro, sempre se aprende alguma coisa. Posso demonstrar que mudei, mas apenas se você me der uma segunda chance — fala em um tom de culpa que não é confiável, pelo menos não para mim.

— E quem disse que eu lhe daria uma segunda oportunidade? Acho que você está fazendo suas próprias especulações. Mesmo que lhe desse essa segunda oportunidade, a verdade é que já não estou apaixonada por você.

— O beijo desta manhã não dizia isso. — "E ainda por cima tem a coragem de lembrar do beijo?", penso enquanto luto para não gritar com ele.

— Foi você quem me beijou. Eu só queria fazer minha reabilitação, não queria ver você nem mesmo em meus pesadelos.

— Sei que no fundo você ainda tem sentimentos por mim. Elise, pelo menos pensará nisso? Todo mundo merece uma segunda oportunidade, mesmo que tenha agido mal. Você mesma me disse isso uma vez.

— Que todo mundo mereça uma segunda chance é totalmente correto, mas quando se trata de uma pessoa que tenha causado sofrimento... Não sei se quero errar de novo com você. Já destruiu a minha vida uma vez, não tenho por que passar por isso de novo.

— Não a farei sofrer mais. — Mais falsas promessas que desaparecem com o vento.

— Não acredito. Já faz muito tempo que não confio em você — me limito a lhe dizer a verdade sem nenhum tipo de tabu.

— Você sempre pode recomeçar do zero e confiar em mim. — Ele continua insistindo, mas não conseguirá me convencer.

— Não é isso o que quero — digo e finalmente o encaro nos olhos.

— E o que é que você quer? — me pergunta em uma voz baixa, quase um sussurro.

— Começar uma nova vida.

As perguntas e respostas saem sozinhas.

— Por que quer começar uma nova vida? — questiona, e me encara com curiosidade.

— Não tem nada a ver com você... voltei a me apaixonar, mas desta vez por um rapaz que me deu as forças de que necessito neste momento.

— Diego tinha que aparecer na sua vida, não é mesmo? — diz Jack, incomodado ao pronunciar seu nome.

— Para me fazer perceber o que vale a pena — retruco.

— Mas ele não está aqui agora, e não há nada que você possa fazer.

Ainda que me custe admitir, ele tem razão, mas não dou o braço a torcer.

— Então, se não posso fazer nada, como diz... Você tem dois meses para demonstrar que me ama, mas não como antes e sim de verdade. E que não me fará mais sofrer.

— Isso significa que me dará uma nova oportunidade? — Posso perceber a esperança em sua voz, mas a arranco de uma só vez:

— Para mudar? Claro. Mas não crie ilusões, porque não voltaremos a ficar juntos nunca mais, aquela foi uma etapa de minha vida que deixei para trás, com tudo o que havia de bom e de ruim. — Sigo firme com meus pensamentos iniciais.

— Sem mágoas? Começamos do zero? — Ele continua esperançoso e pode ser que até me doa o fato de saber que não tenho esperança alguma sobre nós dois. Porém quero saber se ele mudou verdadeiramente como diz.

— Nunca fui uma pessoa rancorosa, mas isso não quer dizer que tenha perdoado você. Pelo menos lhe dou uma segunda chance, para que sejamos amigos. Leve isso em conta. Não peço nada, só quero ser feliz. E se me ama de verdade, não me machucará nunca mais. Para começar, nunca deveria ter me machucado de tantas formas. Por que me enganou? Por que não ficou comigo? Por que me batia pelos erros que você cometia? — Tenho tantos porquês acumulados, há tanto tempo esperando para serem respondidos, mas Jack me silencia rapidamente com um beijo fugaz. Desta vez reajo de imediato e me afasto; não posso deixar que nada condicione minhas decisões, muito menos por um par de beijos que não significam nada para mim.

— Teremos tempo para responder a todos estes porquês. Enquanto isso, quero demonstrar que mudei. Não sou o mesmo que você conheceu. Depois de deixar você, fui a um psicólogo para tratar toda minha raiva e meus problemas. Ele me disse que deveria lhe pedir perdão pela forma tão dolorosa como a tratei, era o mínimo que eu poderia fazer por você, se me importava. Ontem, quando fiquei sabendo que seria o seu fisioterapeuta, não pude evitar sentir uma leve esperança ao pensar que você poderia me perdoar, era a minha oportunidade para demonstrar quem eu sou agora. Ao mesmo tempo me sentia triste por seu estado, porque nos últimos anos você tem sido obrigada a passar por todo tipo de sofrimento. Mas agora chegou a hora de corrigir meus erros.

— Nossos erros. Mas ainda não acredito que você tenha procurado um psicólogo.

— Comecei com a terapia um mês depois de terminarmos. Pensei em tudo o que fiz, e soube de imediato que precisava de ajuda. Tinha feito sofrer a única pessoa que tinha me amado. Mas agora é tarde demais, e entenderei se você não puder me perdoar, e mais ainda que não volte a me amar. Ficarei satisfeito se você não voltar a se afastar de mim.

— Ainda que me dê motivos, não posso chegar muito longe — digo e penso na ironia tendo em conta a situação na qual me encontro.

— Deixaremos para trás o passado, para viver um presente melhor? — Ele me olha com uns olhos diferentes, talvez tenha mudado um pouco.

— Só se fizer todo o possível para me demonstrar que é diferente.

Jack me abraça e sei que eu deveria me afastar, como quando me beijou, mas me sinto sozinha neste momento e tenho que reconhecer que necessito de companhia. Um simples gesto às vezes nos faz sentir um pouco melhor, ainda que por um pequeno instante.

— Sei que você gosta de Diego. Ele é meu amigo, na verdade um bom rapaz, e vai fazer você feliz.

Suas palavras me deixam surpresa.

— Não entendo você; um minuto atrás me implorava por uma segunda chance e agora diz que ele me fará feliz. Sem mencionar que, no início, você o chamou de idiota.

— Esta é minha Elise, a que sempre questiona tudo. Deixe que eu tire suas dúvidas. Mais que isso, responderei a tudo o que me perguntar.— Ele me oferece um sorriso sincero, que não aceito.

— Tudo bem, para começar... Por que chamou Diego de idiota?

— Porque vi quanto você o ama, pelo brilho de seus olhos ao falar dele, e me senti bem por sua felicidade, mas mal porque sou eu quem antes lhe oferecia isso. Na verdade, somos amigos. Foi ele quem me disse que havia uma garota especial na cadeira de rodas...

Ignoro essa última parte e sigo em frente.

— Minha felicidade jamais dependerá de você ou de outra pessoa qualquer, a não ser de mim mesma. Bem, aí vai outra pergunta. Por que me fez sofrer tanto?

— Porque chegou uma hora em que eu perdi o norte, não sabia o que fazia, até que a vi chorando completamente destruída. Foi aí que algo mudou em mim e abri os olhos.

— Eu me alegro por você, mas não me importa que depois de suas más ações diga que é uma pessoa nova. Quero saber todas as razões.

— Elise, você sabe dos meus problemas com o vício, a péssima vida que eu levava, e ainda assim se apaixonou por mim. Tentei lhe dizer para se afastar, mas não podia ou não queria. — Penso que foram ambas as coisas. — No fim, parei de resistir, mas não consegui largar os vícios, porque meus demônios foram mais fortes que meu amor por você. Deixei que ganhassem, e você não sabe o quanto me doeu ver a realidade. Comecei a sair com garotas quando estava saindo contigo, menti para você na maior parte do tempo. E, apesar de tudo, você tinha esperança de que eu mudasse. Agora o novo Jack está diante de você, só que você ainda não percebeu.

— Mas todo o sofrimento... Nada me fará voltar a vê-lo como antes, porque eu também mudei.

Não sei mais o que dizer. Suas palavras parecem sinceras, mas é coisa demais para absorver agora, então decido ir para o quarto para poder pensar com clareza. Não sei por que estou voltando atrás, isso só vai me machucar.

E como disse a ele, eu mudei.

Decisões

Recuso que Jack me acompanhe ao meu quarto. Não quero ficar com ele em um espaço fechado. porque sinto que me falta o ar quando ele está por perto.

O que estou fazendo? Meu subconsciente está zangado comigo, e ao mesmo tempo não para de me fazer perguntas. "Você quer voltar àqueles dias de dor que já havia deixado para trás? Conseguirá algo com isso?" Eu me lembro de que tenho mais coisas a perder do que ganhar com esta situação. Agora, uns minutos mais tarde, penso nos motivos que me impulsionaram a falar com ele. Por que agi assim? Ainda que tenha sido no passado, Jack me causou dor e, apesar de dizer que está mudado, depois de suas muitas mentiras perdi a confiança nele. Agora não adianta que me diga ter ido ao psicólogo para solucionar seus problemas. Uma vez que todo o dano foi causado, talvez seja inútil pedir perdão. Não quero escutar suas palavras bonitas e poéticas feitas para que me apaixone por ele de novo. Há alguns dias pensei que eu poderia mudar em 365 dias, e venho conseguindo, mas com Jack ao lado sinto que em vez de avançar irei retroceder. E isso é justamente o que não quero, o que devo evitar isso a todo custo. Por outro lado, não posso me afastar dele; eu o verei todos os dias, e obviamente não abandonarei a reabilitação só para não ficar do seu lado. De todas as tolices que eu poderia fazer, a mais absurda seria largar a fisioterapia. Da minha parte, hoje já falei o suficiente e inclusive pode ser que demais, e algumas das perguntas que queria lhe fazer foram respondidas. Ele parece estar diferente, mas será sincero? É difícil acreditar que seja. Como lhe disse, preciso de provas, não que me diga o que eu gostaria de ouvir. De toda forma, quando ele me fizer mudar de ideia, será tarde demais. Ele já terá ido embora, e Diego voltará a seu lugar, e quero acreditar que tudo voltará a ser como uns dias atrás.

O som de minha música favorita interrompe meus pensamentos. É um número desconhecido que está me ligando, mas ainda assim não penso duas vezes antes de atender.

— Quem é? — pergunto, ainda distraída

— É o Diego. Elise? — fala a voz da qual eu sentia tanta falta.

— Sim? Aconteceu alguma coisa? — digo sem fôlego. Não posso acreditar que ele esteja me ligando.

— Calma, só queria saber como foi seu primeiro dia com o novo fisioterapeuta.

— Sobre isso... não sei se é o momento de falar, ainda mais pelo telefone... mas não posso esperar para contar.

— O que aconteceu? — Agora é ele quem está preocupado.

— É meu ex-namorado. É parte de meu passado. E não suporto ter que fazer a reabilitação com ele.

— Se quiser pode mudar de fisioterapeuta, ninguém está te obrigando a ficar com ele. Ou você quer ficar com ele? — questiona ele, e sei no mesmo instante que não é isso o que quero.

— Não, de forma alguma — respondo de imediato. — É um erro do meu passado, nada mais. Ele me causou muito sofrimento e não quero voltar a passar por isso. Sinto muito sua falta, Diego — acrescento em voz baixa.

— Elise, retornarei logo, os dias passam. Ele lhe ensinou algo novo?

— Uns exercícios para as pernas.

— Está bem, se ele considera que chegou o momento... Cada pessoa tem o seu próprio tempo... Como se sente? — pergunta, com verdadeira preocupação.

— Bem, pensei que seria pior, mas o fato de que não sinto as pernas não significa que elas não estejam aqui — cito as palavras que Jack me disse.

— Tem razão, completamente. Mas como você está? Já passaram os dias ruins?

— Ainda não. É uma fase ruim, vai passar. Quando você estiver ao meu lado essa fase ruim terá passado para sempre — digo e na hora penso em como minhas palavras soam patéticas e teatrais, mas não posso voltar atrás. Mais uma vez acabei dizendo simplesmente o que sentia.

— Bom, preciso ir, estão me esperando. Só queria saber como você estava.

Depois de uma pausa, parece que está pensando no que vai falar. E isso me faz suspeitar um pouco do que vai me dizer.

— Eu te amo, Elise. Espero que continue me amando o suficiente para esperar por mim.

— Claro que sim — respondo, e sinto que se forma um nó em minha garganta, e quase me saltam as lágrimas de emoção ao escutar que ele me ama.

Não posso acreditar que tenha dito isso; é o que eu precisava para me afastar de Jack. Percebo esta ligação como um pequeno sinal que me serviu para esclarecer muitas dúvidas. Gosto de Diego, e nada me fará mudar de opinião, nem sequer se Jack diz ser uma pessoa melhor ou se me diz inúmeras vezes que me ama. Já tomei uma decisão: o passado ficou para trás e não será desenterrado.

Estou entre todos esses pensamentos quando vejo uma moça chegar a meu quarto. Parece ter a mesma idade que eu, ou talvez seja um pouco mais velha. Apesar de estarmos em um hospital, ela está muito maquilada, o que não é habitual de se ver por aqui. Também penso que sua roupa não é a mais apropriada, mostra um pouco demais para o meu gosto. Mas antes de criticar a garota percebo que não sou ninguém para dizer como as pessoas devem viver, se sou eu a primeira que não sabe o que fazer da vida. Finalmente ela parece se dar conta de que não está sozinha, e me olha com uns olhos gelados. Posso perceber desprezo em todo o seu ser antes que me diga algo.

— Tinham que me colocar com a garota mais feia do andar, e ainda por cima anda em cadeira de rodas, e tem de tudo menos namorado.

Ouço sua risada desprezível. Eu a olho com desconfiança... só se passou um minuto escasso desde que a vi pela primeira vez! Da mesma forma que há quem diga que existem amores à primeira vista, também podem existir sentimentos opostos, como o ódio. Depois de alguns segundos, reparo que a seu lado está uma mulher mais velha, que suponho ser sua mãe, olhando para ela e envergonhando-se pela atitude da filha. Porém, imagino que não deve ser a primeira vez que a mulher presencia cenas assim. Tenho muita vontade de dizer à garota tudo o que penso a respeito dela e de seus modos, mas acho que o melhor é mostrar que suas palavras não me afetam. No fim das contas, estou bastante segura de que pouca gente pode conhecê-la sem depois criticá-la pelas costas, sem falar da falta de amizade. "Quem gostaria de ser seu amigo?", penso, e de certo modo isso me causa tristeza.

Decido não entrar na discussão. É como diz o ditado: se um não quer, dois não brigam. A única coisa que eu conseguiria seria dar palco para ela, e eu não farei parte de seu jogo.

— E quem é esta moça tão simpática que não sabe bater na porta antes de entrar? — rebato, tentando me demonstrar tranquila, ainda que explodindo de raiva por dentro.

— Sou Sarah, alguém que não lhe importa — responde mal-humorada, mas eu a ignoro.

— Então, se não me importa nada de sua vida... Não fale comigo. É assim bem simples: viva sua vida que eu não me meterei nela, mas para isso afaste-se de mim. — Mesmo não querendo entrar em nenhuma discussão, creio que é o momento certo para esclarecer algumas questões e evitar futuros problemas.

Dito isso, saio do quarto, mesmo que seja apenas para ir à rua.

Decido falar com a única pessoa que me compreenderá neste instante.

Procuro na agenda do celular o número de Drew, e quando o encontro me sinto um pouco mais aliviada. Preciso falar com ele. Quando escuto sua voz sinto que posso falar com toda a confiança, sem temer nada. Ele é meu amigo, foi uma grande ajuda nos primeiros dias, evitou que me afundasse na tristeza, e isso é muito importante para mim.

— Elise, que alegria poder escutar você! Como você está? — pergunta, com sua alegria habitual

— Estou bem. Sinto sua falta e seu irmão se foi. — Decido ignorar o peso da tristeza que se apoderou de minha voz quando falo de seu irmão.

— É verdade! É por causa do estágio — diz, relembrando. — Eu não pensava que ele iria tão cedo, ele me disse há uns dois dias. Sinto muito. Como você está?

— Não posso mentir, afinal você é meu amigo do início ao fim. Estou destruída. Passei uns dias muito bons, quando você estava do meu lado, mas... depois a tristeza se apoderou de mim.

— Todos temos recaídas, mas logo você estará melhor. Enquanto não estiver mal fisicamente, tudo vai ficar bem. Pouco a pouco, você se sentirá melhor, não é como mágica. Seja paciente, porque os dias ruins também passarão e chegarão os bons.

— Mas isso não é tudo... Uma pessoa do meu passado regressou, depois que Diego foi embora. — Sem querer me vejo mencionando Jack.

— Quem é? — pergunta Drew, e noto curiosidade em sua voz.

— Meu ex. Eu já o havia esquecido... Até algumas horas atrás, quando voltei ao passado ao vê-lo de novo.

— Você decide o que fazer. Se ele se tornou um ex, foi por alguma razão, não? Algum motivo teve para não fazer mais parte de sua vida.

— O motivo é todo o sofrimento que me causou. Ele diz ele que mudou, mas eu não acredito. Custa acreditar — digo, olhando para o chão.

— Se você gosta de verdade do meu irmão, não acho que deva brincar com os sentimentos dele nem de ninguém. Primeiro se decida e ponha seus sentimentos em ordem.

— Mas já decidi! Eu gosto do seu irmão! Eu o amo com todo o coração e desejo que ele sinta o mesmo por mim. Drew, me perdoe, me deixei controlar pelas emoções — digo arrependida depois desse rompante. Não posso me permitir falar assim com um amigo.

— Está bem, então você deve lutar por ele, se é o que sente que deve fazer de verdade. Não posso fazer nada mais do que escutá-la.

— Muito obrigada, Drew — respondo, com sinceridade.

— Obrigado a você por se lembrar de mim. Então, alguém ocupou o meu lugar?

Eu relembro os dias em que ele estava na cama ao lado e isso me entristece ainda mais.

— Uma garota odiosa, eu realmente não a suporto. Chegou esta manhã, e um minuto depois já estou na rua para me afastar dela.

— Certo, vejo que se tornaram amigas de cara... — responde ele, e posso imaginar seu sorriso do outro lado do telefone. — Bom, é impossível se dar bem com todo mundo.

— Minha intuição diz que seremos amigas para toda a vida... — digo, e não posso evitar rir, ainda que a situação não seja a mais engraçada.

— Preciso ir, outro dia a gente se fala, tudo bem? Qualquer coisa que aconteça, me ligue. Vamos ver se posso passar para vê-la um dia desses.

— Isso seria fantástico. Quero dizer... Como quiser — respondo, tentando não demonstrar muita ansiedade.

— Adeus, Elise. Cuide-se. Os dias ruins ficarão para trás e você irá esquecer deles, enquanto os bons serão lembrados para sempre. Entendido?

— Adoro falar com você, de verdade — digo com um sorriso verdadeiro.

— Eu também, Elise...

Não viverei de seus sonhos

— Elise, já pensou sobre a segunda chance? — pergunta Jack ao chegar na academia. Faz alguns minutos que o estou esperando, e suspiro cansada.

— Pensei um pouco melhor, e acho que não tem problema algum em você demonstrar que está diferente, mas sinto muito, não lhe darei essa segunda oportunidade para ficar comigo. — Cruzo os braços e olho para as pessoas que estão a meu redor.

— É por causa dele? Sério? — diz com desprezo, sem nem mesmo mencionar seu nome.

— Quem? — Finjo não saber de quem Jack está falando.

— Diego — responde ele, de mau humor. — Elise, não se faça de tonta agora. Sei que você o ama, não me importo. É sua vida e você decide como viver, mas quando as coisas derem errado não venha dizer que eu não a avisei.

— Que ironia, levando em conta que a pessoa que mais me fez sofrer foi justamente você. Não acredito que as coisas possam ser piores do que com você.

— Quero parar de falar disso. Vamos começar — diz enquanto se encaminha para os aparelhos da academia.

Sempre faço a mesma rotina, os mesmos alongamentos para começar, e a cada dia aprendo alguns exercícios novos. Estou aprendendo muitos para as pernas com Jack, o que é bom, porque desejo, com toda a força que tenho, voltar a andar.

Os minutos passam sob um silêncio que poderia ser cortado com uma faca. Estamos rodeados de gente, mas noto apenas a tensão que há entre nós dois.

A verdade é que eu gosto mais do Jack que está calado do que daquele que gritava comigo e me insultava de madrugada.

A hora passou, e antes de eu sair ele freia minha cadeira de rodas. Sei que dirá algo e não será exatamente encantador. Posso ver a ira em seus olhos e também a luta para a conter.

— Sabe de uma coisa, Elise, querida? Desse jeito, agora que está em uma cadeira de rodas, você não me serve para nada. — Vejo seu sorriso cínico e algo se revolve em mim.

— O quê? Então... Eu era só isso e agora você não quer mais nada? Eu era só um brinquedo para você se divertir? Já sabia, mas agora você mesmo se entregou, confirmou até onde pode ir — grito, apesar de estarmos rodeados de gente que fica me olhando, mas o curioso é que não me importo com nada.

— Talvez você tenha sido menos do que isso. Era ingênua demais para se dar conta de que o sofrimento estava à espreita. Percebeu um pouco tarde.

— Você é um imbecil. A cada segundo demonstra que não mudou. Continua sendo o mesmo de sempre, mas jamais pensei que você só me usava, pensei que no fundo me amasse. Isso demonstra o quanto você é desprezível!

Não tenho mais nada a dizer, então trinco os dentes enquanto me esquivo de seu olhar.

— Eu te amava, e continuo te amando, mas se você não vai ser minha nunca mais, não espere que a trate com carinho.

— Eu lhe disse que, se me amasse de verdade, não me machucaria. Mas vejo que se volta contra mim só porque algo não saiu como você esperava. O que você quer de mim? Quer me destruir de novo? Não desta vez, Jack. Depois do acidente eu mudei muito. E mais, tenho menos de um ano para continuar mudando até sair da reabilitação, e nem você nem ninguém vai me impedir de conseguir — digo em voz alta, mas agora sem gritar. — Estou zangada porque você voltou para minha vida para continuar me machucando, mas desta vez conheço seu jogo, e não voltarei a jogar. Você não mudou, eu sabia — sentencio. Se fosse possível, sairiam faíscas de fogo de meus olhos.

— Sim, eu mudei, mas só queria que você observasse isso ao meu lado — insiste ele, mas seus esforços são em vão.

— E se não for ao seu lado, você se irrita e volta a ser o mesmo de antes? — questiono, indignada.

— Pode ser, mas...

Eu não o deixo acabar.

— Sabe de uma coisa? Podemos ser amigos, não gosto de guardar rancor de ninguém, mas não quero repetir o mesmo erro duas vezes. Pensei que você fosse uma etapa da vida que tinha acabado, com tudo o que houve de bom e de ruim. Porém, aqui está você, gritando outra vez só porque eu disse que não quero voltar com nosso relacionamento. Podemos conversar, mas nada voltará a ser como era antes, porque já não te amo. O que mais tenho que dizer? O que mais você quer?

Ele parece fora de si depois de tudo o que lhe disse, mas se recompõe rapidamente.

— Responda uma pergunta apenas. Por que você ama Diego?

— Ele é um rapaz maravilhoso que me deu muitos motivos para ser forte e continuar em frente, que é o que mais necessito neste momento.

— Lutará por ele? — questiona Jack, e não sei que resposta espera que eu lhe dê.

— Na medida do possível — respondo, confusa pela mudança da situação.

— Está bem, então espero que sejam felizes — diz, com um sorriso que esconde milhões de emoções.

— O que é essa mudança de atitude? — pergunto.

— Não sei se você lembra, Diego é meu amigo. É um rapaz bom que cometeu muitos erros, mas quem sou eu para julgar? Eu o conheci na terapia, ele ia para tratar os seus próprios problemas e desde então é um rapaz diferente, que mudou muito. Quero que, se não for para mim, que ao menos você faça outra pessoa feliz.

— Isso me parece muito bom de sua parte — declaro, mas sei que não acredito muito.

— Elise, estou falando a verdade. Quero que, se você não for ficar do meu lado, pelo menos volte a amar outra pessoa. Nós nos veremos amanhã.

Não me incomodo nem em dizer adeus, Jack não merece depois de tudo o que me disse. Vou embora o mais rápido que posso, não quero mais ver esses olhos que só demonstraram dor nos últimos minutos.

Quem é o cara que afirma querer que eu seja feliz? O primeiro Jack é o que me despreza e faz todo o possível para me magoar, esse eu o conheço há tempos. Mas a segunda versão… Ou está mentindo para mim, ou mudou um pouco de verdade. Porém, jamais saberei. Não sei o que se passa em sua mente.

"Elise, afaste-se dele o máximo que puder. Não volte a cair em suas redes. Você já tomou sua decisão, e escolheu Diego, o rapaz que a fará feliz. Lute por ele e esqueça os outros", diz minha consciência.

Recebo uma mensagem e sorrio ao ver de quem é.

Oi, Elise, posso visitar você por volta das cinco?

Claro, Drew, faz dias que não nos vemos. Marcamos na cafeteria?

Ok, até daqui a pouco.

Minha alegria desaparece rapidamente quando vejo Sarah no quarto. Não a quero perto de mim, quanto mais distante melhor. Ela é alguém que sente prazer em fazer mal aos outros. Ainda que não tenha dito, sinto que é uma pessoa desprezível.

Não tenho vontade de entrar no quarto, por isso saio para a rua. Raios de sol banham a cidade. O verão começou há pouco tempo, mas não sei ao certo quando.

Recebo um telefonema, parece que hoje todo mundo se lembrou de mim.

— Oi, Elise, como você está, princesa?

— Clara! Estou bem... Quando você vem? — pergunto, porque faz muitos dias desde a última vez que nos falamos.

— Não estou conseguindo ir te ver, mas estou tentando arrumar tempo. Ouça... tenho uma notícia — anuncia emocionada e me deixa ansiosa.

— O que é? — pergunto, com curiosidade evidente.

— É sobre os concertos de piano... Eles lhe darão uma segunda oportunidade, como seus pais pediram!

— Como meus pais pediram? — Não posso evitar gritar. Meus pais fizeram o quê? Estou tão confusa que não entendo nada. Clara toca outro instrumento, o violino, de modo que ela, sim, esteve no recital. Além disso, sempre está informada de tudo o que acontece na escola de música e mantém uma boa relação com meus pais. Ainda assim, não me parece certo que ela fique sabendo antes de mim, que sou a principal interessada.

— Pensaram em fazer uma surpresa... — diz ela, apenas em um murmuro inaudível.

— E se eu não quiser essa segunda oportunidade, já que não quero mais tocar piano? — pergunto, exaltada.

— Eu... sinto muito. Não sei o que dizer, pensei que tinham lhe falado. Eu não deveria ter dito nada, mil desculpas — pede, arrependida.

— Fique tranquila, não é sua culpa. Preciso falar com meus pais sobre muitas coisas, sobre tomar decisões que seriam minhas — respondo, cada vez mais irritada com eles.

— Espere, Elise, não se precipite — diz Clara, tentando me acalmar. — Eles fizeram isso porque pensaram que você gostaria, é que pareceu que você tinha ficado muito triste aquele dia por não poder se apresentar. Fizeram na melhor das intenções. — Sei que ela se esforça para defender meus pais, mas para mim não há nada que justifique o que fizeram.

— Tenho muito o que falar com eles, depois converso com você. — Eu me despeço rapidamente.

— Sinto muito, de verdade. — Clara continua arrependida e começo a me sentir mal por ter gritado com ela.

—Não é sua culpa, você não tinha como saber — falo em um tom mais tranquilizador.

— Adeus — diz, mas mal a escuto. Posso sentir que está arrependida, ela só tinha me dado a notícia, e fui um pouco grossa com ela.

Chego a meu quarto o mais rápido que posso, e ignoro os olhares assassinos que Sarah me lança. Eu me dirijo a minha mãe.

— Por que pediu em meu nome uma segunda oportunidade para tocar? — Não me incomodo em lhe demonstrar a minha irritação, até porque não poderia fingir por muito tempo.

— Elise, para começar, acalme-se. Quem lhe contou?

— Clara acabou de me ligar, diz que me concederam outra oportunidade para tocar — conto enquanto mostro o registro da ligação.

— Pensei que você gostaria de poder tentar — ela se desculpa.

— Mamãe, tocar piano não é meu sonho. Se eu não lhe disse é porque tinha medo de ferir seus sentimentos, mas não sou feliz porque esse não é o meu sonho. O que mais me dói é que você tenha tomado as decisões por mim, sem levar em conta que não pode e nem deve sair por aí decidindo por conta própria em assuntos que me afetam, sem ao menos me consultar antes. Quando pretendia me contar?

— Queria contar logo, Elise. Teria lhe dito amanhã ou mesmo hoje.

— Isto chegou longe demais. Não quero viver dos seus sonhos. Quero ser escritora, não pianista, ainda que tenha dedicado tudo de mim ao piano. Sei que eu não serei feliz tocando, nem agora nem nunca. Peço que você jamais volte a tomar decisões sem antes me consultar.

— Sei que foi um erro de minha parte — escuto ela dizer arrependida.

— Você ocultou isso de mim como um segredo trancado a sete chaves. Por quê? — pergunto, me esquecendo da raiva que se apoderou de mim.

— Pensei que, depois de tudo o que lhe aconteceu, você gostaria de tentar de novo.

— Não é que eu não queira, é que não pretendia continuar com essa farsa. Repito: não viverei dos seus sonhos, sinto muito. — Mas o "sinto muito" é geral, é pela forma como falei, quando esqueci que ela agiu com boa intenção, tal como Clara me disse.

Não a deixo dizer nada; saio do quarto e vou outra vez para a rua, deixando-a sozinha. Ela não merece a maneira com que a tratei, mas por que escondeu isso de mim?

Palavras afiadas

O tempo vai passando a um ritmo mais lento do que eu gostaria. Já parei de contar os dias que passaram e os que ainda faltam, porque parecem distantes. Gostaria de compartilhar o quarto com alguma garota com quem eu me desse melhor, não seria nada ruim conhecer pessoas aqui no hospital. Sempre é bom ter alguém por perto. Drew é e foi meu melhor amigo, e sei que se preciso falar com ele posso lhe ligar sem pensar duas vezes. Toda semana ele vem me visitar. Não se esqueceu de mim, e é verdade que ele é muito importante para minha vida. Gostaria que ele não esquecesse de mim com o tempo, mas sei que é o que vai acontecer. É o tipo de coisa que acontece com frequência, esquecer de alguém porque cada um vive sua vida. Drew estará constantemente a meu lado durante um tempo, mas à medida que os dias passarem nos distanciaremos, porque ele deve voltar à rotina, enquanto eu continuarei aqui. Quando penso nisso a tristeza me invade, porque não tenho tido companhia nos últimos dias.

Sobre Diego… Sinto saudade, ainda fico melancólica quando penso nele. Parece ter passado uma eternidade desde que ele me disse adeus, mas faz somente algumas semanas que se foi... Nessas semanas, tenho sentido muito sua falta. Não tínhamos chegado a nada, mas sem saber por que preciso dele. Ligo para ele quase todos os dias, preciso escutar sua voz. Diego é meu remédio, e agora que ele desapareceu a dor voltou mais forte.

Muita gente faz falta em minha vida. Meus amigos foram cada um para seu lado e com o tempo me deixaram um pouco abandonada, o que me faz reconsiderar se essas amizades eram mesmo verdadeiras. Os únicos que ficaram a meu lado foram meus pais, além deles o resto da família me visitou poucas vezes. No início se preocuparam, talvez até mesmo em excesso, e agora... já se esqueceram até do meu número de telefone.

Nada disso deveria me afetar, não é o pior que aconteceu em minha vida. Eu deveria estar preocupada com minhas pernas, com meu estado em geral. Mas ainda conservo a esperança de voltar a andar, e não pararei de lutar até conseguir. É difícil, mas não impossível; penso nisso quando me desanimo.

Meu diário é a única testemunha desta luta. Pode ser que quando acabe esta experiência eu já tenha mais de um livro escrito. Talvez por um lado não seja tudo tão ruim.

Eu disse a minha mãe que não viveria de seus sonhos, e assim o farei. Tenho belas recordações do que vivi por todos estes anos com a música, mas jamais fui feliz com isso, em nenhum momento eu quis ser pianista. Meu objetivo é ser feliz com o que me agrada de verdade. Não posso dizer que os decepcionei, mas sei que não esperavam isso. Até surpreendi a mim mesma quando lhes disse tudo o que precisava dizer, mas não pude suportar que tomassem decisões por mim. Cancelei o concerto... Para sempre. Se na primeira vez ele não aconteceu foi por algum motivo, é por isso que agora, um tempo depois, não desejo ter essa segunda oportunidade.

Sarah não tem sido tão violenta comigo ultimamente. Eu não quis continuar o jogo me comportando da mesma maneira que ela, e parece que ela também cansou de jogar para ver quem é a mais irritante das duas. Sei que é pouco provável que sejamos amigas um dia — se é que se pode falar assim. Mas às vezes a pessoa que nos ajuda é aquela que menos esperamos, e quero pensar que talvez aconteça isso entre Sarah e eu, mesmo sabendo que está muito longe de ser verdade, pelo menos por enquanto.

Neste instante Sarah está ouvindo música a todo volume estirada na cama, mas tirou o fone quando percebeu que eu a observava.

— Não vai escrever hoje? — pergunta olhando para o bloco na mesinha de cabeceira.

— Vou escrever mais tarde, agora não estou com vontade — respondo com pesar. — Por que se interessa pelo que faço? — pergunto, um pouco surpresa por ela ter falado comigo.

— Não precisa estar sempre na defensiva, Elise. Você parece estar sempre preparada para responder e contra-atacar, sabe? Fazer você sentir raiva a cada hora não me parece tão divertido como pensei que seria — diz com um sorriso, zombando de mim.

— No fim, percebeu que machucar os outros só serve para você ficar sozinha. Onde estão seus pais e seu irmão? — pergunto ao lembrar do garoto de doze anos que há uns dias veio ao quarto para ver a irmã.

— Hoje não vieram, e ontem… Também não.

Por que vejo pena e dor em seus olhos? Ainda que também tenha sentimentos e esteja ferida, isso não a faz diferente, não faz mudar minha percepção a seu respeito. Ela continua sendo a mesma garota repulsiva com quem sou obrigada a compartilhar um mesmo espaço.

— Eu me sinto sozinha…

Sua confissão não me surpreende nem um pouco, mas sim o fato de ela estar contando para mim como se sente.

— Por que será? — pergunto com desdém e acrescento, depois de pensar: — Levando em conta a forma como trata todo mundo, é compreensível que você esteja assim. Não entendo como alguém pode ficar ao seu lado. Ter alguém por perto é algo que você não merece.

— Você é detestável — diz ela com desprezo na voz, e desvia o olhar.

— Agora sou eu a detestável porque te digo a verdade? Não me importo que se sinta igual às pessoas que você fez sofrer, ainda que seja somente uma vez na sua vida. — Não quero começar nenhuma discussão; porém, estou farta de ter que lidar com as atitudes de Sarah.

— Quem é você para opinar sobre meu jeito de ser? — questiona ela, cruzando os braços.

— E você, Sarah? Que tipo de pessoa acha que pode fazer sofrer as pessoas que mais a amam? Se sua família não está aqui é porque está cansada de suportar suas picuinhas dia e noite, e decidiram não vir mais vê-la até que mude o seu jeito de ser com eles.

— O que você pode saber? É a minha família. Eu não sou o motivo — responde, ainda que ela mesma não acredite no que diz.

— Então, pode-se saber qual é a razão pela qual se afastaram de você? — Deixo essa pergunta no ar só para receber só um bufar de exasperação.

— Não fale comigo. — Ela desvia o olhar de mim como se quisesse me afastar de onde estou, mas hoje não pretendo ir para a rua. Não paro de olhar para ela fixamente, não me preocupo se a incomodo. Quero que se sinta incomodada pelo menos uma vez, como eu e outras pessoas nos sentimos a seu lado. De certo modo sei que acertei no alvo, a magoei falando da família. Não posso dizer que venci, mas com certeza Sarah é acostumada a prejudicar as pessoas e, como pude constatar, se diverte com isso. Como ela reagiria se a situação fosse ao contrário? Neste instante, não posso evitar me sentir forte, até mesmo invencível, já que suportei muitas provocações e não pretendo suportar mais nenhuma.

— O que você faz para passar o tempo aqui? — pergunta ela, mudando completamente o tom de sua voz. Parece que sua irritação passou em um piscar de olhos.

— Irrito a companheira de quarto. Não parece legal? — Estou zoando ela, sinto que merecia tudo o que lhe disse e muito mais, mas ao fim das contas a vida se encarregará de lhe dar o que ela merece.

— Você é uma idiota — afirma, me olhando com o canto do olho.

— Eu já estava estranhando, até parecia que você estava sofrendo. Aqui está a Sarah que conheço. — Eu suspiro, olhando para o teto.

— Eu não sou assim— diz para dentro.

— Então demonstre como você é. — Eu a encaro desafiadoramente e Sarah afasta o olhar de mim, mas continuo encarando.

— Não preciso demonstrar nada a ninguém e muito menos a você.

— Então demonstre para si mesma. Não vai chegar a lugar algum fingindo ser quem não é. — Quero que ela reflita, que pense, mesmo que seja só por um instante, mas não é uma tarefa fácil fazê-la pensar em suas atitudes.

— Você sempre fala como os demais devem viver. Tem certeza de que não é psicóloga? Aconselha maravilhosamente as pessoas — diz com ironia, e decido seguir o fluxo.

— Vou considerar isso — respondo com um sorriso, deixando a irritação para trás também.

— Eu estava pensando...

Eu a interrompo bruscamente, porque quero lhe provocar mais um pouco de raiva:

— Agora você pensa? Olha que novidade — digo zombando, e não posso evitar de rir.

— Que seja. — Parece que os papéis se inverteram, agora é ela quem é obrigada a aguentar minha implicância. — Como dizia, pensei em ir ao bosque que há perto do hospital.

— Por que pensou que eu iria junto? Para você me deixar sozinha ao anoitecer?

— Que imagem tem de mim? — questiona, ofendida. — Não tenho intenção de ir se você não quiser, mas você é o mais próximo que tenho de uma amiga — confessa, ficando corada.

— Desde quando somos amigas? Não temos a mesma definição do que acredito ser amizade, porque não me parece que ser amigas significa competir o tempo todo para ver é mais irritante.

— Quero dizer que isto é o mais parecido com uma amizade que já tive na vida, porque você está ao meu lado.

— Desculpe, mas para começar, foi você quem veio para o meu quarto, e desde aquele dia foi a companheira de quarto mais desagradável que já tive. Se não vou embora é porque não posso, tenho que ficar aqui, e você também.

Eu a vejo ficar mais sentida, e desta vez digo a mim mesma que já basta. Uma parte de mim, com tendência a ser bem mais cruel, deseja empurrá-la até o limite, agir como ela fez comigo, mas eu não sou assim. Não quero me tornar alguém assim. É hora de parar de machucá-la.

— Pensou sobre ir ao bosque? — pergunta Sarah alguns minutos depois, quando pensei que a conversa tinha chegado ao seu fim.

— Seria uma boa ideia. Preciso sair do hospital e para respirar ar fresco. Mas não quero ir com você — admito.

— Eu a acompanho — diz convencida, como se em vez de eu não tivesse recusado.

— Não me escutou? Eu disse que não quero. Qual parte de "não quero ir com você" não consegue entender? — Já estou gritando com ela outra vez, como se estivéssemos predestinadas a brigar eternamente.

— Achei que pudéssemos ir juntas. Agora vejo que a ideia não a agrada.

— Não me agrada nem um pouco. Por que iria ficar a seu lado se posso evitar?

— Paremos de brigar uma contra a outra, está bem? Eu me dou por vencida. Vejo que você também é capaz de ferir com as palavras.

— Claro que sou. Posso ser a mais simpática ou seu pior pesadelo, mesmo que você não acredite. A forma como você me tratar escolherá uma versão ou outra de mim. Nunca se sabe o que está escondido no íntimo de alguém, nem mesmo se a pessoa parece um anjo, não é, Sarah?

— Espero que ao menos pense.

— O quê? Passar tempo com a pessoa que desprezo? Por que todas as pessoas que me fazem sofrer depois querem minha companhia?

— Ok, Elise, entendo, mas não quero magoar você.

— Não, já que agora decidiu me dizer que seremos amigas e vamos tomar um café juntas. Conte essa história a uma pessoa mais ingênua, porque eu já não confio em ninguém. E menos ainda em quem me machuca ou faz menção de me prejudicar.

— Não haverá mais brigas. Prometo — diz ela em um tom de falsidade que é reconhecível em qualquer lugar.

— As promessas são levadas pelo vento, sobretudo as das pessoas falsas — manifesto.

— Hoje você está com vontade de brigar, não está? — agora é ela quem grita comigo. — O que aconteceu com seu namorado? Foi embora? Ah, esqueci! Você não tem um. — Sarah volta a ser a pessoa cínica que eu não via há alguns minutos. Sorrio sem saber por quê. Pode ser que depois de tudo já tenha me acostumado à atitude prepotente de Sarah, que não me provoca nada além de pena.

— Estou mais tranquila de saber que você voltou a ser quem era. Sabia que não aguentaria muito.

— Era isso o que queria? — pergunta enquanto atira um travesseiro em minha cabeça.

— Do que está falando? — pergunto enquanto me esquivo.

— Elise, não se faça de sonsa, você queria me levar ao meu limite? — pergunta, frustrada. Não digo nada, me limito a sorrir maliciosamente. Espero que ela tenha aprendido o que senti naqueles dias em que ou eu a ignorava ou ela brigava comigo.

Depois de uns segundos de tensão, Sarah revira os olhos e continua ouvindo música, por enquanto a conversa está terminada. Então chega uma enfermeira no exato momento em que acabamos de discutir.

Dor

Passo toda a manhã de sexta escrevendo depois que Sarah saiu com seu irmão. Eu me alegro de não a ver depois da conversa de ontem. É verdade que a levei até o limite; minha consciência me diz que não deveria ter feito isso, mas pelo menos ninguém saiu ferido de verdade. Talvez Sarah tenha saído com uns arranhões depois da briga, mas pela pessoa que é, não deve ter lhe doído; já está acostumada. Depois, quis lhe perguntar como se sentia. Mas vi dor em seus olhos. Pode ser que tenha tocado na parte sensível que a maioria das pessoas tem. Quando a conheci, ela me pareceu uma garota isenta de emoções; porém, ela também esmorece, também se machuca quando uma palavra bate contra a alma.

Nesta manhã falei com ela como se nada tivesse acontecido. Talvez seja melhor deixar as coisas como estão. Eu a vi à beira de lágrimas, não sei como deveria me sentir. Por mais que ela seja uma pessoa irritante e desagradável e em certas ocasiões até pior, não há por que prejudicá-la. Ou talvez não esteja chorando por minha causa. Eu agi daquele jeito porque queria que ela se sentisse da mesma forma como me sinto quando toca em meus pontos frágeis, mas depois me dei conta de que falar de assuntos pessoais pode machucar de verdade.

Não sabia que Sarah era tão frágil até que a ouvi chorar no banheiro. Mas nem sequer seus soluços me afetaram ontem à noite. Agora sinto uma pontada que me lembra que não agi bem. O que estou me tornando? Eu deveria pedir desculpas, ela nunca o fez depois de brigar comigo, mas ontem eu passei dos limites, e acredito que ela merece pelo menos um pedido de desculpas. E sei o que devo fazer para isso.

— Continua de pé o lance de ir ao bosque? — pergunto indecisa quando a vejo chegar um pouco mais tarde. Não sei o que vai responder ou qual será a versão de Sarah que vou encontrar hoje.

— Você decide, mas não estou com muita vontade de ir. Depois de tudo, você foi muito cruel comigo.

— Tenho consciência disso, mas se você reparou, fiz você se sentir da mesma forma como faz as pessoas ao seu redor se sentirem. Sei que minha atitude não foi adequada, e por isso devo pedir desculpas. Eu deveria ter ido embora antes de começar a brigar de verdade.

— Eu mereci — afirma ela, com um olhar triste. — Não estou zangada com você, estou zangada comigo mesma por ser quem eu sou.

— Ninguém escolhe como ser como é, mas sempre podemos mudar.

— E eu o farei, tenho certeza de que mudarei algum dia, mas no momento não estou com humor para continuar conversando. — "Certo, não falaremos mais de brigas", penso. — Tem algo para fazer às cinco? — pergunta para mudar de assunto e se esquecer do confronto.

— Por acaso tenho algo para fazer hora alguma do dia?

Sarah já sabe que passo a maior parte do tempo no quarto escrevendo e vendo as horas passarem inevitavelmente.

— Bem, perguntei caso queira ir ao bosque...

Penso um pouco e aceito ir, é o mínimo que posso fazer depois dos últimos acontecimentos. Eu diria tudo outra vez, mas acredito que seria de outra forma, não da maneira como fiz, exaltada e fora de controle. Admito que foi um erro, mas o importante é que aprendi com ele.

— Então, às cinco? — pergunta e confirmo.

— Se não me deixar jogada no bosque… — começo de novo com a conversa anterior e no meio da frase decido me calar.

— Elise, o que foi? — pergunta claramente irritada, e posso entender que esteja assim.

— Não disse nada — me apresso em falar.

— Está bem. — Ela faz uma pausa e percebo que está escutando música.

— O que está ouvindo? Você passa o dia todo escutando música no volume máximo, mas às vezes não consigo saber qual é. E nunca a escuto cantar nenhuma.

— Estou ouvindo *Für Elise*, de Beethoven, é minha música favorita. Conhece? Acho uma melodia preciosa. Pode não parecer, mas também gosto de música clássica, e deixe-me dizer que um dia a música foi tudo para mim.

— Essa era uma das músicas preferidas dos meus pais. Minha vida também era a música. Eu tocava piano, mas não era feliz, porque sentia que estava vivendo dos sonhos de minha mãe — confesso, e então me sinto um pouco mais livre.

— Você não gostava de tocar piano? — questiona, sem entender.

— Sim, eu gostava, mas não era feliz. Acontece que pensei que não falar disso era o melhor a fazer.

— Por que não disse a verdade? — pergunta, ainda mais confusa.

— Por medo de magoar a minha mãe, e também o meu avô.

— Medo de feri-la? Ontem você não parecia ter medo de machucar ninguém.

— Também há exceções. — Tento lançar um olhar fulminante para lhe advertir, sei o que fazer para machucá-la, mas fracasso, porque no fundo não estou irritada.

— Então lhe deram esse nome por causa da música?

— Muito esperta, Sarah, sua resposta me surpreende. E acontece que sim, me deram o nome de Elise por causa da composição de Beethoven. Gosto muito desse nome, mas sobretudo da música.

— Sabe tocá-la no piano?

— Sim. Por quê? — pergunto sem saber aonde ela quer chegar.

— Poderia tocá-la? — pede Sarah, mas não concordo com isso.

— Mesmo que quisesse... Com qual piano? Tenho um em casa, mas não aqui — respondo, sem muita certeza de onde ela quer chegar.

— Há uma aula de música do outro lado do hospital, com um piano e outros instrumentos.

— Como sabe disso? Bom, acho que não importa. Esqueça, Sarah, não quero voltar atrás, não o farei. Já tomei uma decisão e é irrevogável.

— Não entendo por que está tão teimosa, a música é a linguagem da alma — diz, como se fosse o mais óbvio.

— Pois não para mim. Para a minha alma, a melhor forma de expressão é através das letras.

— Certo, não posso fazer nada a esse respeito, porque é a sua vida, mas pense bem. Eu ficaria muito feliz em ouvir você tocar uma canção que tem muita importância para mim, porque eu não tive oportunidade de aprender a tocar e você sim... Seria mágico poder ouvir algumas músicas. Por favor — pede com um olhar suplicante, como se com isso conseguisse tocar algo em meu interior.

— Fico surpresa que você goste de música clássica. — Lembro dos momentos em que ela escuta canções de decibéis elevados que não se parecem em nada com esse tipo de arte.

— Não deixe que minha aparência a engane. — Em suas palavras há grandes verdades que nunca pensei que ouviria algum dia.

— Entendo, mas francamente, esse não é o tipo de música que pensei que gostasse — continuo com meus preconceitos, apesar de que deveria deixá-los de lado por completo.

— Nada é o que parece — afirma, e assinto com a cabeça

— Pode ser que eu tenha me enganado — me desculpo.

— Sim, se enganou — replica ela, com frieza.

— Perdão — peço finalmente.

— Por quê? — pergunta, levantando as sobrancelhas.

— Pela forma que a tratei. — Creio que há muitos motivos para eu pedir desculpas, mas este é o mais importante.

— Fui eu quem começou com tudo isso, tenho grande parte da culpa.

— É bobeira ficarmos jogando a culpa de uma na outra — digo, porque é o que sinto. — Vou sair, tenho que ir para a reabilitação.

— Para ficar com seu namorado, não é? — diz ela com malícia, mas a ignoro de novo.

— Meu ex-namorado — corrijo, ainda que não seja de sua conta.

— Nem sequer pensei que tivesse tido um.

Eu me viro e saio. A última coisa que escuto é ela dizendo que era uma brincadeira. Deixo-a de lado e me dirijo à reabilitação um pouco antes da hora, com a esperança de poder treinar um pouco mais, algo que esqueço quando penso em Jack.

— Sua companheira de quarto é muito divertida, não é, Elise? — pergunta a voz atrás de mim. Não me viro para saber quem é. Cada vez que o vejo tenho vontade de ir embora, mas não posso. Não faço isto por ele, faço por minhas pernas, e farei o que for preciso para conseguir andar.

— É muito... agradável... eu acho. — Não há palavra que pior a descreva, mas assim pode ser mais bem apreciado o sarcasmo em minha voz.

— Sim, Sarah é muito simpática — afirma ele com um sorriso.

— Você a conhece? — Não sei por que não esperava por isso. O que mais me surpreende é que muita gente que conheci se relaciona entre si.

— Saí com ela por um tempo, mas a deixei. Ela é má com todo mundo.

— Olha quem está falando, o rei bondoso. — Não posso evitar rir ao imaginá-lo sendo algum tipo de exemplo.

— Começamos? Está indo muito bem. Eu também tenho esperança de que você volte a andar. Não agora, porém mais adiante conseguirá. — Eu o encaro, atônita, e por uns segundos sinto como se fosse Diego que estivesse falando comigo. Imagino que estou em uma alucinação na qual posso até ver seu rosto, mas preciso dizer a mim mesma que não é ele; é Jack quem está falando comigo.

— Que bom que tem fé em mim — respondo, ainda sem abandonar o sarcasmo.

— Não é uma causa perdida, como pensei que seria quando a vi.

— Você sim que é um caso perdido, jamais mudará — contra-ataco, e ele me ignora.

— Pelo visto, você mudou — aponta.

— Ainda não mudei por completo, tenho o resto do ano para viver de uma forma diferente e obter uma versão melhorada de mim.

Faço o mesmo de sempre, mas hoje sinto dor nas pernas. É estranho, porque nunca tinha notado a dor, não sei se isso é bom ou ruim. Depois de vários minutos me vejo obrigada a parar, porque a dor é cada vez maior, começo a sentir as pernas. Mas não posso movê-las, só sei que a dor se apodera de mim e é cada vez mais persistente.

— Elise, o que você tem? Está passando mal? — pergunta Jack alarmado ao ver minha expressão de dor.

— Minhas pernas estão doendo muito. É ruim? — questiono, notando que a voz me falha.

— Isso quer dizer que elas ainda existem. Não deveriam doer, não sei o que está acontecendo. Creio que acabou a reabilitação por hoje, não quero colocá-la em perigo desnecessariamente. Já disse que não permitiria. Pedirei o remédio que deve usar se algum dia estiver mal ou se as pernas doerem; todos sabíamos que isso poderia acontecer. Tente ficar tranquila, não vai acontecer nada. — Mesmo com toda dor que me invade, suas palavras me soam bastante indiferentes.

Logo sinto como se estivessem espetando uma e outra vez nos mesmos lugares. A dor começa de forma leve, mas vai aumentando e se torna agonizante. Não senti nada quando sofri o acidente, mas agora é diferente. Eu sinto, e não posso suportar como a dor invade todo e cada canto de meu corpo. Chega a ser tão forte que, por alguns instantes, fecho os olhos e vejo através de minhas pálpebras a cor vermelho carmim.

Quando a dor está em seu ponto máximo, me escapa uma lágrima que Jack seca antes que percorra minha bochecha, um gesto simples que me faz ficar um pouco mais calma.

Chegamos ao quarto e uma enfermeira que conheço bem injeta a medicação em minha perna direita, enquanto pede que eu me acalme, mas mal a ouço. Noto como a medicação flui por minhas veias e percorre o corpo, sentindo frio à medida que o líquido me invade.

— Logo se sentirá melhor. Até então ficarei ao seu lado — diz Jack apoiando a mão em minha testa, quase conseguindo me tranquilizar por um instante.

— Mas… E o seu trabalho? — atrevo a perguntar em um esforço para que me deixe sozinha enquanto tento estabilizar minha respiração.

— Meu turno acabou, depois de você não havia mais ninguém. É melhor você chamar seus pais — se apressa em dizer.

— Já devem estar vindo… — digo, ligeiramente mais serena.

— Como está se sentindo? — pergunta ele com uma preocupação profunda escondida atrás dos olhos.

— Como se tivessem cravado um milhão de agulhas nas minhas pernas — respondo com sinceridade, e faço um esforço para sorrir.

— Deite na cama, não quero que se enjoe e caia — consegue dizer com uma voz suave o que é uma ordem.

Fecho os olhos com força, porque não quero voltar a chorar diante dele. Ainda sinto muita dor, mas ela vai passando devagar.

— Talvez você tenha se forçado demais, mesmo não acreditando. Sinto muito que tenha que passar por toda essa dor.

— Tenho sentido muitas dores nos últimos anos, e a física não é a pior — falo, com a esperança de aliviar um pouco a dor de minhas pernas ou ao menos deixar de pensar.

— Agora não é o momento de falar disso. Não precisa sofrer mais. — Ele me beija na testa, e o gesto acalma o terrível desejo que tenho de gritar. Em alguns instantes, sinto que a dor vai desaparecendo, mas segundos depois retorna, mais forte que nunca.

Sarah entra no quarto e abre os olhos aterrorizada, nem percebe que Jack está do meu lado. Sei que está se perguntando o que está acontecendo, no fundo ninguém quer ver as pessoas sofrerem.

— Elise, o que você tem? — pergunta enquanto se aproxima a cama.

— Sarah, por favor, agora não é o momento — diz Jack, em um tom autoritário e ao mesmo tempo protetor.

— Acho que precisamos adiar a ida ao bosque — respondo com o máximo de segurança que consigo, porque as palavras não saem de minha boca, minha cabeça está em mil lugares e sinto uma dor insuportável.

— Claro, sem problemas, só descanse — diz rapidamente enquanto me dá a mão. Então sai do quarto e volta a nos deixar a sós.

Os minutos passam em silêncio e sinto como a dor vai saindo de meu corpo e é substituída por um peso. Depois de pouco tempo, não sinto nem as mãos. A vontade de gritar passou, agora só quero dormir, creio que agora é o melhor que posso fazer.

Fecho os olhos me entregando a um sono conciliador que se apodera de mim lentamente, e Jack acaricia minha mão. Aquele pequeno gesto parece mesmo necessário, pois consegue me reconfortar.

Jack fica ao meu lado enquanto noto minha respiração mais pausada e regular. Posso adivinhar que me sussurra palavras tranquilizadoras no ouvido pensando que estou ouvindo, mas estou a meio caminho entre o mundo consciente e o dos sonhos.

Proibido abandonar

Desperto sem saber que horas são, nem se é de dia ou de noite, e finalmente vejo os raios de sol entrando pela janela. Justo quando começa a amanhecer, estou sozinha no quarto e a primeira coisa que me lembro é o que aconteceu ontem à tarde. Sei que hoje não irei à reabilitação. Não sou capaz de voltar a enfrentar situações como essa. Toda a dor que vivi... Não quero voltar a senti-la, jamais havia sentido uma dor tão cruel e forte como aquela, e o pior é que não sei qual foi a causa. Talvez eu tenha me esforçado mais do que poderia? É possível. Mas seja como for, agora tenho medo de voltar para a reabilitação. Sei que devo ir, e não o faço pela dor, e sim porque, ainda que tenha acontecido algo que eu não esperava, preciso continuar.

Há uma ligação perdida em meu celular, é de Diego. Sei que Jack lhe disse o que aconteceu, deve estar preocupado comigo. Decido retornar a ligação, mas ele demora a atender.

— Elise, o que aconteceu? — pergunta, preocupado.

— Estava fazendo os alongamentos quando de repente senti muita dor nas pernas. Eu me assustei, e hoje não quero ir à reabilitação, com medo de viver esse sofrimento outra vez.

— Às vezes, é normal que isso aconteça, não precisa se preocupar, só aconteceu uma vez. E sei que dói muito, mas você deve seguir com a reabilitação, não há por que ter medo.

— Acha que não voltará a acontecer? — pergunto, insegura.

— Sinceramente não sei, não posso dizer se acontecerá outra vez ou se foi só um susto. Mas vou te dizer uma coisa: não se esforce mais do que pode. Hoje faça os alongamentos dos braços, entendeu? Não corra riscos que pode evitar.

— Sinto sua falta, nada mais é como antes; os dias passam, mas não me importa — confesso.

— Isso logo vai mudar, já se passou quase um mês.

— E se eu disser que não consigo superar o tempo da maneira como pensei que poderia? Às vezes, sinto que não sou tão forte — respondo, sentindo-me abatida pela vida em geral.

— Ninguém é de ferro, mas não pode dizer que não lhe restam mais forças, porque sabe que não é assim. O fato de você não se sentir bem não quer dizer que vá desistir, porque na sua situação, ainda você que quisesse, não poderia.

Nós nos despedimos e fico olhando um tempo pela janela, pensando no que farei. Sei que não posso abandonar tudo, estou lutando para voltar a andar, e agora uma dor não me fará voltar atrás. Mas no fundo, em vez de sentir essa dor insuportável todos os dias, prefiro não sentir as pernas.

Sarah sai do banheiro e me vê acordada. Não quero discutir com ela outra vez. Mas seu jeito de ser muda todo dia, por isso me surpreende quando pergunta como estou.

— O que foi que Jack fez para você estar tão mal? — pergunta zangada, como se de repente se preocupasse comigo, o que é novidade.

— Na verdade, não sei o que aconteceu, nem mesmo quais foram as razões. Mas ninguém tirará a dor que senti.

— Não preciso lhe perguntar como está agora, não é? — me diz com um olhar compassivo.

— Imagine — respondo sem olhar para ela.

— Vai à reabilitação? — pergunta.

— Sim— respondo sem pensar, e me surpreendo com minha firmeza.

— Depois do que aconteceu? Está louca? — pergunta, incrédula. Estou certa de que não esperava essa resposta, mas eu às vezes sou assim: bastante imprevisível.

— Agora não sinto dor. Não vou me esforçar mais do que posso, e tudo ficará bem.

— Acho que está se arriscando sem necessidade. Não pode esperar um pouco pelo menos? — Ela tenta me persuadir, mas no fim das contas é minha vida.

— Sim, mas não quero que a dor me machuque mais e me impeça de seguir adiante. Não deveria existir barreira nenhuma.

— Não entendo. Se agora você está bem, por que quer voltar para a reabilitação?

— Porque quero voltar a andar, e enquanto penso em toda a dor que ainda posso viver, me esqueço do meu objetivo e de minhas metas. — Não quero falar mais disso, então decido mudar de assunto. De qualquer maneira, Sarah não entenderia, ela não sabe o que vivi até agora; só conhece uma pequena parte da minha história. — Podemos ir ao bosque? — pergunto, tentando ser amável.

— Hoje não posso, porque marquei com uns amigos... — Ela se desculpa, enquanto eu apenas, sendo consciente daquilo, já preparo o que lhe direi.

— Você tem amigos? Que surpresa! — Sei que não deveria ter dito isso, mas me acostumei a falar assim com Sarah.

Ela não me dá atenção, e saio do quarto. A última coisa que escuto é: "você tem coragem". Sim, eu tenho, não me importo com a dor que senti ontem, se souber que essa dor valerá a pena. Não farei nada que me coloque em perigo, mas preciso seguir em frente.

Quando chego, vejo que Jack não está e suspiro aliviada; prefiro fazer os alongamentos sozinha a fazer a seu lado. Ainda não superei o fato de meu passado estar aqui. Creio que já aconteceram coisas demais e já tenho muito com o que me preocupar para também precisar lidar com os problemas do passado. De fato, em muito tempo é a primeira vez que posso respirar tranquila na reabilitação. Não consigo evitar me desconcentrar cada vez que penso na dor de ontem, mas continuo meus exercícios.

Sem saber como, estou rodeada de pessoas mais velhas me observando na maioria das vezes, e sempre tenho a mesma vontade de dizer que se preocupem com o que vieram fazer ali, e não comigo. Isso me incomoda um pouco, mas agora tanto faz.

Quando acabo, fico tranquila ao ver que a dor não apareceu hoje. Espero que aquilo jamais volte a acontecer, mas sei que não é impossível.

Chego no quarto e minha mãe me olha com expressão de alarme e se levanta do banco.

— Não está vindo da reabilitação, está? — Sua expressão é exagerada.

— Então, sim, mas... — Não sei o que dizer. Não posso dizer nada que justifique minhas ações.

— Elise, você ainda tem neurônios no cérebro? Por que raios voltou para a reabilitação? — Não seria exagero dizer que ela está em um estado de ceticismo que eu não vi antes. Hoje pelo visto todo mundo vai me dizer o que eu não deveria ter feito; começo o dia bem. Por sorte já não me importa o que as pessoas digam que devo fazer com minha vida; eu decido como vivê-la.

— Mamãe, é fácil entender: estou bem, da dor de ontem só ficou uma fisgada, mas não vou parar de viver por medo de que possa se repetir. Seria absurdo.

— Absurda é sua forma de pensar, Elise. Não passou nem um dia, quer voltar a sentir a dor?

— Não, mas se acontecer... azar. Não é porque faço reabilitação que voltará a acontecer.

Por que ela quer que eu largue a reabilitação? Sou eu quem vive a dor, não ela, ainda que de algum modo também lhe cause dor ver a filha sofrer. Aposto que a última coisa que os pais querem é ver os filhos passarem mal.

— Elise, para uma mãe é muito duro ver que a filha chora de dor. Não quero incentivá-la a deixar de fazer a fisioterapia, deve fazer se quiser voltar a andar. Mas, pelo que mais ama, cuidado.

— Mamãe, tive cuidado no dia do acidente, e mesmo assim quase morri. Acho que não tenho mais nada para dizer, além de que as coisas acontecem e às vezes não se podem evitar.

Decido parar ali a conversa, e quando saio para a rua percebo que tenho saído à rua todos os dias nas últimas semanas. Não posso ficar naquele quarto onde acabo discutindo com alguém a toda hora; quando não é com Sarah, é com minha mãe. Parece que busco de propósito essas situações. Mas Sarah é como é, e não poderei fazer minha mãe ver de uma forma diferente minha situação. Por que continua pensando que sou fraca? Por acaso não vê que já sou um pouco mais forte do que era antes? Por mais que eu queira, não posso responder a essa pergunta.

Fico na rua até a hora do almoço, limitando-me a pensar. Quando volto para o quarto minha mãe não está, e sei que é pela minha forma de falar. Sou injusta às vezes, ela não merece, apenas quer ajudar. E, pela forma como a trato, vou ficar sozinha. Então uma enfermeira me diz que tenho visita e me pergunto quem será enquanto vou para a cafeteria.

Não posso acreditar quando vejo que é Diego. Senti tanta saudade, por pouco me escapa uma lágrima de emoção, mas consigo me conter a tempo.

Logo que o encontro ele me abraça, e volto a me sentir a garota esperançosa de uns dias atrás.

— Senti saudade — digo, antes que ele possa me cumprimentar.

— Percebi. — Ele sorri. — Como você está?

— Deixando de lado o que aconteceu ontem, estou bem. Votei à reabilitação, mas segundo minha mãe, isso é uma má ideia.

— Você saberá como está para continuar a reabilitação. Como lhe disse, não se esforce mais do que pode, e se não se sentir bem, pare antes de que haja consequências.

— Toda a dor que vivi... Nunca me senti assim.

— Não será a última vez, Elise, acontecem casos parecidos com seu. Mas se agora você se sente bem, acho que deveria esquecer o passado.

— Tentarei. Nunca me alegrei tanto com uma visita.

— Eu precisava ver como você estava. Não tenho muito tempo, mas queria vê-la. — Primeira vez em bastante tempo, dou um sorriso sincero. — E como está indo com meu substituto?

— O primeiro dia foi um pesadelo. Não podia acreditar que meu ex-namorado tivesse voltado a minha vida. Era como retornar ao passado que eu tinha esquecido em algum canto da minha mente.

— O que você sentiu quando voltou a vê-lo? — Noto uma leve mudança no tom de sua voz, ainda que talvez seja apenas minha imaginação.

— Um grande desprezo — respondo de imediato. Não me ocorrem outras palavras mais corretas para descrever o como me senti ao ver Jack.

— Trouxe recordações, não é?

— Muitas, principalmente as ruins. E como se não fosse pouco, me pediu uma segunda chance — confesso, e depois sinto que teria sido melhor guardar isso para mim mesma.

— Vai lhe dar a segunda chance? — pergunta Diego, e parece um pouco ferido; tudo depende de minha resposta.

— Jamais faria isso. Já tomei uma decisão, não quero voltar a ficar com ele nunca mais.

— E com quem quer ficar? — Ele sabe a resposta, mas quer me ouvir dizer.

— Com você. As últimas semanas foram as piores que passei desde o acidente. Nos primeiros dias sentia sua falta. Quando olhava para Jack, pensava onde minha vida havia chegado. Ele diz que mudou, mas não demonstra.

— Certas pessoas não podem mudar, mesmo que tentem… — Assinto com a cabeça, eu também penso assim. Às vezes, por mais que se tente, mudar é uma tarefa quase impossível.

Continuamos falando por mais um tempo, até que ele se despede e volta a me deixar sozinha. Mas eu sentia que precisava estar com ele outra vez, um olhar para a luz nestes dias de escuridão.

O bosque

— Como foi com seus amigos, Sarah? — Não pergunto para lhe fazer raiva, apesar de que possa parecer, pela forma como perguntei. Apenas tenho um pouco de curiosidade, e ao mesmo tempo penso que pelo menos hoje... não estive sozinha.

— Bem, fazia muito tempo que não os via — responde ela com um sorriso brilhante, e poderia contar com uma mão as vezes em que a vi sorrindo.

— Não imagino o porquê. — Mas ela me ignora outra vez, deixando meus comentários de lado.

— E você, Elise? Quando foi a última vez que viu seus amigos? — Agora é ela quem tem veneno em sua voz, e fico desconcertada.

— Faz algumas semanas desde a última visita. Eles precisam seguir com a vida, não podem vir me visitar todo dia... — reflito para mim mesma.

— Gostaria de ir hoje ao bosque? — Ela me interroga com o olhar, e decido aceitar. — Está certo, está bom às cinco para você? Vou avisar as enfermeiras — diz enquanto sai do quarto.

A cada dia que passa essa garota me parece cada vez mais um mistério que nunca chegarei a decifrar. Não sei como ela é na verdade, se é chata porque gosta de ser assim ou se essa é apenas uma máscara com a qual oculta sua personalidade.

Às vezes parece que se preocupa e, no entanto, umas horas mais tarde, está gritando comigo. Na verdade, pode ser que isso seja apenas uma máscara que esconde sua forma de ser. Ela também é sensível, embora não queira demonstrar.

Enquanto espero que Sarah retorne e com a ansiedade de fazer o tempo passar, leio alguns dos poemas que escrevi nos dias em que estava inspirada. Ainda que os releia algumas vezes, não os reconheço como meus; há muito tempo não reconheço a Elise que vejo nessas páginas. Era uma garota que tinha tudo e não era feliz, precisei que muitas coisas acontecessem para mudar a forma de viver. Minha forma de pensar mudou, à base de quedas fui me tornando um pouco mais forte. Posso notar muitas das mudanças que sofri desde minha chegada aqui. Passo muitas horas escrevendo, me isolo em meu próprio mundo, deixo de contar as horas que passam. E assim meu dia a dia passa mais rápido, quando a única coisa que tenho vontade é de sair daqui, de voltar ao que um dia foi minha rotina.

Depois de sair para comer, fico ouvindo música, e quase adormeço, quando vejo que já são cinco horas. Quero ir com Sarah ao bosque? Pode ser que não, mas é o mínimo que devo fazer pela briga de alguns dias atrás, fui injusta com ela. Disse que iria com ela ao bosque e agora não posso voltar atrás. Mesmo que não tenha plena confiança nela, pelo menos está de dia, e se me deixar jogada no meio do bosque posso encontrar a saída, penso, e no mesmo instante desfaço aquele pensamento sem sentido.

Quando Sarah retorna ao quarto, descemos para a rua pelo elevador e sei que é minha última oportunidade para desistir. Mas não, preciso fugir do hospital, a cada dia que passa desejo ainda mais ser livre. Talvez indo ao bosque eu encontre um pouco dessa liberdade perdida de que tanto sinto falta.

Desde que saímos do hospital, podemos ver o bosque diante de nós. Eu já o tinha visto outras vezes pela janela do quarto, mas é muito melhor vir até aqui. A partir do momento em que saímos quase não nos falamos, não temos muito para dizer. Na verdade, eu gosto de conversar, mas ela não; é pouco sociável e estranho que me dirija a palavra em ocasiões.

Andamos por caminhos que não conheço. Por sorte, há uns trechos de terreno plano sem nenhum obstáculo à cadeira de rodas, talvez Sarah tenha escolhido este caminho pensando em mim. Quero acreditar nisso.

— Há outros caminhos para entrar no bosque, mas este é o único pelo qual você poderia vir com a cadeira. — Então, eu estava certa.

— Como os conhece? — pergunto olhando ao meu redor à medida que nos adentramos no bosque.

— Faz muito tempo que venho ao hospital. Não é a primeira vez que estou no bosque. — Nunca lhe perguntei o que lhe aconteceu para estar aqui, mas acho que agora é o momento.

— Por que está há tanto tempo no hospital? — questiono, tentando suavizar meu tom de voz para não a incomodar.

— Tenho uma doença sobre a qual ainda não se conhece muito, mas que está me matando por dentro... Os médicos dizem que me resta pouco tempo de vida, ou menos do que seria esperado, já que tenho um vírus que não se pode evitar que destrua alguns dos órgãos mais importantes. Mas sei que enquanto ele não tocar meu coração não acontece nada. — Não sei o que lhe responder, não esperava uma confissão tão profunda. Ela nunca havia falado de sua vida comigo, mesmo que eu também não tenha lhe perguntado nada até o momento.

— Esse diagnóstico está correto? É verdade que lhe resta pouco tempo de vida? — pergunto com cautela, sem saber quais palavras usar.

— Os médicos já perderam toda esperança sobre minha vida, estou cada dia pior, mesmo que não o diga e tente me fazer de forte.

— Não sei o que dizer, de verdade, não deveria ter perguntado. — Começo a me arrepender de minhas perguntas e vejo o silêncio como o melhor caminho.

— Está tudo bem, não tem nada demais, Elise, não o fez por mal. Não gosto de falar do que acontece comigo, mas ao mesmo tempo é uma realidade, que tenho que viver, igual à sua.

Decido que será melhor não falar mais por enquanto. Há instantes em que não se precisa de palavras para expressar o que se sente. Agora, rodeada de todo este espaço verde, não sei o que posso dizer a uma garota que apenas uns dias atrás eu não podia nem encarar.

— Sabe? Creio que mudei um pouco minha forma de ver você — digo depois de uns segundos de silêncio.

— Tem pena de mim? Porque isso é justamente o que quero evitar. — Seu tom de voz defensivo está de volta.

— Não tenho pena de você, porque não se pode ter pena, é preciso ser forte. Mas você demonstrou que se esconde atrás de uma máscara.

— Tenho sido tão chata assim? — pergunta Sarah olhando para o chão.

— No início, tudo o que eu queria era sair do quarto, para não te ver. Mas agora percebo que você não é como diz ser. Agora compreendo que há diferença... entre as primeiras impressões de uma pessoa até que você a conheça um pouco mais.

— Por que não queria vir comigo ao bosque? É bom estar entre a natureza. Não agradece por poder fugir do ambiente frio do hospital?

— Devo te dizer que não costumo confiar muito nas pessoas que conheço há pouco tempo, a aparência também faz com que eu veja a pessoa de uma maneira diferente, às vezes de uma forma equivocada.

— Não deve deixar que meu aspecto, nem o de ninguém, a engane — replica, com decisão.

— Por que se esconde atrás de uma máscara e afirma ser quem você não é?

— Sinto-me insegura... — Eu já sabia a resposta há muito tempo, e por fim Sarah também enfrentou a realidade. Imaginei que se escondia atrás de camadas de maquiagem e roupas vistosas para dissipar suas inseguranças. É outra forma de agir quando não se quer enxergar a realidade a seu redor.

Ela se senta ao meu lado apoiada em uma árvore, que parece ser centenária, a julgar pelas raízes. Desde que cheguei, reparei que há muitas marcas de corações com iniciais marcadas nas árvores, talhados ao redor dos troncos. Gostaria de vir aqui com Diego. É um lugar bonito no qual me esqueço do último mês de hospital, está servindo para me desconectar um pouco de tudo o que aconteceu. Também não me importaria em vir escrever aqui; encontro inspiração em muitos lugares.

— E bem... O que você está achando? — pergunta enquanto fecha os olhos se concentrando em algum dos muitos sons que podemos ouvir ali. Sem querer, faço o mesmo.

— Este lugar é maravilhoso, nunca imaginei que saindo do hospital haveria um palácio de árvores. Por que você gosta de vir aqui? — Parece uma resposta bastante óbvia, mas não para mim.

— Para me esquecer do que me preocupa... Passei por muitas situações complicadas no último ano e usei este lugar como refúgio para onde escapava, quando sentia que a situação era demais para mim e só queria ficar sozinha.

— Por que me trouxe aqui para o seu refúgio?

— Porque quis compartilhar com você um lugar que passou a ser para mim uma via de fuga da realidade. Sei que você também não está muito bem. — Posso ver empatia em seus olhos ou é apenas uma miragem? Seja como for, conversar com esta versão de Sarah é diferente e sem dúvida muito mais agradável.

— É difícil se sentir bem quando se está rodeada de problemas. — Penso sobre tudo o que passei na vida.

— Mas eles se resolvem, cedo ou tarde — acrescenta em um tom reflexivo que eu não tinha ouvido dela ainda.

— Nos primeiros dias, eu soube enfrentar bem a situação. Suponho que isso também se deve ao fato de encontrar um rapaz que me ajudou, o garoto que foi meu companheiro de quarto antes que você chegasse — digo. — Mas ele já não está aqui. Ontem veio me ver, mas sinto saudade dele a cada segundo que passa — admito com um tom triste.

— Isso não faz nenhum sentido, Elise. Parece que você não pode ser feliz sem ele.

— Ele me ajudou a ser forte — conto suspirando e lembrando das conversas com Drew, quando seus sorrisos pareciam ser a coisa mais iluminada dentro daquele quarto.

— Então é fraca quando ele não está por perto — diz Sarah, e de alguma maneira me lembra vagamente minha mãe. — Ou isso é o que você pensa, porque apesar de eu não a conhecer muito, sei que não é assim. Uma pessoa fraca, depois do acidente, não estaria aqui depois de aguentar tantas dores e um inferno em vida. — Ela tem razão, eu saí daquela situação, tive uma segunda oportunidade para voltar a viver, pode ser que não seja tão fraca como me sinto às vezes. — Então, acha que poderemos ser amigas? — pergunta me encarando, como se quisesse adivinhar a resposta por minha expressão. Vejo que sorri.

— É algo difícil de dizer, mas... por que não? — respondo sorrindo. Sarah me devolve o sorriso e a vejo muito diferente de como se mostrou nos últimos dias, talvez esta seja sua verdadeira personalidade.

Percebo que há um pássaro diante de nós buscando seu ninho. Quando o encontra, dá comida aos filhotes, e tiro uma foto com o celular porque me parece um momento bonito e único para relembrar o que é a beleza da vida em seus detalhes mais simples.

Ficamos no bosque durante horas, mas já não sentimos o tempo passar. Diferentemente de quando se está no hospital, as horas aqui transcorrem rodeadas de um silêncio e uma tranquilidade que não é quebrada sob circunstância alguma. Começa a escurecer e chega a hora de voltarmos.

Ainda não posso acreditar que tenha falado com Sarah durante todo esse tempo. Ela pareceu uma pessoa diferente da que eu estava acostumada a ver, e acho que esta versão é a que deveria permanecer todo o tempo: a que está calma, despreocupada e não fica na defensiva. No fim das contas, é uma garota sofrida. Temos muito em comum, mesmo que não percebêssemos nos primeiros dias. O destino nos colocou uma de frente para a outra, e à medida que os dias iam passando ela deixou de parecer uma pessoa odiosa. Nunca usaremos um colar que diga que somos as melhores amigas que se podem encontrar, mas a amizade não tem por que começar desde um primeiro momento.

— Temos que ir. Começarão a se preocupar por nós e pensarão que fugimos — diz com um leve sorriso, como se na realidade resistisse a abandonar o lugar.

— Se fugíssemos seria como em um filme, não? Seria algo difícil de acontecer na vida real. — Começamos o percurso de volta seguindo pelo mesmo caminho, com a diferença de que precisamos ter mais cuidado por estar escuro e mal vimos onde estão as raízes das árvores. Ela precisa me ajudar com a cadeira de rodas, porque é fácil cair por este terreno. E justo quando penso na cadeira, ela tomba entre as folhas das árvores.

— Sarah, me ajuda? Caí. — Por alguns segundos não consigo me mexer, não sei como reagir. Não vejo Sarah, não sei se está aqui ou se foi embora, mas tenho medo de que me tenha deixado jogada no chão. Em que estava pensando quando decidi vir com ela? Por sorte ela continua aqui e meu medo se afasta. Por um momento temi que tivesse desaparecido, porque algo me diz que ela seria capaz.

Ela me ajuda a levantar novamente, a cadeira de rodas é pesada e tem que usar toda sua força para conseguir.

— Que susto você me deu, Sarah, pensei que tinha me deixado — confesso enquanto vejo que o hospital está cada vez mais perto.

— Pensou que eu a abandonaria?

— Por um momento, sim — admito.

— Bom, será melhor que nos apressemos, não quero que se zanguem de não nos verem lá. — Pela primeira vez em toda a tarde, olho para o relógio e percebo que são quase nove horas. Passou tanto tempo?

Entramos depressa no hospital enquanto prometo a mim mesma, em silêncio, que preciso voltar ao bosque outro dia. Seja acompanhada ou sozinha, preciso voltar.

Amizade

— Desde quando você é amiga de Sarah? — pergunta minha mãe, surpresa, assim que me vê entrar no quarto e se assegura de que Sarah não nos está escutando.

— Não somos amigas, mamãe, mas também preciso passar um tempo com outras pessoas e não ficar fechada neste quarto que me faz sentir cada vez menor — digo. — Além disso, hoje compreendi que ninguém é como parece ser à primeira vista.

— Fico feliz que enfim tenham parado de brigar. — Não estou muito convencida de que as brigas tenham ficado esquecidas, mas guardo isso para mim. — Então, gostou de ir ao bosque? — minha mãe continua insistindo enquanto olha pela janela, reparando na distância do lugar.

— Eu deveria ir lá mais vezes, porque de um modo ou de outro serve para esquecer o que sinto estando presa aqui.

— Pode ir quando quiser — diz com um sorriso — mas entre todas as pessoas com as quais poderia ir, por que foi com Sarah? Eu não pensava que conversariam a não ser que gritassem uma com a outra. O que foi essa mudança de atitude? Parece que isso diz muito sobre você e sobre ela também.

— Ela parece ser uma garota que gosta de machucar os demais, mas pude comprovar o que já sabia: que é insegura como a maioria das pessoas. Mas ela... não é uma garota tão malvada como pensei. — Penso duas vezes o que vou dizer a seguir: — Devo julgar menos as pessoas por sua aparência.

— Tem razão, Elise. Em muitos casos, nem sempre é válida a primeira impressão. Você pode querer se afastar de uma pessoa no momento em que a conhece e, no entanto, pode ser alguém com um caráter amável. Você nunca sabe o que pode descobrir sobre as pessoas se não falar com elas.

— Agora começo a ver as coisas de uma forma diferente. São necessárias lições como essa na vida para poder apreciar o mundo com olhos diferentes.

— E compreenderá ainda mais as lições com o passar do tempo. As coisas mudam e podemos vê-las com outros olhos de um dia para o outro — diz minha mãe, pensativa.

— De fato, faz uns meses não vejo nada da mesma forma — reflito, mais para mim mesma do que pelo fato de estar falando com minha mãe.

— Como está a dor? — me pergunta, deixando o assunto para trás e olhando para minhas pernas.

— Sei que quando voltar aos alongamentos das pernas há a possibilidade de piorar, mas os dias passam e logo vai acabar a reabilitação no hospital.

— Sobre seu fisioterapeuta atual... — começa a dizer, insegura, como se calculasse o peso de suas palavras, mas cala na metade da frase.

— O que tem? — pergunto, imaginando o que ela dirá em seguida.

— Sei que não deveria me intrometer em sua vida e a incomodar com mais perguntas, mas o substituto do teu fisioterapeuta não é Jack?

— O próprio. Voltei ao passado quando o vi depois de tanto tempo, mas acabei entendendo que jamais voltaremos a ficar juntos, porque isso já passou. Todos os momentos ficaram para trás, os bons e os ruins. Não sinto nada por ele, já acabou o que um dia começou e precisava que terminasse assim.

— Ontem, falei com ele — me informa ela, e não sei qual é o propósito de me contar.

— Por quê? — é a única pergunta que faço, apesar de ter outras tantas.

— Eu o vi depois que aconteceu o seu problema com a dor, e simplesmente falei de como estava. Ele parece ter mudado, não é o mesmo que você conheceu há uns meses.

— Não sabe o quanto me alegro por ele — respondo com sarcasmo. — No entanto, não acredito nele; penso que no fundo continua sendo a mesma pessoa, mesmo que diga ter feito de tudo para mudar. Cada vez que o vejo continuo vendo aquele que causou tantas cicatrizes em minha alma.

— Por que não lhe dá uma segunda chance? — pergunta, e fico preocupada com suas palavras.

— Ele lhe disse que isso é exatamente o que tem me pedido todos estes dias? — digo, zangada. Parece que Jack está tentando manipular minha mãe, já que não conseguiu nada comigo.

— Sim, me contou, mas acho que você poderia ajudá-lo um pouco com sua vida. Você é alguém com quem ele se importa.

— Se ele se importasse de verdade não teria me causado tanto sofrimento para depois se afastar de mim — respondo com uma ira crescente e impossível de aplacar.

— Elise... Pelo menos pense, não digo que o aceite, mas poderiam voltar a ser amigos. — Não posso evitar rir... Amigos? Jack e eu, amigos? É algo que dificilmente acontecerá outra vez. Já o fomos antes, mas não quero uma amizade com ele.

— Mamãe, amo Diego, certo? Não pretendo voltar a falar nunca mais com Jack. Por que ele apareceu de repente na minha vida? Para que voltar ao passado se posso continuar com meu presente? — começo a fazer perguntas sem controle, mas decido me calar.

— Não precisa voltar para o passado, pode recomeçar — fala, com palavras parecidas com as de Jack, motivo pelo qual não as quero ouvir e, sem perceber, me demonstro mais grossa.

— E se eu não quiser começar do zero? Já o tinha esquecido, quando de repente aparece em minha vida para me lembrar de tudo o que aconteceu?

Para dar a conversa por finalizada, decido sair ao corredor. Minha mãe não entende que não quero voltar a ficar com Jack, tendo mudado ou não. A questão é apenas avançar, e nada nem ninguém vai me impedir.

Não entendo essa mudança de atitude de minha mãe com relação ao Jack. Há poucos meses ela estava gritando que queria ele longe de casa e sobretudo longe de mim. Agora está ao seu lado? É alguma espécie de complô contra mim? Só quero que entenda que voltar com um ex que me fez sofrer somente pioraria minha situação, ainda mais quando há outras pessoas incluídas. Se terminei com aquela história foi por alguma razão, e saber disso me basta para não a repetir.

Percebo que Sarah vai entrar no quarto, mas ao ver minha cara de poucas amizades detém-se e me pergunta:

— Outra vez com o assunto de Jack?

— Como você sabe? — pergunto, com desconfiança. Ela também começará a me falar de Jack?

— Você está muito zangada, e só se zanga assim quando está falando dele — responde, com um sorriso malicioso.

— Minha mãe me perguntou por que não lhe dou uma segunda oportunidade. O que não entende é que não quero voltar com ele nem agora, nem em mil anos — explico, voltando a me enfurecer.

— Então por que ela insiste?

— Não sei... Um dia não podia vê-lo, no dia seguinte diz que pensa que ele mudou, e que devo lhe dar uma oportunidade. — Suspiro com força, tentando me esquecer da conversa e do fato de que as coisas são diferentes entre minha mãe e Jack, e eu não sei o porquê disso tão repente.

— Pois não a escute. Faça algo para se distrair, por exemplo... escrever? Fique afastada desses problemas o máximo que puder.

Entro outra vez no quarto, e escuto música. Não quero ouvir minha mãe outra vez, nem quero olhar para ela, como se depois da conversa pesada quisesse me pedir perdão por condicionar minhas decisões.

— Estou indo, vejo que hoje não está com vontade de conversar — me diz depois de uns minutos de tensão, durante os quais uso todas as minhas forças para a ignorar e me concentrar na música. Vejo como recolhe sua bolsa, e quando está prestes a sair, a detenho.

— Você gostaria de voltar a falar com alguém que lhe fez mal por muito tempo? — pergunto, sem necessidade de que me responda.

— Não queria mais falar disso...

— Mas quero que esta seja a última vez. Quero falar disso de uma vez por todas. — Eu me mostro irritada enquanto vejo que ela finalmente abre a porta.

— Tchau, Elise, até amanhã — diz, dando a conversa por finalizada, e agora é ela quem se irrita. Nem sequer me despeço, seu comportamento me pareceu estranho. Sei que perdi algo aqui; não sei o que está acontecendo entre esses dois.

Entre tantos problemas, percebo que faz dias que não falo com Drew. Sei que não deveria lhe falar tanto de meus problemas, porque são meus e de mais ninguém, e devo encontrar minha própria solução e não afetar mais pessoas. Também é possível que ele finalmente esteja cansado de ouvir minhas queixas, eu não me irritaria com ele se algum dia decidisse que não me escutaria mais.

Deixo o celular outra vez sobre a mesinha, sem chegar a digitar o seu número. É meu amigo e sei que não se incomodaria, porque é uma boa pessoa, mas estou sempre falando do mesmo assunto. Poderia também ligar para Diego, mas... O que lhe diria? "Desde que meu ex chegou, minha vida está se complicando ainda mais"? Desfaço a ideia de imediato. Olho para o calendário, faz dias que não o olhava.

Estou aqui há um mês e dois dias; quando poderei ir embora? Quero deixar de ver Jack, mas de toda forma, ainda que saia do hospital, o verei todo dia que venha à reabilitação. O problema continua ali, e como não o posso deixar de lado, tenho que confrontá-lo. Não sei o que lhe direi, mas tenho que acabar com isso definitivamente. Jack precisa se esquecer de mim e me tratar como mais uma paciente, como se não fosse nada pessoal, como se eu fosse mais uma garota da qual ele é o fisioterapeuta. Cada vez que lhe ouço, sinto que a dor não desapareceu e gostaria de poder me esquecer de todos aqueles sentimentos dolorosos, mas... Não posso.

Clara me liga, e de repente me lembro de como terminou a última conversa. Acabei zangada porque minha mãe tinha tomado uma decisão por mim sobre o concerto e, em troca, repreendi Clara por ter me avisado.

— Elise, como você está? Eu liguei ontem, mas você não atendia. Aconteceu alguma coisa?

— Apenas dormi. Estou mais cansada com o remédio que estão me dando. — Não disse toda a verdade; se lhe contar sobre as dores ela ficará preocupada e não quero causar mais incômodos às pessoas ao meu redor. Também não quero envolver os amigos em meus problemas, porque são pessoais.

— Elise, está aí? Já adormeceu? — Escuto uma risada do outro lado que me faz voltar à realidade.

— Estou aqui. Como está tudo? — pergunto, para não centrar a atenção em mim.

— Sentimos saudade de você no grupo.

— Eu também sinto saudade — respondo mecanicamente, ao mesmo tempo que me sinto um pouco triste.

— Elise, você não tem sido a mesma nos últimos dias. Vai me contar de uma vez por todas o que está acontecendo? — pergunta, como se soubesse que estou escondendo algo, pelo meu tom de voz ou por minhas palavras, ou por ambas razões.

— Já sabe que aqui no hospital me sinto sem força, é tudo diferente... — digo tentando me justificar, mas não pareço nem um pouco convincente.

— Quero a verdade, Elise... Não minta mais para mim — responde Clara, desta vez sem dar trégua às minhas desculpas esfarrapadas.

— Certo, lembra do Jack? — digo de repente.

— Seu ex, não é? Como esquecer da pessoa que lhe fez tanto mal. Diga-me, o que aconteceu? — pergunta, menos surpresa do que pensei que estaria. Desde que falei seu nome, Clara soube que havia algo por trás.

— Voltou para minha vida. Para me pedir uma segunda oportunidade.

— Por que você não me contou? — pergunta me repreendendo, e suponho que incomodada porque não tive confiança nela.

— Não quero falar com ninguém. — Não deixa de ser verdade. Há momentos em que falar com alguém é uma perda de tempo, momentos em que a única coisa necessária é falar consigo mesmo; às vezes nem isso.

— Nem sequer com sua melhor amiga?

— Não se zangue, Clara, mas eu mesma tenho que solucionar meus problemas — digo, tentando acalmá-la. — Antes que mais gente esteja envolvida.

— Como quiser, mas acho que depois de todos estes anos de amizade tenho direito a saber um pouco do que aconteceu.

— Jack é meu fisioterapeuta agora — conto, sem mais.

— Mas não tinha um garoto de quem você gostava? Um que se chamava Diego? Não era o seu fisioterapeuta? — pergunta, confusa. Decido me explicar melhor.

— Ele foi fazer um estágio por dois meses. Jack está ocupando seu lugar, e me disse que mudou, mas sei que não é assim... Há pessoas que jamais mudam. No dia em que nos reencontramos, Jack me pediu para voltar com ele, mas sei que não voltarei com ele nunca mais. — Resumo a situação que há dias me tem feito refletir.

— Agora entendi tudo... bem, mais ou menos. Você gosta do Diego e faria o que fosse preciso para ficar com ele, ou estou enganada? E deve somar a tudo isso a aparição repentina de Jack.

— Clara, Diego não é o meu principal motivo. Eu o amo muito, e dói que não esteja a meu lado agora que preciso dele, chorei muito. Mas não quero voltar com Jack porque ele me fez muito mal. Jamais o poderei esquecer, muito menos voltar ao passado.

— Ouça o que sente. Tome a decisão que sentir que é a correta. Mas penso que você deveria esquecer Jack. Ele a fez sofrer, e ainda que tenha mudado... Já não gosta dele, não é?

— Eu o esqueci, ou pelo menos o tinha esquecido até que apareceu novamente, disposto a me enfrentar.

— Agora se esqueça dele. Concentre-se no que você quer, e esqueça-o. Diego logo chegará.

— E agora falta menos tempo para isso... — digo, ainda que somente eu escute, como se tratasse de um eco de meus pensamentos.

— O que não entendo em tudo isso é: por que passou por tudo isso sozinha? Todas essas dúvidas, medos, incertezas... Por que você os guardou para si?

— As pessoas se preocupam muito comigo, não quero incomodar mais — admito com franqueza.

— Você nunca será incomodo algum, Elise, porque as pessoas que estão ao seu lado querem ajudá-la.

— Tem razão.

— Não volte a esconder o que acontecer com você, promete? — pede Clara, séria, em um tom que ouvi poucas vezes vindo dela.

— Sim — digo. — Você é minha melhor amiga.

— Te amo muito, Elise, e me dói ver você passar por tudo isso. Nunca se sinta mal se precisar falar comigo, estou ao seu lado.

— Obrigada, Clara.

Acaba a ligação depois de uns segundos, e agora sei que deveria ter falado com Clara antes. Pensei demais nos problemas, já chegou a hora de pensar na solução.

Temos que conversar

Mal cheguei à reabilitação, decido que devo falar com Jack. Isso não pode continuar assim.

— Jack, temos que conversar— digo quando o vejo na academia sentado em frente ao computador, programando a agenda dos exercícios.

Quando me vê do seu lado, ele levanta a vista da tela durante uns segundos, apenas para encontrar um olhar furioso de minha parte. Volta imediatamente a fixar o olhar no computador, até que enfim decide falar.

— De acordo, Elise, sei que precisamos. Por que não agora mesmo? — sugere, mas não me convence.

— Vim fazer a reabilitação e não discutir — digo, convencida e segura de mim mesma. Meu tom de voz não admite dúvida nem réplica alguma.

— Quem disse que vamos discutir? — pergunta ele com estranheza, como se não soubesse que no passado chegamos muitas vezes a terríveis discussões cada vez que tínhamos que conversar para solucionar qualquer problema.

— Sei o que acontecerá depois de que eu lhe disser tudo o que preciso dizer — aviso.

— Vamos, talvez tenhamos sim que conversar. Vejo que está zangada. — Agora centrou sua atenção em mim, e deve estar imaginando que o que passa por minha cabeça não é nada bom.

— Sim, estou. — Eu me limito a dizer, mas meu tom de voz grave e sério permite um leve vislumbre do que se aproxima.

— Por que está brava? — pergunta, como se não compreendesse o motivo.

— Já disse que conversamos depois. Agora não. — Eu me mantenho firme no fato de que vim aqui para trabalhar, não para perder tempo com conversas que não me levam a lugar nenhum.

Com as últimas palavras ainda pendentes entre nós, começo com os exercícios e percebo que estou mais rígida e tensa do que costumo ficar ao lado de Jack. Nunca tinha me sentido tão incomodada. Sei que tenho que falar para solucionar os problemas, mas agora que o momento chegou, não sei exatamente como agir. A hora passa lenta demais. Quando minha cabeça volta a pensar no que me preocupa, me concentro nos exercícios, até que por fim acaba a hora e sinto que não posso me mexer. Fiz tanta força que estou ainda mais tensa que antes de começar o treinamento, e agora além disso sinto como se meu corpo fosse de ferro, como se carregasse uma armadura.

— Você era minha última paciente hoje, podemos ir — diz Jack, enquanto verifica a hora no relógio da parede. Depois do que pareceu uma eternidade, o treino chegou ao fim. Ele pega uma pasta da mesa e saímos da academia.

— Perfeito, não tenho muito tempo a perder — falo, para começar uma conversa que talvez deixe muitos pontos no ar entre nós. A partir de hoje algo pode mudar, mas não necessariamente de forma favorável.

— Qual é o assunto tão importante que quer falar comigo? — pergunta Jack, e posso começar a ver o nervosismo e a preocupação, como se ele temesse a resposta.

— Você. — Hoje as palavras são bem breves, mas não há por que fazer grandes reflexões se com poucas palavras se pode dizer tudo.

— Eu? — Ele parece ter estranhado. — Você me daria uma segunda chance?

Durante um instante surge um ligeiro brilho em seus olhos. Ele não imagina que esse brilho se apagará rápido com minhas palavras.

— Jack... Não lhe darei uma segunda chance, e não insista mais! — exclamo e me esforço para me tranquilizar. Para começar, é melhor deixar as coisas claras. Devo ser realista e lhe explicar que a esperança de uma reconciliação jamais existirá.

— Então, sobre o que quer falar? — Agora ele está mais confuso ainda.

— Por que você foi falar com a minha mãe? — Abordo o assunto principal.

Na verdade, já não me importa que me peça uma segunda oportunidade, o que não suporto é que tenha falado com minha mãe, manipulando-a para que ficasse a seu lado. Como fez isso? Não tenho nem ideia, mas teve que convencer minha mãe a vê-lo com outros olhos.

— Quero voltar com você.

— Não entende, Jack. Não quero voltar a ver você, nem agora nem que muito tempo passe. Não te amo, já não gosto de você. — Talvez seja algo bastante cruel a se falar, mas ninguém disse que a verdade tem que ser o que queremos escutar. Muitas vezes é completamente o contrário. — O que espera com essa insistência? Além disso, ainda não respondeu minha pergunta. Por que falou com minha mãe?

— Tenho que lhe dizer a verdade: falei com sua mãe no dia em que terminamos — conta, e faz uma pausa. — Foi ela quem me disse que se eu te amasse deveria me afastar de você. — Há ressentimentos em sua voz, e aquilo consegue fazer uma marca em mim, mas me esforço para ignorar essa sensação. — E foi isso o que fiz.

— Minha mãe disse isso? — Fico surpresa que agora os papéis tenham se invertido. No momento, sou eu quem está confusa, e me custa aceitar o que ele acaba de dizer.

— Sua mãe me disse isso porque não queria ver você chorar mais por um imbecil como eu. Mas isso não foi tudo. Ela me disse que fosse para a terapia aprender a controlar meus ataques de ira, e foi o que fiz. Ela até pagou minhas primeiras sessões, porque queria que eu mudasse, e... eu consegui. Mudei por você, e por um futuro longe de tudo aquilo que só me machucava! Mudei para não voltar a ser o mesmo.

"Para mim tanto fazia como viver, ou quem ser, quando tinha perdido o que era mais importante em minha vida, que era você. Nunca a valorizei, e lhe causei a maior dor de sua vida. Por isso agora é tarde demais para lhe pedir perdão por tudo o que aconteceu, mas ainda assim acredito que é a última coisa que me restava era tentar."

— Você mudou por mim? — "Por acaso isso seria possível depois de tudo o que aconteceu?", penso, deixando de lado tudo o que ele disse.

— Depois de um tempo, entendi que a tinha machucado demais. Não queria voltar a vê-la chorar. Queria apenas demonstrar que poderíamos ficar juntos e começar do zero, como se você não me conhecesse e eu jamais a tivesse feito sofrer. Preciso dessa segunda oportunidade para que você possa ver que não sou o Jack de antes.

— Não quero conhecer nenhum outro Jack, só preciso que me esqueça — Eu me sinto desarmada, sem saber o que dizer, porque não esperava suas confissões. Sinto como se ele tivesse arremessado uma pedra em mim.

— Já estou fazendo isso. Tento não falar com você mais do que o necessário, assim não pode dizer que a incomodo.

— Na verdade, Jack, me incomoda toda vez que você fala comigo. Não importa o que você diga, continua sendo o mesmo. Pode ser que tenha mudado, mas não completamente. E sobre a segunda oportunidade, ainda que eu quisesse... A resposta é não. Não queria estar tão defensiva, não sei o que me acontece, mas não posso evitar.

— Claro que pode. Você deve esquecer e também enfrentar o passado, e para isso deixar para trás os rancores e tudo o que lhe causou sofrimento. Deixe-me ficar a seu lado... Quero uma vida com você, e se isso não puder acontecer... Pelo menos me deixe pensar em você e imaginar que estamos juntos — pede ele em voz baixa, como se não quisesse que eu o escutasse.

— Não posso lhe dar uma segunda chance, porque... simplesmente já não sinto nada por você. Não se pode forçar os sentimentos.

Jack parece ferido, mas não me importa. Quero que saia da minha vida, e se está mesmo mudado, não tenho dúvidas de que terá novas oportunidades para encontrar o amor.

— Não vou mais me intrometer na sua vida — diz ele, se rendendo. — Entendo e respeito sua decisão, mas me dói que já não sinta nada por mim. Apesar de saber que, depois do que aconteceu, é difícil que queira voltar a ficar comigo.

— Sinto muito, Jack, mas eu precisava lhe dizer como me sinto agora.

Olho para o chão, só para não encarar esses olhos escuros que parecem feridos e mais expressivos que nunca, como se ele quisesse me dizer muitas coisas, mas fosse incapaz.

— Eu me afastarei de sua vida, sim, mas antes me diga algo: não posso fazer nada para que volte a se apaixonar por mim? — Ele ainda não se dá por vencido e não quero me alongar muito mais na conversa, para não entrar em um loop das mesmas perguntas e respostas.

— Não pode, Jack. Também dói em mim, porque pode ser que no fundo você seja um outro rapaz, diferente do que conheci antes. Mas temo que já não estou apaixonada por você, e não voltarei a ficar. As coisas são como são, e às vezes só podemos deixar que a vida siga o seu curso.

Ferido, ele sai sem sequer me dizer adeus, e o compreendo.

Espero que seja a última conversa que tenhamos sobre nós. Vejo que ele é alguém diferente, às vezes penso na segunda chance que todo mundo merece... mas sinto que não posso, não quando os sentimentos não estão a favor dele.

— Jack, espera. — Surpreendo a mim mesma chamando sua atenção e vejo que se vira em minha direção.

— O que você quer? — Não sei se está zangado, doído, triste ou tudo ao mesmo tempo. Mas há uma pergunta que quero lhe fazer desde que o revi.

— Se você não me tivesse visto no hospital... Teria voltado para minha vida em algum momento? — Decido que esta pode ser a última oportunidade de lhe perguntar o que teria sido de nós se não tivéssemos voltado a nos ver depois do acidente.

— Teria voltado para sua vida sem pensar duas vezes. Faz algumas semanas que finalmente acabei a terapia. Eu queria voltar a falar com você, e foi quando a vi aqui que descobri que nunca tinha deixado de te amar. Às vezes machucamos as pessoas, por isso merecemos uma segunda oportunidade para corrigir o que aconteceu. — E sem aviso me abraça. Apesar de não o recusar, também não correspondo.

— Eu só precisava saber isso, Jack, obrigada. — E se suas palavras são sinceras, posso sentir como se abrem lenta e dolorosamente as feridas que estavam fechadas. Seu rosto angustiado me diz tudo o que jamais havia dito.

— Admita o que sente. Por favor. — Parece uma súplica, uma última chamada, mas meu coração cansou de bater por algo que nunca chegará a sentir.

— Sinto muito, de verdade. Adeus. — Viro minha cadeira de rodas antes de ver sua expressão. À medida que avanço ainda posso sentir seu olhar a metros de distância, mas não penso em me virar nem por um instante, porque não sei o que mais me resta por dizer. Só espero que amanhã, na reabilitação, nenhum dos dois mencione o que aconteceu.

Agora sou eu quem se afasta, mas me sinto mais fraca do que acreditei que me sentiria. Deveria ter feito isso há muitos dias, mas agora que chegou a hora fiquei sem energia.

Quando entro no quarto estou sozinha, e nunca fiquei tão grata por isso. Não quero falar com ninguém. Uma parte de mim pensa: "Talvez Jack seja sincero, pode ser que sinta de verdade tudo o que disse. Você deveria dar essa oportunidade que ele tanto te pediu, só para comprovar. Se as coisas não saem bem, sempre pode se afastar dele novamente". Mas.... "e as feridas?", diz minha consciência. O outro lado, o que escutei, está contra o primeiro: "Pode ser que tenha mudado, mas você esquecerá toda a dor? A vida é dura. Jack pode provar um pouco do que você sentiu durante aqueles dias dolorosos aos quais você não retornará por nada neste mundo." E esta é a parte mais cruel de mim, a que vence a batalha de emoções dentro de mim.

"Por que escutei essa parte?", eu me pergunto mais tarde. Poderia tê-lo dito de uma outra forma, sem feri-lo. Pode ser que eu também seja cruel, ou melhor, que tenha sido dominada por todas as lembranças do passado, que geraram tantos pesadelos.

Um pouco mais tarde, depois de divagar entre meus pensamentos, recebo uma mensagem de um número desconhecido. Parece que o conheço de algum lugar, espero que não seja de quem eu penso que é.

Aqui é Jack. Sei que não vai me responder, mas só queria dizer que sinto muito por tudo o que aconteceu, e também que amanhã é meu último dia de estágio. Continuarei em outro hospital, onde já me inscrevi há um tempo. Te amo.

É meu último dia de estágio... Suas palavras causam em mim um grande impacto, que poderia ressoar por todo o quarto. Jack vai embora? Por que eu lhe disse o que sentia por ele? Ele nunca confrontará seus problemas, e se afasta mais uma vez de mim.

De certo modo é o que eu queria, mas agora um sentimento parecido com culpa me acompanhará cada vez que pensar nele. Contra minha vontade, uma lágrima me escapa. Mas não sei exatamente que significado tem.

Machuquei a pessoa que mais me causou mal na vida, mas ao mesmo tempo uma pessoa que também me fez sorrir — nem tudo foi ruim. Eu me sinto dividida. Jack pedia uma segunda chance, e eu lhe pedi para se afastar, mas de certo modo me arrependo pela forma como o tratei. Pensei que, conversando, os problemas se resolveriam, mas a única coisa que consegui foi agravar a situação. Pensei que não poderia ficar pior... estava enganada. Amanhã, será seu último dia no hospital, a menos que eu o impeça. Não lhe pedirei perdão, mas não quero que abandone o estágio no hospital por mim. É seu futuro... Não lhe pedirei para ficar, mas quero que ele pense no que está fazendo.

Tenho machucado muito as pessoas ultimamente: Sarah, minha mãe, agora Jack... Em quem me transformei? Há muitas maneiras de falar, mas escolhi a mais destrutiva.

Vou ao banheiro e me olho no espelho: não sou eu. A verdadeira Elise machucaria a si mesma antes de ferir os outros. Tenho um nó na garganta, quero chorar de impotência, mas agora as lágrimas ficam em meus olhos. Nada do que aconteceu foi bom, causei dor a uma pessoa que não estava mais se comportando mal. Por quê? Talvez seja verdade, o fato de que nem eu mesma me conheça. Por que simplesmente não esqueço o passado? Quando o revivo, a única coisa que faço é abrir antigas feridas. Desde que Jack voltou a minha vida, é só isso que tenho feito. Não paro de pensar em como seria se eu não tivesse vivido o acidente, e em todos os prós e contras... Com certeza não teria conhecido Diego, tampouco Drew, mas também não teria voltado a ver Jack. E o mais importante, poderia andar agora, problema que deixei um pouco de lado nos últimos dias.

Agora só quero dormir. Apesar de saber que não esquecerei tudo o que aconteceu, nem em meus sonhos.

Adeus

Se eu não fizer nada para evitar, hoje será o último dia de Jack. Mas devo me perguntar algo: quero que ele vá embora? Sim, quero, mas não agi bem. Ele apenas pedia uma segunda chance e eu o machuquei com a forma como falei. Eu me comportei da mesma forma que ele fez comigo no passado. Queria me manter afastada dele, mas o que consegui foi que mais uma pessoa se zangasse comigo. Tenho merecido que as pessoas também se afastem de mim. Custa aceitar, mas essa é a realidade.

Pensei que falar seria o certo a fazer, mas apesar de tudo tenho minhas dúvidas, acredito que isso só serviu para piorar tudo... A última coisa de que preciso neste momento.

— E Jack? — pergunto ao ver uma mulher de uns quarenta anos, Maria, fisioterapeuta que eu às vezes cumprimentava.

— Foi embora — diz ela. — Parece que não quer terminar o estágio aqui, mas não nos disse o motivo nem deu mais explicações...

— O quê? — Não posso acreditar que ele tenha ido embora. Tinha me dito que hoje seria seu último dia, mas pensei que talvez mudasse de opinião e ficasse.

— Não pensei que isso afetaria você — diz Maria, encolhendo os ombros.

— Eu... não queria que isso acontecesse — murmuro.

— Você tem algo a ver com tudo isso?

Minha reação me entrega, mas está mais do que claro que estou relacionada com sua partida. Maria ainda continua me olhando.

— Não... Bom, de fato... sim. — Acabo confessando, porque a verdade é mais forte do que querer saber se tudo está bem. Mentir não serve para nada.

— Agora você ficará comigo — anuncia ela. — Suponho que depois destes dias já sabe os exercícios, então não devo lhe ensinar nenhum novo, a não ser que os médicos peçam.

Durante toda aquela hora, não posso parar de pensar em Jack. Ele se foi.

Talvez devesse ligar para ele e lhe pedir perdão pelo modo como o tratei, mas de toda a forma a decisão dele já estava tomada antes — ele não podia abandonar o estágio de um dia para o outro, e muito menos por mim. Ainda assim, há muitas coisas que não entendo. Ele disse que hoje seria o seu último dia, mas não pensei que fosse verdade. Agora me sinto mal. Foi embora por minha causa? Importo tanto para ele? Não creio que seja assim.

— Jack foi embora — conto a minha mãe quando a vejo sentada na poltrona, e imagino que já faz alguns minutos que chegou.

— Ele não ia ficar mais tempo? O que aconteceu? — pergunta com a testa franzida, como que se questionando se eu tenho algo a ver com isso.

— Falei com ele. Disse que não lhe daria uma segunda chance e ele levou a mal, mas não era para menos porque... a forma como o tratei não foi a melhor — confesso.

— Agora está arrependida?

— Não me arrependo porque precisava dizer tudo, para evitar que ele continuasse tendo falsas esperanças.

— Então, ele já tinha criado esperanças e você as jogou fora cruelmente. — Ela resume em poucas palavras tudo o que pensei. — Como você sempre está no meio de todos os problemas?

— Não sei... E por que ele voltou para minha vida? Acho que nunca vou saber. — Eu suspiro, cansada de estar tão dependente de Jack.

— Você deveria lhe pedir desculpas — diz minha mãe. Seu tom de recriminação me faz sentir como me comportei mal, mas agora, já não se pode voltar atrás.

— Teria me desculpado hoje na academia, mas quando cheguei me disseram que ele já tinha ido.

— De toda forma não acho que tenha partido por sua causa — afirma minha mãe, como se soubesse que o estágio de Jack não duraria mais do que uns dias.

— Também acho que esse não foi o único motivo. Não faria sentido. É absurdo abandonar o trabalho para não me ver mais. Mas se foi esse o caso, posso dizer que é um covarde.

— Agora você nunca irá saber. — Ela suspira, pega um livro que está na mesinha de cabeceira e coloca seus óculos de leitura enquanto isso eu continuo com o meu diálogo interno.

Chamam minha mãe e ela sai ao corredor. Justo quando abro o bloco que está ao lado da cama, e sei do que se trata o poema.

Poderiam ter acontecido tantas coisas
Se tivesse visto tudo de outra forma,
Se não tivesse sido tão cruel.
Mas a dor de um passado
Segue no presente, e não pode ser evitada
Chegou na minha vida e num momento desapareceu
No momento em que menos
Precisava lhe ver
Outra vez voltou
Com mil promessas e
Dizendo que havia mudado
Mas sei que no fundo
Segue sendo o mesmo.
Tudo segue e seguirá
Sendo como sempre.

Talvez não devesse ter
Agido como agi
Agora não saberei o que teria acontecido
Se não tivesse falado.
Quero esquecer, mas não posso
Toda vez que ouço seu nome
Ao longe...
Pensarei no que fiz,
E o que deveria ter feito.
Agora se foi, e sei que não regressará,
Talvez tenha sido minha culpa, mas ainda assim não
Posso resolver.

Ultimamente todos os poemas e escritos que faço são sobre o mesmo assunto, mas a verdade é que sempre escrevo o que sinto, e desta vez não foi nenhuma exceção.

Tento ligar para Jack, mas ele não atende. Concluo que me bloqueou ou apenas me ignora. Agora é ele quem quer se esquecer de mim. É fácil entender.

É estranho ver como tudo aconteceu de forma tão rápida. Ele esteve comigo durante dias, mas agora não sei mais nada sobre ele. Pensei que era o que eu queria, mas não desejava lhe fazer nenhum mal.

Mudei, mas às vezes parece que foi para pior. A antiga Elise ajudava aos demais, dava segundas oportunidades, perdoava. Sim, é verdade que tinha milhões de defeitos, mas também tinha suas qualidades, tinha sempre alguém a seu lado, porque ajudava aos demais e estes tentavam acompanhá-la quando não estava em seus melhores momentos. Agora percebo que comecei a mudar, e talvez as mudanças não sejam sempre por uma boa razão. O que vivi me ensinou a não voltar a cair nos mesmos erros.

Vejo que me enviaram uma mensagem. Sei que é de Jack; talvez ele tenha me bloqueado para que não possa falar mais com ele. Mesmo que eu não tenha certeza do que me dirá, preciso saber. Reflito sobre ler ou não, sei que o conteúdo da mensagem me machucará e por um segundo penso em eliminá-la e fingir que nada aconteceu. Mas minha inquietude faz com que eu comece a ler:

> *Talvez esta seja uma das mensagens que mais me doeu enviar. Sei que esta não é a forma apropriada de me despedir, mas não quero voltar a falar cara a cara com você. Eu lhe pedi uma segunda oportunidade, mas você não me deu. Todo ato tem suas consequências. Como já terá comprovado, eu fui embora, mas acredito que isso não a afeta. Desde o início, você queria que eu saísse da sua vida, e foi o que fiz. Não pretendia tomar essa decisão tão precipitadamente, mas a verdade é que não me importa o lugar onde eu faça o estágio. Na verdade, eu não queria ficar aí. Quando nos falamos pela última vez, eu soube que agora tinha motivo para me despedir de você. Eu lhe pedi uma segunda oportunidade, mas vejo que não posso fazer mais nada. Sei que lhe fiz muito mal, e que ao mesmo tempo não adianta te pedir perdão, porque não poderei reparar o que fiz. Mas não quero que fique zangada porque o passado voltou e tão logo como regressou se foi. Espero que se algum dia quiser voltar a falar comigo não duvide: continuarei sempre esperando essa oportunidade. Mas se isso não acontecer, entenderei o motivo e o respeitarei. Não a obrigarei a nada; o amor não deveria causar dor, e eu causei demais à única pessoa que me amava e a quem, agora assumo, sempre amei. Por isso só posso lhe dizer que, apesar de tudo o que aconteceu, sempre haverá um lugar muito especial para você em meu coração, Jack.*

Depois de ler e reler, continuo sem entender por que ele me disse tudo isto neste momento. Jack nunca tinha falado assim comigo, tão sincero, tão real. Foi o primeiro indício verdadeiro que me fez saber que mudou, ainda que seja um pouco. Com essas duras palavras, sinto que algo se quebrou em meu coração, mas não foi a primeira vez que me senti assim. Não posso dizer que me arrependo do que aconteceu, mas não deveria ter ficado tão zangada com ele. Desta vez ele não queria me fazer sofrer, mas eu continuava empenhada em enxergar apenas seu lado ruim, esquecendo que ele havia me alegrado quando precisei. Jack pode me ter feito sofrer, mas também me fez sorrir.

Na verdade, ele foi meu único amigo quando mudei de cidade uns anos atrás. Eu não conhecia ninguém, e ele foi a primeira pessoa que se aproximou de mim.

Amei-o demais, mas estava tão cega que, até que tivesse me destruído, não entendi que certas coisas devem acabar. Seu amor era uma delas.

Quando o conheci, Jack era um bom rapaz. Mas depois se descontrolou; apareceram os vícios e as brigas cada vez mais frequentes. Tudo acabou quando ele escolheu um caminho equivocado, e com isso chegaram os problemas familiares. Tentei detê-lo de mil formas, ameacei terminar com ele uma e outra vez, mas sempre acabava voltando para seu lado. Até que um dia terminei com ele de uma vez por todas, e o fiz porque via que era absurdo pretender mudar alguém se essa pessoa não queria mudar.

Acabei abandonando-o. Poderia continuar lutando até o final, mas... Não fiz. Jack que tinha diante de mim se transformara do dia para a noite, e chegou um momento em que não pude fazer mais nada. Tudo precisava acabar, apesar de eu já ter sido destruída e ter consciência disso.

Talvez o Jack que eu amei tenha voltado, aquele que me fazia sorrir, mas neste momento não tenho mais sentimentos por ele, e sei que se tentássemos não chegaríamos a lugar nenhum. Sei que está ferido, mas preciso conversar com ele. Deixarei que o tempo passe, ainda sabendo que a palavra "amizade" é muito limitada, e que depois de términos deste tipo a amizade é algo que está muito longe de acontecer. Somente o tempo o dirá.

Seja forte

— Por que ele foi embora? — pergunta Sarah ao me ver chegar da reabilitação. Apesar de eu não querer falar com ela, não me resta alternativa.

— Foi embora por minha causa, não lhe dei a segunda chance que queria... — Repito, com essas mesmas palavras que a esta altura já deixaram de me causar qualquer emoção.

— Bom, acho que os sentimentos não podem ser forçados.

— Certo, já chega de pensar em Jack, não quero mais falar dele.

— Está de mau humor? — pergunta, entendendo a situação. Não respondo porque não estou irritada, simplesmente estou doída. Não queria que acontecesse assim. Sei que não será a última vez que falarei dele, mas a única coisa que quero agora é me esquecer disso.

— Espero sair logo— digo para distrair minha atenção.

— Isso você também me disse quando a conheci.

— Continuo tendo esperanças de sair. — E é então que a bruta realidade que tenho à frente se choca contra mim e contra o mundo de esperanças que eu havia criado. É quando sinto que todos os castelos estão no ar, todos os meus sonhos, absolutamente tudo se choca contra a realidade, que é mais forte do que nós. Não se pode fechar os olhos.

— Vamos ser realistas... Há quanto tempo você já está aqui?

Penso por uns segundos.

— Um pouco mais de um mês. — Olho para o calendário, os dias marcados com cruzes vermelhas vão passando impassíveis, um dia após o outro, e eu... continuo aqui. Quando digo isso volto a me sentir mal por ver como o tempo, que a princípio pensei que passaria rápido, está demorando mais do que eu imaginava. Ainda assim, me dói que Sarah fale tão diretamente, querendo tirar as poucas esperanças que ainda tenho, mesmo que não faça isso por maldade.

— E o que você tem? — pergunto com cautela, por não saber que versão encontraria; cada dia muda seu jeito de ser. A Sarah destes últimos dias é uma garota pensativa.

— Nada, estou bem. Aliás o que importa? Não somos amigas, minha vida não deve preocupar você.

Pelo visto ela voltou a ser a garota chata que conheci, mas desta vez está na defensiva. Acha que não pode demonstrar os sentimentos, porém em meu caso, não demonstrar os sentimentos é... quase impossível. Somos como a noite e o dia, e ao mesmo tempo agradeço por ter encontrado uma pessoa que não se pareça muito comigo. Não gostaria de viver em um mundo onde todos fôssemos iguais, porque... Que graça teria viver?

— Vou ignorar tudo o que você disse, deixando de lado especialmente essa história de não sermos amigas ... Você não está bem. — Eu me aproximo mais dela e vejo como hoje não quer me olhar, como se eu fosse invisível e ela também quisesse se esconder.

— Não preciso dos seus conselhos — responde, olhando para algum ponto do horizonte. Olha pela janela, para o teto, para as paredes cinza e tristes... Para qualquer lugar, como se seu olhar procurasse por algo que não encontra. Por seus gestos e seus movimentos, começo a me perguntar se está nervosa.

— Só queria ajudar, mas se continua com essa atitude, não posso. Bem, a vida é sua, as decisões também. Faça o que quiser.

— Quer saber o que tenho? — pergunta depois de uns minutos, quando peguei o bloco e comecei a escrever.

— Há apenas uns segundos você disse que não me importava. Sarah, você muda de opinião muito rápido — digo. — Mas sim, quero saber o que você tem.

— Não me interrompa, ok? — Assinto com a cabeça, mesmo detestando seu tom autoritário. Não sei o que me dirá, mas parece que vai ser algo importante. No fundo cada um deve suportar seu peso, mas ele fica mais leve quando compartilhado com alguém. Há um sem-fim de histórias no hospital e de pessoas que estão vivendo o inferno na Terra. Por isso entendo a necessidade de conversar, de se abrir ao mundo, mesmo quando houver momentos em que o silêncio seja a melhor opção. — Os médicos falaram comigo — começa a dizer de forma vacilante, enquanto vejo que está insegura, atemorizada... Quero lhe dizer algo, mas quando preciso falar não encontro as palavras.

— O que aconteceu? — decido continuar falando, porque ela se calou. Talvez sua situação seja mais difícil do que eu pensava. Começo a me preocupar.

— Disse para não me interromper, não entendeu? — Hoje não me importo que esteja na defensiva, só quero saber o que ela tem. — Lembra quando eu lhe disse que estou aqui por uma doença que está me destruindo por dentro? Bem, acontece que toda a medicação que me deram, todos os passos que segui para me curar, não serviram para nada. — Ela para de falar, as lágrimas a impedem. Por um instante fico surpresa que chore diante de mim; ela sempre escondia o que sentia. Há uns dias foi chorar no banheiro para que eu não a visse. Logo reajo e me aproximo dela. Não sei o que dizer, fiquei sem palavras. Então, sem saber o porquê (talvez porque algo tenha mudado em mim...), eu a abraço. Sarah não é alguém que me transmita simpatia, mas vejo sua dor, e não posso deixá-la sozinha. Jamais seria tão cruel e injusta.

Não sou fã de lágrimas, mas ainda menos de ver alguém sofrer.

— E o que me dói mais é que não haja solução — diz enquanto soluça e seca as lágrimas com fúria. Sua voz sai entrecortada, como se empregasse todas as suas forças para falar e ao mesmo tempo se recompor.

— Não diga isso, talvez ainda não tenham encontrado... — Tento lhe incutir esperança com minhas palavras, mas é muito difícil. Ainda mais quando se está perdida e não se sabe o que dizer para ajudar. Às vezes uma pessoa só precisa de um abraço, algumas palavras, mas... E se isso não bastar? Imagino que não possa fazer mais nada a não ser ficar a seu lado e a acompanhar em todos os momentos enquanto eu também estiver por aqui.

— Estou perdida, não sei quanto tempo mais... vou viver— diz voltando a chorar, mas desta vez suas lágrimas são de uma dor inexplicável. Por um momento eu me sinto incapaz de olhá-la, porque me dói muito vê-la derrubada, no limite de suas forças.

— Os médicos farão tudo o que for possível para curá-la, ainda que não as medicações que lhe deram não tenham funcionado. Não deixarão você sofrer. Eles não farão isso, dedicaram a vida para salvar outras pessoas, e você conseguirá sair desta. Ainda resta muito o que provar e novos medicamentos para descobrir, Sarah. Mas por favor, não desista. Eu a compreendo, porque depois do acidente meu mundo se despedaçou como se fosse de cristal. Minhas lágrimas deixaram de ter significado em algum momento, mas continuei lutando, mesmo sendo difícil, mesmo que em alguns dias eu ache que tudo é impossível. Sei que você nunca deve desistir de lutar.

— Os médicos testaram todos os remédios, tudo o que tinham a seu alcance, mas há momentos que a dor é insuportável.

— Sarah, tudo vai acabar, mas enquanto isso, você precisa continuar vivendo. Vou lhe dizer uma coisa... Se não lutar por você mesma, lute ao menos pelas pessoas que se importam com você.

— Ninguém se importa comigo — responde como se acreditasse de verdade em suas palavras cruéis.

— Isso não é verdade... sua família se importa com você.

— O que você sabe? No dia em que brigamos você disse que minha família tinha ido embora por culpa do meu comportamento, e tinha razão. Antes eu os tinha do meu lado, não me deixavam sozinha, mas com a doença mudei minha atitude, e não sei por que sinto que preciso fazer mal às pessoas para sentir que minha dor é menor.

— Talvez não estejam de acordo com a forma como você age, mas eles nunca a deixariam sozinha nos momentos em que mais precisa. E muito menos agora.

— Sabe há quantos dias não os vejo? Quase duas semanas — responde, com dor em sua voz.

— Você contou a eles o que os médicos disseram?

— Sim, e mesmo assim, vem alguém me ver? — pergunta, olhando em direção à porta.

— Pode ser que não sejam fortes o suficiente para aceitar os fatos. Mas eu estarei ao seu lado.

— Você não tem outra opção, compartilhamos o quarto. — Posso ver um sorriso tímido que me faz perceber que aos poucos seu humor vai mudando. Preciso que volte a ser a Sarah com quem eu não conseguia ficar nem mais um minuto. Não suporto vê-la tão derrubada.

— Não é só por isso. Você está mal e creio que ninguém neste hospital esteja em seus melhores dias, mas só não quero que se dê por vencida.

— Que diferença faz? Nada mudará na sua vida se eu partir. — Outra lágrima rola por sua bochecha e sinto que compartilhamos a tristeza que paira sobre nós por alguns segundos.

— Mas na sua, sim — sentencio. — Sabe tudo o que você irá perder se desistir agora?

— Não importa— responde ela, mas já não está tão decidida em suas palavras. Sei que é mentira que não lhe importa com a própria vida.

— Não é verdade. Todo mundo se importa com algo, luta por algo. Você não tem sonhos ou metas? Todo mundo quer alcançar algo na vida, o que acontece é que muitas pessoas decidem não admitir isso.

— Não tenho sonho nenhum; minha vida é o que é, e ter sonhos e objetivos não fará diferença se eu morrer em alguns meses ou dias.

— Não acredito Sarah. Todo mundo tem pelo menos um sonho. Alguns podem parecer impossíveis, mas não são.

— O seu é ser escritora, não é? — pergunta com curiosidade.

— Isso. E mesmo que não consiga, continuarei tentando. Porque... Sabe? Os sonhos, possíveis ou não, sempre estarão ali, à espera de que se tornem realidade algum dia. E se algo não pode ser real, não deixe de pensar que, em qualquer idade, em qualquer momento, pode-se cumprir, o que às vezes acontece quando menos esperamos. Porque a vida se baseia em momentos inesperados, e creio que estes são os melhores. Pare um pouco e pense: pelo que você lutaria até o fim?

— Agora mesmo eu lutaria e faria o que fosse possível e o impossível pela minha vida — diz ela, olhando para suas mãos entrelaçadas no colo.

— Tente esquecer todas as preocupações. Você pode acreditar que não tem sonhos ou talvez ainda não tenha consciência do que deseja, mas perceberá que sempre há algum motivo para lutar. Pensa que eu gosto de viver assim na cadeira de rodas? Tive que mudar muito meu jeito de pensar, e este é só o começo de uma nova vida. Passei por muitos dias sombrios em que não via motivos para seguir em frente. Mas claro que há, o que acontece é que às vezes eles estão escondidos em esquinas no meio da vida. Chega um dia em que descobrimos ainda ter muitas lágrimas de felicidade para derramar.

— Quando entender a vida, eu lhe direi. Mas você não precisou mudar tanto.

— "Jamais entenderá a vida... É impossível entendê-la" — digo, mais para mim mesma do que para ela. — E sim, mudei e também fiz muitos sacrifícios, mas esse é o preço que devo pagar pela minha vida.

— Você sente falta de andar? — É a última pergunta que se poderia fazer a uma pessoa que não pode andar, mas quero acreditar que ela não o fez por mal.

— Sei que voltarei a andar. Não será de um dia para o outro, mas é por isso que luto muito neste momento. Há muitos dias em que acordo e a única coisa que sinto é dor, mas tenho que conseguir chegar a meu objetivo. Ninguém disse que seria fácil alcançá-lo.

— Não pensei que poderia falar com você... — responde Sarah, um pouco mais animada. Não posso evitar sorrir. Desde que estou aqui me afeta muito ver gente sofrendo, e se alguém me diz que ajudei... Estas se tornaram palavras valiosas para mim.

— Mas minha preocupação não desapareceu. Conto os dias que me restam para que tudo acabe.

— Por que continua pensando na morte?

— Elise, é a realidade, é a dura verdade com a qual tenho que me confrontar.

— Você é negativa demais, e isso só a destrói um pouco mais. Por que não conta os momentos em que você é feliz, em vez de pensar nos dias que lhe restam até morrer? Pense! Você pode acordar em um dia qualquer e não saber o que vai acontecer, pode morrer ao sair à rua ou de outras maneiras inimagináveis. Eu quase perdi minha vida no acidente. Mas a felicidade vem em momentos quando se necessita dela.

— Elise, nunca fui feliz e nem nunca vou ser — diz cabisbaixa.

— Se continuar pensando assim, claro que não vai. Mas por que não procura a felicidade?

— Porque agora já não tem sentido algum buscar algo que é inalcançável. De fato, neste momento nada tem sentido para mim.

— O que tem sentido é viver os dias chorando o tempo todo. É assim que você quer acabar? — Eu a repreendo, porque não gosto disso. Se soubesse que tenho pouco tempo de vida, não passaria meus últimos dias em um canto do quarto chorando e gastando assim meus últimos sopros de vida e de esperança.

— Não quero acabar, ainda é cedo demais.

— Então, siga lutando sem se importar com o que virá depois. — Não acredito nem em minhas próprias palavras; é difícil convencer alguém de algo de que você mesma duvida.

— Não é fácil lutar, nem sempre nos restam forças.

— Ao menos tente. Os médicos também erram. O que foi que eles disseram?

—A medicação não agiu como planejamos. O vírus continua em você, cada vez mais forte, enfraquecendo tudo por onde passa. Restam poucas alternativas, não sabemos qual será o próximo passo. Esperávamos que você reagisse melhor, mas não foi assim. — Ela cita as palavras que os médicos disseram e que certamente não esquecerá nem hoje nem nunca.

— Pense que por enquanto nada está perdido — digo, em uma tentativa de fazê-la ver a luz enquanto a escuridão toma conta de tudo.

— Podemos falar de outra coisa? Não quero chorar mais. Sei que não há nada de ruim em falar quando precisamos, mas você já me aguentou o suficiente.

— Estarei aqui para tudo o que precisar. Você não é a pessoa mais especial do mundo para mim. — Ao escutar como minhas palavras soaram, tento consertar um pouco. — Mas tentarei ficar a seu lado, ainda que seja para escutá-la. — Às vezes precisamos mais de alguém que nos escute do que fale de fato.

— Muito obrigada por tudo, mas já lhe disse tudo o que precisava. Agora me sinto mais leve.

— Certo, então vamos falar de outra coisa. — Penso por uns segundos. — Faz dias que você me disse que gostaria de escutar uma música... — começo, um pouco insegura sobre o que dizer.

— Lembro, mas você não queria voltar a tocar. Por isso não insisti mais.

— Você se alegraria, ainda que fosse por um momento, se pensasse nisso? — pergunto sem pensar demais em minhas palavras, me guiando pelo que sinto no momento, que é algo similar a empatia em relação a Sarah.

— Claro — Ela sorri no mesmo instante.

— Então venha comigo — chamo, me deixando levar pelo momento e sem pensar nas consequências, sem pensar em nada.

— Mas você não queria. O que a fez mudar de ideia? — pergunta, enquanto saímos do quarto.

— Um motivo para ser feliz, lembra? Se você conseguir se alegrar com a música, me parece ótimo — Eu devolvo o sorriso.

— Mas... pensei que você não falaria mais disso — replica, confusa.

— Ainda não deixei de tocar. Meus pais sabem que não é meu sonho, mas isso não significa que tenha abandonado. Só não quero ir a concertos, não quero que as pessoas me conheçam no mundo da música. Mas hoje posso fazer uma exceção — respondo com um sorriso, já que quero mudar um pouco a manhã de Sarah, e se tem que ser com a música. A única coisa que importa são seus sorrisos.

— Por que não quer ser conhecida? — pergunta, distraída.

— Não tenho talento — afirmo, convencida.

— Não se trata de ter ou não, as coisas não se baseiam nisso — diverge ela. — A questão é se esse é seu mundo, se é algo valioso para você.

— Há coisas que, por muito que tentemos, sentimos que não nos servem. É só isso. — Meu sorriso se desvanece, mas me esforço para voltar a sorrir.

— Se você toca tão mal assim, não teria abandonado tudo há mais tempo? Não teria deixado tudo para trás há anos?

— Talvez você tenha razão. Não sei — digo, depois de pensar por vários segundos. — Vamos?

— Só se me prometer que não abandonará o mundo da música — responde Sarah, com uma expressão de seriedade que eu vira poucas vezes.

— Não posso prometer nada.

Concerto improvisado

Enquanto me dirijo à sala de estar, onde estão os instrumentos, penso no que me impulsionou a isto. Quero dar um motivo a Sarah para ficar feliz. Ainda que seja só durante alguns minutos, me dará prazer vê-la deixando de lado, por um momento, seus problemas.

Parece mentira... Vou tocar novamente. Espero que minha mãe não chegue justamente agora. Não é preciso que ninguém saiba. É algo que sabemos Sarah e eu, ninguém mais. Ela me pediu e pronto. Pensei que não voltaria, mas estou aqui novamente. Eu a vejo sorrir, e sei que estou fazendo o impossível para que fique mais animada. E por enquanto estou conseguindo.

— Tem certeza de que quer voltar a tocar depois da discussão com sua mãe? — me pergunta. Sei que não tenho, mas agora não voltarei atrás.

— Sim — respondo o mais convencida possível.

— É muita generosidade o que está fazendo por mim. — Vejo alegria e emoção em seus olhos pela primeira vez.

— Se agora você pode ficar mais contente... — respondo, suspirando.

— De verdade, depois de tudo o que eu lhe disse, não creio que vá fazer algo por mim.

— Esqueça isso, o que aconteceu não tem tanta importância. Está bem? Vamos, antes que eu me arrependa.

Chegamos à sala e encontramos o piano de que Sarah tinha me falado. Olho ao redor, e vejo que não há mais ninguém, respiro um pouco mais tranquila e fecho a porta quando Sarah entra.

Ela pega um banquinho e se senta a meu lado. Neste momento esqueço por que abandonei o piano. Mesmo que as pessoas tenham dito que eu não me dedicasse a isto, não deveria ter dado ouvido a outra opinião que não fosse apenas a minha.

Não tenho partitura, mas de tanto ensaiar sei de cor. É o que acontece quando se passa no mínimo duas horas por dia ensaiando. Lembro-me de sua música favorita, *Für Elise*, que também é a minha preferida, uma das primeiras que aprendi.

Quando começo a tocar, muitas recordações chegam a minha mente, e tento afastá-las, mas não consigo. Eu me sinto paralisada, mas tudo isso passa quando vejo que Sarah está emocionada. Agora, em especial, não me lembro por que decidi abandonar o piano. O que importa a opinião dos outros? Por que os ouvi e deixei que me manipulassem?

Quando estou na metade da música, a porta se abre e paro de tocar. Eu me viro e vejo pessoas atrás de mim. Elas me ouviram, eu sabia que esta não seria uma boa ideia, e mesmo assim o fiz; arrisquei que alguém me ouvisse. Como se movida por um impulso, eu me afasto depressa, até ficar a alguns metros do piano. Não para de se repetir em minha mente que eu não deveria ter vindo. Sarah me olha com estranheza quando percebe minha reação, e até eu me surpreendo.

Ela me encara confusa e explico:

— Chegou mais gente. — Atrás de Sarah, no batente da porta, há cinco pessoas de pé nos olhando atentamente.

— E o que tem isso? Se pararam para ouvir é porque estavam gostando. Caso contrário, teriam ido embora, não acha?

Pela primeira vez em minha vida, decido deixar de lado o que os outros pensam de mim.

Eu me esqueço de tudo e me atrevo a voltar ao meu lugar, que é onde deveria estar. Toco as músicas que eu sei, sou consciente de que cada vez mais gente está me observando, e há quem esteja me gravando, mas não me preocupo. Depois de cada música as pessoas aplaudem. Eu as ignoro, não queria público, mas aqui o tenho. Nada disso me afeta de verdade, pois estou concentrada em meu mundo, alheia ao que acontece ao meu redor.

Neste momento, minha mãe chega... Como ela me encontrou? Quem lhe disse que eu estou aqui? Quando ela me vê, observo que está surpresa e emocionada. Ela não esperava isto de mim, e para dizer a verdade eu também não. O que estou fazendo? Termino a última música um pouco apressada, como se de repente todos os nervos que antes não sentia despontassem de uma vez. Ouço como as pessoas aplaudem, comentam, sorriem. Quero ir embora, sair da pressão que me produziu estar rodeada de toda essa gente me observando. Antes mesmo que eu possa reagir, minha mãe me abraça com força, mas não diz nada. Palavras não fazem falta.

— Você voltou ao seu mundo. Do qual não deveria ter saído nunca.

— Nunca saí. Não pude esquecer jamais. — Eu a encaro fixamente e vejo como conserva a esperança em seus olhos. Relembro quando eu tinha cinco anos, tempos que também eram difíceis: minha mãe estava triste e deprimida porque meu pai tinha tido outro ataque do coração. Então, fui à sala de jantar onde ficava o piano que há tempos ninguém usava e toquei minha primeira música, uma versão minha, totalmente inventada. Naquele dia, consegui fazê-la sorrir.

— Por que quer abandonar a música?

— Porque ouvi pessoas demais que só queriam me fazer sofrer.

— Elise, não faça mais isso. Por favor, não deixe isso escapar.

— Apesar do que isto aqui pode parecer, não mudei de opinião.

— Você disse que não voltaria a tocar, mas aqui está na frente de todas estas pessoas. Continua não querendo ir ao concerto? — Ela insiste mais uma vez, mas sigo firme.

— Não sei. Vou pensar — digo depois de um longo silêncio. Pensei no que dizer, mas não encontrava respostas, não sabia como me sobrepor à situação.

— Por quê? O que a fez mudar de ideia?

— Só queria que Sarah se esquecesse de seus problemas, mesmo que fosse por uns instantes, mas não pensei que teria público. — Não posso evitar sorrir quando falo. Na verdade, a experiência não foi tão intimidadora como pensei que seria.

— As pessoas ouviram a música e vieram para cá. Não está feliz? Olhe ao seu redor, Elise... Todas estas pessoas estavam te aplaudindo a cada música!

Não digo mais nada. As pessoas me felicitam quando me dirijo para a porta, mas sinto curiosidade em saber se além daqueles que ali estavam presentes teria alguém mais me ouvindo.

E é então que, ao sair da sala, vejo muita gente no corredor dirigindo-se ao lugar de onde vinha a música. Por que não me senti nervosa? O que aconteceu de diferente desta vez? Eu sei a resposta. Eu toquei por um motivo: alegrar uma pessoa. Ainda assim, soube controlar a situação, que se tornou um concerto improvisado.

Perdi minha primeira oportunidade, e recusei a segunda, mas talvez possa voltar a solicitá-la... Por que estou repensando? Volto à realidade e paro de divagar entre pensamentos contraditórios. Sem dúvida, preciso pensar em muitas coisas, ouvi várias opiniões sobre as quais devo escolher a que mais me convenha, ou pelo menos, a que me faça mais feliz.

— Elise, você toca muito bem, de verdade — diz Sarah. Ela está sorrindo e já não resta rastro da tristeza que tinha antes. Era exatamente o que eu queria.

— Você acha?

— Por favor, Elise, não me diga que não viu toda aquela gente aplaudindo. Por que quer abandonar tudo? Seria um grave erro. Não abandone o piano. Se tantas pessoas lhe dizem a mesma coisa, talvez seja por alguma razão.

— Preciso pensar.

— Não há mais nada em que pensar. Você está destinada a este mundo, mesmo que não enxergue. Sempre haverá pessoas querendo magoá-la, mas deve ignorá-las. Pense que muitas delas têm inveja de você, porque você sabe fazer algo que elas não sabem. — Conversando no corredor afastadas do ruído, ainda não acredito no que aconteceu. Meu pulso continua acelerado e o coração bate com força. — Você se sentiu tão mal?

— A verdade é que não — falo sinceramente, nada foi como eu esperava.

— Pense. Você tem futuro nisso.

— Você se alegrou? — perguntou, esperançosa. — Fiz por você.

— Estou contente, muito obrigada, Elise. Você vai pensar? Mesmo que no fim decida que este não é o seu mundo?

— Sim, vou pensar. — Por que não poderia rever meus pensamentos? Sarah sorri e vai para o quarto.

Fico quieta, como se uma força me estivesse retendo aquele canto do corredor, enquanto minha mãe vem em minha direção.

— Elise, você não sabe como as pessoas te felicitaram. Você tocou muito bem, de verdade, nunca a tinha visto tão segura. Você sempre ficava preocupada, temendo que se equivocasse, sem ser consciente de que cometer erros é a coisa mais natural do mundo, necessária para que melhoremos.

— Creio que meu maior erro, depois de tudo o que fiz, foi ter deixado para trás o mundo da música.

—Mas você ainda pode corrigir isso — me sugere. — Por que não aceita a segunda chance para o concerto?

— Já recusei, e não vou mudar a resposta. — Tenho que me manter firme, ainda que seja somente uma vez. Talvez agora repense isso, mas não posso ir mudando a resposta a cada dia.

— Nem mesmo quando vê que este é o seu mundo? — persiste.

— O dia da minha oportunidade já passou.

— Tenho que confessar uma coisa, Elise. — Ela se mostra receosa, como se não soubesse se o que vai me dizer é o correto. — Não falei nada sobre anular o concerto.

— Por que não? — Não sei como me sinto.

— Porque eu sempre acreditei em você.

Fico mais confusa a cada palavra e até um pouco tonta.

— Que dia é a nova data? — pergunto.

— Será em março, então ainda restam alguns meses para pensar bem, sem pressa. — Minha mãe tenta me persuadir com suas palavras, mas eu já estou decidida.

— Já tomei minha decisão.

— Pense bem, não responda agora. Ouça o que sente. Não é feliz com a música?

Fico pensativa. Fui feliz quando voltei a tocar o piano? Eu me senti confusa, não sabia como reagir, mas talvez isso não aconteça duas vezes.

— Sou — respondo, depois de me deixar levar pelas emoções.

— Então, decida quando souber o que quer fazer com sua vida — diz cruzando os braços, e vejo que seu sorriso se transforma em uma careta.

— Obrigada por não ter cancelado... — digo por fim. — Mudei um pouco de opinião a respeito, mas e se dissesse não? Como você teria reagido? — Claro que o cancelaria.

— Não falei nada até que você tomasse uma decisão. Não quero que viva um sonho que não é seu, jamais poderei obrigá-la. E apesar de tudo depender de suas decisões, sempre estarei aqui para aconselhá-la. Bem, posso dizer com segurança que sempre estarei ao seu lado. — Por uns instantes volto a me sentir extremamente ansiosa e sorrio.

Daniel

Depois de tudo o que aconteceu ontem, estou ainda mais confusa. Pensei que o mundo da música não era meu destino, pelo menos era assim que eu me sentia, mas talvez tivesse me enganado. Alegrei-me muito quando vi que Sarah estava com um humor melhor. Hoje ela parece mais animada, espero que continue assim, e se voltar a passar por dias ruins, sem dúvida, estarei aqui. Não somos amigas, e duvido que cheguemos a ser, mas não quero vê-la triste.

— Como você está? — pergunto, quando acorda.

— Um pouco melhor, obrigada — responde ela com um sorriso imperceptível enquanto liga a televisão, que está no seu lado do quarto.

Ontem era domingo, por isso não tinha que fazer reabilitação, mas hoje volto à minha rotina. Quando penso na fisioterapia sempre me lembro de Diego, e agora já faz dias que não falo com ele. Continuo sentindo sua falta, mas acredito que o tenha esquecido um pouco com tudo o que aconteceu ao meu redor, mesmo sabendo que quando voltar a vê-lo estarei tão ou mais contente do que estou agora. É impossível deixar de sentir de um dia para o outro.

Ao chegar na academia, vejo Maria. Não nos falamos muito agora que Jack foi embora, mas é ela quem me acompanha nesta viagem incerta.

— Ontem você foi maravilhosa, pelo que me disseram. — Fico um pouco surpresa que ela também saiba do que aconteceu, mas creio que, a esta altura, metade do andar da sala de música me conhece.

— Fiz aquilo pela minha companheira de quarto. Ela tinha me pedido que tocasse uma música no piano, porque estava deprimida, e eu quis alegrar um pouco a manhã dela.

— Fez muito bem, Elise, faça o que você gosta. — E então me pergunta: — os dias ruins já passaram?

— Como você sabe? Não falei com você sobre como me sentia. — Falei com algumas enfermeiras como Silvia, por exemplo, mas não lembro de ter falado com Maria.

— Há coisas que não se podem esconder, Elise, acha que não se percebe no seu rosto como você está? Enfim, me alegro por você, por vê-la sorrir novamente. Verá que logo os dias ruins vão diminuindo.

— Espero que sim. — Estou surpresa que ela tenha percebido meus dias ruins, apesar de ter tentando escondê-los com todas as forças.

— Desde que chegou, você passou por vários fisioterapeutas, por isso estou um pouco perdida com os exercícios que você faz.

— A verdade é que eu também estou. Diego me ensinava uns alongamentos e Jack, outros. Então eu combino os dois.

— Como está a dor? — O assunto não é muito habitual, mas tenho lembrado dele na grande maioria das vezes em que vou ao ginásio.

— Há dias em que volto a senti-la, em pequenas amostras de que a dor não desapareceu por completo. Mas por sorte há remédios que me fazem melhorar.

— Não voltou a fazer os exercícios para as pernas, voltou? — pergunta, apesar de saber que desde o incidente deixei de fazê-los.

— Não voltei a tentar, porque tenho medo de voltar a sentir aquela dor forte.

— Isso nem sempre se repete. Além disso, você disse que teve dor nesses dias também, apesar de não ter feito os alongamentos. Como pode ver, não se trata do que faz ou deixa de fazer. Haverá dias em que suas pernas irão doer, ou pode ser que doam os braços, por isso você ainda está no hospital.

— Sabe quanto tempo mais vou ficar? — pergunto e percebo que a espera conseguiu dissipar toda a esperança de voltar para casa.

— Isso ninguém pode saber, nem mesmo os médicos — diz ela, me oferecendo um sorriso compreensivo. — Você tem evoluído bem em muitos aspectos, mas as dores não acabaram, e queremos evitar que passe mal quando estiver em casa. Quero dizer, queremos que vá o mais recuperada possível. Estamos de acordo?

Mostro a ela os exercícios que costumo fazer, e ela me corrige quando considera necessário. Nos dias em que os faço por minha conta, cometo erros, porque não tenho ninguém que me corrija. Por isso, presto muita atenção às observações quando estou acompanhada. Em muitos dos dias em que vou à reabilitação, a hora passa rápido. Os alongamentos são cansativos e pesados, não posso dizer que não me esforço, porque não é assim. Tenho que usar toda a força de que disponho. Apesar de tudo, o cansaço maior vinha nos primeiros dias, e depois dos alongamentos não me restava energia nem mesmo para falar. Ainda assim fui todos os dias ao ginásio, nada me impediu, por isso agora não tenho motivos para não seguir em frente.

— Já acabou a hora, como você está? — pergunta Maria enquanto vai até sua mesa, onde há uns papéis espalhados.

— Estou um pouco cansada, mas bem — falo com franqueza.

— Posso lhe perguntar algo? — diz, como que pensando no que vai falar. Afirmo com a cabeça e ela continua: — Você gosta do Diego? — De tudo o que ela poderia perguntar, não imaginei que fosse sobre Diego. E agora percebo que meus sentimentos podem ser notados de longe, e que não consigo disfarçar o quanto gosto dele. Mas… para que esconder? Já vejo que não consigo de maneira alguma. Sou como um livro aberto, e antes que eu diga algo, as pessoas percebem. Suponho que seja pela minha expressão.

— Por que está dizendo isso? Todo mundo me pergunta — respondo, com um sorriso.

— Se estão dizendo é por alguma razão, não é? Elise, dava para perceber pela forma como você olhava para ele nos primeiros dias. — Fico vermelha e acabo confirmando suas dúvidas. Às vezes sou muito óbvia, mas não pensei que até Maria tivesse notado.

— Bom, tenho coisas para fazer, até amanhã. — Decido me esquivar o mais rápido possível, por isso vou embora. Na verdade, não tenho nada para fazer agora, mas gostaria de pensar em como irei começar as aulas novamente. Tem sido o assunto em que menos tenho pensado nos últimos meses, e agora a apenas um mês de recomeçar sei que devo pensar em como vou me organizar.

Espero voltar para casa e poder continuar os estudos. O acidente me tirou coisas demais, mas não afetou meu cérebro, de modo que não tenho restrições de nenhum tipo para continuar estudando.

Começarei em meados de setembro, não sei o dia exato, mas acho que por essas datas terei retornado para casa; ainda não posso perder a esperança. Desejo muito sair do hospital. O pesadelo algum dia irá terminar e então minha rotina voltará ao normal, mesmo que com algumas mudanças.

De repente penso em como reagirão as pessoas que conheço, além dos amigos. O que pensarão quando me virem em uma cadeira de rodas pelos corredores? Temo que serei um assunto para conversas por dias depois de meu regresso, mas não me importa — o fato de ir em cadeira de rodas é um sinal de que superei o acidente e de que ele não me venceu.

Parece tão distante o dia em que eu estava estudando na biblioteca com Pol... Muitas coisas aconteceram desde então, e nunca pensei que em uma sexta qualquer, ao sair de uma festa entre as muitas a que tinha ido, meu mundo todo mudaria. Uma parte de mim, de forma inexplicável, sentia preocupação. Agora sei que se soubesse de tudo o que aconteceria não teria ido à festa, mas há coisas que não podemos prever, e de modo algum podem ser evitadas; podemos apenas aceitá-las. O acidente mudou minha forma de viver, e com isso minhas prioridades. O que antes eu entendia como preocupação agora sei que na verdade não tinha tanta importância.

Minha mãe entra no quarto, e o que me diz me deixa totalmente desconcertada:

— Prof. Ruiz veio te ver — anuncia —, Daniel.

— De verdade? — Não entendo por que ele veio me visitar, já que não será mais o meu professor.

— Ele só queria ver como você estava. Estava preocupado contigo — acrescenta minha mãe, ao perceber que eu me perguntava pelos motivos dele.

— Você falou com ele? — pergunto, mas não espero sua resposta. — Onde está? — Ela me diz que ele está na cafeteria. — Você vem comigo ou fica aqui?

— Já falei com ele, é seu professor e se importa com a sua saúde. — Enquanto troco a roupa, a ouço dizer: — Acho que significa muito para você que ele tenha vindo.

— Claro.

Termino de me trocar e desço para a cafeteria. Ao chegar procuro por entre as mesas repletas de gente e finalmente o vejo.

— Elise, como você está? — pergunta quando me dá dois beijos e observa que estou na cadeira de rodas. Seu tom de voz continua sendo suave, tal como eu lembrava do dia em que me falou do concurso. Agora percebo que, apesar de não ter motivos para vir me ver, ele se preocupa comigo.

— Estou bem no geral. Alguns dias são melhores que outros, mas os caminhos mais difíceis já foram superados.

— Fiquei chocado quando soube da notícia. Mas... você voltará a andar? — pergunta, preocupado.

— Depois de um tempo, talvez possa me mover com um pouco mais de facilidade. Por enquanto estou tentando. — Faço um esforço para sorrir e não me mostro triste quando falo do assunto.

— E bem, continua escrevendo? — Eu me alegro de falar do último assunto sobre o qual tínhamos conversado.

— Com certeza. O acidente me tirou muitas coisas, mas jamais o amor pela escrita. Todo dia, escrevo uma pequena reflexão sobre minhas melhoras. Descrevo um pouco como me sinto, e acho que desde que estou aqui passei por dias de todos os tipos.

— Você poderia escrever um livro com essas reflexões. — Sem querer, ele me deu uma ideia, mas tenho que refletir antes de agir sem pensar, como tenho tendência a fazer.

— Não tinha pensado nisso. São reflexões pessoais, não quero expor meus sentimentos.

— Entendo perfeitamente, os sentimentos não devem ir a público, a não ser que se queira.

— Ainda não estou preparada para falar sobre tudo o que aconteceu, porque basicamente ainda não assimilei.

— Aconteceram muitas coisas em pouco tempo. Como você queria se sentir? Mas acho que você está lidando muito bem — me diz com um sorriso gentil.

— Tento viver o melhor que posso. No momento, como posso recuperar as últimas provas que não pude fazer?

— Não tem por que recuperá-las. Suas notas sempre foram muito boas, você foi uma das melhores alunas. Não seria justo lhe pedir mais nada. Você teve um sério e grave motivo para abandonar tudo por um tempo. As aulas acabaram, e avaliei seu desempenho até os últimos dias em que você esteve lá. Não se preocupe com suas notas.

— Não sei como continuarei as aulas a partir de agora — confesso, em dúvida.

— Neste momento, esta é a última coisa com que você deveria estar preocupada — diz, e me lembro das palavras que Pol e os outros teriam dito. — Você nunca teve problemas com os estudos. Não vejo por que os teria agora.

— É verdade.

Conversamos mais um pouco sobre alguns dos assuntos que perdi antes de acabarem as aulas, e ele enfim se despede.

— Fiquei muito feliz em vê-la. Você é um exemplo brilhante de uma pessoa lutadora que teve que mudar de vida repentinamente. Se precisar conversar qualquer dia, me ligue, certo? Sei que sou seu professor, mas se puder ajudá-la…

Agradeço a visita e ele se vai. Ao anotar o seu número de telefone me senti estranha pelo fato de um de meus professores ter me dado uma informação pessoal. Mas ele só quer me ajudar, e se precisar conversar algum dia, sei que posso contar com mais uma pessoa. Sempre há alguém disponível para mim quando mais preciso, eu não poderia ser mais agradecida.

Creio que não importa o tempo que passar, sempre me lembrarei que ele foi uma das primeiras pessoas que me animaram a escrever, por isso já sou grata que tenha me ajudado a encontrar meu mundo.

Semanas

Depois da visita do prof. Ruiz, continuei pensando sobre qual seria meu sonho. Tenho muitas dúvidas, tudo é incerto, a única certeza que tenho é de que sempre haverá gente que não gostará do que faço. Mas também haverá quem me ajudará, me ajudará a melhorar, e penso que deveria ouvir mais essas pessoas do que aquelas que querem me destruir e me fazer abandonar meus sonhos. Muitos sonhos foram abandonados porque alguém me machucou, mas agora vejo que não deveria me deixar afetar. Não entendo por que abandonei coisas de que eu gostava somente porque não eram do agrado de outra pessoa.

Talvez eu pudesse ser compositora, combinaria meus dois passatempos: a escrita e a música. Uma canção não deixa de ser uma poesia com melodia.

Passo o que me resta do dia ouvindo música, porque às vezes me identifico com as canções que ouço. Costumo relacionar meus sentimentos com as mensagens que as letras transmitem.

O celular toca, e quando vejo quem é, meu rosto se ilumina e um sorriso aparece.

— Oi, Elise! — diz uma voz animada do outro lado da linha. — Você se esqueceu de mim?

— Drew! Não, claro que não me esqueci de você, mas andei meio ocupada nestes dias com minha companheira de quarto. — Relembro os momentos em que passei ao lado de Sarah.

— Minha substituta não é chata? — pergunta, como se algo no que eu estava dizendo não encaixasse.

— Não é sua substituta, ninguém poderia ser. E também não falei que somos as melhores amigas, mas se eu posso ajudá-la, eu tento.

— Está muito bem, Elise. Pensei que não pudesse nem mesmo olhar para ela; a que se deve essa mudança de atitude? — Uma vez mais sinto que Drew está do meu lado e que posso falar com ele sem me importar com mais nada.

— Todo mundo fica surpreso porque, de início, cada vez que a via deitada na cama, eu saía do quarto de forma automática. Eu a evitava sempre que podia, só ficava com ela à noite. Então, um dia fomos ao bosque juntas e tudo mudou. Comecei a vê-la de uma maneira diferente, e percebi que muitas vezes as aparências enganam

— Você foi ao bosque, aquele que há ao lado do hospital? — pergunta, surpreso.

— É um lugar muito bonito. Já faz um bom tempo que eu gostaria de voltar lá, passar um tempo escrevendo, por exemplo.

— Se eu tivesse ficado mais tempo, teríamos ido juntos. — Sinto melancolia cada vez que falo com ele. Sinto saudade, apesar de ele já não estar tão presente em minha mente.

— E você, como está? — Quero deixar de ser o centro da atenção, por isso falo dele.

— Eu me recuperei bem da operação.

— Fico feliz de verdade que tudo tenha dado certo. Sabe quando falei que eu logo sairia? Pois é, continuo esperando. Já não sei quanta esperança de sair daqui ainda resta dentro de mim.

— Se não a deixam ir para casa é porque não querem que piore. Já conseguiram muito, e além disso devem ter algum motivo para mantê-la aí.

— Tive uma forte dor alguns dias atrás, quando cheguei da reabilitação — relato. — E nos dias seguintes precisei ser medicada.

— Estava com dor pelo fato de meu irmão não estar aí? — diz rindo, mas depois de relembrar o que aconteceu não vejo nenhuma graça.

— Essa dor é diferente, não falamos do mesmo tipo de sofrimento — respondo, sabendo que às vezes na vida é difícil determinar qual dor é mais forte, se a física ou a emocional.

— Não é tão diferente como pensa. As duas dores lhe fazem mal, não é? — pergunta, e sigo perdida em meus pensamentos por uns segundos até que volto a ouvir sua voz. — Conte para mim, você continua escrevendo? Queria te perguntar quando fui visitá-la, mas não me lembrei.

— Sobre isso, tenho dúvidas...

— Por quê? Não tinha tomado uma decisão? — questiona com estranheza.

— Sim, mas às vezes uma decisão sozinha não é o suficiente para escolher o caminho a seguir em um futuro.

— Não entendo, Elise — diz, com pesar. — Não me diga que abandonou a escrita.

— Não! Nunca poderia, mas descobri que a música também continua fazendo parte de mim, mesmo que eu a tenha escondido e deixado de lado durante alguns meses.

— Se acredita de verdade nisso, combine seus dois passatempos. Há tempo para tudo, não?

— Nesta manhã, pensei em ser compositora. Tudo está relacionado entre si.

— Tem razão. Se não se decide por um porque seus dois passatempos são parte de sua vida, ninguém te obrigará a escolher um deles. Você pode unir os dois. — reflete. — Parece que esta é a melhor decisão a ser tomada. Não renuncie jamais ao que a faz feliz. Mas por que essa mudança de pensamento?

— Acontece que um dia Sarah me disse que gosta de uma música, e nos últimos dias ela estava um pouco triste. Resolvi animá-la e então fui para a sala onde tem um piano. Não sei como, isso acabou virando um concerto, no qual descobri que há coisas que não podemos esquecer.

Eu nunca poderei esquecer a música, mesmo que as pessoas digam que não sirvo pra isso.

— Você precisa esquecer toda essa gente que quer machucá-la. Quem não gostar que não escute, é simples assim. Pode ser difícil deixar de lado todos aqueles comentários, mas chegará um dia em que você já não escutará mais ninguém além de você mesma, é questão de tempo. Aliás, como está Jack?

— Aconteceram muitas coisas desde que você e eu conversamos pela última vez. Jack me pediu uma segunda chance, como eu lhe disse, mas não a dei, porque amo demais o seu irmão. E agora ele foi embora, porque não quero saber nada dele. Não creio que fosse o melhor a fazer, mas não podemos forçar os sentimentos. Aqui só o coração manda. Jack me amava, não o demonstrou antes, e agora que não penso nele, diz que sempre me amou. De repente os papéis se inverteram? Não acredito. Existem oportunidades na vida, ele teve a dele e, se tivesse sido de uma forma diferente, talvez estivéssemos juntos agora.

— Jack entenderá que você não sente mais nada por ele... algum dia. Se a amasse de verdade, para começar, não a teria machucado, e depois de mudar seu jeito de ser não teria deixado de te procurar. No lugar dele, eu não teria descansado até que você me perdoasse, mas para começar jamais a teria deixado escapar. Você é uma pessoa incrível, daquelas que não podemos deixar partir de nossa vida, e sob nenhuma circunstância eu teria lhe causado sofrimento. Sei que brigas teriam existido, isso é natural em qualquer relação, mas eu a teria conservado como se fosse o bem mais valioso da minha vida, como se fosse alguém por quem eu acordasse todas as manhãs. — Ele fica um pouco encabulado depois de tudo o que me diz, mas antes que eu assimile suas palavras, volta a falar. — Apesar de tudo, não se trata do que eu teria feito e sim do que você fez. E parece que fez bem, porque se não consegue parar de pensar em Diego, é porque o ama. E... você pode gostar de várias pessoas, mas pode amar somente uma.

Conversamos um pouco mais. Fazia dias que não conversávamos durante tanto tempo. Entre os dias ruins e tudo o que aconteceu, tinha me esquecido um pouco dele. Por sorte está aqui para me lembrar que está a meu lado. Quando disse o que teria feito no lugar de Jack, me senti abalada, como se não existissem palavras suficientes para descrever Drew, uma pessoa tão incrivelmente especial que eu gostaria de ter para sempre a meu lado. Ele é um amigo, sim, e além disso é alguém importante, mas sei que gostaria de poder contar com ele sempre a todo momento.

Tenho amigos como Pol, Clara... mas Drew se tornou meu melhor amigo, em alguém especial de verdade, por quem tenho um carinho diferente. Adoro-o tanto que não consigo expressar. Pela forma como fala comigo, sempre tentando me animar e me tirar algum sorriso... Depois de todos esses dias, já o considero importante apenas por estar a meu lado.

Olho para o relógio e são dez da manhã. Sei que os médicos passarão para falar comigo, como fazem todas as segundas, para tentar me dar ânimo, principalmente uma moça jovem que acho que se chama Julia, que um dia me disse que se precisasse poderia pedir um psicólogo no hospital. Preciso de pessoas que estejam a meu lado nos dias ruins, e aquelas pessoas que mais me importam estão, então me parece que tenho o suficiente com essa ajuda. Mas, se chegasse o momento em que precisasse de ajuda, não hesitaria em pedir.

Minha mãe chega depois de vários minutos, e esperamos pelos médicos durante um tempo, mal conversamos. Continuo com a esperança de que me digam logo que estou pronta para ir embora. Os minutos passaram e ninguém veio. Por um momento, penso que se esqueceram de minha visita, mas justamente nesse momento eles chegam em meu quarto. Hoje só veio Julia, e com ela um rapaz jovem que parece um estagiário, a julgar pela pasta em que anota tudo e pelo interesse com que escuta.

— Como você está, Elise? Voltou a sentir dores? — As mesmas preocupações e as perguntas rotineiras a que me acostumei.

— No momento estou bem, porque me deram medicação.

— Você continuará a reabilitação durante esta semana, deverá seguir tendo cuidado, mas voltará a fazer os exercícios das pernas. Também reduziremos a medicação que está tomando. Se sentir dor nas pernas é porque elas estão acordando, o que é um sinal muito bom, mesmo que a dor seja bem forte. Se a dor que sentiu voltar a aparecer, peça a medicação, não espere. Muitas vezes, quando pede a medicação já é um pouco tarde para ela fazer o mesmo efeito. Se continuar como esteve até agora, em duas semanas estará em casa. O que você acha?

— É uma notícia muito boa! Estou desejando voltar a minha vida normal.

— Bom já sabe que precisa vigiar o que faz, não? Se esforçar muito e não descansar não ajudará muito. Por isso leve a recuperação com calma, sem pressa. É o melhor que posso lhe dizer se não quiser voltar a ficar mal.

Depois falam um pouco com minha mãe no corredor, com a porta fechada. Há dias em que presto atenção, mas não hoje. Já escutei essas conversas dezenas de vezes. E hoje só consigo pensar em quando Julia disse que em duas semanas eu estaria em casa.

Depois de falar com Drew, me lembro de Diego, e sem pensar ligo para ele. Preciso voltar a falar com ele, mesmo que com um pouco de sorte eu vá embora em uma semana. Não pensei que os meses de sua ausência passariam tão rápido, ainda mais depois que os primeiros dias foram muito duros para mim. Eu ia para a reabilitação e, cada vez que via Jack, voltava ao passado, o que não era nada bom. Agora que Diego voltará, me sentirei tranquila na reabilitação novamente.

Maria é uma boa fisioterapeuta, mas nada foi igual desde que Diego se foi.

— Quanto tempo, Elise! Como está?

— Continuo esperando sua volta — digo com um tom mais animado do que o habitual, que não sei se ele percebe.

— Só me resta uma semana.

— Os primeiros dias foram os piores que passei, o tempo passa muito devagar quando você se afasta das pessoas de que gosta — confesso, com certa tristeza.

— Eu também senti saudade, Elise. Mas os dois meses passaram... — Eu sorrio quando o escuto. Por fim juntos, mas há algo em seu tom de voz que me deixa um pouco desconfiada... Do quê? De que não me ame. Sei que foi um começo estranho, mas de uma forma ou de outra parece que há mais segredos entre nós. Ainda não sei o que é, mas imagino que algo não está bem.

— Jack me disse que foi embora — questiona ele, duvidando. — Você teve algo a ver com isso?

— Ele queria voltar comigo e eu disse que não. Foi embora para me esquecer. Foi bastante covarde.

— Ele não deveria ter abandonado o estágio no hospital só porque encontrou alguém que lhe traz recordações. Você era apenas sua paciente.

— Também acho isso. Ele agiu errado, e eu também.

— Você fez o certo. Se já não o ama, que importância teria agora pensar no tempo que passaram juntos?

— Não falarei mais dele. Já concentrei muito minha atenção em Jack, mas passou, foi embora e não quero voltar a saber nada dele.

Diego se despede de mim, e me surpreende que não tenha dito que me ama. Mesmo assim não dou importância a isso, porque cada vez que falo com Diego sinto que não pararia de lutar mesmo que fosse somente para poder vê-lo uma vez mais. A cada dia que passa estou mais perto de vê-lo. A distância está desaparecendo entre nós. Os muros que nos separavam estão se rachando, e chega vida a meu coração.

Conquistas

Desde que Diego me disse que faltava tão pouco para voltar, me sinto mais alegre e com mais esperança. Todos os dias em que estivemos separados eu senti muito sua falta, me doeu. O pior não foi voltar a ver Jack, e sim sentir que tinha perdido a pessoa mais importante de minha vida, ainda que por um breve período. Em alguns momentos, cheguei a pensar que talvez conseguisse esquecê-lo, mas não consigo. Há menos de dois meses, quando tive que ir para a reabilitação sem Diego, eu queria abandonar tudo somente para não voltar a ver Jack, alguém de meu passado. Mas confrontei meu ex e a todos os sentimentos para os quais não queria voltar. Desde o acidente aconteceram muitas coisas, mas as melhores foram as que passei ao lado de Diego e de Drew. Graças a eles, os dias passavam rápido; eu acordava sempre feliz, apesar de não sentir as pernas, e não sentia dor, ainda que estivesse aqui no hospital. Tudo era mais suportável, os dias não eram intermináveis. Depois que ambos se afastaram de mim, passei momentos de todo tipo; às vezes não sei se estou feliz, se não estou…

Ao mesmo tempo sei que só me faltam duas semanas para voltar para casa. Tive tantos assuntos nos quais pensar que mal senti falta de estar em casa. Senti falta de minha vida tranquila sim, quando tudo era resumido a uma rotina, ir às aulas e ficar com os amigos; mas a nova vida aqui no hospital me permitiu viver muitíssimos momentos e foi uma experiência de mudança constante, que ainda não terminou. A cada dia que passa estou mais perto de ficar com Diego. Não sei como reagiremos quando nos reencontrarmos, a última vez que nos vimos foi há um mês, quando ele veio me visitar. Nada mais me importa, só que não terei que esconder meus sentimentos, porque a cada dia que passa fico ainda mais certa de que o amo e de que nada mudará isso. Ele me ensinou a ser forte, me ensinou a viver de uma forma melhor, me deu tudo o que eu precisava para seguir em frente.

Vou marcando os dias no calendário. Agora sei que o tempo parece passar mais rápido, antes o relógio ficara parado em algum ponto do passado e não andava. Por fim, sinto que volto a ser a mesma de antes, a garota alegre que deixou de ver tudo tão sombrio, porque a tormenta havia passado. Sei que a tranquilidade absoluta não existe, mas o mar está mais calmo, e isso é o que importa neste momento.

Vou para a reabilitação como em qualquer outro dia. Não posso esconder que estou feliz. Acordei com um sorriso no rosto, o primeiro verdadeiro em muito tempo. Eu precisava voltar a me alegrar, voltar a encontrar motivos pelos quais me sentir viva.

— Elise, vejo que está contente hoje. Aconteceu algo especial? — pergunta Maria assim que me vê perto dos colchonetes.

— Diego logo virá, estou feliz por isso.

— Fazia muitos dias que eu não a via sorrir. Mas sabia que estava feliz por voltar a ver seu fisioterapeuta.

— Ele é muito mais do que isso, me ensinou a ser mais forte. Sempre agradeci por poder falar com ele e nos dias em que Diego não estava, senti um enorme vazio que ninguém foi capaz de preencher. Eu disse a ele que o amava e sentia saudade, e ele me confessou que também sentia minha falta. Tudo é diferente quando estamos separados. Sei que ele me ama e essa é a melhor sensação que já existiu, se sentir amado.

— Elise, você passou por um mau bocado. Pelo que você me disse, viveu mais momentos ruins do que bons com Jack. Você merece ficar com um rapaz que a faça feliz, e se achar que é Diego...

— A cada dia que passa sei que é com ele que quero ficar — digo com segurança. — Jack me fez muito mal, mas não pretendo deixar que uma má experiência condicione minhas decisões.

— Bom, acredito que as más experiências só servem para que você não volte a repeti-las, mas nem por isso você deve deixar que influenciem suas próximas escolhas.

— Tem razão — afirmo.

— Podemos começar? Não quero que a hora passe enquanto falamos. — Olho para o relógio e vejo que ela tem razão, já se passaram quase quinze minutos.

Gosto de falar com Maria, é uma mulher muito compreensiva com quem posso falar de minhas preocupações e que sempre dará sua opinião para me ajudar. Sei que posso contar com ela.

— Como estão as dores? — pergunta, enquanto começo com os alongamentos. — Faz dias que você não me fala delas.

— Estou melhor, mas há momentos em que tenho que pedir mais remédio porque não me sinto muito bem. Na maior parte do tempo sinto como um formigamento nas pernas, não sei como o explicar.

— A dor sempre vai aparecer. Às vezes você mal a notará, mas deve saber que sempre estará aí, capaz de lhe fazer sentir muito mal... Você deve aproveitar os momentos em que estiver bem.

Sigo com os alongamentos. Ultimamente, não tenho vontade de conversar enquanto faço os exercícios. Eu me concentro na força que tenho que fazer e me esqueço de tudo o que aconteceu ao meu redor, e às vezes, por alguns momentos, consigo esvaziar a mente. Maria me deixa escutar música enquanto faço os exercícios, porque sabe que gosto muito, e isso faz com que eu passe pela reabilitação sem perceber, e rindo mais também. De repente, ela fala comigo e tiro os fones.

— Pensei que talvez tenha força suficiente para tentar fazer exercícios com os equipamentos.

— Como a bicicleta ergométrica? Não acredito que possa; ainda não mexo as pernas, continuam paralisadas. Apesar de terem despertado um pouco, acho que não vou conseguir movimentá-las a esse ponto.

— Não, ainda não, mas há outra bicicleta que você pode fazer. — Ela aponta para uma bicicleta onde as pessoas apoiam as costas no respaldo enquanto os pedais estão diante da cadeira.

— Está bem, acho que não será tão difícil. Posso tentar. — Ignoro meus pensamentos, que me dizem que não conseguirei, que a dor dos dias anteriores voltará. Para afugentar esses pensamentos, digo para mim mesma, com toda força, que desta vez será diferente e que pouco a pouco a dor será substituída pela força.

Maria me ajuda a sentar na bicicleta, e usando os braços estico as pernas até os pedais. Com toda a força de que disponho tento dar impulso, mas custa, talvez seja difícil. Ainda assim volto a tentar tantas vezes quanto é preciso para que os pedais comecem a girar. Depois de quase vinte minutos, consigo. Essa conquista me deixa extremamente feliz. Antes que eu pudesse pensar muito, a hora termina. Maria desvia o olhar da bicicleta.

— Muito bem, Elise. Você pensou que não pudesse, mas eu sabia que sim, e veja: conseguiu! — Percebe-se que está muito contente, eu também estou, mas continuo sem acreditar.

— Sabia que não era impossível, só achei que seria mais difícil.

— Sempre que se deparar com situações como esta, e pensar não ser capaz de conseguir, tente do mesmo jeito. Caso fracasse, pense que em outro dia conseguirá, mas nunca desista na primeira tentativa. Não se dê por vencida quando algo não sair bem. Pense que as coisas podem ser difíceis, mas que você ainda vai superá-las.

— Estou surpresa, mas uma parte de mim sabia que eu era capaz. Não esperava que isso acontecesse hoje, mas algum dia sim.

— E algum dia você voltará a andar, nunca deve deixar de tentar. Você fez muitos progressos, Elise, estou surpresa, e não somente eu... também toda a equipe de médicos que a vem acompanhando e todas as pessoas que têm ficado a seu lado. Confio que você voltará a andar, porque sei que, mesmo que não tenha forças nas pernas, tirará forças de todos os lugares que encontrar.

— Sim, eu conseguirei. — Sorrio e saio.

No caminho para o quarto não paro de pensar na conquista de hoje. E são coisas assim que têm me impulsionando ultimamente a continuar lutando, não apenas na reabilitação, mas na vida também. Sempre há motivos para seguir adiante, uns mais significantes que outros, mas sempre existem.

Depois de ter conseguido uma vitória pequena, mas importante, eu me dou conta de que desde o dia dez de junho até hoje a vida foi seguindo seu curso com seus altos e baixos e não me dei por vencida. No fim, isso é o que conta, e é do que me lembrarei por muito tempo. Não os dias sombrios, mas os dias em que senti felicidade.

O fim de uma amizade

Hoje Clara vem me visitar. Creio que nunca fiquei tanto tempo sem falar com ela, apesar de sermos amigas. Sei que posso confiar nela, ela tenta me ajudar e me escuta. Ela é o tipo de pessoa que eu mais valorizo.

Superei de uma vez por todas aqueles dias ruins, que não tinha vontade nem de sair do quarto. Volto a me sentir como nos primeiros dias depois do acidente. Volto a ser eu mesma, uma pessoa cujas mudanças de humor me surpreendem a cada dia, mas ao mesmo tempo volto a ser a garota que sorri mesmo nos dias cinza.

— O que você acha, Clara, se sairmos do hospital? — pergunto quando ela chega.

— Está bem, mas aonde quer ir? — pergunta, olhando ao redor como se pensasse onde podemos ir em um hospital.

— Gostaria de voltar ao bosque que fica aqui perto do hospital. Em uma tarde fui com Sarah.

— É a sua nova amiga, ou estou enganada? — pergunta Clara, e não consigo entender o tom de sua voz.

— Não é minha amiga, é só minha companheira de quarto. — Defendo que não sejamos amigas precisamente, só conhecidas que foram unidas pela adversidade, por serem companheiras de quarto no hospital quando nenhuma das duas estava passando por um bom momento.

— Como quiser. Então deixam você sair?

— Podemos sair sempre que pedirmos permissão e as enfermeiras souberem. Acho que não suportaria ficar todos os dias trancada no quarto. Há dias em que pareço me sentir presa por essas paredes.

— E então? — pergunta com um sorriso largo. — Há novidades desde o dia em que nos vimos?

— Há muitas novidades, mas não quero a aborrecer contando todas as histórias.

— Então, me conte o que for mais importante para você.

— Na verdade, Clara, foi tudo muito importante. Tudo o que aconteceu me marcou de um jeito ou de outro nesta nova vida. Descobri que se eu combinar meus dois passatempos, conseguirei criar novas metas e sonhos. — Eu me lembro do concerto de apenas dois dias atrás. — Entendi que existe sempre uma segunda oportunidade para mudar, e que há quem use essa segunda chance para ser uma pessoa melhor.

— Fala de Jack? — pergunta, e eu assinto com a cabeça.

— Sim. Mas eu também mudei, então essa história de segunda oportunidade jamais existiu na verdade.

— Eu entendo. Você gosta de Diego, não é justo brincar com os sentimentos de alguém que não ama, só por pena.

— Jack nunca me deu pena, porque sei, no fundo, como ele é. Ainda assim sentia curiosidade para saber se ele tinha mesmo mudado. Em alguns momentos acreditei em sua mudança, e me alegro por ele. Estou feliz de tenha conseguido lutar contra seus problemas e deixado os maus hábitos para trás. Mas a respeito da segunda oportunidade que ele me pediu... já falei com ele.

— De quantos dias você precisou para chegar a essa reflexão? — diz ela, com um ar de zombaria.

— Sei que fiz o certo. Não teria funcionado se lhe tivesse dado a segunda chance, porque já não o quero.

— Você tinha falado sobre seus sonhos... tomou alguma decisão? Ou pelo menos tem objetivos claros?

— Há alguns dias resolvi voltar a tocar piano e entendi que as opiniões dos outros tinham se sobreposto às minhas. Um erro grave de minha parte, porque não deveria ter ouvido mais ninguém além de mim mesma. Agora sei que jamais conseguirei largar o mundo da música. Ao mesmo tempo, uma das atividades que mais gosto de fazer é escrever, por isso pensei em combinar as duas coisas, talvez ser compositora.

— Boa decisão. Você entendeu o que a faz feliz a partir das coisas que mais gosta de fazer. — Chegamos ao bosque e, como hoje fomos pela manhã, os raios de sol iluminam as copas das árvores e se refletem no chão, gerando uma grande luminosidade. É um dia ensolarado, não faz frio apesar de estar cedo. Os pássaros cantam, parece um dia de primavera.

— O que achou do bosque?

— Não sabia que havia um bosque perto do hospital... É lindo. — Ela olha ao redor, admirada.

— É um dos lugares onde me inspiro. Desde que vim aqui naquela tarde, pensava em voltar, mas não tive tempo até agora.

Conversamos sobre tudo o que aconteceu nos últimos dias. O novo ano letivo está na virada da esquina, e não sei se vou poder voltar a estudar. Tenho vontade de voltar a estar com meus amigos, mas sei que as coisas nunca mais serão como antes. As pessoas não me olharão nos olhos. Não falei do que aconteceu com ninguém além das pessoas mais próximas, apesar de saber que, quando acontecem coisas graves, as notícias voam. Por isso estou certa de que mais gente do que eu penso deve saber do acidente.

— Como está Drew? Faz dias que você não me fala dele — pergunta, e me surpreende ao se lembrar dele.

— Veio me visitar uns dias atrás. Sempre será mais que um companheiro de quarto. Eu gostaria que houvesse mais pessoas como ele no mundo — digo, porque acredito nisso. Fazem falta mais pessoas como ele.

— Ele é um bom garoto, se interessa por você. — Clara se detém antes de fazer a próxima pergunta. — Tem certeza de que ele não gosta de você?

— Tenho muito apreço por ele, me ajudou muitíssimo quando estava comigo. E mesmo agora que não está, continuo falando com ele. Drew é um grande amigo, e a única coisa que me importa é a confiança que nos une. Deixando de lado os sentimentos, devo lhe dizer que tive uma grande sorte em conhecê-lo.

— Parece que ele agora é seu melhor amigo. E eu?

Ela está com ciúme ou só parece?

— Drew é o que é: uma pessoa muito importante para mim. Mas você é minha melhor amiga, há muito tempo. O que faz você questionar nossa amizade? — pergunto confusa, sem saber se falei algo errado.

— Não sei. Você fez amizade com uma pessoa que gosta de machucar os outros. — Ela parece zangada.

— Por que pensa que Sarah quer me machucar?

— Essa garota é má, Elise, e você não percebe. Deveria se afastar dela.

Cada vez a olho mais confusa, reconhecendo menos a garota que tenho diante de mim.

— Clara, para começar, você não a conhece, e não entendo por que julga uma pessoa sem conhecê-la. Além disso, não posso fazer nada, porque somos companheiras de quarto, é normal que conversemos, não? Na verdade, passamos muitas horas juntas, compartilhando um mesmo espaço.

— Não a conheço pessoalmente, mas só pela forma como está vestida, e como você me descreveu uns dias atrás... — começa a dizer, mas se detém no meio da frase.

— Antes eu julgava as pessoas pela aparência — digo, pensando sobre a opinião que eu tinha criado sobre Sarah. — Eu a discriminava como você está fazendo agora mesmo, mas no final acabei entendendo que isso é o pior que se pode fazer antes de conhecer um indivíduo. Às vezes você acha que conhece alguém e se engana. Agora mesmo, Clara, sinto que não conheço a garota diante de mim...

— Não, Elise, eu é que não conheço mais você. Desde o acidente, nada tem sido como antes. Por que você quer que o mundo gire ao seu redor?

Percebo que ela está zangada, mas por quê?

— Não gosto de ter o protagonismo e você sabe disso, Clara. No dia do concerto, me senti um pouco envergonhada de ter toda essa atenção concentrada em mim. Não sou dessas pessoas que gostam de holofotes e que não se importam com mais nada. Sinceramente, não sei aonde quer chegar com tudo isso que está dizendo.

— É muito simples de compreender. Elise, sinto que você não se importa com a minha vida, que só quer falar de você e dos seus problemas, como se não existisse a vida dos outros.

— Não é verdade, eu sempre escutei você. Tive momentos em que precisava que alguém estivesse aqui, e você, Clara, onde estava? Em alguma festa... Sei como é a sua vida, porque a minha era assim antes. Eu tinha muitos momentos assim, e os passei ao seu lado. Acontece que agora minha vida não se baseia em saber com qual roupa fico melhor ou qual garoto reparou em mim. Se você acha que continuo pensando nisso, com certeza não reparou no quanto mudei.

— Mudou, e eu também. Por isso acho que deveria me afastar de você.

Fico muda por uns segundos, mas então me recomponho.

— Afastar-se de mim? O que aconteceu? Clara, me explique. — Nunca achei que falaria assim com Clara. Mas pelo visto, enquanto eu vivia uma vida parecida à dela éramos almas gêmeas, mas quando mais preciso ela não está aqui. Esta não é Clara, é alguém que mudou e deixou de ser minha melhor amiga.

— Estou magoada.

— Por quê? — Não entendo o que a teria magoado; a conversa se torna ainda mais irreal.

— Eu sabia que, depois do acidente, nada voltaria a ser como antes. E é verdade, você não é a mesma, não liga mais para coisas que antes eram importantes para nós duas. Lembra dos dias em que íamos ao apartamento dos meus pais na praia?

— Lembro. Éramos muito amigas, ninguém podia nos separar. — Relembro dos momentos que agora me parecem tão distantes, mas desde então só se passou um ano.

— Éramos? Já não somos mais?

— Senti que nos afastávamos nos últimos dias. Agora tenho certeza — digo o que já tinha pensado, mas guardava para mim.

— Por que pensa isso? — pergunta, com medo nos olhos.

— A forma como você tem falado comigo, Clara. Sinto que continua sendo minha amiga incondicional em muitos dias, mas há outros em que penso que essa garota ficou lá atrás, como uma lembrança de uma vida passada.

— Vida passada? Está me dizendo que as coisas já não são como antes? — Ela gesticula teatralmente e não entendo o que está acontecendo entre nós. É o fim de um capítulo de nossas vidas?

— Não é verdade? Você mesma disse há um minuto. Já não compartilhamos dos mesmos interesses de antes, quando tudo eram sorrisos e coisas que agora me parecem sem sentido. Antes eu era feliz com essas coisas, mas agora entendi o que é mais importante. Também cheguei à conclusão de que os amigos estão ao nosso lado quando precisamos, mas você não esteve.

— Como pode dizer isso… — diz Clara, e sei que não está magoada e sim zangada comigo.

— Clara, responda uma pergunta. Quantas vezes você enxugou minhas lágrimas depois do acidente?

Vejo como ela puxa pela memória, pensando no que responder.

— Nunca — diz, depois de uns segundos.

— Então o fato de que você não as viu não significa que elas não caíram — continuo.

— Quer dizer que você chorou muito? — pergunta, e não sei qual é sua intenção.

— Teve momentos em que estive deprimida e você não estava aqui para me ajudar a levantar.

— Essa expressão, dadas as circunstâncias, não é muito adequada — diz com um novo indício de zombaria, que hoje, vindo dela, me incomoda. Olho para quem um dia foi minha amiga e não a reconheço. Quem é a Clara que está falando comigo agora?

— O que você quer dizer? — pergunto, desafiante.

— O que fiz agora?

— A forma como fala comigo. Tudo o que está acontecendo agora mesmo. Não quero mais ouvir você. Vou lhe dizer uma coisa: se for para falar assim comigo, não quero mais ver você. — Mal me dou conta de que estou falando aos gritos. Agradeço estar fora do hospital porque senão alguém já nos teria chamado a atenção por incomodar.

— Então o melhor que posso fazer é ir embora. Só lhe digo que espero que tudo vá bem na sua vida, porque nunca se sabe se poderemos voltar a nos ver com o tempo.

Continuo em frente, virando-lhe as costas. Eu a vi pela última vez. Esta não é Clara, ou sempre foi, mas sinto agora que não é como eu a via. Sei que a partir de hoje esta amizade acabou, foi seu fim. Pensei que isso nunca aconteceria, ou pelo menos queria acreditar que nossa amizade era forte, mas isso era antes do acidente. Agora ela demonstrou que não é minha amiga a não ser nos momentos de diversão, demonstrou o valor de uma amizade que agora, se abro os olhos, percebo que nunca existiu.

Oi de novo

As duas semanas passaram em um ritmo frenético, pois tentei me manter ocupada grande parte do tempo. Mas esta noite não consigo dormir. Sinto-me impaciente. Amanhã Diego voltará. Estou feliz como nunca estive, jamais fiquei tão feliz por ver uma pessoa.

Tenho passado muito tempo escrevendo tudo o que sinto. Esperava tanto por este dia... Voltarei a vê-lo em umas horas. Não quero me afastar dele outra vez.

Entre todos os meus pensamentos, por estar tão cansada por causa da reabilitação, reparo no quarto em silêncio por um tempo indefinido e enfim adormeço.

Ao despertar, meu primeiro pensamento é para Diego. Ele voltou, ainda não acredito. Eu me visto e estou mais animada do que nos últimos dias; a perspectiva de voltar a vê-lo me devolveu as forças.

Escuto música até que seja hora da reabilitação, mas decido ir antes do tempo porque preciso falar com ele, não posso esperar nem um segundo mais. Justo na hora em que saio do quarto, vejo minha mãe chegar.

— Está tão contente porque daqui a três dias voltará para casa? — pergunta, com um sorriso que eu não via há dias.

— O quê? Agora não me importa. Só quero vê-lo. — Eu a ignoro e creio que se incomoda um pouco, mas nesta manhã estou concentrada em uma pessoa e não escuto nada ao meu redor.

— Ver quem? Do que está falando? — questiona ela, alheia ao verdadeiro motivo de minha felicidade.

— De Diego, meu fisioterapeuta — me apresso em responder.

— Ele é muito importante para você, não é, meu amor? — diz, suavizando sua expressão.

— Mais do que tudo o que possa estar acontecendo neste momento. — Sinto uma necessidade urgente de chegar à reabilitação, não suporto a espera.

Percorro todo o caminho que conheço de memória, mas não vejo gente ao meu redor. Não posso deixar de sorrir. Quando chego à reabilitação ainda é cedo e não há ninguém na academia. Mas atrás de mim alguém me abraça.

Eu me viro e vejo Diego a meu lado. Abraço-o com toda a força que tenho. Ficamos assim um tempo, já que nada mais me importa a não ser ele. Senti tanto sua falta que não consigo expressar. Quando nos separamos, meus olhos ardem, porque chorei.

Ele seca as lágrimas que ainda não abandonaram meu rosto, e eu me esforço para falar.

— Senti tanta saudade... Não pude esquecer você, nem o poderia fazer, ainda que quisesse.

— Não tem por que fazer isso. Estou aqui para ficar, ok? — diz, e sinto que é tudo um sonho do qual ainda não despertei.

— Parece tão irreal, como se fosse uma miragem...

— Não é, Elise. Eu voltei, de verdade, estamos juntos — fala ele, com um sorriso.

— Eu te amo tanto que estes meses só serviram para me fazer sofrer — digo em voz baixa.

— Pode ser que você ache isso, mas o que a faz sofrer, a torna ainda mais forte, ainda que você não acredite. Esqueça todo o passado, pense que agora estaremos finalmente juntos. Eu te amo, Elise.

Quando acaba de falar, me beija. E é o melhor beijo de minha vida. Um beijo que demonstra tanto amor e ao mesmo tempo fala muito mais do que isso. Depois do que talvez tenha sido um grande momento de minha vida, volto para o presente, e me sinto tão feliz de ver que ele voltou.

Posso ouvir sua voz, posso vê-lo de novo. Diego está comigo mais uma vez, e não me importo com mais nada.

— Senti muito sua falta, Elise. Pensei muito em você.

— Não posso contar as vezes em que sonhei com o dia em que estaríamos juntos.

— Esse seu sonho se tornou realidade, Elise. — Na última vez que o vi, eu estava muito feliz, mas sabia que ele me veria por poucas horas e então regressaria ao estágio, e voltaríamos a ficar em lugares diferentes. Mas, agora, Diego está aqui na academia e tudo parece ter voltado a ser como nos primeiros dias depois do acidente, quando, estando a seu lado, eu sentia que nada era impossível.

— Elise, adoraria ficar com você o dia todo, de verdade, mas não podemos esquecer a reabilitação. Depois que acabar o meu turno saímos, ok?

— Andei pensando em um lugar aonde podemos ir.

— Onde quer me levar? — me diz, rindo.

— É uma surpresa.

Começo com os mesmos alongamentos que ele me ensinou, sinto que já passou tanto tempo desde que cheguei à academia... Depois lhe mostro os exercícios que Jack me ensinou e que me provocaram dor por uns dias, e por último os exercícios mais novos: os que Maria me ensinou com a bicicleta. Quando termino, Diego parece bastante surpreso com a minha recuperação; ele não esperava ver tanta evolução.

— Eu sabia que você seria capaz, desde o primeiro momento em que a vi, mas não esperava que tivesse obtido resultados tão bons, isso me deixou surpreso. Depois de tudo o que aconteceu... É incrível ver sua recuperação e o quanto você mudou.

— Cada pessoa que passou pela minha vida me fez mudar, mas este ano foi o que tive mais mudanças constantes.

— E bem, aonde você queria ir?

— Já acabou a hora? — Olho no relógio e vejo que é meio-dia. O tempo passa muito rápido quando estou ao lado dele.

— Sim, não pensei que você gostasse da reabilitação.

— É o melhor que me aconteceu — digo irônica, mas sorrio ao perceber que depois de tudo, isso não deixa de ser verdade. Se não fosse pelo acidente, eu não o teria conhecido. No fundo a fisioterapia me ajudou muitíssimo, sinto que estou melhor, apesar de todas as dores que me causou.

— Fico feliz que esteja bem. Fiquei preocupado quando me contou sobre sua dor; não quero vê-la sofrer. Mas às vezes me preocupo mais com a dor que eu posso lhe causar.

— O que quer dizer? — Eu mostro minha estranheza diante de suas palavras. — Por que me faria sofrer?

— O amor às vezes é difícil, e dói. — Seu tom melancólico me faz sentir invadida por uma tristeza inexplicável.

— Não se as pessoas se amam de verdade — respondo por impulso. — Não entendo o que você quer me dizer.

— Só que ninguém é eterno, e o amor também não é. Eu te amo muitíssimo, mais do que se pode observar com os olhos, mas me sentiria muito mal se a fizesse sofrer de alguma forma...

— Diego, sei que você não faria isso. Nós nos amamos e nada indica o contrário.

— Falo isso porque sei que já a fizeram sofrer muito, e não quero nunca ver você mal por minha causa.

— Você jamais poderá me fazer sofrer mais do que quando estarmos afastados. Eu preciso ficar junto, penso em você a cada minuto de minha vida quando não está ao meu lado. Você me ajudou a ser cada dia um pouco mais forte, e não quero que nos afastemos nunca mais.

— Você é uma garota incrível, jamais poderei acreditar na sorte que tive por ter você em minha vida — diz, enquanto volta a sorrir.

— Eu que sou sortuda, você fez muito mais por mim. Cada vez que estamos juntos, sinto que somos a mesma pessoa. — Saímos do hospital e logo vejo para onde nós iríamos. Seguimos em direção ao bosque. — Você já esteve alguma vez neste bosque? — pergunto enquanto vejo que ele observa o entorno.

— Nunca estive aqui, depois do trabalho eu simplesmente vou embora.

— Eu já vim aqui antes, porque às vezes sinto necessidade de sair do hospital e me desconectar, ainda que seja apenas por uns minutos. — Decido omitir que foi neste lugar onde terminou minha amizade com Clara, porque a única coisa que importa é estar aqui com ele.

— É um lugar lindo. Mas fica mais lindo ainda se estamos juntos. — Quando ele diz isso fico sem saber o que responder; cada palavra deixou marcas em meus sentimentos.

— Por que me dizia antes que me faria sofrer? — pergunto, pensativa e um pouco preocupada.

— Jamais pensei em ferir você, porque seria como ferir a mim mesmo. Mas tenho medo de que o que temos termine em algum momento e você volte a sentir dor. Sei o que aconteceu com Jack, éramos amigos.

— O que aconteceu entre mim e ele não tem nada a ver com o que nós dois temos. Nós nos amamos, e com Jack não foi assim — digo, mas não sei se é verdade. Em algum momento também cheguei a amar Jack, estou certa disso. Depois, sobre o nosso rompimento, isso é outra história.

— Simplesmente não quero ver você chorar se algum dia a gente terminar. — Ele continua insistindo, e demonstro estranheza pelo que está dizendo. É difícil compreender aonde quer chegar.

— Nada é eterno, mas temos que tentar fazer com que esta história dure o máximo de tempo possível e que sejamos felizes — digo, com todo o meu coração.

— Seremos, mas não prometo um final feliz, porque os finais felizes não existem.

— Diego, sempre há uma exceção! — exclamo, dando-me por vencida, sem saber o que dizer, já que a mudança do tom da conversa me pega desprevenida e não sei o que ele está insinuando.

— Você me daria uma oportunidade para demonstrar até que ponto eu te amo?

— Não precisa perguntar — respondo, e o silencio com um beijo. A manhã se passou embaixo das árvores, enquanto a única coisa que existe entre nós é o sentimento mais poderoso do universo.

Tudo parece mais iluminado agora que ele está aqui. Não me importa se esta história não for como um conto de fadas; sou mais feliz só em tê-lo ao meu lado. Mesmo que haja mil obstáculos, eu os superarei para ficar com ele. Enquanto o amor for verdadeiro, continuarei lutando para acordar a cada manhã e saber que é ele a primeira pessoa na qual penso.

— Jamais me cansarei de dizer que te amo.

— Para mim, basta que nunca deixe de me amar — digo.

— É impossível não amar alguém como você. De verdade, você é o melhor que aconteceu na minha vida. E sei que cometerei milhões de erros, até porque já cometi muitos, mas se você não permitir que isso nos afete, tudo ficará bem.

— Não me importo com os seus defeitos, Diego, só me importa como você é. Poder estar com você agora é a coisa mais valiosa da minha vida — digo, e o silêncio me invade por alguns segundos.

Lágrimas de felicidade

Hoje me olho no espelho e me sinto renovada, e já fazia dias que não me sentia assim. Ouço música até a hora em que tenho que ir para a reabilitação, e já estou prestes a sair quando vejo médicos pelo corredor. Não estamos na segunda, o que eles fazem aqui? Certamente estão vindo dar alta a alguém, e a princípio não imagino que pudesse se tratar da minha própria alta.

Mais cedo do que de costume, vejo minha mãe chegar com um café na mão e toda apressada. Ela entra no quarto antes que os médicos cheguem.

— Elise, os médicos ainda não passaram? — pergunta ela, olhando com insistência para a porta. — Hoje lhe darão alta! — diz, emocionada. Pode ser que tenha chegado o dia de voltar para casa? Ainda não acredito. Quero pensar que o mais difícil já chegou ao fim, ou pelo menos que está acabando e o que virá a partir de agora será a parte mais fácil do no processo de recuperação. — Não está contente? — pergunta quando me vê inexpressiva, e só reajo depois de alguns segundos.

— Claro que estou emocionada, mas a verdade é que preciso de um tempo para poder assimilar que esse dia finalmente chegou. Eu o via tão distante, e agora, depois de tudo, chegou a hora de voltar para minha rotina! — Por fim sorrio. Às vezes é melhor se deixar levar pela alegria.

Quando acabo de falar com minha mãe, ficamos uns minutos em um silêncio profundo, quebrado pelo barulho das batidas de meu coração. À espera de que os médicos cheguem ao quarto, vou ficando mais nervosa e minha intranquilidade se soma à de minha mãe. O aguardo se torna eterno. Uma regra da vida é que, quando se espera muito alguma coisa, ela demora mais para chegar. E eu passo muito tempo esperando ir para casa. A espera afeta todo o meu sistema nervoso.

No esforço inútil de não pensar na espera, volto a escutar música, mas mal estou prestando atenção. As canções tocam aleatoriamente, mas pelo menos me permitem ficar distraída em meu próprio mundo.

Os minutos se passaram, e quando acredito que esqueceram ou que hoje não será o dia da alta, escuto que a batida à porta. Suspiro e percebo que não sabia que estava tão tensa.

Muitas vezes, Julia vem junto com alguns estudantes, mas desta vez vieram todos os médicos que me acompanharam depois do acidente.

Quando todos eles se reúnem costuma ser um indicador de que darão uma notícia, boa ou ruim. Muitas vezes é ruim, mas no meu caso não me resta muito além de acreditar que seja algo positivo. "Tem que ser!", penso, ansiosa.

— Elise, já fez as malas? Você vai voltar para casa! — diz Julia, emocionada. Eu também estou. Esse dia parecia tão distante, esperei por ele durante tanto tempo... Enfim, tudo acabou.

— Estou tão contente — é a única coisa que consigo dizer, mas as palavras não são necessárias. Não consigo expressar a felicidade que irradio neste instante, e ainda menos os flashes de lágrimas que brilham em meus olhos.

— Sua recuperação foi boa. É verdade que você teve umas recaídas, mas o maior perigo já passou. — Agora é um dos médicos da equipe quem fala. Quero mesmo acreditar que tudo de ruim ficou para trás, exatamente como ele diz, e que agora só coisas boas virão. Sei que sempre acontecem coisas que nos fazem recomeçar, e sobretudo aprender.

— Foi uma nova experiência para você, Elise. Você aprendeu a viver de outra forma, mudou muito e ainda resta muito a mudar, mas já deu passos muito importantes. Está no caminho certo para voltar a andar. — Não posso evitar chorar no momento em que Julia fala isso. Mas talvez, pela primeira vez em muito tempo, são lágrimas verdadeiras de felicidade. Julia me abraça. — Espero que sejam lágrimas de alegria.

— Claro que são. Simplesmente porque eu não aguentava esperar o dia em que este pesadelo terminaria.

— Pois terminou, Elise. Tudo passou — diz ela. — Você viveu muitos momentos, mas também aprendeu muitas lições. Olhe para você agora, se tornou uma grande guerreira. Desde que entrou no hospital, até agora, repare e sinta-se orgulhosa com o que se tornou. Você não é mais a mesma. É uma pessoa que evoluiu à base de mudanças e se transformou em alguém diferente. — Sei que ela tem razão. Esta experiência não me ensinou apenas o valor das mudanças constantes ou a força da luta. Este tipo de experiência, se é que pode ser chamada assim, me ensinou mil formas de viver e de ver a luz quando achava que tudo estava perdido.

Julia me abraça de novo e lhe devolvo o gesto com força. Hoje me sinto sensível, como se fosse uma boneca. Agora que me deram a boa notícia, me sinto frágil, porém forte ao mesmo tempo.

É incrível presenciar como uma médica pode tratar uma paciente com tanto afeto. A relação que pode ser estabelecida entre duas pessoas que foram unidas pela desgraça me parece única e especial. Julia sempre esteve a meu lado, da mesma forma que o resto da equipe médica, e enfim chegou a hora de eles verem os resultados de meu esforço.

— Sentirei saudade, Elise. Mas me alegro que vá embora, porque é precisamente a melhor notícia que um paciente pode dar a um médico: que se recuperou e que sai vitorioso de sua luta.

Os médicos vão se despedindo de mim e entregam um envelope para minha mãe com os documentos de alta. Quando eles saem, abraço minha mãe, como se fosse a primeira vez que o fizesse. O gesto a surpreende, e logo posso ver que as lágrimas também caem de seus olhos.

— Onde papai está? — pergunto enquanto olho para o armário e começo a pensar que finalmente poderei fazer as malas.

— Ligarei para ele para que venha nos buscar e nos levar para casa.

Eu me dirijo para o armário, onde estão minhas roupas e malas.

— Vá para a reabilitação enquanto eu preparo suas malas — diz minha mãe. — Quando voltar, já estará tudo pronto. — Saio do quarto e olho para o relógio; faltam cinco minutos para começar a aula, mas não me importa. Chego na academia e mesmo que esteja cheia de gente, a primeira pessoa que vejo é Diego.

— Vou para casa! — digo com emoção e o abraço. Ele me abraça forte e quase me machuca, mas não ligo. Nada pode estragar este momento em que a felicidade não poderia ser maior.

— É uma notícia magnífica — diz ele. — Desde o dia em que a conheci, soube que você conseguiria. — Ele me olha com uma mistura de muitos sentimentos, mas sobretudo amor.

— Quando me disseram, fiquei tão feliz que cheguei a chorar — conto, sentindo as lágrimas nos olhos. — Parece que foi a primeira vez que chorei de pura felicidade, e espero que não seja a última.

— Agora tudo voltará ao normal. Tenho certeza de que você sente saudade de estar em casa e voltar a sua vida.

— Depois de todos estes meses, já estou cansada de ficar entre estas paredes. É impressionante ver como os dias parecem ficar presos entre o tempo.

Em seguida, começo a fazer os exercícios. Sinto que, por algum motivo, tenho mais energia que em outros dias, me sinto mais feliz e não me incomodo com nada.

— Posso saber no que está pensando? — pergunta Diego, com curiosidade.

— Que, se não fosse pelo acidente, nós não teríamos nos conhecido — respondo, enquanto lhe dou a mão.

— Talvez não tivéssemos nos conhecido neste momento, mas, se estávamos destinados de verdade a ficar juntos, não tenho a menor dúvida de que cedo ou tarde teríamos nos encontrado — diz ele, convicto.

— Pode ser que nos encontrássemos mais adiante, mas o futuro é uma incógnita que não me interessa. Agora me sinto tão feliz de estar com você que, se pudesse, pararia o tempo para eternizar este instante. — Eu sorrio, me sentindo incrivelmente feliz. — Você me ajudou tanto.

— Você é que me ajudou de verdade, e não sabe o quanto fez por mim, Elise. Você tornou minha vida diferente, eu me surpreendo a cada dia encontrando uma desculpa para pensar em você, porque é a pessoa que mais me marcou.

— Acha que poderemos nos ver algum dia fora do hospital? — pergunto, ansiosa.

— Todo dia, depois do turno da manhã, tenho três horas antes de ir para a faculdade. Que melhor maneira de passar o tempo do que com a pessoa que mais amo? — Paro os exercícios e o beijo, sem me importar com os olhares desconcertados que recebemos dos pacientes ao nosso redor. — Sabe de uma coisa? Percebi que, à medida que o tempo passa, vou entendendo o que é estar apaixonado.

— E o que é?

— Estou descobrindo justo agora — diz com um sorriso largo que faz algo em mim se contrair.

— Fala a verdade?

— Já gostei de pessoas, mas nunca tinha me apaixonado... até que você apareceu.

— Eu sentia amor por Jack, mas nunca fui correspondida, ou nunca cheguei a saber. Já com você é tudo diferente. Senti um vazio enquanto vivia aqueles infinitos dias de sofrimento, quando você não estava aqui. Porque o sofrimento é possível esquecer, mas ficar separado da pessoa que não sai de nossa cabeça... Não dá para esquecer.

Continuo com os alongamentos e a hora passa. Sorrio cada vez que olho para ele.

— Chegou o momento de voltar para casa, mas devo primeiro voltar para o quarto e pegar as malas — digo ao finalizar o último exercício.

— Eu acompanho você — oferece ele, de imediato.

— Meus pais estão lá... Claro que, se quiser conhecê-los...

— Eles não sabem que estamos juntos? — pergunta, e sem necessidade de dizer nada já compreende.

— Sabem que sinto algo por você, mas hoje mesmo, sem falta, contarei — garanto, e faço uma pausa. — Seria bom se você os conhecesse, principalmente meu pai. Ele é uma pessoa encantadora. Já minha mãe... pode chegar a ser um pouco fria e distante. — Mesmo assim, Diego me acompanha até o quarto, onde minha mãe está acabando de fazer as malas.

Quando ela vê Diego, sei que chegou o momento das apresentações, algo que na maioria das vezes costuma ser bastante constrangedor, mas é um momento pelo qual se deve passar.

— Mamãe, este é Diego, meu fisioterapeuta — tento me manter calma, mas não consigo.

— É um prazer conhecê-la — responde Diego educadamente. — Sua filha fez muitos progressos desde que chegou. Fico feliz em tê-la conhecido.

— Ela me falou muito de você! Sabia que você era o seu fisioterapeuta e na verdade agradeço muito por tê-la ajudado.

— Ela é que me ajudou — responde ele em voz baixa, e a sinceridade em suas palavras faz com que meu coração bata com mais força. Nunca esquecerei o fato de que confessou seus sentimentos diante de minha mãe.

No momento em que ninguém sabe mais o que dizer, meu pai chega e consegue dissipar a tensão estabelecida entre nós.

— Elise, você vai para casa! — diz, alegre. — Como você está, meu amor? — Antes de me abraçar repara que há um desconhecido no quarto. — E ele é...

— Diego, meu fisioterapeuta — falo simplesmente.

— Foi ele que fez sua reabilitação, não foi? — me pergunta, e olha com atenção para Diego. — Pois deixe-me dizer que deve ter muita paciência para aguentar a minha filha. — Agradeço a brincadeira, porque dissipou a tensão no ambiente. Está claro que meus pais já perceberam que Diego não é apenas um amigo.

— Bom, agora já conheceu meus pais — digo enquanto saímos do quarto e escuto alguns múrmuros através da porta. — Eles gostaram de você.

Nós nos despedimos com um beijo e um abraço. Observo enquanto se afasta pelo corredor, e quando o perco de vista retorno ao quarto.

— Para você, quem é Diego? — minha mãe me interroga, mas a interrompo.

— Agora não é o momento de falar. Quero ir para casa.

Olho ao redor do quarto para ver se não esqueci nada. Minha mãe concorda silenciosamente e pegamos as malas, que meu pai carrega no elevador.

— Falta alguma coisa? — me pergunta, e busco na memória. Sim, ainda falta me despedir de uma pessoa.

— Você já vai? — Sarah pergunta ao me ver de novo no quarto. Enquanto estava pegando as malas, ela se calou completamente. Suponho que, ainda que não reconheça, ela também se alegra de não voltar a me ver, mas no último momento mudo meu pensamento. Nós já não temos aquela relação de rancor e raiva que tínhamos antes, então por que ela deveria se alegrar? Mesmo assim, suas palavras me confirmam que sentirá saudades. — Vai me deixar sozinha... — diz em seguida, e me sinto como quando Drew foi embora, com exceção de que agora sou eu quem está saindo.

— Ligarei para você, certo? — Ela me passa seu número de celular e o anoto na agenda.

— Ainda não entendo como viramos amigas — admite Sarah, e concordo com ela.

— Ainda que no início não tenhamos nos dado muito bem, acabamos confiando uma na outra — digo, e acrescento: — sentirei saudade, Sarah.

— Eu também sentirei sua falta, Elise. Você se tornou uma irmã para mim. — Ela dá um pequeno sorriso. — Brigamos às vezes, mas também ajudamos uma à outra, e isto é o mais importante. — Eu me lembro dos muitos momentos que vivemos juntas no último mês, muitas recordações passam diante de mim, como se visse tudo em um filme.

— Tem razão. Nunca a esquecerei. — Ela me abraça e uma lágrima lhe escapa. Nunca pensei que ela choraria no dia em que eu fosse embora, mas me enganei com tudo o que pensei sobre Sarah, do início ao fim. Precisei do passar dos dias para ir sentindo carinho por ela.

Também deixo escapar uma lágrima, e nesse momento minha mãe entra no quarto. Ela para no canto da porta e fica surpresa, é normal que não entenda nada do que está acontecendo, ao me ver abraçada à garota com quem eu tanto gritava há alguns meses.

— Elise, temos que ir... — me diz em voz baixa, ainda confusa pela situação.

— Já vou — respondo enquanto desfaço o abraço.

— Nós nos vemos de novo algum dia? — pergunta Sarah.

— Claro, posso vir visitar, quando você preferir — falo, com um sorriso.

— Isso seria maravilhoso. — Sarah sorri, mas vejo que está um pouco triste. — Fico feliz de ver que está recuperada — diz depois de alguns segundos em silêncio.

— Você também vai se recuperar, Sarah. Mesmo que às vezes pense que é o fim, não pode deixar de lutar nunca. Eu também farei minha parte. E se algum dia estiver deprimida, sempre terá uma amiga em quem confiar. — Sorrio e a abraço uma última vez enquanto vou para onde as enfermeiras estão reunidas.

— Elise, você já vai? — pergunta Irene, uma enfermeira de meia-idade.

— Sentirei falta de vocês — digo para ela e para as demais, e todas se aproximam de mim e me desejam muita sorte.

Minha mãe também se despede delas, e posso ver algumas lágrimas. Talvez seja a primeira vez que vejo minha mãe chorar diante de alguém.

Sei que por muito tempo não poderei me esquecer do hospital nem do monte de histórias que se escondem atrás de cada quarto, e não tenho por que esquecer. Há lembranças que ficarão em mim para sempre.

Ao sair para a rua, respiro fundo e minha mãe me ajuda a dobrar a cadeira e a subir no carro. Aperto o cinto e olho o celular, sabendo exatamente para quem ligar.

— Elise, como você está? — pergunta, alegre como sempre.

— Estou a caminho de casa — respondo.

— Incrível! — diz, mas ao ver que não compartilho seu entusiasmo, pergunta, confuso: — Não está feliz? Pensei que ficaria...

— Sim, estou, você não pode imaginar o quanto. Mas tive que me despedir daquilo que por um tempo se tornou o meu lar e minha família — respondo angustiada, mas ao mesmo tempo feliz.

Volta para casa

Sentada no banco traseiro do carro, vejo a estrada passar ao meu lado e o dia escurecer. Eu me sinto muito feliz por poder voltar para casa, mas sei que nada será como antes. Deixei o hospital e agora estou pronta para voltar à minha vida com mais força que nunca, porque em pouco tempo começo a faculdade. Não me sinto nervosa por isso, mas sim sobre como viverei a partir de agora. Meus amigos e conhecidos me olharão com outros olhos e não reconhecerão a garota que está na cadeira de rodas. Na verdade, nem eu mesma me reconheço.

Há pouco falei com Drew. Faz muitos dias que não o vejo, e quero encontrá-lo novamente. Agora que sinto que perdi uma amiga, não quero perder outra pessoa muito importante para minha vida.

Decido ouvir música durante todo o trajeto até em casa. Quero me esquecer de tudo o que me preocupa neste instante. Sinto-me cansada, nos últimos dias não descansei muito e agora só tenho vontade de dormir.

Acordo quando o carro é estacionado na garagem de casa.

— Elise, já chegamos… — diz minha mãe, em voz baixa para não me assustar.

Ela me ajuda a descer do carro, e quando entro em casa sinto que passei uma eternidade afastada da minha vida. Foram os três meses mais duros que já vivi, mas consegui seguir em frente, e apesar de tudo o que vivi estou orgulhosa de ter passado pelo pior. Eu me pergunto como teria vivido os primeiros dias se não tivesse companhia. Drew me apoiou a todo momento, e Diego também. Como eu teria reagido sem eles? Os dois foram, e continuam sendo, as pessoas mais importantes da minha vida.

Ao chegar a meu quarto sinto como se meu passado tivesse ficado ali. Olho no espelho que está na parede e me vejo refletida na cadeira de rodas.

A mesma pessoa, mas em uma nova vida, com novos horizontes e formas de pensar. Eu não poderia imaginar que minha vida mudaria em apenas algumas horas no último dia em que estive estudando na biblioteca e ao mesmo tempo preocupada com o concerto.

Se eu não tivesse ido àquela festa... Não estaria assim agora. Sei que pensar nisso não leva a nada, porque de qualquer forma teria acontecido algo. Sempre há mil coisas que podem acontecer, porque não podemos prever o futuro e sabemos ainda menos o que a vida tem reservado para nós no momento seguinte.

Minha vista se perde entre os livros que estão perfeitamente colocados na estante, e vejo uma Elise que desapareceu deste lugar faz tempo. Farei dezenove anos em menos de uma semana, e esta é minha nova vida.

Sem querer, as lágrimas rolam por meu rosto, porque nunca imaginei minha vida assim. Sempre acontecem coisas que ou nos destroem ou nos fazem seguir adiante, mas o que me aconteceu fez os dois ao mesmo tempo. Há momentos em que imagino o que aconteceria se abandonasse tudo. O mundo seguiria girando, mas... Sempre há algo que nos impede de abandonar a vida.

Minha motivação, minha meta agora é voltar a andar. Esse é o objetivo que me motivou durante todo o ano. Vou marcando os dias no calendário, o tempo transcorre e vou melhorando, mas o preço de cada melhora é a dor, não o sofrimento.

O impacto do acidente continua muito presente em mim, ainda lembro como se fosse ontem. Acredito que é dessas situações que não se esquece nunca. São momentos que nos marcam para toda a vida. Deixei de ser uma garota estudiosa, mas que saía todo fim de semana, para ser uma garota lutadora que precisa aprender a viver em uma cadeira de rodas e aprender o que é o mais importante da vida.

Lembro de uma conversa anterior em uma festa com Clara. Passaram-se uns três anos depois disso, tempo que parece infinito.

— Acha que será sempre assim? — disse ela, olhando ao redor. As luzes inundavam tudo e a música martelava nos ouvidos.

— Assim como? — perguntei, gritando para que me escutasse por cima da música.

— Não ter nada com que se preocupar, só viver fazendo o que gosta e deixar o resto de lado... — disse, rindo.

— Não. Sei que tudo isto acabará... algum dia.

— As festas? Como você sabe? — perguntou, e vi a preocupação em seu olhar.

— O tempo passa, Clara, e não teremos dezesseis anos para sempre. Além disso, a gente acaba se cansando se tudo for sempre igual. Chegará um dia que teremos que nos centrar em nossa vida.

Naquele momento eu sabia que, cedo ou tarde, tudo de bom terminaria. Mas não esperava que fosse tão cedo. Chegou o momento em que precisei me centrar, tal como lhe disse, mas ela não o fez, seguiu com a vida. Éramos amigas, mas as coisas mudaram, eu tenho prioridades novas, enquanto ela quer continuar com seu estilo de vida. E foi assim que uma amizade tão duradoura... simplesmente acabou.

Depois do dia em que fomos ao bosque eu soube que tudo tinha acabado. Aquela não era a Clara que eu conhecia, ou talvez sim, fosse, mas eu ainda não tinha percebido. Descobrimos cedo ou tarde como as pessoas são na realidade. Relembro de todos os dias que passei no hospital olhando para meu bloco e escrevendo palavra após palavra. Sem dúvida, aconteceram muitas coisas, vivi todo tipo de experiência e nos meus escritos descrevo os melhores momentos, mas também os que não foram bons. Nem tudo é bonito, a vida também tem partes mais sombrias, que não se pode ignorar.

Escrever quase todos os dias me ajudou a canalizar as emoções quando eu precisava. Por isso levo muitas recordações destes três meses. Aconteceram muitas surpresas e ainda me resta muito a viver, ainda tenho muitos dias para superar.

Escuto uma batida à porta e a abro. É meu pai.

— Como você está, Elise? Ouvi você chorar...

— Estou bem. Só não pensava que minha vida poderia mudar tanto e tão rápido. Se eu não tivesse saído pela estrada às duas da madrugada... Nada disto teria acontecido.

— E quem disse que você não teria sofrido um outro acidente? A vida não nos pede licença para acontecer.

— Suponho que ninguém sabe o que teria acontecido.

— As experiências serviram para que você mudasse, veja dessa forma — diz ele, com toda a razão do mundo.

— De fato. Acho que, se não fosse por isto, não teria conhecido Diego — sorrio enquanto olho através da janela.

— Diego não é apenas um amigo, é? — pergunta meu pai, depois de uns minutos em silêncio.

— Não, ele é muito mais importante. — É a única coisa que me atrevo a dizer, porque ainda duvido do que somos.

— Eu já suspeitava — replica ele, compreensivo —, mas não queria incomodar você com perguntas absurdas.

— Como acha que mamãe vai reagir? — pergunto, preocupada. — Depois do que aconteceu com Jack, não tenho certeza do que ela irá pensar...

— Se ela vir que você é feliz, nada mais vai lhe importar. De toda forma, Jack não era o melhor rapaz para você. Eu o vi há pouco tempo e parece ser uma pessoa diferente, mas ele é parte do teu passado, e você decide se quer que fique em seu presente — me diz, antes de sair do quarto. — Vamos comer. Você lhe contará agora sobre Diego?

— Devo contar, não quero que pense que não confio nela. Mas mamãe é uma pessoa muito distante às vezes... Pode ser que se oponha.

— Ela é sua mãe. É verdade que tem um temperamento um pouco difícil — diz, sorrindo — mas te ama e foi uma das pessoas que mais esteve ao seu lado nos dias que você passou no hospital.

Chegou a hora de comer e sei que chegou o momento de falar.

— Mamãe, faz uns dias que te disse que eu gostava do Diego. Bem, acontece que estamos saindo juntos agora... — conto sem rodeios, não querendo estender muito mais o momento.

— Ele é um bom garoto. Se não lhe fizer mal, é a única coisa que me importa — responde ela sem prestar muita atenção. Não fala como se estivesse preocupada comigo; pode ser que finalmente tenha compreendido que eu também aprendo com as feridas.

— Ninguém pode me assegurar que ele não me fará sofrer, acho que coisas assim acontecem. E as feridas existem, mas também as curas.

— Só digo que não quero que saia ferida das brigas, mas se quiser seguir em frente, que assim seja. Você já é maior de idade e pode tomar suas decisões. — Ela se mostra mais tranquila do que pensei que estaria. Ainda assim, expõe suas ressalvas, como é compreensível.

— Qual foi sua primeira impressão de Diego? — pergunto, duvidando um pouco.

— Que ele se preocupa muito com você. Te ama.

— Desde o primeiro dia, ele se interessou por mim. Houve muitos dias que eu não queria ir à reabilitação, porque não estava bem, mas ele foi minha razão para continuar — conto, mais animada agora que sei a visão de minha mãe sobre Diego.

— Não o deixe escapar. Não quero que sofra, mas sei que precisa de outra oportunidade para ver que nem todos são iguais. Ele a ajudou e, pelo que vejo, é uma das partes mais importantes da sua vida.

— Tem sido, desde que cheguei no hospital.

Ela sorri, e acho que não via minha mãe contente há tempos. Até esta manhã, quando me deram alta e o pesadelo foi interrompido para dar passagem à tranquilidade.

No cinema

Desde que voltei para casa comecei uma nova vida e deixei a outra para trás. Senti que tinha deixado uma parte de mim enterrada durante os primeiros dias depois que regressei, e agora uma nova parte está no presente para superar tudo o que vier. Tive uma segunda oportunidade de viver depois do acidente. Também poderia ter morrido, mas isso não aconteceu, então posso me considerar sortuda. Tenho seguido em frente. Minha vida não é nem será a mesma de antes, mas não preciso que seja. Só preciso ter as pessoas que me importam a meu lado. Enquanto minha vida girar ao redor disso, tudo estará bem, porque sempre terei alguém que me ajude a me levantar quando tiver caído. Ainda tenho esperança de voltar a andar. Sei que não conseguirei nem hoje nem amanhã, mas talvez volte a andar algum dia, e ninguém poderá tirar de mim essa esperança. Poderão tirar o resto de mim, mas nunca a vontade de lutar e a esperança que sempre reside em algum lugar dentro de cada um de nós. Quem diria que uma madrugada mudaria minha vida? Eu nunca poderia saber, há coisas de que não nos damos conta até que aconteçam. Não vemos que devemos escolher entre as opções presentes e pensar na melhor delas, na que nos ajuda na medida do possível, mesmo que não seja o que desejamos.

Por outro lado, quando preciso esquecer minhas preocupações, tento tornar meus sonhos realidade. Ainda que ninguém me assegure possibilidades, preciso de meus sonhos, para me motivar a viver e lutar.

Se um acidente não tivesse marcado minha vida, agora eu não estaria lutando por novas metas. Teria continuado como antes, sem rumo algum, sem um destino ao qual chegar. Talvez precisasse que essas coisas tivessem acontecido, mas mesmo que nada disso tivesse ocorrido, eu teria sido obrigada a mudar se quisesse mostrar que já não era aquela garota de dezesseis anos com um passado que queria esquecer.

Acordei hoje com todos esses pensamentos na cabeça, não sei qual foi a primeira coisa em que pensei ao abrir os olhos. Depois, meu segundo pensamento girou em torno de Drew, porque combinamos de ir ao cinema hoje e estou esperando esse momento há dias, já sinto vontade de voltar a vê-lo. Na verdade ele é meu melhor amigo agora, desde o primeiro momento em que o conheci soube que seria assim, e desde então tem estado a meu lado. Sei que, se puder, continuará me apoiando, mesmo não havendo sentimentos além da amizade, porque o mais importante ainda é ajudarmos um ao outro. Ele e Diego também não viveram situações fáceis, afinal somos todos lutadores. Uns são mais que outros, todos temos obstáculos para superar e continuar vivendo e sendo forte. Os piores dias deveriam ter sido aqueles depois do acidente, quando eu estava desorientada, porque não era consciente do que estava acontecendo, do que tinha acontecido a meu mundo. Mas eu estava tranquila, porque sabia que poderia seguir adiante de uma forma ou de outra. Não sabia o preço que precisaria pagar para continuar sendo forte, e agora sei. Mas quando temos pessoas amadas ao nosso lado, nada do que aconteça poderá nos derrubar. Poderá sim causar sofrimento, mas sob nenhuma circunstância conseguirá acabar conosco.

Vou para o escritório onde meu computador permanece tal como eu o deixei há vários meses. A manhã vai passando rápido, enquanto tomo nota das aulas que terei e me informo sobre tudo o que vou começar a fazer. Tenho algumas dúvidas sobre as matérias que irei cursar, mas sei que, ao menos uma vez na vida, me deixarei guiar pelo que me fizer feliz, e não por aquilo que farei bem. Às vezes, o que nos torna felizes não é o mais fácil de se fazer, mas a vida me ensinou que nada é fácil nesse jogo.

Olho no relógio e vejo que já é a hora de comer, o tempo voa quando se está ocupado. Em seguida me alegro ao perceber que logo voltarei a ver Drew. Agora que Clara saiu de minha vida tudo é diferente; não tenho minha amiga com quem poderia falar de tudo o que me preocupa. No fundo ela nunca foi minha amiga, só me quis para diversão. Já Drew é um rapaz que esteve a meu lado não só quando os problemas vieram, mas também no amanhecer. É uma pessoa que valorizo muito e que só por sua personalidade ocupa uma grande parte de minha vida. Diego é o rapaz que amo, mas Drew foi quem me viu chorar mais vezes e quem sabe mais sobre mim. Diego ganhou meu amor, mas Drew, minha confiança.

Minha mãe foi trabalhar e meu pai não está em casa agora. Gosto dos momentos de paz, porque antes ensaiava com o piano tranquilamente, sem ser ouvida. Hoje não me sinto muito inspirada nem para escrever, então decido deixar isso para outro momento e vou mudar de roupa para ir ao cinema.

Quando estou prestes a sair de casa penso em alguma coisa que até o momento não tinha me preocupado. Se ainda não estou preparada para andar em meu carro, como tomarei um ônibus? Imagino que alguém me ajudará a subir, mas ainda assim a situação é nova e desconhecida para mim. De repente, preciso enfrentar novos desafios todos os dias. À medida que o tempo passa também sinto mais dificuldades em minha rotina por andar na cadeira de rodas.

Do ponto de ônibus vejo o carro de meu pai e volto à garagem de casa. Espero que ele possa me levar. Desde que cheguei em casa não saí à rua, e agora o mundo que está diante de mim é desconhecido.

— Elise, ia a algum lugar? — pergunta meu pai.

— Vou ao cinema, mas não sei se estou preparada para ir de ônibus. Tudo é tão diferente agora...

— Entendo. Eu levo você, já acabei o que tinha que fazer.

Entro no carro e me sinto mais tranquila, sei que deverei enfrentar as diversas situações, mas agora é estranho para mim que as pessoas precisem me ajudar porque não posso fazer as coisas por mim mesma como antes. Só me resta me acostumar à ideia. Adaptamos a casa em tudo o que pudemos, mas o mundo lá fora não está todo adaptado para as pessoas com deficiências.

Por exemplo, se há uma escada tenho que encontrar outro modo de chegar a um mesmo lugar, mas sem me machucar. Preciso pensar nas coisas antes de fazer algo que possa me pôr em perigo.

Mostro onde fica o cinema e meu pai diz que virá me buscar em algumas horas. Assim, terei toda a tarde para ficar com Drew, desta vez fora das paredes do hospital.

Vou para a bilheteria e encontro Drew na fila.

— Elise, como está? — pergunta e me abraça.

— Bem. Muito melhor agora que estou em casa — respondo, sorrindo.

— Fico contente. E também deve estar melhor agora que você está com Diego, né? — diz, rindo.

— Não ria, ok? Ele significa muito para mim.

— Eu sei, depois do que Diego me disse…

— O que ele disse? — pergunto rapidamente.

— Que te ama muito… O que pensou que teria me dito?

Eu sorrio.

— E você, como está? — pergunto. — Faz dias que não conversamos.

— Esperando as aulas começarem — responde ele, animado.

— Estamos iguais nisso. Comecei a planejar minhas aulas.

Paramos de falar quando chega nossa vez na bilheteria. Mesmo não sabendo muito bem de que tipo de filme nós dois gostamos, penso que um de humor deve agradar ambos, no mínimo vamos rir durante uns minutos. Escolhemos uma comédia, da qual haviam feito muita publicidade durante vários dias. Drew queria ver um filme de terror, mas ameacei não voltar a sair com ele. No final, eu ganhei. Entramos no cinema quando as luzes já estavam apagadas e, até chegar aos assentos, bato várias vezes com a cadeira. Depois, como a cadeira não cabe na fila dos assentos, Drew me ajuda a me sentar e dobro a cadeira para deixá-la ao meu lado.

— Eu gosto de vir aqui. — Não sabia que ele gostava de cinema, ele nunca assistia aos filmes na televisão, ou talvez só goste do cinema por ver as imagens em uma tela grande.

— Também gosto. Quando tenho tempo livre e não sei o que fazer eu venho aqui. Antes vinha com meus amigos, mas faz tempo que não faço isso.

— E gosto ainda mais se é com você. — Depois que ele diz isso fico calada, não sei como responder. Só o vejo como um amigo muito importante para mim e não estou acostumada que seja sincero em seus sentimentos. Quando ele compreende o que disse tenta se corrigir, mas não consegue apagar o que foi dito. — Elise, ainda que eu goste muito de você desde o dia em que a conheci, sei o que sente pelo meu irmão, por isso que já sei que não poderemos ser nada mais do que amigos. Mas não posso deixar de ficar feliz a seu lado, e nisso não há nada de ruim.

Muitas de suas frases me deixam sem palavras, não sei como reagir nem o que dizer. Ele entende perfeitamente o que penso e sinto, e me faz refletir sempre que conversamos.

— No que está pensando? — pergunta quando me vê olhando para frente, mas sem prestar atenção em nada. Quando o olho, me lembro tanto de Diego... Muitos irmãos não se parecem em nada, mas Diego e Drew sim, em especial no caráter e no jeito de ser. É verdade que Diego é uma pessoa mais calada, é reservado e também misterioso, e Drew, ao contrário, é alegre, expressivo, e tenta ajudar todo mundo.

— Por que Diego nunca fala da sua irmã? — decido perguntar algo que passou por minha cabeça.

— Essa é uma história complicada de contar. Diego e minha irmã Marta não têm uma boa relação.

— Por quê? — Sei que não deveria perguntar, afinal há coisas que são pessoais demais e que não é necessário que mais gente saiba. Mas desta vez não pude me conter.

— Marta sempre esteve acima de Diego, foi a mimada da família, e Diego nunca a suportou. Com o passar dos anos, a família se afastou cada vez mais. É triste, mas as famílias se distanciam. E Marta sempre continuou ao meu lado.

Decido que já chega de falar de assuntos pessoais, a não ser que ele puxe o assunto. Não quero incomodar com perguntas que ele não gostaria de responder.

Alguns minutos depois começam os trailers dos filmes. Gosto de vê-los, porque enquanto isso penso nos filmes que gostaria de assistir no futuro, mas há um momento que canso de ver os trailers e publicidades e só espero que o filme comece logo.

Quando os anúncios terminam, me dou conta de que este é um filme como muitos outros que já vi antes, mas que adoro assistir só para dar risadas. E ainda que não admita, gosto de ficar ao lado de Drew. Ele parece não achar tanta graça quanto eu. Sei que este não é seu estilo de filme, e que só aceitou esta escolha para me fazer feliz. Da próxima vez o deixarei escolher algo de que ambos gostemos.

— Vai dormir? — pergunto quando o vejo bocejando.

— Não… Mas está me entediando um pouco — diz, enquanto sorri. Pelo menos, é sincero.

— Da próxima vez, você escolhe algo que agrade aos dois; não é a mesma coisa se você não está se divertindo.

— Não é isso, mas… você disse "da próxima vez"? — questiona, de repente saindo de seu devaneio.

— Podemos marcar outro dia, se não houver problema.

Vejo que ele sorri e sigo vendo o filme. Quando termina, Drew me ajuda a me sentar de novo e vamos embora.

— Nem preciso perguntar se você se divertiu, não é?

— Sinto muito que não tenha gostado — respondo com franqueza.

— Eu veria mil filmes de que você gostasse, só para vê-la rir.

— De verdade? — digo enquanto sorrio inevitavelmente. Meu coração bate mais rápido com suas palavras.

— Claro, sem pensar duas vezes. — Então, também sem pensar, eu o abraço. Sem saber como nem por quê, só sendo consciente de que ele é um amigo que faria tudo por mim. A forma como ele me trata não tem preço.

— Drew… Se algum dia nos distanciarmos… Lembre-me de não permitir que isso aconteça, por favor, porque você é importante demais para mim.

— Isso nunca vai acontecer — responde enquanto sorri. De um modo ou de outro, pelo brilho em seus olhos, sei que é verdade.

Tempo

— Está pronta, Elise? — pergunta minha mãe, da cozinha.

É segunda-feira e vou voltar a fazer reabilitação. No carro, penso que em vez de me apaixonar por Diego, Drew poderia ter ocupado meu coração, porque é um garoto sensível, simpático, e sei que sempre estará comigo. Além disso, ele sente algo por mim. Eu poderia ter me apaixonado por ele em primeiro lugar, mas penso em Diego desde o primeiro segundo em que o vi. Ao conhecer Drew eu soube que teria um grande amigo, e com Diego soube que tinha encontrado o amor.

— Por que você está tão calada esta manhã? — pergunta minha mãe, quando até agora a única coisa que se escutou foi o som do motor e das rodas pela estrada.

— Estou cansada — digo, uma desculpa qualquer porque não quero dizer no que estou pensando.

— Tem certeza de que não estava pensando em Diego? — Desde quando ela lê minha mente? Decido não responder, porque não quero falar com ela sobre Diego e sobre minhas dúvidas a respeito de seu irmão. Decido ignorar sua pergunta e ouço música para distrair minha atenção de todos os pensamentos confusos. — Aconteceu algo, meu amor? — pergunta quando me vê tão calada. Levanto suspeitas quando, depois de uma hora no mais absoluto silêncio, mostro que estou com pouca ou, melhor dizendo, nenhuma vontade de conversar.

— Está tudo bem. Só que ainda não me acostumei com minha nova vida — respondo de forma contundente.

— É normal, você está enfrentando muitos obstáculos novos...

Volto a colocar os fones e durante todo o trajeto não conversamos mais. A relação que tenho com minha mãe não demonstra muito afeto, ainda que ela sempre queira me ajudar... Falo mais com meu pai.

— Já chegamos — diz, enquanto estaciona o carro a uma quadra do hospital. Ela me ajuda a sair do carro e percorro os corredores para a academia. — Quer que eu fique com você? — pergunta, porque sei que não tem nada para fazer, já que agora está de férias e deve me acompanhar na volta para casa.

— Não precisa, pode ficar na sala de espera — respondo, bastante direta. — Mas se quiser vir... — acrescento para suavizar um pouco.

— Estarei na cafeteria.

Eu me viro e vou para o ginásio.

— Como está sendo a volta para casa? — pergunta Diego na hora em que me vê chegar. Ele me abraça e decido não falar que há poucas horas eu estava com Drew no cinema e não com ele. Na verdade, ele sabe que sou amiga de seu irmão, por isso não se incomodaria. Mas também não preciso lhe contar tudo da minha vida a cada momento.

— Ainda estou me acostumando. O hospital foi o meu lar por uns meses...

— Senti saudade.

— Nós só ficamos separados por um fim de semana. — Não sei desde quando ele fica tão preocupado comigo, é estranho e me leva inconscientemente a desconfiar um pouco. Nós nos beijamos e percebo que eu também senti saudade. Estive tão ocupada que tinha me esquecido um pouco dele, mas hoje é segunda-feira e durante a semana o verei todos os dias.

— Esta tarde não tenho nada para fazer... Podemos sair? — diz, com uma insegurança que me gera ainda mais dúvidas.

— Claro, vamos aonde você quiser.

— Tenho algo para lhe dizer... — Eu sabia que deveria desconfiar, algo me dizia... talvez o tom de suas palavras ou o fato de se demonstrar carinhoso comigo, como se tentasse suavizar o que viria depois.

— O que é? — demonstro impaciência, porque não quero que esconda nada de mim, e preciso saber o que quer me dizer. Pelo seu tom, intuo que não será nada bom, e me sinto insegura diante da expectativa.

— Não direi agora. Mais tarde, ok? É algo de que devemos falar com tranquilidade. — Percebo que ele está com mil dúvidas e emoções, isto nunca é um bom sinal.

— Não sei se consigo esperar. A espera me faz sofrer.

— Pois então se prepare para o que tenho a dizer... — sussurra, evitando me olhar.

— Por acaso é algo tão ruim? — Cada vez gosto menos do que ele vai me dizer. Acabamos de começar nossa relação e já há dúvidas, definitivamente essas coisas nunca serão como nos fazem acreditar. Tudo está muito longe de ser um sonho.

— Falaremos disso depois — diz ele bruscamente. — Agora comecemos e tente se esquecer do que eu disse. Não deveria ter falado nada agora.

— Não poderei e... — Eu me detenho na metade da frase quando vejo a expressão severa em seu olhar. Começo os alongamentos e percebo que Diego hoje está muito distraído. Quase sempre sou eu quem está nas nuvens, mas hoje é ele quem não está na Terra, e isso me desconcerta.

— O que está acontecendo? — Paro de fazer o exercício e vejo que Diego fica tenso, mesmo sabendo que não vai me responder.

— Este não é o momento nem o lugar para lhe dizer.

— Dizer o que? Fico mais nervosa a cada segundo e está me deixando preocupada...

— Sinto muito. — Sente muito... Por quê? O que ele lamenta? Quero perguntar, mas sei, pela dor que vejo em seus olhos, que não é um bom momento para falar. Seu silêncio nunca tinha me incomodado até agora. A cada minuto que não fala, sinto que algo muito ruim aconteceu. Talvez ele não me ame como diz. Ainda que quero acreditar que me ama como eu o amo. Não sei o que pode acontecer, também não sei se quero enfrentar o que ele tem para me dizer.

— Você está bem? — pergunto quando vejo que ele tem o olhar perdido. Sinto que não é Diego, e sim alguém muito diferente de quem eu acreditava conhecer.

— Conversaremos à tarde.

— Você está agindo de uma forma estranha. Quero que me diga o que está acontecendo. — Sua atitude começa a me incomodar, mas ele continua sem me responder.

Quando enfim acaba a hora da reabilitação marcamos para ir tomar algo em um bar. No início, falamos de assuntos sem importância: o fim de semana ou como estou indo na reabilitação. Quando seu descanso termina, vou embora e saio mais confusa do que quando entrei. O que aconteceu? Fiz algo errado? Estou me fazendo mil perguntas, me torturando. Só quero que, seja o que for, não tenha nada a ver com a gente. Isso não pode acontecer, não imagino como seriam os dias de reabilitação se ele não puder estar a meu lado.

A espera de encontrá-lo se faz eterna. As horas não parecem avançar, e fico cada vez mais nervosa e desconfiada. Estou tremendo quando saio pela porta, e desta vez sem pensar nas pessoas, subo no ônibus graças a uma rampa. Não me importo com os olhares, minha preocupação é a única coisa em minha mente.

Na hora marcada, chego ao bar onde tínhamos combinado e me dirijo à primeira mesa que vejo. Diego chega poucos minutos depois, mas desta vez preciso saber qual é o problema. Mereço saber a verdade.

— O que aconteceu? — pergunto diretamente, antes que ele se sente ou mesmo me cumprimente.

— Não queria que acontecesse, mas... fiz algo que vai magoar você — diz, olhando para a mesa.

— O quê? Por quê? Diego, por favor, não me confunda mais! — exclamo, cansada.

— Se quando eu contar você não for embora, explicarei tudo o que aconteceu. E poderemos conversar de forma civilizada.

— Por quê? — replico, insegura.

— Não creio que possa me perdoar. — Já desconfio do que se trata, mas não quero acreditar. Não quero que haja mais alguém em sua vida enquanto ele diz que me ama.

— Preciso saber, eu suplico. — Estou quase desmoronando, mas preciso escutar, mesmo que me doa. Ainda que fique despedaçada, às vezes é o melhor. Vejo que ele toma fôlego algumas vezes antes de se atrever a me olhar mais uma vez e falar.

— Conheci uma garota nesses dois meses em que estive fora. Pensava em você todo dia, e me sentia culpado, então me afastei dela, mas já tinha chegado longe demais. Pensei que quando voltássemos a nos ver eu esqueceria todo o passado e que algum dia lhe confessaria o que houve, mas tive uma recaída. Eu voltei a vê-la neste fim de semana e...

Pelo meu olhar, ele sabe que não deve continuar falando, e termina me dizendo que lamenta. Fico congelada durante uns segundos, simplesmente paralisada diante de suas palavras. Não sei como devo reagir, e meu primeiro impulso é chorar, mas não o faço, sei me conter. Calo durante mais uns instantes, até que me sinto tranquila o suficiente para não gritar com ele.

— Eu também sinto muito, Diego. Sinto por ter entregado meu coração a alguém que não merecia. — Pronunciar as palavras que tanto temi, e saber agora que são reais, me dói de uma forma inexplicável. Continuo falando enquanto pisco os olhos para não chorar. — Por que você fez isso?

Rola uma lágrima por meu rosto, não posso aguentar mais.

— Não queria fazer você sofrer... não sei como tudo acabou acontecendo. Entenderei se não quiser mais saber de mim.

— Isso aconteceu enquanto você me dizia que queria ficar ao meu lado. Pode economizar as explicações. Eu confiava muito em você, e te amo mais do que amei qualquer um, mas o que você acabou de fazer está me matando por dentro. Preciso de um tempo para pensar.

— Elise, você é a minha vida, é a pessoa mais importante para mim, você é tudo. Eu te amo e não sei por que te machuquei. Estou machucando a mim mesmo, e agora sei que você me deixará... — Ele tenta se desculpar inutilmente, mas chegou minha vez de ser sincera.

— Não posso me afastar de você, mas talvez as coisas tenham mudado. Entendo que você cometeu um erro, como qualquer outra pessoa faz, mas eu confiei em você e demonstrei meus sentimentos sem saber tudo o que você havia feito. Por que não me disse antes de começarmos?

— Porque não teríamos começado. Teríamos terminado antes de começar — confessa ele, e parece-me que está sofrendo, mesmo que no fundo seja eu quem verdadeiramente me encontre em uma situação comprometida.

— Preciso saber algo mais? — pergunto, e sinto que a partir de agora, qualquer coisa que ele me diga soará doloroso.

É a primeira vez que me zango com Diego. Esta conversa me deixa aflita por dentro, ainda que eu não queira demonstrar. As lágrimas, em alguns momentos, caem de meus olhos, e em outros momentos sinto que algo dentro de mim se rasga, e me sinto insensível.

— Eu não podia continuar vivendo com tudo o que fiz. O sentimento de culpa, a consciência de que não agi direito... me impedia de continuar com minha vida.

— Agora entendo quando me disse que não queria me fazer sofrer. No entanto, já o fez. Tinha que ter me contado antes de me beijar, por que não contou? Pelo menos eu não teria me envolvido emocionalmente, se você tivesse me dito que sentia dúvidas a respeito de nós dois.

— Não queria fazer você sofrer mais.

— O que me machucou foi que você não me contou nada antes! — Lamento todos os pensamentos que desperdicei com ele, mas é absurdo se lamentar. — Agora preciso de um tempo para pensar, porque depois de tudo não deixei de te amar... Pelo menos é o que eu acho — digo em um sussurro. — Só quero pensar se isso vai funcionar e quanto mais eu penso, mais dúvidas tenho. — "Está claro que não funcionará", gritam vozes dentro de mim.

— Ficará tudo bem, eu prometo. Nunca mais vai acontecer — diz em voz baixa, e já não o escuto quando chega nesse ponto. Já não consigo acreditar em suas palavras depois de tantas mentiras.

— Não sei até que ponto eu posso voltar a confiar em você… — Cruzo os braços enquanto passeio o olhar pelo horizonte, sem forças para encará-lo.

— Deixe-me demonstrar — suplica Diego, porém mal o escuto. Continuo em minhas reflexões.

— Acabamos de começar e já temos segredos e mentiras. Não sei se estou disposta a ter uma relação com essa base desde o primeiro momento.

— Isso não voltará a acontecer!

Por que as pessoas, depois de cometer graves erros, dizem que não vai acontecer mais? Elas sabem que não podem prometer, pois se algo aconteceu uma vez, pode acontecer duas ou mais.

— Também não sei se voltarei a confiar em você. Por favor, peço que me dê uns dias para pensar se te amo o suficiente para passar por cima de tudo isso. — Agora sou eu quem se sente sem forças para encará-lo.

— Você sabe a resposta. — Sinto que a resposta é um "claro que não", mas não digo nada.

— Não sei, pois não decidi se consigo relevar que o garoto com quem estou saindo tenha me enganado na primeira oportunidade, durante os dois meses em que não nos vimos. A história de Jack se repete e posso evitá-la desta vez, por isso… Peço que me perdoe que desta vez seja eu quem te deixe plantado. Já vivi esta história outras vezes.

— Já passou. Por favor, me deixe tentar de novo.

— Não se trata de tentar de novo, e sim de não o ter feito. — Não sei como lhe explicar que o problema não é o que fez, mas sim o fato de ter mentido para mim. — Se me amasse de verdade, não teria ficado com outra garota enquanto eu passava os dias chorando em silêncio por não estar a seu lado. Eu estava alheia a tudo o que acontecia na sua vida, ao que você estava escondendo. Faz apenas um dia que você voltou a ficar com essa garota e me pede que o perdoe… Está falando sério? — Não consigo suportar mais, cada vez saem mais lágrimas, com mais força, e me vejo obrigada a sair do bar o mais rápido que posso, para poder ficar sozinha e me esquecer de Diego.

Ele tenta me deter, grita o meu nome, não o escuto. Já havia partido.

Dirijo-me à cafeteria, e me encontro com minha mãe, que está lendo o jornal. Ela me encara com ar inquisidor, entende por minhas lágrimas que talvez não seja o momento de conversar.

Enquanto vou deixando para trás as ruas até chegar em casa, sou acompanhada pelas lágrimas. Penso em tudo o que Diego me disse e a conversa se repete uma dezena de vezes em minha cabeça. Suas palavras ressoam e sinto que cada palavra e cada silêncio é uma punhalada a mais.

Ao chegar em casa com o rímel tingindo minhas bochechas de preto, sinto-me tão abatida que só tenho ânimo para me jogar na cama. Paro de chorar quando já não me restam mais forças nem vontade de continuar sofrendo por algo que não deveria existir: a traição.

Começar do zero

Depois de ter passado grande parte da noite dos pensamentos às lágrimas, me sinto cada vez mais confusa sobre as minhas decisões, a cada segundo que passa. Não sei o que vou fazer com Diego. Eu o amo incondicionalmente, mas não quero mais traições.

Durante a manhã ele me enviou algumas mensagens, e cada uma terminava dizendo "Perdão". Uma palavra pequena depois de tudo o que aconteceu. Não me restou outra opção a não ser ignorar; não estou preparada para conversar. Teria sido melhor que tivesse me dito a verdade desde o início, antes de começarmos. Agora me fez mal, porque sempre confiei nele, e de repente me diz que foi infiel. O que devo pensar a respeito dele? Claro que cada um pode e deve viver a vida como preferir, porém, me sinto traída, e o que é pior, pela pessoa que dizia me amar.

Da mesma forma que Diego pôde me ajudar, também pôde me destruir. E é com essa segunda versão que eu não posso continuar. Não quero mais ficar com Diego se eu tiver que aguentar segredos. Quero que haja confiança entre nós dois, não quero segredos nem mentiras. Se foi assim no início, como será à medida que o tempo avançar? Teremos um futuro juntos? E um presente? Tudo agora se resume a incógnitas, a dúvidas, perguntas cujas respostas eu nem sei se quero descobrir.

Em algum momento da manhã minha mãe bate na porta de meu quarto e a encontro com expressão preocupada. Tento sorrir para tranquilizá-la, mas não sou muito convincente.

— Amor, ontem você não veio jantar, e hoje passou a manhã toda no quarto. Posso fazer alguma coisa por você? — Não precisa me dizer mais nada, as palavras estão sobrando hoje. — Fale comigo, por favor. Estou ficando impaciente, mas não sei o que devo lhe dizer. Não posso ajudar se você não permitir. Aconteceu algo com Diego? — Não posso evitar e choro de novo no momento em que minha mãe menciona seu nome. Ficamos abraçadas durante alguns segundos e depois ela me segura pelos ombros e me obriga a encará-la.

— Quero saber o que aconteceu. Se não quiser me dizer é escolha sua, mas depois não passe o tempo chorando no seu próprio mundo.

— Tudo bem, direi o que aconteceu. — Concordei depois de um tempo de completo silêncio. — Ele ficou com uma garota durante os dois meses de estágio no outro hospital, como se eu não existisse. O curioso é que tinha dito que me amava e que eu era a coisa mais importante para ele. Mentiroso maldito.

— Você decide se vai dar outra oportunidade a ele. Mas se resolver fazer isso, deixe claro que não devem existir mais segredos que possam machucar vocês. O que ele te fez foi muito ruim, brincou com os seus sentimentos e com os da outra garota, a quem também feriu certamente.

— É tão difícil saber o que fazer neste momento... — digo, suspirando.

— Pense bem, mas se concluir que isso não vai chegar a lugar algum, reconsidere o amor que sente por ele. — Quando ela vê que não estou disposta a falar mais nada, decide sair do quarto. Fico perdida em meus pensamentos pelo resto da manhã, não sou consciente de nada do que está acontecendo ao meu redor, penso apenas em qual será minha decisão.

Tenho que voltar a falar com Diego pela tarde e preciso ficar calma, porque já cheguei a uma conclusão. Sem esperar mais, ligo para ele, mas a chamada cai na caixa postal. Fico um tempo impaciente, até que finalmente recebo uma chamada.

— Elise, como você está? Sinto muito pelo que aconteceu, nunca me senti tão mal comigo mesmo... Sinto nojo de mim, me perdoe.

— Diego, não acho que devamos falar por telefone. Podemos nos encontrar para conversar com mais calma? — digo, tentando não demonstrar em minha voz qualquer tipo de emoção.

— Claro, mas já tomou uma decisão? Pelo seu tom, sei que não será boa.

— Não espere que eu esteja orgulhosa de você depois do que fez. — Não posso esconder meus sentimentos, que em alguns momentos são de amor e em outros de ressentimento. Parece que ele não sabe o que dizer, depois reage e marcamos um encontro em uma praça perto da sua casa.

Moramos muito perto um do outro, por isso em um piscar de olhos chego à praça e vejo que Diego já está me esperando, com um olhar de preocupação.

— E então? Vai me perdoar? — pergunta, com um quê de esperança.

— Não posso — digo. — Cada traição é uma ferida a mais em mim, e já me fizeram mal o suficiente. Eu te amo e sempre existirá uma pequena parte de meu coração que se lembrará de você. Você sempre confiou em mim. Mas na primeira oportunidade de demonstrar seu amor, você falhou. Não sei mais o que esperar de você.

— Está me deixando confuso.

— É muito fácil de entender — afirmo. — Eu te amo, mas minha mente desta vez é mais forte que o meu coração. Depois de tudo o que aconteceu na minha vida, estou passando por cima do que é mais importante, para me concentrar em coisas menores, me entende? Quando eu deveria estar focada em minha recuperação, me vejo pensando em você.

— Você diz que tudo o que aconteceu não tem importância. Então, por que estamos conversando?

— Porque quero que saiba que mesmo que você ainda seja tudo para mim, não pretendo voltar a repetir a mesma história.

— Fala de tudo o que aconteceu com Jack?

— Exatamente, e você sabe bem o que aconteceu, vocês são amigos — digo, relembrando o que me disse sobre Jack.

— Mas eu não sou Jack. Quero dizer que te amo, e faria o que fosse necessário para não perder você.

— Se me ama de verdade, não se importará que as coisas mudem por um tempo.

— Em que sentido? — pergunta sem compreender plenamente o que quero dizer.

— Seremos como conhecidos. Começaremos do zero, como se não tivesse acontecido nada, como no dia em que nos conhecemos, quando a reabilitação era a única coisa que tínhamos em comum.

— E tudo o que passou… fica para trás?

— Sim, mas talvez com o tempo volte a ser como antes, quando você me dizia que me amava e eu acreditava. — "Como uma idiota", acrescenta meu subconsciente. Bem, suponho que o amor muda tudo e também mudou a mim.

— Eu te amo, Elise, não sei por que fiz isso… — Escutar que ele me ama, agora, me parece mais um insulto do que uma declaração de amor.

— Se me amasse como diz, não teria ficado com outra garota, para começar. — protesto, irritada comigo mesma por ter acreditado em tudo o que ele me disse.

— Posso fazer algo para consertar os meus erros?

— Pode me dar um tempo para refletir. Se continuar te amando, teremos superado um obstáculo. Sinceramente, não pensei que já estaríamos discutindo por mentiras logo no começo do namoro. Sabe quantas vezes chorei por não poder ver você? Sabe o mal que senti depois da sua confissão? Não quero que volte a me fazer mal, não suporto que uma das pessoas que mais amo me faça sofrer.

Diego fica pensativo, sei que ele também tem muito no que pensar.

— Então comecemos do zero, como desconhecidos. — Não esperava essa resposta, pensei que diria qualquer coisa antes de acatar minha decisão. Então, ao perceber que já não tínhamos mais nada que falar, vou embora sem olhar para ele e sem sequer me despedir.

Chego em casa sentindo um turbilhão de emoções, uma mistura de sentimentos como uma bomba dentro de mim. Eu me sinto confusa. Ligo para a única pessoa que sei que me entenderá em qualquer momento.

— Elise, aconteceu alguma coisa? Você nunca me liga tão tarde... — diz Drew, e olho para o relógio. Já são mais de onze horas da noite, e com certeza a última coisa que ele estava esperando era uma ligação minha.

— Preciso de tempo para pensar sobre minha relação com Diego... — conto, com determinação.

— O que ele fez? — pergunta ele, alarmado. — É meu irmão, mas não deixarei que se comporte como um imbecil com você.

— Infelizmente, já se comportou. Ontem, confessou que saiu com uma garota no outro hospital, e que não era só amizade — explico, e minha voz soa neutra, livre de emoções. Não consigo identificar se estou triste, dolorida, ou apenas cansada.

— Como pôde? — diz Drew, com uma mistura de raiva em sua voz que o torna irreconhecível. Como se ele também se sentisse mal por mim.

— É o mesmo que me pergunto. Ele disse tantas vezes que me amava... Não pensei que tudo se resumiria a uma mentira e que enquanto eu estava chorando por não poder vê-lo, ele estaria ficando com alguém.

— Vou falar com ele, isso não pode ficar assim. Diego foi um idiota, não podia ter feito isso.

— O que você faria no meu lugar? Eu disse a ele que preciso de tempo para pensar, mas na verdade não sei o que eu deveria fazer...

— Em primeiro lugar, Elise, estão seus sentimentos. Se ainda não tem certeza do que vai fazer diante de uma traição como essa, deve pensar. Não perguntarei o que você sente por ele, porque a resposta é óbvia, mas reconsidere se, depois do que aconteceu, seus sentimentos continuam os mesmos. — Ele me aconselha, e ouvir sua voz me faz sentir que Drew me apoiará em qualquer decisão que eu tome.

— Preciso que nos vejamos logo. Você é meu único amigo, e agora preciso que esteja a meu lado.

— Nunca a deixei, e não pretendo fazer isso agora. Ainda que precise confrontar o meu irmão, farei o que for necessário para não ver você chorar.

Não ouço nada do outro lado da linha por uns segundos, e depois dou um soluço abafado.

— Você está chorando? — pergunta ele, preocupado.

— Não... bom... sim. — Seco depressa as lágrimas que me impedem de falar. — Não sei como lidar com tudo isto, não quero que a história se repita, e isso é o que mais tem acontecido em minha vida.

— Não tem por que se repetir. Tudo pode acabar, você decide quando e como.

— Quero acabar com tudo o que me fez mal e não vejo Diego da mesma forma que antes. Posso amá-lo muito, mas quando existem traições deve-se cortar o mal pela raiz.

— Eu te amo, Elise. — Sinto-me paralisada, mas ele parece não perceber, enquanto continua falando: — Sempre soube, e eu nunca lhe faria mal. Agora me dói muito ver você assim por culpa do meu irmão. Nada disto deveria ter acontecido.

— Você sabia de alguma coisa? — Um sentimento de repente surge. Espero que ele diga que não sabia nada sobre isso, porque significaria que até o meu amigo estava escondendo algo de mim.

— Percebi que meu irmão estava estranho há uns dias, mas pensei que estava cansado por conta do estágio. Eu nunca teria adivinhado tudo o que aconteceu nestes dois meses.

— Não aguento que esta história seja parecida com a que tive com Jack. Eu não quis dar uma segunda oportunidade a ele e agora vejo que Diego e ele são tão parecidos.

— Não é bom fazer comparações entre os dois, está bem? Ainda que o comportamento do meu irmão pareça muito ruim, sei que ele te ama. Só tomou uma decisão errada. Talvez seja melhor que, por um tempo, você o veja só na reabilitação. Como se fosse só uma paciente e pronto.

— É o que devo ser para ele, só mais uma paciente. Nunca deveria ter me aproximado de Diego.

— Ninguém escolhe por quem se apaixona. Muitas vezes acontece de repente, você sabe que aquela pessoa a irá marcar desde o primeiro segundo, e mesmo que tente esquecê-la não consegue. Vivi esse sentimento tantas vezes...

Fico calada por um momento, pensando no que direi e me perguntando se é ou não apropriado, tendo em conta a situação.

— Drew, penso muitas vezes que eu poderia ter me apaixonado por você. Sempre esteve ao meu lado, e sei que você é uma pessoa que tem muito valor e que daria qualquer coisa para ficar comigo. Você fez com que meus dias no hospital passassem muito rápido e deixou um enorme vazio em mim quando foi embora.

— Quer dizer que me ama? — pergunta, e ouço uma leve vacilação em sua voz, como se estivesse dizendo algo que não deveria e ficasse com vergonha.

— Sim, mas ainda... ainda não tenho certeza.

— Elise, definitivamente você precisa de tempo para pensar. Vamos conversar quando tiver os seus sentimentos em ordem ok? — Eu o ouço incomodado, mas é impossível ficar irritada, levando em conta que se trata dele.

— Estou confusa, mas tudo mudará quando eu decidir o que vou fazer com a minha vida. E quando meu coração estiver de acordo com a razão.

— Tenho que estudar agora, por isso não posso falar mais. Seria bom para você se marcamos para este fim de semana?

— Claro, vai ser bom ficar com você, agora que meus amigos me deixaram de lado. — E sem querer sorrio, mesmo que ele não possa ver.

— Adeus... te amo. — E antes de que eu possa responder, ele desliga. Fico surpresa e ao mesmo tempo ainda mais confusa do que estava antes.

Poemas e grafites

Estive pensando muito em tudo o que disse a Diego, e cheguei à conclusão de que é uma pena que o garoto que mais amei tenha me feito tanto mal. Tentei me esquecer dele escrevendo, mas não adiantou, ele é meu pensamento mais recorrente. Sei que devo pensar na faculdade, que está logo após a esquina. Este vai ser meu primeiro ano e me sinto nervosa, mas principalmente feliz. Começarei uma nova etapa em minha vida. Já decidi quais aulas farei, e faltam apenas duas semanas. A última coisa com que quero me preocupar agora é com Diego. Por isso, antes de começar preciso tomar uma decisão; não quero mais problemas.

Ele está me dando tempo para pensar, e agradeço. Desde que nos vimos na última vez, não voltei a saber mais nada sobre ele, exceto quando vou à reabilitação. Mas nada é igual. Para mim, é impossível encará-lo nos olhos, ainda que meu coração continue o mesmo. Em nenhum momento pensei que a pessoa que mais amei e a que me ajudou seria a que partiria meu coração na primeira oportunidade.

Marquei de encontrar com Drew nesta manhã no shopping. Agora ele é o meu único amigo. Não posso perdê-lo nunca; entre tanto sofrimento também tive força para seguir adiante e essa força muitas das vezes foi dada por Drew. Pensei e reconsiderei meus sentimentos sobre ele, e percebi algumas coisas: eu o amo, mas ao mesmo tempo sou incapaz de fazer-lhe mal, ele é muito importante para mim.

São dez da manhã e preciso ir para o local combinado. Olho pela janela, está chovendo. É sábado e minha mãe está em casa, então peço que me leve.

— Marquei com Drew. Poderia me levar ao shopping, por favor?

— Claro, quando quiser. — Ela termina o café, pega a bolsa e vamos.

Enquanto minha mãe dirige, eu a vejo muito calada, parece que hoje é ela quem ficou muda.

— Aconteceu alguma coisa? — pergunto, com certa cautela.

— Não, só estava pensando em Drew... Vocês são só amigos?

— Ele é uma pessoa muito importante para mim, mas não somos mais do que amigos — digo, distraída enquanto vejo a chuva resvalar pelos vidros do carro.

— Mas não agem como se fossem — replica ela, e tem toda a razão, embora eu não goste de admitir.

— Por acaso não posso ter um amigo?

— Não me refiro a isso. Claro que pode ter amigos, porém não esqueça que Diego é irmão dele... Quer causar problemas entre os dois? — Sei que está certa mais uma vez, mas não sei o que devo dizer ou como reagir.

— Mamãe, as coisas não estão bem entre mim e Diego — digo, com a voz tremendo.

— Vocês terminaram? — pergunta ela, me olhando triste.

— Sim, é o fim — confesso, com uma segurança que mal existe. — Chegou um ponto em que nada voltará a ser como antes. E não posso mudar os fatos, é assim.

— Não brinque com os sentimentos de ninguém, por favor, Elise. Não dê falsas esperanças.

— Mas todo mundo pode me tratar como quiser, não é? — digo, desta vez zangada ao pensar em Jack e em como a maioria das pessoas me trataram.

— Do que você está falando? — questiona ela, ignorando quantas pessoas passaram por minha vida.

— Jack, agora Diego... Parece que cada vez que me apaixono eu me lanço de olhos fechados em um abismo.

— Se isso é o que sente, é assim que vai ser, mas não meta Drew nisso tudo, ok? Quando vocês eram companheiros de quarto via-se de longe que ele gostava de você. É um bom rapaz, não o faça sofrer... nem a você mesma.

— Não farei. Mas eu o amo.

— Tem certeza disso?

Fico pensativa por uns instantes, refletindo. Chegamos ao shopping e digo a ela que voltarei de ônibus, porque não sei a hora que irei embora.

Vejo que Drew está sentado em um banco, e assim que me vê se aproxima e me abraça.

— Oi, Elise. Falei com Diego.

— O que ele disse sobre nós?

— Que ainda te ama muito, mas que entenderá se você não quiser voltar com ele. E não se importa em se manter afastado de você pra não a magoar de novo.

— Não quero repetir os mesmos erros, e por isso devo terminar com Diego... Pelo menos ele entende meus motivos.

— Entendo que você esteja zangada e ele arrependido, mesmo assim ele é muito importante para você, e faz parte de sua vida. Só queria que soubesse disso — diz, se desculpando por algo de que ele não tem culpa.

— Drew, não quero que voltem a me fazer sofrer, e muito menos as pessoas que amo.

— Não voltará a acontecer. Diego não voltará a ser tão idiota, vocês poderão ser amigos, pelo menos com o tempo...

— Há quem se engane duas vezes, mas não aprenda nem mude nunca. Já vivi esta situação outras vezes, lembra?

— O que vai fazer?

Por um momento, tenho vontade de beijá-lo. Não sei por quê; a situação ficou muito confusa. Drew é muito atraente, e é um amigo em quem eu vou confiar em todas as horas. Pela primeira vez, penso sobre dar a ele uma oportunidade, e me sinto ainda mais indecisa.

— Elise, no que está pensando? — pergunta quando vê que não consigo articular uma palavra.

— Não sei se posso dizer.

— O quê? Está agindo de forma estranha...

— Ainda não tenho meus sentimentos em ordem, mas sei que Diego e eu terminamos — sentencio, e ele me olha com a testa franzida.

— E sobre começar do zero?

— Não quero começar do zero. Às vezes, a única coisa que uma pessoa quer é seguir em frente.

— Está dizendo que quer continuar... e esquecê-lo? — pergunta, e não consegue evitar um sorriso. Não sei como interpretar esse pequeno gesto que se assemelha a esperança.

— É isso, começarei com ele do zero, mas desta vez não chegaremos a lugar algum. Talvez cheguemos a ser amigos, mas não temos nenhum futuro — e acrescento em um murmúrio: —... ou presente.

— Mas se você o ama e ele a você... — Drew está confuso e eu o compreendo. — Não entendo o que está acontecendo.

— Drew, já tirei Diego do pedestal do qual eu o admirava. — Eu me sinto um pouco mal depois de pronunciar essas palavras, mas essa é a verdade, mais clara que nunca. Quando as pessoas nos fazem sofrer, já não conseguimos vê-las da mesma forma. — Não quero que voltem a me fazer mal, e sei que não será a última vez que isso vai acontecer com Diego. Pode ser que meu caminho não esteja destinado a se cruzar com Diego neste momento.

— O tempo dirá — afirma Drew, e sei que está certo. Só o tempo dirá o que será de cada um de nós.

— O que faremos? Não vamos ficar o dia todo sentados aqui — digo para terminar com a conversa.

— Bom, como é meio-dia, pensei em ir comer. Há um restaurante muito bom, você vai gostar. O que acha?

— Claro, depois vamos ao cinema? — pergunto brincando, lembrando da última vez que estivemos no cinema.

— Melhor outro dia, ok, Elise? — Apesar de eu ter gostado do filme, não posso dizer o mesmo de Drew. E teria sido melhor se os dois tivéssemos nos divertido.

— Como quiser, tenho tempo suficiente para ficar a seu lado — manifesto, e sei que é verdade. Neste momento, estar com ele é tudo de que preciso; não quero mais nada.

— Tinha pensado em levar você a um lugar...

— Aonde? — pergunto, intrigada.

— É uma surpresa. — Fico um pouco nervosa. — Quero lhe mostrar uma coisa.

— Que aflição! Quero saber aonde iremos!

— Por enquanto, não posso dizer.

Vamos comer e, durante o almoço, falamos de mil coisas. Sei que posso falar com ele sobre qualquer assunto, e gosto de saber que temos essa confiança. Fico confortável a seu lado. E me faço a pergunta: eu o amo? A cada sorriso seu, fico mais segura da resposta.

Acabamos de comer, e a ansiedade volta a aumentar. O que será que ele quer me mostrar? Podem ser tantas coisas... Conheço Drew muito bem — não sei até que ponto, mas o importante é que confio nele. Ganhou minha confiança com o passar do tempo, e com isso, também foi surgindo um carinho muito especial.

— Vai me dizer aonde estamos indo? — pergunto antes de entrar em seu carro. Não sei se essa é uma boa ideia e por impulso não posso evitar desconfiar um pouco, mas ele é meu amigo.

— Não posso, gosto de manter a emoção até o último minuto.

— Então, não vou entrar no carro — digo, brincando.

— Venha, Elise, logo saberá. — Ele me ajuda a sentar no carro e, quando fecha a porta, só escuto o som de meu coração. — Está nervosa? — me pergunta quando vê que olho distraída pela janela do carro.

— Um pouco. Não estou acostumada a surpresas.

Chegamos a um descampado depois de uns minutos. Um antigo parque industrial agora abandonado. Espero que a surpresa não esteja aqui, porque não gosto de lugares em ruínas, nos quais você nunca sabe o que se pode encontrar.

— Feche os olhos — diz Drew, e me venda com um lenço.

— Você está me intimidando um pouco… — falo, não muito convencida de onde ele quer me levar.

— Já vai ver a surpresa. Quando eu avisar você tira a venda, ok?

Estou cada vez mais impaciente, enquanto Drew me leva na cadeira de rodas.

— Por favor, já chegamos? A espera está me deixando nervosa. — Eu me sinto mais inquieta a cada segundo que passa. Depois de alguns minutos, a cadeira freia.

— No "três", pode tirar o lenço. Um… dois… três…

Tiro o lenço e, quando vejo a parede à minha frente, fico sem ar.

Um grafite ocupa a parede toda. É meu nome, com letras dignas de um grande grafiteiro e cores vermelhas metálicas e pretas, que ficaram lindas. Na outra parede, um poema está escrito sobre os tijolos.

— Drew, você fez isto para mim? — digo, sem poder esconder a emoção em minha voz.

— Você gostou?— pergunta emocionado, também olhando para a parede.

— Estou sem palavras. Não é todos os dias que vejo meu nome escrito na parede. É a coisa mais bonita que já fizeram para mim.

— Leia o poema.

Eu me aproximo um pouco mais da outra parede para conseguir ler aquelas letras perfeitamente desenhadas. Drew fica atrás de mim.

Acordar para ver seu sorriso.
A coisa mais linda que aconteceu na minha vida.
Todo dia você me deu motivos para ser feliz,
Desde que te conheci,
É a parte mais importante de mim.
Lutaria até ficar sem forças
Para estar do seu lado.
Atrás de cada sorriso, sinto que te amo mais.
Atrás de cada lágrima mais sofro.
Não quero vê-la chorar, só quero vê-la feliz

E sempre ficar do teu lado
Superou muitos obstáculos,
E nunca perdeu a força.
Você é a luz que me ilumina quando preciso.
Deixe-me dizer que te amo
Não quero mais nada a não ser uma vida
Perto de você, a luz que chegou a minha vida
E que não quero que deixe nunca de brilhar.

Estou chorando quando acabo de ler o poema; simplesmente não consigo dizer nada. Olho para o pôr do sol que acontece diante de nós.

Antes eu duvidava e me perguntava o que seria o certo, o que deveria fazer. Agora já não restam mais dúvidas. Sei que Drew é a pessoa perfeita para mim e isso é algo que não posso nem devo ignorar.

Eu me aproximo mais dele, que se ajoelha diante de mim. Olho fixamente para ele, e sei que estou fazendo o certo. Talvez eu esteja prestes a me jogar de um abismo, talvez sob a luz do dia veja tudo de outra forma, talvez este seja um passo em falso... mas sei que não é um erro.

Tudo deveria ser assim, desde o começo. Eu não deveria ter desperdiçado tempo chorando por quem não me amava e ao mesmo tempo ignorando a pessoa que moveria montanhas para me ver sorrir. Porque é justo isso o que este garoto incrível fez por mim, e que jamais poderei valorizar o suficiente. Agora abro os olhos, enfim vejo a realidade como ela é. Vejo as pessoas como são, e não como dizem ser. Já não acredito em palavras bonitas nem quero ouvi-las, agora aprecio os pequenos gestos que fazem meu coração bater com força. Permaneci cega sobre o que era o amor verdadeiro e me deixei arrastar inconscientemente por um amor que não levaria a lugar nenhum.

Quando volto a olhar para Drew, eu o beijo e não tenho mais incertezas. A partir deste momento vejo que ele é o melhor de minha vida e que durante muito tempo... não consegui enxergar isso.

Mentiras

Na manhã seguinte a meu encontro com Drew, eu me sinto diferente. Ainda não assimilei tudo o que aconteceu. Agora que demonstrei meus sentimentos, sei que por um lado estou fazendo o correto, que é escutar meu coração, mas é impossível dissipar todas as dúvidas que me perturbam. Nisso tudo Diego também está envolvido, mesmo que nosso relacionamento tenha acabado. Sei disso desde que beijei Drew, o que não foi erro nenhum — foi o maior acerto de minha vida.

Ele demonstrou tantas vezes que me ama... E sempre olhei para o outro lado. Já com Diego, lhe mostrei meu coração e talvez ele não o merecesse. Nada aconteceu como eu esperava, nunca pensei que ele me faria tanto mal em tão pouco tempo. Mas está muito claro que não vou esperar ele me machucar de novo. Tudo acabou para Diego e para mim. Com o tempo voltaremos a ser amigos, estou certa disso, mas este é o sinal que eu precisava para saber qual caminho tomar. Drew é quem me faz sorrir sem pretensão. Sempre esteve a meu lado, me ajudou em todo momento, sempre me amou e eu nunca lhe dei uma oportunidade... Até agora. Temos muito em comum, não sei como tudo isto acabou acontecendo, não sei como acabei com Drew. Mas eu o amo. Isso é tudo o que sei agora, e nunca estive tão segura de alguma coisa.

Ontem foi um dia que me marcou para o resto da vida.

Voltarei hoje para a reabilitação e não sei o que direi a Diego, ou se apenas não direi nada. Como ele reagirá? É hora de contar tudo o que aconteceu? Não sei, mas preciso enfrentar os meus problemas, deixar as coisas claras e falar abertamente sobre tudo o que sinto.

— Elise, vamos? — chama minha mãe. Acabo de me arrumar e entro no carro. — Está mais contente desde ontem. Aconteceu alguma coisa?

— Sim, é Drew.

— Não me diga que sairá com ele agora. Elise, do que está brincando? — pergunta, preocupada e ao mesmo tempo não acreditando em minhas palavras.

— Mamãe, não quero correr o risco de uma segunda traição com Diego, não quero que ele volte a me fazer mal. Drew demonstrou que está a meu lado em todos os momentos e me ama de verdade. Sei que ele nunca me faria sofrer, me ama muito há muito tempo, mas nunca lhe dei uma oportunidade.

— Mas você acabou de começar com Diego... Nunca vou entender — diz, confusa.

— Diego é muito importante para mim, mas só é meu fisioterapeuta, ok? Ou pelo menos, agora é apenas isso para mim. Ele me fez sofrer, e se algum dia o perdoar, seremos só amigos.

— Elise, por favor, eu disse para você não fazer mal a ninguém. Agora preciso perguntar e quero que me responda com toda a sinceridade: quem você ama?

— Amo Drew — digo com os olhos fechados, enquanto meu coração se encarrega de dizer muitas coisas que andava sentindo, mas escondia.

— Até uns dois dias atrás, você não teria sequer pensado no assunto, e agora de repente diz que gosta dele. Por quê, Elise?

— Ontem pude perceber que Drew é a pessoa que mais amo, e que é muito importante para mim. Eu o amo ainda mais a cada dia que passa. Desde o primeiro dia em que o vi, soube que seríamos grandes amigos.

— Você tem dezoito anos, já é maior de idade para decidir o que fazer com sua vida. Mas não quero que façam você sofrer, e muito menos que você faça outros sofrerem. Está confusa agora, ainda não sabe por quem vai decidir. Você deveria pensar, vemos tudo diferente depois de um tempo.

— Já tomei uma decisão e vou falar com Diego hoje mesmo.

— Faça o que achar melhor para todos.

— Se Diego tivesse me amado de verdade, não teria ficado com outra garota pelas minhas costas enquanto dizia sentir minha falta...

— Isso é verdade, mas... Pense.

Ficamos em silêncio pelo resto do trajeto. Minha mãe fica calada e, diante do incômodo silêncio no carro, começo a escutar música para me afastar um pouco do mundo que me rodeia. Sei o que ela deve pensar: que estou brincando com os sentimentos das pessoas, e sei que isso é errado. Mas Diego me machucou muito e não perdoarei esse erro outra vez. Drew nunca me machucaria, porque se importa muito comigo.

Chego à reabilitação e fico um pouco insegura. Não sei o que fazer para que o golpe não seja tão forte, ou pelo menos para que Diego não fique tão mal. A única coisa que tenho certeza é de que preciso falar com ele.

— Elise, está acontecendo alguma coisa? — pergunta Maria, antes de eu ver Diego.

— É sobre Diego...

— Não me diga que terminaram — diz, com pena.

— A verdade é que sim. Ele mentiu para mim, e não quero que isso volte a acontecer...

— Bom, aqui você decide como reagir — fala, enquanto vai para o lado de uma de suas pacientes.

Eu me aproximo de Diego. Tenho tanto para lhe dizer... Mas preciso terminar os exercícios. Vim aqui para fazer reabilitação, não para discutir com ele.

— Como você está?

— Bem... Podemos conversar depois da reabilitação?

— Claro, mas por quê?

— Tenho algo importante para lhe falar...

— Não sei se vou gostar do que vai me dizer.

— Primeiro a reabilitação, ok? — Ainda tenho que decidir quais palavras vou dizer a ele, e não me importa se ele vai gostar de ouvi-las ou não.

A hora passa entre incômodos silêncios. Estamos tensos, quero fugir, e ele também, mas precisamos enfrentar isso, e decidir qual caminho tomar. Por fim o tempo acaba e suspiro aliviada de que o silêncio já não esteja entre nós.

— Vamos para a cafeteria?

— Ok — digo, de forma rude.

Não nos falamos no caminho para a cafeteria. Isto está cada vez pior, e a conversa mal começou.

Nós nos sentamos em uma mesa, afastados do ruído. Eu começo falando:

— Diego, jamais poderei me esquecer de você, mas o sentimento que tenho por você enfraquece a cada dia depois do que me contou. Todo mundo erra, mas não quero que esses erros me façam sofrer e me impeçam de seguir com a vida. Enquanto penso em você me esqueço de todo o resto, e estou prestes a começar a faculdade. Não quero mais preocupações...

— Elise, como combinado, começamos do zero. Eu te amo, mas sei que voltarei a te fazer mal, não prometo nada que não possa cumprir. Não quero mais ver você chorando, e além do mais há outra garota na minha vida.

— Depois de tudo o que aconteceu, você não deixou de vê-la? — Quando diz isso, ele só consegue me deixar mais zangada. A ira toma conta de mim, e tenho muita vontade de chorar de raiva, não de dor.

— Desculpa, mas não pude.

— Era o que eu precisava saber, não sou importante para você. Se tivesse me amado de verdade, teria largado essa garota. Sabe o que mais? Você é um idiota, por ter me machucado e continuar insistindo nos mesmos erros.

— Todos temos algo de ruim, você também. Pensa que eu não sei o que aconteceu com Drew?

— Ele lhe contou... — digo, incrédula.

— Ele disse que tinha feito um grafite, faz uma semana mais ou menos. Apesar de não me contar mais nada, sei que ele te ama, isto foi tudo o que me disse. Por acaso aconteceu algo mais?

— Ele me mostrou ontem o grafite. Eu me deixei levar pela emoção e o beijei... Mas sabe? Depois de tudo, sei que fiz o certo. É com ele que eu deveria estar.

— Sabia como você iria reagir quando ele te demonstrasse o que sentia. Agora vejo que não me enganei.

— Nós dois não funcionamos, e ambos sabemos disso. Agora vejo que não chegaríamos a lugar nenhum. Cada um encontrou uma pessoa especial, talvez as coisas estejam melhores assim. Você é meu fisioterapeuta e poderia ser algo mais, mas me traiu. Agora vejo que não temos nem presente nem futuro.

— Quer me dizer mais alguma coisa? — pergunta Diego, e vejo sofrimento em seus olhos acinzentados.

— Você era tudo para mim... Foi muito importante para mim, e isso diz algo a respeito do que tivemos um dia, de todo o sentimento que foi jogado ao vento. Não quero que se zangue comigo.

— Comecei agindo errado, porque não terminei com Kelly quando acabei o estágio. De fato, me arrependo de tudo o que aconteceu. Eu não deveria ter saído com ela e muito menos ter dado falsas esperanças a você. Sinto muito. Mas... prometa que amará Drew como me amou. Ele te ama e daria qualquer coisa por você. Nosso relacionamento terminou, mas não ficarei zangado com você por ficar com Drew — declara, com uma mistura de emoções.

—Pensei que você era o meu mundo, mas agora percebo que você só foi meu maior incentivo, mas também talvez a minha maior dor.

— Por quê?

— Porque eu te amava, e sei que nunca poderei me esquecer de você, mas precisava terminar tudo.

— Quando acabar a reabilitação, deixaremos de nos ver. Só restam mais alguns meses para que você possa se esquecer de mim, e viver como se eu nunca tivesse existido.

— Mas enquanto isso teremos que nos ver, e me dói saber que nada será como antes. Não queria que terminasse assim. Penso nos dias em que você dizia me amar — digo. — Está me dizendo que foi tudo uma mentira? Nunca me amou?

— Eu quis terminar com Kelly, mas não consegui.

— Por que enganou a nós duas?

— Não sabia o que estava fazendo. Quando compreendi... Era tarde demais.

— Sabia perfeitamente que me machucaria muito e ainda assim continuou com seu jogo. Espero que seja feliz com Kelly e que não a machuque também.

Estou chorando quando volto para o carro. Minha mãe não diz nada, não quero que falem comigo, só que me escutem. Tudo se complicou tão rápido... Até pouco tempo atrás, eu pensava que o mais difícil da minha vida teria sido o acidente. Mas agora percebo como o amor me destruiu tantas vezes. Só quero que seja diferente uma única vez. O que mais me machuca de tudo isto não é a traição, e sim as mentiras, o fato de ele estar com outra garota enquanto eu chorava por não poder vê-lo, outra garota que também foi enganada. Por que ele disse que me amava? Por que me enganou? Por que não me falou a verdade? As perguntas não param de se repetir, mas não estou disposta a escutar a resposta. Não pretendo mais ser um brinquedo, nem para ele nem para ninguém, nunca mais.

Já não me restam mais lágrimas a derramar no retorno para casa. No início as lágrimas saem com força e, depois de um tempo indefinido, vão enfraquecendo e finalmente só tenho forças para soluçar. Eu me sinto esgotada, e muitos caminhos em minha vida vão se fechando conforme passo por eles. O tempo é que dirá o que vai acontecer entre Diego e eu. Por enquanto, minha única conclusão é que tudo se resumiu a uma grande mentira: ele mentiu para mim, e eu acreditei nele, e apesar de tudo sempre o amei.

De viagem

Depois do que aconteceu ao longo dos últimos dias, sinto que preciso me esquecer de tudo. Ao pensar nos demais, esqueci de pensar em mim mesma, e isso é algo que não posso permitir. Então, olho no calendário que dia é amanhã. É meu aniversário! Como pude esquecer? Definitivamente, tenho tantas coisas nas quais pensar que, no fim, acabo me esquecendo de parte dos problemas.

Passo toda a manhã escrevendo, em uma tentativa de colocar meus pensamentos em ordem. No final da tarde, acabo de compor uma canção. Talvez não seja a que mais me satisfaça, mas serviu para que eu me perdesse nas notas musicais, pelo menos por um tempo.

Quando minha mãe bate na porta, percebo que continua me olhando com a mesma expressão preocupada, ou pelo menos confusa, a mesma que tomou conta de seu rosto no transcorrer dos últimos dias.

— Elise, quer falar sobre o que aconteceu? — pergunta enquanto se senta ao meu lado na cama e acaricia minhas costas. Olho fixamente para o chão.

— Por enquanto, acho que o mais sensato é colocar meus sentimentos em ordem.

— Para começar — diz, adotando um tom mais sério —, deve definir quem você ama de verdade. E não me refiro àquele que você acha que gosta mais. Nada disso, amor é algo muito mais profundo do que isso. Temo que você esteja confundindo as coisas.

— Drew significa tanto para mim… — digo enquanto volto a pensar nele. — Durante muitos meses esteve ao meu lado e sempre me disse o que sentia por mim de alguma maneira. Mas eu não quis escutá-lo, por medo de me confundir ainda mais. Ou talvez porque penso que ele é uma daquelas pessoas que vale a pena ter ao lado, e não me permitiria fazê-lo sofrer, já que não merece — reflito. — Sei que o mundo precisa de muito mais gente como ele. Pessoas que, com sua alegria e otimismo, contagiam e provocam sorrisos.

— Quem sou eu para discutir sobre suas escolhas ou para questionar seus sentimentos por Drew? Você continuará vendo Diego; sabe como agir em relação a isso? As coisas já não serão como antes. Não esqueça que, deixando de lado o que significam para você, os dois são irmãos.

— Mamãe, entendi que, entre ele e eu, não deve haver mais nada além de uma relação de paciente e fisioterapeuta. Como deveria ter sido desde sempre — acrescento para mim mesma. — Ainda que eu tente, sei que há erros que custam muito para serem perdoados. O fato de ele estar saindo com outra garota enquanto dizia me amar é ainda pior. Tento encontrar uma explicação mais ou menos razoável, mas não consigo.

— Na verdade, ele não a amava tanto quanto dizia… Caso contrário, claro que não teria agido assim. Teria pensado duas vezes antes de agir. Mas às vezes, sem intenção, acabamos machucando as pessoas de que mais gostamos.

— Se ele tivesse me amado de verdade, não teria me enganado, e nem sequer teria pensado nisso — reflito. — Além disso, pelo que ele me disse, sei que os dois não deixaram de se ver. Ele não ficou tão afetado assim por eu ter saído de sua vida.

Minha mãe me olha, sem compreender nada.

— Como assim eles continuaram a se ver depois de vocês estarem saindo? Então, não foi apenas um deslize — conclui, irritada.

— Diego continuou vendo a outra garota, e esse é apenas mais um motivo para eu me sentir traída. Agora já não me sinto tão ferida, porque a raiva já passou, mas isso não exclui o impacto que suas palavras geraram em mim.

Durante alguns minutos, minha mãe apenas me encara sem se atrever a falar, até que finalmente diz:

— Elise, gostaria que escutasse o que penso sobre Drew... — Ela titubeia, sem saber o que será mais apropriado neste momento. — Você deveria dar um tempo com os dois. Parece que já tomou uma decisão, e vejo que tem sentimentos por Drew, mas tem certeza de que o ama? Pensou bastante? Mesmo assim, seu término com Diego é muito recente... — Ela para de falar, como se quisesse saber o que penso a respeito de tudo isso, mas permaneço em silêncio. — Não brinque com alguém que te ama de verdade. Pense bem antes de tomar decisões que podem ser mudadas ao serem analisadas com frieza. Não se lance ao desconhecido se não tem segurança suficiente, porque o mais provável é que você caia e se machuque. E não quer sofrer mais, não é? — conclui e eu assinto, totalmente de acordo.

— Compreendo o que quer dizer, sei que ainda é cedo demais para decidir se começo a sair com Drew. Sei que já não tenho com ele aquela amizade do começo, e há mais sentimentos envolvidos, mas por outro lado, foi tudo muito recente e preciso de tempo para pensar e digerir a situação.

— Pode me relembrar quanto tempo durou a relação com Diego? — Não sei se ela está perguntando para me ajudar ou para criticar minhas atitudes.

— Durou apenas uma semana. Antes que ele me contasse sobre a traição, eu sabia que algo ia mal, mas preferi ignorar. Penso que o melhor teria sido que ele dissesse a verdade antes de me dar o primeiro beijo. Teria economizado algumas lágrimas e também evitaria que eu alimentasse falsas esperanças — afirmo com tristeza. — Desde ontem, quando soube quem eu fui para ele, sinto que é impossível enxergá-lo com os mesmos olhos. — De repente volta à minha mente a advertência feita por Silvia quando soube que eu gostava de Diego; um conselho que não escutei. Ela me avisou, mas eu estava tão cega pelo simples fato de que acreditava amá-lo, que não a escutei. Estava tão iludida e, claro, pensava que tudo daria certo. Porém, dificilmente as coisas são do jeito que pensamos, e voltei a confirmar isso.

— Elise, sinto que você está ausente... — diz minha mãe, interrompendo meus pensamentos. — Posso saber no que está pensando?

— Quando confessei que gostava de Diego, uma enfermeira me disse para ter cuidado com ele. Você se lembra de uma enfermeira muito simpática com quem eu costumava conversar? — Ela nega, e explico com mais exatidão: — A enfermeira do turno da noite. Éramos amigas, de fato, era uma das pessoas com quem eu me dava melhor. Ela já se apaixonou por Diego, mas a relação dos dois também não funcionou.

— Arrepender-se do passado não ajuda a avançar, por isso não se lamente — diz, e a compreendo. — Agora, você vai me ouvir?

— O que quer me dizer? — pergunto, sem saber para onde a conversa se encaminha.

— Diego e Drew são irmãos e, ainda que os conflitos entre parentes sempre existam, imagine como será sua relação depois de tudo isso. Ainda que ninguém queira falar do que aconteceu, haverá barreiras entre eles, ou não. O que acontecer entre eles, somente os dois saberão.

— Entre eles não há por que mudar nada — afirmo, ainda que não esteja muito convencida disso. — Diego não fez nada para estar a meu lado, enquanto Drew foi sincero comigo desde o primeiro momento.

— Elise, não considerou nem mesmo uma vez que talvez você seja apenas um jogo para eles? — Ela levanta essa hipótese e me deixa pensativa.

— O que quer dizer com um jogo? — Não sei se me convém entender o significado real de suas palavras.

— Com certeza não é o caso, mas falo de apostas. Eles podem ter apostado para ver quem sairia primeiro com você.

— Não acho que se trate disso, seria muito ruim da parte de ambos. E acho que Drew na verdade sempre soube que não seriamos só amigos...

— Só sugiro que desconfie dos dois, pelo seu próprio bem — diz, e começo a entender ao que se refere. — Se Diego a machucou, o que a faz pensar que Drew não fará o mesmo?

— Ele me ama — afirmo com um convencimento que nem sabia que existia. Minha mãe suspira, se dando por vencida.

— Diego também te amava, segundo ele. Era assim, não? E pode me dizer como tudo terminou? — diz, cruzando os braços. Mais uma vez você está chorando.

— Drew é diferente, além disso, nós nos conhecemos. Por enquanto continuamos sendo amigos… — respondo, me enrolando em minhas palavras.

— Você o beijou! Agora vai me dizer que beija os seus amigos? — questiona, com um riso irônico.

— Certo, admito, há algo mais entre nós. Mas sempre seguiremos sendo amigos.

— Não dê falsas esperanças a ninguém! — pede, claramente alterada. — Decida de uma vez, é ele ou não, não tem meio-termo. Mas não o faça sofrer. É perigoso e cruel brincar com os sentimentos de alguém.

— No meu lugar, como você teria agido? — pergunto.

— Depende dos sentimentos. Com o tempo entenderá que, se o que você precisa é ficar com Drew e se o que sentem é sólido, ficarão juntos. Mas enquanto isso não lhe dê esperanças demais. Você tem sido muito rápida. Confiou nele, mas quando a base da relação começa justo depois de problemas, não se sabe o que pode acontecer.

— A realidade é o que é. Diego segue com sua namorada e agora que sei disso não me resta outra coisa a não ser esquecer dele. Mas ninguém disse que eu teria que seguir adiante sozinha.

— Vejo que você tem muito em que pensar — sentencia minha mãe, enfim. — Diego pode ter sido muito importante, mas você precisa ser capaz de ver a realidade tal qual se apresenta. Ele seguiu com a vida, a única coisa que você deve fazer é continuar com a reabilitação — diz enquanto vai para a porta. — Aliás, por que não tem falado com Clara estes dias?

— Não quero falar dela agora… — falo, tentando fazê-la desistir, mas ela insiste.

— Por quê?

— Disse que não quero continuar falando... — rosno, enquanto olho pela janela.

— Como quiser. Seja feliz guardando seus segredos ... — responde enquanto sai.

— Clara não é mais minha amiga, não depois da maneira como falou na última vez que me visitou — confesso.

— Imaginei. Depois dessa visita, percebi que você ficou zangada.

— Sinceramente, a última coisa que quero fazer é continuar falando disso. — Dou-lhe as costas, mas ela continua me olhando.

— Faz muitos dias que não vamos juntas a nenhum lugar. Sei que você já é maior de idade, mas será sempre minha filha e também sinto saudade do passado... — diz, com um sorriso.

— Aonde quer ir? — pergunto diretamente.

— Poderíamos ir ao interior visitar a família...

— Faz tanto tempo que eles não me veem... — tento puxar pela memória a última vez em que nos vimos, mas não lembro do ano em que fui visitá-los.

— Por isso mesmo quero lhes fazer uma visita. Tenho certeza de que seu primo se alegrará muito de rever você. — Minha mãe tem a esperança de que eu goste de sua proposta e me parece errado recusar. Mas aconteceram tantas coisas que não sei como os parentes vão reagir quando me reencontrarem.

— Duvido que se alegre ao me ver neste estado. — Aponto para a cadeira de rodas.

— Ele está afetado pelo seu acidente. Ligou há alguns dias, mas como você não queria conversar, pensei que seria bom que voltassem a se ver depois da sua alta.

Após pensar um pouco, digo:

— Está bem, reconheço que tenho vontade de saber como eles estão.

— Então, o que acha de começar e fazer as malas?

— Assim, sem avisar? — pergunto, surpresa. Desde quando minha mãe toma decisões sem pensar?

— Já os avisei há alguns dias que iríamos hoje, mas queria que fosse uma surpresa...

— Papai também virá conosco, não?

Ela assente e se dirige ao armário para pegar as malas, que estão nas prateleiras mais altas.

— Ficaremos um fim de semana — me informa. — O que você acha?

— Estou feliz por voltar a ver meus primos, passou muito tempo desde a última vez que estivemos juntos — digo, relembrando.

— Não está esquecendo algo?— pergunta, mas não lembro de nada. — Amanhã é o seu aniversário! Tem melhor maneira de comemorar o aniversário do que com a família?

— Vendo dessa maneira, me faz mais feliz — confesso com um sorriso.

O tempo passa depressa enquanto guardo as roupas na mala e espero impaciente a chegada de meu pai.

Esta foi apenas a primeira surpresa antes de meu aniversário.

Devo admitir que só vi esses primos em algumas ocasiões, como festas, tendo em conta de que moramos afastados. Ainda assim, gosto de estar na companhia de Tom e Pablo. Espero que essa fuga ao interior sirva pelo menos para que eu esqueça as experiências vividas nos últimos tempos.

Meu pai chega por volta das sete da noite e começa a colocar as malas no carro.

— Ansiosa para vê-los? — pergunta, quando me vê sorrindo.

—Claro! — digo, contente. — Faz muito tempo que não vejo Tom — respondo com minha alegria costumeira.

— Você tem mais dois primos, ou já se esqueceu de Marta e Pablo?

— Sempre tive uma relação melhor com Tom, fomos amigos desde pequenos. É uma pena não termos conversado mais.

Antes de entrar no carro, me certifico de que levo tudo o que é importante para mim. A viagem dura em torno de quatro horas. Passo grande parte do tempo lendo, mas quando chegamos meus pais precisam me acordar, porque acabei adormecendo.

É noite fechada e o vento frio faz meus ossos tremerem. Olho ao redor, para as árvores e as casas rústicas que enfeitam o lugar, e sinto como se cada detalhe me levasse de volta à infância. Retorno aos verões que passava ali e aos bons momentos que vivi. Recordo 1001 dias que passei com Tom, Pablo e Marta. De repente volto a ter sete anos e passeio de bicicleta por todo o povoado durante as tardes de verão ensolaradas. Mas já passou muito tempo depois disso. Regresso ao presente, e apesar de já ser noite, não é difícil distinguir as silhuetas da paisagem. Ainda consigo reconhecer o que tenho diante de mim. Se a memória não me engana, lembro que a casa de meus tios fica alguns metros adiante, é aquela casa de pedra que tem uma fachada branca e o número trinta. Sigo reto, a poucos metros da casa de meus avós. É surpreendente como me lembro de todos os detalhes, como se o tempo não tivesse passado.

— Aonde vamos? — pergunto a minha mãe, que leva as malas atrás de mim.

— Para a casa dos seus tios.

Continuo avançando e, assim como em minhas lembranças, vejo Tom saindo pela porta. Ele mudou tanto que mal o reconheci, mas sei que é ele. É muito mais alto do que eu lembrava, mas ainda conserva os mesmos traços, já que isso o tempo não pode apagar. Seus olhos continuam sendo da cor de canela, e seu cabelo de um marrom escuro, quase preto.

— Elise! — cumprimenta assim que me vê, e logo me abraça. — Você está linda! — Meus pais sorriem atrás de mim. Depois, Tom cumprimenta a todos com o mesmo entusiasmo e sei que se alegra que tenhamos vindo.

— Entre em casa, está frio — diz para mim, com um sorriso largo. — Acho que temos que colocar o papo em dia.

Reencontros

Entro na casa, que continua exatamente como em minhas lembranças, e encontro meus tios, Mateo e Samanta. Ao me ver, os dois sorriem e me abraçam. Sempre tiveram um grande carinho por mim e, ainda que não nos vejamos há muito tempo, também foram importantes para mim.

— Como você está, meu amor? — cumprimenta Samanta.

— Estou muito contente de poder visitar vocês — respondo, sinceramente.

— Quando soubemos do acidente, queríamos ter ido ver você, mas achamos que você poderia vir para o seu aniversário. — Depois de conversarmos durante um tempo e de me fazerem mil perguntas sobre meu estado atual de saúde, vou para perto de Tom.

— Aconteceram tantas coisas... — digo enquanto minhas lembranças me trazem a imagem de uma pessoa que formou parte de meu passado. — Não sei nem por onde começar.

— Conte o que aconteceu de mais importante nos últimos anos — sugere.

— A última coisa que me aconteceu foi o acidente, e me machucou muito, de verdade. Pelo menos o suficiente para eu mudar e seguir adiante, ainda que por vezes não consiga encontrar as forças necessárias.

— Agora que voltamos a nos ver, sinto que não a reconheço.

— Por que não reconhece? — pergunto, curiosa para saber o que é que chamou sua atenção.

— Fiquei surpreso quando a vi chegar com a cadeira de rodas. Entenda que causa um certo impacto ver você, uma pessoa que sempre foi saudável, em uma cadeira de rodas — explica. — Apesar de tudo, me sinto feliz em ver como pôde sair da situação. E o mais importante agora é que você está aqui no povoado outra vez. Ainda lembra dos verões que passou aqui?

— Claro que lembro. Mesmo tendo passado muito tempo desde então, há momentos que a gente não esquece — respondo, com um sorriso. — Passei muitos verões aqui, e agora me alegro por ter voltado. E como estão Pablo e Marta?

— Também mudaram muito, mas é o que acontece com o passar do tempo. Marta está viajando pelo exterior, porque acha que é uma boa oportunidade para aprender inglês. Ela parecia feliz com sua nova vida quando nos falamos — conta ele. — E sobre Pablo, se quiser, podemos ir vê-lo amanhã — propõe e sorri. — Agora me conte mais de você, sinto que perdi muitas coisas.

— O que mais me marcou de verdade foi o acidente. Esse período foi o que mais me marcou, também me ensinou a lutar e ser forte. Mesmo que o preço a pagar por isso seja estar em uma cadeira de rodas e não poder andar, devo confessar que também vivi muitos momentos mágicos — respondo, com um sorriso largo. — A vida não é só um vale de lágrimas.

— Não sabe o quanto que eu a admiro, Elise. Você é uma pessoa lutadora, sei que sempre foi, mas quando precisou de verdade, teve coragem suficiente para não se render. — Depois faz uma pausa e volta a falar. — Sabe o que eu acho? Com o tempo, você poderia voltar a andar, já pensou? — diz, e penso que sim, que já imaginei e que tenho sonhado com isso por muitos dias... ainda assim, devo ser realista.

— Ninguém sabe ao certo o que vai ser de mim — falo.— Quem sabe algum dia tudo não volta a ser como antes.

— Você deve pensar que vai melhorar ou, no mínimo, que continuará como agora. Nos últimos dias, qual foi seu pior momento? — pergunta, e me deixa desconcertada. De toda forma, tenho certeza do que vou dizer.

— Sem dúvida a noite do acidente foi um marco entre o antes e o depois. Nada havia me impactado tanto. Mas... Por que me pergunta sobre o pior momento, quando os bons ainda existem? — questiono, sem entender por que alguém gostaria de fazer alusão aos maus momentos, aqueles que jamais esquecemos porque nos marcam tanto.

— Nem tudo é um sonho, mas isso lhe fará valorizar mais e entender a verdadeira importância dos dias bons — diz, e entendo sua mensagem. — Agora, me diga, qual foi seu melhor momento?

— Esses não posso nem enumerar, pois foram tantos ... — respondo relembrando milhares de instantes especiais. Sei que não poderia escolher nenhum deles, porque todos, em maior ou menor grau, foram importantes para mim.

— Está vendo? Ainda que os bons momentos demorem para chegar, sempre existem, e no final, quando você se lembra deles, percebe que no fundo houve mais dias bons que ruins.

— Você tem razão. Agora me lembro por que gostava de falar contigo — falo. — E o que fez da vida durante esse tempo? — pergunto, com interesse.

— Acabei a faculdade, e fora isso não há muito mais para contar.

— É uma notícia incrível! — exclamo, orgulhosa por ele. — Vou começar esta nova viagem em apenas uma semana...

— Não fique nervosa, existirão muitas dúvidas no início e você vai se sentir um pouco perdida e desorientada, vai até reconsiderar a sua escolha. Mas depois percebe que tudo é melhor do que parece no início. Contanto que tenha escolhido algo que deseja fazer, claro.

— Você estudou o que faz você feliz — digo, e vejo que sorri. — O que acha que eu poderia fazer?

— Pense simplesmente no que a faz feliz — aconselha. — Você não gostava de música?

— Sim, mas acontece que agora também gosto de escrever. Justo antes do acidente comecei a pensar que escrever me ajudaria, e com o passar dos dias só confirmei o que já sabia.

— Se você gosta de escrever e também gosta de música, pode combinar ambas paixões, conforme preferir.

— E você, o que estudou? — pergunto, porque não me lembro se chegou a me contar alguma vez.

— Estudei ciências, me especializando em laboratório. E acredite em mim: quando você estuda o que gosta, não há nenhum trabalho difícil que faça você desistir, porque terá certeza de que ali é onde gostaria de estar.

— Ainda me parece estranho ter chegado a este ponto, onde vejo que tudo está cambaleando e tenho dúvidas sobre qual caminho seguir... — digo, suspirando — Há alguns anos, eu nem sequer pensava no que queria estudar. Acreditava que me dedicaria à música e que, portanto, meu mundo giraria em torno disso. Parece mentira como tudo pode mudar, não é? E se somarmos o acidente a tudo isso, as mudanças são ainda mais impressionantes.

— Sempre surgem imprevistos, vão continuar surgindo. Mas é preciso enfrentá-los e criar novos planos à medida que os antigos vão sendo derrubados.

Olho ao redor da sala enquanto ele fala, e milhões de recordações retornam a minha mente quando vejo cada foto familiar: festas de aniversário com os amigos do povoado, reuniões familiares, dias no campo, na piscina, passeando de bicicleta pelo bosque, recolhendo cerejas ou maçãs quando era a época...

— Você está pensando no passado, não é? — pergunta Tom, ao notar que meu olhar viaja entre os retratos.

— Estava relembrando justamente quando aprendi a andar de bicicleta, e que a partir daquele dia todos os primos íamos ao bosque pedalando.

— Se quiser, antes de você ir embora, poderemos voltar ao bosque. Ainda que fique por poucos dias, podem acontecer mil coisas em pouco tempo, não é?

— Quando me disseram que viríamos, eu me alegrei, porque sentia muita saudade.

— Eu também senti saudade. Você sempre soube que é muito importante para mim, e sei que não podemos nos permitir ficar tanto tempo sem nos falarmos, ok?

— Estava pensando isso hoje mesmo. Quanto tempo passou desde que nos vimos pela última vez?

— Acho que foram dez anos... Talvez menos, não sei. Não me lembro — diz, tentando puxar pela memória.

— Seja o tempo que for, parece uma eternidade.

O tempo passa e, quando acredito que o assunto acabou, Tom me surpreende com uma pergunta:

— Por que você nunca mais voltou?

— Comecei a sair com más companhias e deixei que me influenciassem — confesso, com certo arrependimento. — Você se lembra de Jack?

— Das poucas vezes que você me falou sobre ele, sei que não é exatamente um garoto exemplar — diz, e concordo. — No entanto, você não deveria ter deixado que as companhias com quem andava afetassem sua personalidade. Para ser sincero, preciso lhe dizer que aquele garoto não era o melhor para você, e quando soube que tinham terminado, por mais cruel que soe, me alegrei. Ele não merecia você.

— Nada disso me importa agora, Jack já ficou no passado. Ele diz que mudou, mas eu também mudei.

— Voltou a falar com ele para ter certeza de que mudou? — pergunta Tom.

— Depois que meu fisioterapeuta saiu do hospital, Jack ocupou sua vaga. No início, não podia acreditar que ele tivesse voltado à minha vida, e ainda menos quando me pediu uma segunda oportunidade. Mas depois de tudo o que vivi, tinha certeza de que não voltaria com ele, por mais palavras bonitas que me dissesse. Às vezes as palavras não servem para nada.

— No fim das contas, você é a dona de suas decisões, e se não quer estar ao lado de uma pessoa, ninguém pode obrigá-la. Estou certo de que Pablo ficará muito feliz em ver você — diz, mudando de assunto.

— Embora eu costumasse discutir bastante com Marta, não deixo de gostar dela.

— Vocês estavam sempre discutindo, e por coisas sem importância... — lembra ele, rindo.

Conversamos sobre o passado e percebo que é agradável relembrar os momentos vividos. Eu me sinto nostálgica estando aqui, e feliz de falar novamente com meu primo.

Meus pais e tios estão na cozinha. Agora jantaremos e suponho que continuaremos com a reunião familiar. Ao terminar de preparar a ceia, sentamo-nos ao redor da mesa e me sinto o centro das atenções, o que seria um pouco incômodo se não fosse por estar rodeada de pessoas da família.

— Já pensou onde vai estudar? — pergunta meu tio.

— Consegui uma vaga na universidade de letras e literatura.

— Mas você não gostava de música? — diz, estranhando minha resposta.

— É verdade, mas também gosto de escrever. — Sem querer, meu tom de voz denota que não tenho vontade de falar disso, então sorrio para suavizar a expressão.

— Você quer ir ver Pablo amanhã? — pergunta Samanta.

— Claro, tive pouco contato com ele nos últimos tempos.

A noite passa entre conversas animadas e uma ou outra novidade. O ambiente é mesmo agradável e mal tenho consciência das horas. Percebo que o tempo passou e que perdemos muitos momentos da vida de cada um. A distância não é nenhuma desculpa para não nos vermos. O que nos distanciou de verdade foram os caminhos que seguimos com o passar dos anos. Assim, cada qual foi fazendo sua vida. Marta está estudando inglês e me alegro que tudo esteja indo bem, porque ela sempre se esforçou pelo que queria. Quanto a Pablo, estudou e seguiu em frente, o que é bastante, levando em conta que nunca gostou de estudar.

Sinto que foi bom falar com eles, mesmo que sejam parentes distantes sempre tivemos uma boa relação. Pelo que me lembro, sempre me trataram com apreço e os melhores verões de minha vida passei no povoado.

Já passa de uma da madrugada e começo a ficar cansada. Tom me acompanha ao quarto, que fica no térreo, portanto não preciso fazer esforço nenhum com a cadeira de rodas.

— Lembra de quando éramos pequenos e você teve medo de ficar no quarto sozinha?

— Sim — digo, rindo ao relembrar dos sustos. — Tinha medo dos ruídos que ouvia. E depois soube que era apenas uma coruja.

— Chegou até a me acordar. Estava aterrorizada, então acompanhei você ao quarto e vimos que, atrás da janela, estava uma coruja em uma árvore, que olhava fixamente para você.

— Eu era muito medrosa — reconheço.— Mas com os anos os medos mudam; alguns desaparecem e outros surgem.

— Sabe, desde que você chegou eu me sinto como naqueles dias... Não quero voltar a perdê-la, Elise.

— Nunca mais vai acontecer — prometo, e o abraço. — Bom, vou dormir. Estou cansada, foi uma longa viagem... — digo, bocejando.

— Estava pensando em ver um filme. — Assim que ele diz isso, sinto que o sono me abandona. Gosto da ideia de voltar a assistir filmes com meu primo. Ele também gosta de cinema, é um passatempo que ambos compartilhamos e ainda lembro das noites nas quais víamos dois ou mais filmes antes de dormir.

— Tinha pensado em ver um de terror... — diz, brincando, e continuo com o jogo.

— Se é assim, então vou dormir — respondo, rindo.

— Como quiser, você não sabe o que está perdendo. — Ele se faz de ofendido.

— O que escolheu? — pergunto. Não me fala o título, apenas traz o DVD portátil e o coloca na escrivaninha. Eu me deito na cama e ele se senta ao meu lado.

Tom escolheu um filme do qual já ouvi falar. Na verdade, Clara tinha me recomendado, mas não encontrei nenhum momento para vê-lo antes.

Quando acaba o filme, desligo o DVD e vejo que Tom está deitado dormindo profundamente. Decido não o despertar e finalmente adormeço ao seu lado. Como nos velhos tempos.

Festa

Tom não está a meu lado quando acordo. Olho ao redor e de repente sinto como se tivesse voltado à infância, àquelas noites que passava com meus primos. Com o tempo, nos perdemos muito uns dos outros.

Vejo a porta se abrir e Tom entra com uma bandeja, que coloca em cima da cama.

— Parabéns, Elise! — diz, com alegria. — Quer melhor maneira de começar o dia que com um café da manhã na cama?

— Eu não esperava por isso, muito obrigada, Tom! — falo, surpresa. Ele me dá um abraço enorme e eu sorrio.

— Dezenove, não? — pergunta. — Mas saiba que sempre será mais nova que eu, prima. — Gosto de ter o Tom brincalhão a meu lado, que me faz sorrir sem intenção. — O que acha de, depois de tomar o café, irmos ver Pablo?

— Seria ótimo, e já que é caminho, poderíamos passar pelas hortas antes de chegar ao bosque.

— Hoje é o seu dia, por isso iremos aonde você quiser — diz, se sentando a meu lado.

— Sentirei saudades de andar de bicicleta. — Olho para a cadeira de rodas e, apesar disso, sorrio.

Tomamos o café e depois saímos de casa. São apenas nove da manhã e ontem fiquei vendo o filme até tarde, até cheguei a me emocionar com o final! Mesmo que agora tenha muito sono, a alegria de voltar a ver Pablo é maior que o cansaço.

O ar fresco da manhã me ajuda a acordar. À medida que passamos pelas ruas vou relembrando dos caminhos que havia deixado para trás. Tudo continua como em minhas lembranças. Agora há mais árvores que nos rodeiam, mas o caminho é o mesmo.

A essas horas, o povoado ainda está acordando. Eu me lembro de todas as manhãs em que saí para ver o amanhecer aqui.

As pessoas me olham, algumas se lembram de mim, outras simplesmente não sabem quem sou. Em um povoado, a maioria das pessoas se conhecem, por isso não acho estranho que as pessoas que me conheciam se surpreendam ao ver meu estado atual.

Ouço alguns murmurinhos e as piadas habituais. Ainda que não queira, não posso evitar ouvir algumas conversas alheias, que dizem coisas como: *Aquela não é Elise, a garota da cidade que passava sempre os verões com os tios? Ou também: O que terá acontecido?*

Paro de prestar atenção nas conversas das pessoas que passam por mim. Algumas delas me cumprimentam, outras apenas me ignoram, algumas por vergonha, mas principalmente porque se passou muito tempo.

Em alguns minutos, chegamos à casa de Pablo, que quando sai não acredita no que vê.

— Elise? — pergunta, confuso, ao abrir a porta.

— Quem você esperava que fosse, Pablo? — Tom o repreende quando vê sua reação.

— Perdão, mas é que... está muito mudada! Quase não reconheci você. — E quando enfim reage, me abraça e me convida para entrar. Tom vem atrás de mim e chama a atenção dele.

— E eu, não me cumprimenta?

— Sinto muito, é que não esperava vê-la — diz. — Ainda não acredito que estou vendo você. — Repito uma vez mais minha história e depois ele me pergunta: — Quanto tempo vai ficar na cadeira de rodas?

Tom se apressa em responder por mim:

— Certamente, ela prefere não falar disso hoje. — Em seguida, faz um gesto para que se cale.

— Está tudo bem — digo, com um sorriso.

— Mas agora você está melhor, não está? — pergunta Pablo, preocupado.

— Se não estivesse, continuaria no hospital, não acha?

— Hoje é aniversário dela — diz Tom para evitar continuar falando do acidente.

— Tom me disse isso há uns dias, mas eu tinha esquecido! Felicidades, linda! Quantos anos?

— Dezenove — respondo com um sorriso.

— Parece mentira que o tempo passe tão depressa... — diz. — O que quer fazer hoje?

— Seria bom ir às hortas, ao limite do povoado, logo antes de chegar o bosque. — Saímos e percorremos o último caminho que fiz quando estive ali. Está tudo igual, com a exceção de que algumas ruas deixaram de ser de terra nos últimos anos e passaram a ser asfaltadas.

— Adoro esta paisagem, é maravilhosa. — A paisagem é a única coisa que não mudou.

— É algo que não se vê com frequência na cidade — afirma Pablo. — Você se lembra da manhã em que apostamos uma corrida?

— Não, não lembro — digo, depois de pensar por uns segundos.

— Depois do que aconteceu, na sua situação eu não teria me esquecido. Você sim se lembra, não é, Tom? — Este confirma, e eu fico pensativa sem saber do que estão falando.

— Você estava tão contente porque tinha ganhado a corrida que não prestava atenção por onde andava. Então, caiu em uma horta. Os cachorros saíram da casa e começaram a latir, depois saiu o dono e deu uma tremenda bronca por ter destroçado seus espinafres — relembra Tom, rindo.

— Acho que agora me lembro. — Fico um pouco envergonhada, mas rio, porque a situação é cômica se vista de fora. Não são todos os dias que cachorros me perseguem até chegar em casa. — Como vocês lembram disso?

— Quem esteve junto não esquece coisas assim — afirma Pablo.

É meio-dia, hora de comer, e nós ficamos no centro do povoado, em um restaurante a que fui algumas vezes quando pequena. Agora o lugar é mais moderno e atual, com outros proprietários.

Quando acabamos de comer e vamos embora, já são quase cinco da tarde. O dia passa voando, e eu gostaria que fosse sempre assim.

— Temos mais algum lugar para ir? — pergunto com curiosidade.

— Há um pequeno museu, a um quilômetro daqui, mas não sei se você vai se interessar...

— Sempre gosto de aprender algo novo — eles concordam e em apenas meia hora visitamos o museu. Como Tom disse, é um lugar pequeno que não tem muito para ver, mas ainda assim, me parece interessante.

— O que achou do dia? — pergunta Pablo.

— Adorei, é bom lembrar os bons momentos.

Ficamos para jantar em um bar perto do museu. Quando acabamos, achei que voltaríamos para casa, mas pelos seus olhares de cumplicidade sei que ainda não têm intenção de retornar.

— Aonde vamos? — pergunto, sem saber aonde me levam.

— Como sabe que iremos a algum lugar? — diz Tom. — Não dissemos nada...

— Estão se olhando o tempo todo, e além de ser um sábado à noite, é meu aniversário — respondo. — Acham mesmo que vou acreditar que estamos voltando para casa?

— Está certa, você nos pegou. Vamos a um lugar, mas não vou lhe dizer aonde. Só peço que entre no carro — diz Pablo.

— Você tem carro? — Não sabia que ele tinha tirado a carteira de motorista.

— Para sua informação, sim, eu consegui. Além disso, é um trajeto curto.

Entro no carro e durante mais de vinte minutos ninguém fala nada. O silêncio pode ser incômodo, mas não desta vez. Por fim chegamos, e quando desço tenho uma leve ideia de onde estou.

— Esperava vir aqui? — pergunta Tom.

— Nunca tinha estado... — digo a Tom quando vejo um bar situado fora do povoado e do qual nunca ouvi falar.

As luzes estão apagadas, e quando abro a porta todo mundo grita: "Parabéns!". Meus pais e meus tios se aproximam de mim. Por um momento, sorrio e me sinto envergonhada, mas depois percebo que é só minha família que está aqui.

Quando termina a celebração, meus pais, tios e avós vão embora e o bar se enche de jovens. Na verdade, é um dos poucos lugares de lazer que se pode encontrar perto do povoado. Por isso que é um dos maiores pontos de encontro para pessoas de minha idade.

Por volta da meia-noite é quando começa a festa de verdade.

Estou adorando, Pablo e Tom me apresentaram a amigos seus e falei com alguns garotos. Parece que faz tanto tempo que não saio que já não me lembro como me sentia, agora tudo parece distante.

A música está alta demais. Antes eu gostava de ter que gritar para poder conversar, mas agora isso me incomoda. Apesar de tudo, não poderia pedir mais nada. É mais do que havia esperado, mas falta uma coisa para que tudo seja ainda melhor.

Quando já me cansei da festa, decido sair e tomar um pouco de ar. Tom quer me acompanhar, mas eu lhe digo que estarei bem, que só vou fazer uma ligação.

Tinha me esquecido de Drew nestes dias, até agora, quando começo a sentir sua falta e gostaria que estivesse a meu lado. Então, sem pensar, ligo para ele. Sou atendida de imediato, quase como se ele estivesse esperando a ligação.

— Elise, parabéns! — diz com uma alegria que consegue me transmitir apesar da distância. — Ainda não é tarde para lhe dar os parabéns, não é?

— Tecnicamente é meia-noite e dez e o dia terminou, mas nunca é tarde para desejar felicidades — sorrio.

— Onde você está? — pergunta, um pouco preocupado por minha ausência.

— Estou visitando o povoado de meus primos. — Vejo ao redor, antes de acrescentar que saí para comemorar meu aniversário.

— Por que não me disse nada? — pergunta sem ficar zangado. Reconheço em sua voz um certo ar de tristeza por saber que não estamos juntos.

— Queria esquecer de tudo o que aconteceu nos últimos dias. De fato, esta é a primeira vez que ligo para alguém. Desde ontem sinto que me desconectei do mundo, e me sinto mais feliz do que estive em muito tempo.

— Fico feliz, Elise. Apesar de que eu gostaria que estivesse a meu lado — acrescenta, em um sussurro.

— Também sinto sua falta.

— Espero que não tenha bebido para amanhã se arrepender de algo que tenha dito ou feito.

— Bebi um pouco, mas é a noite do meu aniversário e posso fazer o que quiser — digo em um tom que pode ter sido um pouco frio, por isso me desculpo: — Quero dizer, faz muito tempo que não saio, mas já não é a mesma coisa que antes, porque mudei. O que há apenas uns meses era o meu mundo, agora é algo diferente, do qual me sinto um pouco afastada, como se estivesse fora de lugar.

— Apenas me preocupo, não gostaria que acontecesse nada de ruim com você.

— Ficarei bem, não há por que se preocupar — afirmo enquanto sorrio por dentro ao saber que alguém pensa em mim.

— Espero que termine a noite de seu aniversário maravilhosamente. Mas não faça loucuras, ok?

— Não farei.

— Te amo. — A ligação acaba. Penso nos garotos que conheci esta noite, e percebo uma coisa: nenhum deles se compara a Drew.

Definitivamente, este foi o melhor aniversário de minha vida. Gostaria de estar junto a Drew e que esta noite não acabasse nunca.

Cidade iluminada

Depois da noite passada, ainda me pergunto como cheguei em casa. Minha cabeça dói, e lembro que bebi. Todo o resto… parece difuso.

Sei que a última coisa que vi foi o carro de Pablo; a partir daí devo ter adormecido.

— Como você está? — pergunta Tom ao me ver abrir os olhos. Não sabia que ele estava no quarto.

— Não sei o que aconteceu, mas peço desculpas se fiz algo errado — digo, envergonhada. — Quando você bebe, vê tudo de uma forma diferente, e agora sinto como se estivesse com a memória zerada. Além disso, a dor de cabeça… Pode me dizer o que aconteceu?

— Pablo e eu ficamos na festa. Você nos disse que sairia para fazer uma ligação e quando fomos ver por que demorava tanto, vimos que estava flertando com um garoto.

— Eu fiz o quê?! — exclamo assustada. Fazia muito tempo que eu não ia a uma festa, além disso, era o dia de meu aniversário… — Não sei o que aconteceu — afirmo, fechando os olhos. Por favor, me diga que não fiz nenhuma loucura.

— Eu estava lá para resgatar você — diz ele, triunfal. — A verdade é que havia um garoto muito interessado em você. Quando percebi o que poderia acontecer, trouxe você para casa. Achei que você era responsável, mas parece que me enganei — conclui, decepcionado.

— Costumo ser responsável, mas cometo erros e às vezes me deixo levar pela emoção do momento. Sei que não deveria ter bebido, mas sempre se pensa nisso depois, quando já é tarde.

— O que você teria feito se eu não tivesse chegado? — pergunta, enquanto me oferece um copo de água. Reflito por uns momentos.

— Sinceramente... Não sei o que poderia acontecer. No pior dos casos, teria acabado muito mal para mim. Você contou para alguém? — pergunto, com medo de que meus pais fiquem sabendo.

— Para sua sorte, já era tarde quando voltamos e todos estavam dormindo.

— Vou embora hoje — anuncio, mudando o assunto. Não quero continuar falando do que aconteceu.

— Chegou há apenas algumas horas e já vai... — diz ele, com tristeza. — Não quero passar tanto tempo sem ver você. Prometa que não voltará a se afastar de mim. E por favor, não faça mal a ninguém, mas também não deixe que ninguém faça mal a você. É um dos melhores conselhos que eu posso te dar e que talvez a salve de algumas situações.

— Obrigada por seus conselhos, eles sempre me ajudaram — respondo com sinceridade. — Antes de ir, há algo mais que queira me dizer? — É uma pergunta que sempre quis fazer, mas que não tinha encontrado oportunidade.

— Eu te amo muito e odeio a distância que nos separou durante tantos anos. Ontem foi um grande dia, porque senti que tinha recuperado uma pessoa importante na minha vida.

— Foi o melhor aniversário que já tive — respondo sinceramente. — Apesar de não lembrar da última parte da noite, sempre me lembrarei do resto. Senti que voltava a ser criança, conservando a inocência que tinha comigo. Após cada lembrança voltávamos a ser as crianças que brincavam a cada verão, despreocupadas e felizes.

Foi a última conversa entre nós antes de eu voltar para casa. Com a ajuda de Tom, faço as malas. Não falamos nada, porque ambos sabemos que vamos nos despedir em poucas horas e nenhum dos dois quer que chegue esse momento.

Quando acabamos, nos reunimos com meus tios e meus pais na sala de jantar.

— Já passou o fim de semana — anuncia meu pai. — Passou muito rápido, e sentimos ter que ir embora, mas amanhã eu trabalho.

— Adoramos a companhia de vocês. Voltem quando quiserem — diz minha tia com um grande sorriso.

É hora da despedida; me doeria me despedir de Tom se não tivesse certeza de que desta vez manteremos contato.

— Elise, sempre que precisar conversar estarei disponível para escutar, ok? — diz enquanto me olha fixamente.

— Sinto que somos mais do que primos, somos grandes amigos — digo, porque sinto que é verdade.

— Sempre estivemos unidos além do sangue, mas a distância nos separou, mesmo que não quiséssemos. Não poderíamos ter permitido isso.

— Não voltará a acontecer, Tom — digo e o abraço. Nós ficamos por um tempo assim, e a única coisa que me importa é que voltei a me unir a uma das pessoas mais importantes de minha vida.

Um último adeus e entro no carro. Olho mais uma vez para trás e, à medida que avançamos pela estrada, uma lágrima escapa de meus olhos. Não é de tristeza, pelo contrário. Estou feliz por ter algo de que senti muita falta: estar de novo com minha família.

— Elise, você está bem? — pergunta meu pai com cautela, me olhando pelo retrovisor.

— Sim, não tenho nada, é só que sentirei saudade de Tom. Ele foi importante para mim e continua sendo, mesmo que não nos falemos tanto.

— Se é mesmo importante para você, não se afaste dele outra vez — diz, e consinto. Para me distrair, escuto música enquanto olho para a paisagem que passa atrás da janela. Sei que não será a última vez que voltarei aqui, mas nunca gostei de despedidas.

Chego em casa já de tarde, olho pela janela do quarto e vejo o pôr-do-sol que se estende diante de meus olhos. Sinto que desde a última vez em que estive em minha casa se passaram mais dias do que apenas um fim de semana.

Lembro que faz muito tempo que não escrevo. Então, inspirada pela viagem, decido não perder mais tempo e vou ao escritório e pegar uma folha de papel:

Minha vida é diferente a cada dia que passa, sinto que vou mudando aos poucos. Às vezes, não mudo para melhorar e sim para retroceder, mas quase sempre se aprende algo, e é isso o essencial. Aprender algo diferente todo dia deve ser um objetivo de vida.

O tempo vai passando e já tenho dezenove anos. Este talvez tenha sido um dos melhores fins de semana, não pelos acontecimentos, mas pelas pessoas que ficaram comigo durante todo o tempo.

Às vezes nos afastamos das pessoas que são importantes, mas o bom é o reencontro antes que a distância possa separar novamente os dois mundos.

Não podemos escolher a família que teremos, estamos destinados a viver com determinadas pessoas. Mas com certeza decidimos com quem quer passar o resto da vida. Agora sei que não deveria ter me afastado de meu primo, e isso não voltará a acontecer. Cada instante que vivi ao lado de Tom me fez compreender que há pessoas que nunca iremos perder, que é impossível que se afastem, e que mesmo que durante um tempo não as vejamos, isso não significa que não voltaremos a encontrá-las. A distância não existe; são as pessoas que se afastam...

Paro de escrever quando percebo que o telefone está tocando, e antes mesmo de atender já imagino quem seja.

— Oi, Drew, já cheguei.

— Agora me conte como foi — pede, e fico desconcertada.

— Agora? Você viu que horas são? — Olho no relógio, são quase nove da noite e logo irei para cama.

— Quero falar com você, poderia ir até a ponte que fica em frente à sua casa? — Fico mais desconcertada.

— Tudo bem, mas o que aconteceu? — pergunto, nervosa.— Você está me assustando...

— Não posso dizer ainda — se limita a responder, e me deixa ainda mais confusa.

Seu tom de voz me deixou fora do eixo e me preocupou, mas concordo em ir vê-lo, principalmente porque quero saber a que se deve tanto mistério ou o que o deixou tão sério durante a conversa.

Tiro o pijama, troco de roupa em cinco minutos. Em mais cinco minutos estou diante da ponte, mas por mais que eu olhe ao redor, não consigo vê-lo.

De repente as mãos de alguém tampam meus olhos e não posso evitar sorrir.

— Siga-me, tenho uma surpresa... — diz, e me limito a segui-lo

— Sabia que sempre adoro suas surpresas? — falo, com um sorriso largo.

— Espero que também goste desta. — Ele me dá a mão e seguimos por uma rua que vai dar em uns jardins cheios de rosas. Há pouca luz... Sempre que passo por aqui vejo as rosas e é um espetáculo realmente bonito, mas a penumbra desta vez inunda tudo. Pouco a pouco vou imaginando qual será a surpresa, mas continuo emocionada.

— Feche os olhos, e não abra enquanto não lhe disser para abrir. — Ele faz uma pausa e prossegue. — Agora me dê a mão, subiremos por uma pequena encosta. — Como vê que não respondo, tenta me tranquilizar. — Calma, vai ficar tudo bem. — Então me beija e entendo que não quer que eu fale mais.

Subo a encosta e não posso evitar abrir os olhos, mas escuto sua voz suave:

— Eu disse para não abrir os olhos.

— Está bem... — concordo, me dando por vencida. Então, não me resta outra opção a não ser deixar que me guie.

— Como passou os últimos dias? — pergunta ele, com sua alegria habitual.

— Foi maravilhoso. Estou muito feliz de ter voltado a ver meus primos.

— Fico muito feliz por você, Elise, mas acho que ficará ainda mais contente agora.

— Por acaso isso seria possível?

— Sempre é — responde com convicção.

— Sabe? É muito estranho para mim falar com alguém sem poder olhar em seus olhos.

— Para mim também, mas não quero que veja o que está acontecendo.

— Mas, o que é que você não quer que eu veja?

— Espere só uns minutos, ok? — é a única coisa que me diz, até que os minutos passam e a espera finalmente acaba. — Abra os olhos — diz Drew, e vejo diante de mim a cidade toda iluminada formando um quadro cheio de luzes que parecem minúsculas estrelas fugazes.

— É... mágico. — Não consigo pensar em palavras melhores para definir o que vejo.

— Parabéns, Elise — diz, e me beija. — Se me permite, quero poder comemorar muitos mais aniversários a seu lado e, se me deixar, para sempre.

— Tudo isso parece uma cena de filme no momento do pedido de casamento. Mas duvido que queira se casar comigo, ou quer? — pergunto, brincando e ao mesmo tempo sonhando, e quando penso no que falei não acredito... não pude controlar os sentimentos.

— Ainda é muito cedo, mas sei que, no futuro, eu gostaria de estar a seu lado para sempre. Quero estar ao seu lado e não me separar nunca mais. Você foi a melhor coisa que me aconteceu, me deu novas razões para acordar e nos ajudamos mutuamente, cada um de nós faz parte do outro. Se você está na minha vida, não preciso pedir mais nada. Porque você é tudo de que eu preciso, você é o meu mundo. — Depois de todas essas palavras, sinto que nossos mundos estavam predestinados a se cruzar em algum momento. Drew é meu mundo, e sei que sempre será. Simplesmente sei, não preciso de mais certeza do que saber que cada vez que ele me olha é como se o tempo congelasse.

— Desde o dia em que o conheci, soube que você seria muito importante para mim. Agora que você é parte da minha vida, sei que quero viver muitos momentos ao seu lado. Dia após dia vou deixando tudo para trás, e sinto que tenho menos dúvidas a respeito de nossa relação. A cada dia que passa, te amo mais. — Quando acabo de falar, não posso evitar chorar, porque Drew é uma parte de mim e não posso negar as evidências. Quero acreditar que, por mais que o tempo passe, continuaremos juntos.

Passamos horas olhando para a cidade iluminada. Não existem barreiras entre nós, nunca houve, sempre tivemos plena confiança um no outro, mesmo quando éramos apenas amigos. Sinto que cada beijo, cada carícia dele é a melhor coisa que me aconteceu e não suportaria perdê-lo.

Meu mundo está iluminado se Drew está junto a mim.

Perdas

A noite passada foi o início de algo muito forte entre mim e Drew. Eu o amo, e talvez possa até parecer que não entendo o que é o amor, mas tenho a vida toda pela frente para aprender seu significado, para me enganar, recomeçar e aprender de novo.

Estou indo hoje comprar os livros e tudo o que preciso para começar a faculdade. Saio de casa muito emocionada com a lista que fiz. Ainda não é hora de ir para a reabilitação, por isso tenho muito tempo para fazer as compras e depois talvez passear pela cidade. Depois de várias horas, volto para casa carregada de sacolas repletas de livros. Minha mãe está lendo na sala enquanto me espera para irmos à reabilitação.

— Já pegou tudo? — pergunta enquanto deixa a bolsa em cima da mesa.

— Sim, já podemos ir.

Chegamos à academia em apenas uma hora, e não vejo Diego. Na verdade, uma parte de mim sente que, depois de tudo, não quero encontrar com ele. Já lhe disse tudo o que tinha para dizer, e as coisas são como são.

Enquanto ele não chega, começo com meus exercícios, e de repente o vejo diante de mim. Eu o ignoro por impulso.

— Como você está? — pergunta, e é como se com isso quisesse se esquecer de tudo o que aconteceu. Decido não começar a discutir.

— Estou bem. Não esqueceu algo? — digo em referência a meu aniversário, porque sei que Drew deve ter lhe contado.

— Agora lembrei. Parabéns! — Ele me abraça, mas fico rígida e não lhe devolvo o abraço. Já não é a mesma coisa. Antes, cada vez que Diego falava comigo eu me sentia feliz, mas agora... Simplesmente não sinto nada, nem frio, nem calor. — Liguei para você algumas vezes, mas vendo que não me atendia pensei que estava me ignorando... — diz, e fico sem saber o que responder.

— Não estive atenta ao celular nestes dias. Posso saber por que você me ligou?

— De verdade, não sabe quanto sinto por tudo o que aconteceu...

— Não quero falar mais disso. De verdade, é o melhor para ambos. Às vezes, esquecer é a melhor solução — respondo, bastante seca. Dizem que do amor ao ódio há apenas um passo. No meu caso, parece que estou cruzando a linha divisória que os separa. Já não sinto nem rastro daquilo que senti por ele um dia. Suspiro, desejando que a hora passe rápido, como antes costumava acontecer, mas sei que já não será assim.

Acabo a reabilitação e minha mãe está me esperando no estacionamento.

— Que cara é essa, Elise? Aconteceu alguma coisa? — questiona ao me ver, e quero lhe dizer que não é hora para perguntas, mas minha mãe não merece que lhe responda assim. Então, entro rapidamente no carro, fugindo da conversa enquanto nos afastamos do hospital. — Vou levar você para casa, porque tenho que ir trabalhar.

— Está bem. Papai está em casa?

— Teve que ir trabalhar por algumas horas. Liguei para avisar que ele tinha esquecido a comida em casa, mas não atende, talvez já tenha ido comer. Mesmo já sabendo como ele é com o celular, sempre esquece em casa... — diz, sem conseguir esconder a preocupação pela qual seus pensamentos divagam.

Chego em casa. Enquanto vejo que o carro da minha mãe se afasta, me sinto temerosa, e não sei por quê. A porta de casa está entreaberta, e não deveria estar, porque sempre a fechamos. Então, sinto que meus medos começam a tomar forma e temo que tenham se tornado realidade. Digo a mim mesma que não aconteceu nada, e tiro a chave da fechadura enquanto só consigo ouvir a minha respiração em meio a todo o silêncio. Empurro a porta e de alguma forma consigo saber que não será nada bom o que virá depois.

— Papai?— digo em um sussurro.

Vou para a sala e não posso evitar gritar diante do que vejo. Sinto que poderia desmaiar. Todos os meus medos e preocupações, todas as minhas dores se confabulam quando o vejo jogado no chão.

— Papai! — grito, apesar de saber que ele não me escuta. Deve estar vivo, não pode ser que tenha morrido, não pode ser, certamente está só inconsciente, digo para mim mesma. Mas quando me aproximo e vejo que não se mexe, que não respira, e que seu pulso desapareceu... Ele se foi, se foi, repito para mim mil vezes, e não consigo entender nada do que aconteceu. Deve ser um pesadelo, é isso, devo estar sonhando e logo acordarei e olharei pela janela enquanto sinto minha respiração acelerada.

"O que devo fazer? O que faço?", grito por dentro. Não sei como reagir, preciso me orientar para ignorar toda a dor que arde em meu peito neste instante e ligar para minha mãe, que então chegará em uns minutos em casa.

— Venha para casa, por favor. Só preciso que venha — imploro enquanto me esforço para não chorar, mas finalmente desabo.

Ligo para uma ambulância, mesmo sabendo que não podem fazer mais nada por ele. Apoiando-me com os braços, sento-me ao seu lado. Suas mãos estão frias demais, glaciais, ele não respira... não tem vida. Desta vez seu coração não pode jogar mais uma partida, e a morte se coroou vencedora. Relembro dos primeiros dias no hospital, quando tive medo de que algo ruim lhe acontecesse. Tudo isso agora se tornou realidade diante de meus olhos. E sei que jamais esquecerei este momento, por mais que me empenhe em esquecê-lo.

— Eu te amo, papai, você é a pessoa com quem me relacionei melhor. Sempre me lembrarei de você, não me deixe, te amo muito, por favor. Volte à vida! Daria tudo o que fosse necessário para ver você abrir os olhos, para me dizer que não tenha medo, que você sairá desta... Mas não me deixe sozinha. Meus medos se tornaram realidade. Volte! — digo, me afogando com meus soluços. Nunca cheguei a imaginar que detrás uma mesma voz pudesse se esconder tanta dor e desespero, que são as palavras com as quais resumo este momento.

Dou-lhe um último beijo na bochecha, que já tinha perdido toda a vida e com ela a cor, e sinto um calafrio; sei que tudo acabou. Quando minha mãe retorna e vê a cena, se rompe a chorar. A ambulância chega nesse momento e o corpo inerte de meu pai é levado em uma maca. Por que o perdi? O que mais poderia ter sido feito? As perguntas fazem um redemoinho em minha cabeça e se misturam com as lágrimas. Minha mãe foi junto com a ambulância e me deixou sozinha, me afundando na mais absoluta tristeza. Não sei quantas horas passaram, só sei que não consigo parar de chorar. Este momento me marcou e me feriu mais do que qualquer uma das dores físicas vividas anteriormente. Não há cura para isto.

Não acredito nem mesmo assumo a perda de meu pai. Minto para mim, me dizendo que voltarei para a realidade, e que ele continuará vivo, mas sei que esta é a realidade. Uma realidade repleta de dor. Paro de chorar quando não me restam mais lágrimas, quando perco a voz e a única coisa que me resta é o sofrimento, que não me abandonará por mais que o tempo passe. Neste momento me sinto sozinha, como se o mundo inteiro tivesse me abandonado me deixando desamparada.

Penso em Drew no mesmo instante. Não sei o que se supõe que ele poderia fazer por mim neste momento, mas qualquer companhia é melhor do que esta solidão que está me asfixiando.

Sinto agora que a noite passada foi um sonho, uma miragem no meio da vida, e depois chegam os dias afogados em pesadelos dos quais quero despertar, mas não consigo.

Ligo para Drew enquanto sinto que o pulso treme. Do jeito que consigo, passo o endereço de minha casa, mesmo que sinta que tudo me é distante e mal me lembre de onde moro. Sem que eu dissesse nada, ele deve ter notado a preocupação em minha voz, que ficou entrecortada por tanto chorar. Ele atende meu pedido rapidamente e corre para minha casa.

Em alguns minutos, está ao meu lado, e encontro em seus braços um calor que me reconforta neste momento tão duro.

— O que aconteceu, meu amor? — pergunta com doçura enquanto acaricia meu cabelo e sinto que as lágrimas voltam a cair por meu rosto.

— Meu pai... ele... já não está... morreu... — digo tomando coragem, uma coragem da qual careço agora mesmo para enfrentar a realidade.

Ele emudece ao ouvir minhas palavras, sabendo que nada do que diga poderá me ajudar.

— Sinto muito, e me sinto mal por não poder fazer nada além de ficar com você. — Ele me olha com tristeza e me beija.

— É tudo o que preciso que faça. — Eu me recosto em seu peito e paro de chorar por uns instantes.

— Elise, te amo — diz me encarando com um amor infinito que faz meu coração se encolher. — As pessoas que nos amam às vezes nos abandonam, mas o seu pai não a abandonará. Mesmo que não o veja, pode ter certeza de que ele sempre estará a seu lado. — Suas palavras conseguem ter um efeito balsâmico diante da dor que sinto. Ainda assim, não posso evitar chorar outra vez. Choro abraçada a ele enquanto penso que devo seguir adiante, que os momentos difíceis aparecem e que a única coisa que posso fazer é ser forte.

— O enterro deve ser amanhã... — digo, sem entender o que aconteceu. — Não quero ir, a última coisa que quero ver é todo mundo dizendo como ele era maravilhoso; eles mal o conheciam. Não consigo ver mais falsidade — reclamo, enquanto sinto meus olhos turvos. — Só minha mãe e eu o conhecemos para poder dizer quem ele foi. Somos as únicas que têm o direito de chorar sua perda.

— Mesmo que ir ao enterro seja um desafio, você deve ir, sua mãe precisa de você. É verdade que ninguém o conhece melhor que vocês, mas pense que todas essas pessoas estão ao lado de sua mãe e é disso que ela precisa agora que perdeu o marido.

— Te amo demais, Drew. Prometa que não me abandonará nunca, não suportaria a perda de outro ente querido — peço, me sentindo paralisada pelo medo de viver em um mundo onde Drew não estivesse.

— Sempre ficarei ao seu lado. — Ele seca minhas lágrimas com carinho e me esforço para sorrir. Preciso que ele esteja a meu lado, não só agora, mas para sempre. Algo em mim, algo em nossos corações, me diz que estas palavras são reais e que nunca cairão no esquecimento. — Você é parte de mim, Elise. Eu a acompanharei em todos os momentos, tanto os bons como aqueles em que precisar de alguém a seu lado para secar suas lágrimas. — Ele me abraça e sinto que não o mereço, que ele é um tesouro do qual não sou digna, sempre tão compreensivo, sempre a meu lado, sempre me fazendo sorrir... Lutarei para ficarmos juntos, eu sei, simplesmente sei que será assim.

— Podemos falar de outra coisa? — peço, quando me acalmo um pouco. — Às vezes, fico desesperada ao relembrar a imagem sem vida de meu pai estirado no chão...

— Foi você quem o encontrou? — pergunta, horrorizado.

— Antes de entrar em casa, eu já sabia que tinha acontecido algo. E foi assim, vi todos os meus temores refletidos com força. Estava pensando em fazer um discurso, preciso falar com ele uma última vez, mas não sei se serei forte o suficiente.

— Faça o que seu coração mandar — diz ele, acariciando meu rosto. — Despedir-se do seu pai vai ser algo muito importante para você. Se você quiser, ajudarei a escrever o discurso — oferece. Olho para ele, admirada.

— Você é mais do que eu mereço. Sempre me pergunto como encontrei você, mas basta saber que é o que precisava na minha vida — digo, com os olhos brilhando. — Tenho tanto medo de perder você e cometer erros dos quais me arrependa depois... Seria imperdoável.

— Elise, desta vez seus medos não se cumprirão, porque farei o que for necessário para não me separar jamais de você, ouviu? Ainda que briguemos um milhão de vezes, sempre iremos encontrar uma maneira de continuar juntos, ok? Porque nosso amor é muito forte e não quero que nada nem ninguém nos separe. Nada pode separar duas pessoas que são uma só. — Já me acostumei a ficar sem palavras quando o ouço falar. Continuo sentindo que nada do que eu diga será suficiente, então o beijo e, durante alguns instantes, posso esquecer o sofrimento. Drew sempre acalma minhas dores e sei que, se ele está comigo, tudo ficará bem no final, ainda que coisas muito ruins aconteçam.

As horas passam e logo vem a noite. Minha mãe volta para casa e se surpreende de ver Drew, mas não diz nada. Está cansada demais de chorar e se dirige ao quarto. Também me sinto esgotada pelo peso esmagador de minhas lágrimas.

Eu me despeço de Drew e, sem saber como sou capaz, durmo, pensando nos últimos dias que vivi. Quero pensar que meu pai foi feliz, que leva com ele muitas boas lembranças. Durante dezenove anos pudemos ficar juntos e ele me viu crescer. Ao menos morreu sabendo que sua filha o ama e que nunca o esquecerá. As lágrimas nestes instantes me servem de consolo quando não posso fazer mais nada. Elas me embalam à medida que caem e me obrigam a fechar os olhos diante da realidade. Mas sei que até as lágrimas se esgotam.

Carta a um ente querido

Abro os olhos e volto a fechá-los quando as lembranças se amontoam em minha mente e me queimam. Depois de vários minutos, nos quais permaneço com o olhar fixo em algum ponto do teto, me obrigo a sair da cama. Digo para mim mesma que preciso seguir em frente com ou sem meu pai. Ele gostaria que eu continuasse sendo forte e feliz, e farei com que seus desejos se tornem realidade, porque estou certa de que é isso o que ele espera. É por ele que me levanto da cama hoje. É triste relembrar que dia é hoje, seria pouco dizer que é um dia terrivelmente triste. Terei que assistir ao funeral de uma das pessoas que mais amei. A sensação é desoladora, a dor não seria tanta se estivessem cravando facas em mim. É uma dor que se manifesta de forma invisível, mas não menos cruel.

Vou ao escritório e releio as páginas do discurso que preparei com a ajuda de Drew. Estar a seu lado foi muito importante para mim, naqueles momentos tão difíceis não poderia imaginar ninguém mais adequado do que ele. Se não fosse por ele, não teria sorrido nem uma só vez. O tempo todo ele ficou a meu lado me apoiando, e isso foi o que mais valorizei ontem. Hoje me lembro de que é um novo dia, e apesar de que as lágrimas não desapareceram — nem vão desaparecer — sinto que os olhos doem demais para continuar chorando por algo que não posso mudar. Eu o perdi e é isso, não há nada mais a pensar a não ser em seguir em frente. Em pouco mais de 48 horas começarei a faculdade e toda a emoção que antes eu sentia foi substituída de repente pelo cansaço. Tenho forças? Certamente que sim. Depois de tudo o que passei, estou certa de que ainda resta muita força dentro de mim, mas isso não exclui que eu me sinta de luto.

— Elise, você deveria ir comprar um vestido para a cerimônia — diz minha mãe, entrando no quarto.

— Não me importa a minha aparência. — É tão superficial pensar sobre minha aparência nesta hora, que sequer notei as olheiras que surgiram de tanto eu chorar.

— Já sei que essa é a última coisa em que pensamos nesta hora, mas devemos continuar em frente. Devemos pensar que o pior já aconteceu e agora não nos resta nada além de seguir nossos caminhos — reflete, e me abraça. Minha alma se rasga quando vejo minhas lágrimas refletidas nas suas. Pisco com força enquanto me esforço para falar.

— Drew me ajudou a fazer um discurso; acha que poderei lê-lo na igreja? — pergunto. — Quero que seja a despedida que papai merece, ontem só pude lhe dizer que o amo.

— Claro que deixarão você ler — responde ela, com um sorriso triste. — Mas pense que ele só precisa saber que você o ama, e isso ele já sabe.

— Vou tomar um ar — anuncio. Preciso fugir do quarto, o lugar onde deixei correr as lágrimas mais de uma vez.

— Volte às cinco — diz minha mãe antes de me ver desaparecer do quarto.

Quando estou na cozinha, sua voz me surpreende e me chama a atenção antes que eu saia.

— Elise, de verdade, me parece muito especial que Drew esteja a seu lado. Não seja idiota de deixá-lo escapar.

— *Não deixarei* — digo com um sorriso. — Ele está a meu lado justamente quando mais preciso, e só por isso já é alguém excepcional

— Deveria ser sempre assim.

— É a pessoa mais especial que conheci. Sei que, mesmo que às vezes por questões da vida não possamos estar juntos, sempre permaneceremos unidos, porque somos unidos por algo muito forte, e nada poderá nos separar.

A última coisa que vejo antes de sair de casa é um sorriso largo em minha mãe, acompanhado de uma lágrima ao relembrar seu amor perdido.

Na rua, ligo para Drew, porque quero passar o dia com ele. Apesar de saber que nem sempre poderemos estar juntos e que cada um precisa do próprio espaço. Às vezes acho que ele não teria por que me atender tão rápido, afinal o que aconteceu foi comigo. Ele faz mais do deveria quando fica a meu lado.

— Onde você está? — pergunta ao atender.

— Estou indo comprar um vestido para o funeral — e digo o endereço da loja onde estou. Em menos de dez minutos já estou agradecendo por ele estar aqui.

— Como está, linda? — pergunta com carinho.

— Eu me sinto como se tivesse levado uma surra — confesso. — Não conseguia nem queria abrir os olhos nesta manhã. Eu me obriguei a ser eu mesma ao sair da cama, porque se continuasse muito mais tempo voltaria a chorar.

— É normal que esteja assim, não é sempre que se perde um ente querido — diz ele, e sua compreensão me dá ainda mais vontade de chorar. — Sente-se preparada para ler a carta?

Não sei o que dizer.

— Não sei se conseguirei, não se passaram mais do que algumas horas — respondo angustiada.

— Quer que eu leia, ou outra pessoa? — sugere, e eu agradeço.

— Obrigada, mas esta é minha despedida e, mesmo que não esteja preparada, tenho que fazer isso.

— Faça como achar apropriado — me diz sorrindo. — Só quero que saiba que estou ao seu lado.

— Eu te amo muito, Drew. — Então o abraço e a vontade de chorar se desvanece lentamente, mas as lágrimas continuam por trás de meus olhos.

Procuro entre os vestidos; há muito o que escolher, mas nenhum me agrada. Faz muito tempo que não uso vestidos e claro que o preto de luto é a última cor que quero escolher, mas hoje é a cor que define minhas emoções.

— Todos me parecem iguais: escuros, sérios, frios... Não me vejo com nenhum deles — digo a Drew, que está me ajudando na procura.

— O que acha deste? — pergunta depois de alguns segundos. Vejo o vestido que escolheu, é preto e tem um caimento elegante. Parece que o corte me favorece, então decido prová-lo.

— Espero você aqui fora — anuncia Drew quando estou entrando no provador.

— Bem, você poderia me ajudar a vestir... — sugiro e me surpreendo com o que falei.

— Se insiste... — diz ele com um sorriso. Fico um pouco corada e rio. Drew olha para o chão, acanhado.

— Como ficou em mim? — pergunto enquanto me olho no espelho.

— Ficaria linda com qualquer vestido que usasse, mas acho que este a favorece muito. Acho que deveria comprar.

— Sim, acho que eu gosto. Os bordados são lindos...

— De qualquer maneira, você vai usar só hoje.

É verdade, só o usarei durante algumas horas e o esquecerei. Por isso, compro o vestido junto com um sapato de salto. Poucas vezes usei salto, mas agora que tenho que ficar sentada não importa.

Passo o resto do dia dando voltas com Drew pela cidade. Vamos comer e depois à biblioteca e às cinco volto para casa.

— Gostaria que me acompanhasse, Drew — digo.

— Estarei a seu lado, não duvide, Elise. Além disso, seu pai sempre me pareceu uma pessoa maravilhosa e sei o quanto ele é importante para você.

Drew retorna para sua casa para pegar suas roupas e quando volta me arrumo. Faço cachos no cabelo e me maquio com cores escuras que endurecem minhas feições. Drew segue com o olhar cada um de meus movimentos. Não sei como consegue, mas me deixa confortável sempre que estou a seu lado.

— Como estou? — Dou a volta e ele me observa atentamente.

— Está belíssima como sempre — diz.

A iluminação e o carinho que desprendem de seus olhos fazem com que eu o beije e queira ficar a seu lado durante horas, sem me importar com nada mais neste mundo por vezes sombrio e frio.

— Eu me conformo em dissimular um pouco a dor que guardo em mim — respondo.

— *Não* há por que fingir, quero dizer, a dor não desaparece e isso se nota. Mesmo assim você parece muito bem — afirma, sorrindo para mim.

— Temos que ir — diz minha mãe, do outro lado da casa. Drew está acabando de se vestir. Seu traje é mais elegante e formal do que os que costuma usar, e lhe caiu como uma luva. Na verdade, ele sempre me parece atraente e não só pelo físico, mas também pelo que considero mais importante: o caráter. Este é o principal motivo pelo qual me apaixonei perdidamente por Drew, e tenho a certeza de que voltaria a me apaixonar por ele outras tantas vezes.

— O que foi? — pergunta, se olhando no espelho quando repara que meu olhar está fixo nele.

— Está muito bonito — digo e fico corada. Não tinha percebido que ficara olhando para ele tanto tempo.

— Estou pronto — anuncia ele, e respiro fundo algumas vezes.

— Chegou a hora da verdade — digo me resignando.

— Estou com você, Elise — fala enquanto me dá a mão.

Entramos no carro, e à medida que vamos nos aproximando da igreja e vejo as pessoas chegando, começo a me sentir nervosa. Há muita gente e todo mundo se aproxima de minha mãe para lhe dar os pêsames. Não conheço a maioria das pessoas, mas vejo-me forçada a lhes agradecer por comparecerem.

Reconheço seus colegas de trabalho, alguns que tinham visitado nossa casa. Nas primeiras filas, estão meus tios e familiares que fazia tempo que eu não via. Entre eles, encontro Tom e Pablo, que ao me verem se aproximam de mim.

— Elise, sinto muito... — diz Tom e me abraça, apesar de eu não o responder.

— Vou dedicar um discurso ao meu pai, será uma despedida — conto, e ele sorri com tristeza.

Então, olha para Drew e se aproxima, e o apresento a meus primos:

— Este é Drew, uma das pessoas mais importantes da minha vida — anuncio com um sorriso — Este é Tom e aquele — digo apontando a alguns metros — é Pablo. São meus primos. A missa vai começar agora, depois nos vemos.

Minha mãe, ao lado do padre, faz um sinal para que eu me aproxime. Reparo que Drew fica conversando com Tom.

— Esta é minha filha Elise — apresenta minha mãe quando me aproximo, e sorrio. — Ela fez uma carta de despedida para Marcos, poderá ler?

— Claro — responde o padre com compaixão no olhar e um sorriso puro nos lábios.

— Eu agradeço — digo. — Significa muito para mim poder dizer adeus pela última vez.

Volto para onde está Drew. A missa começa e por enquanto minha mãe está com os olhos secos. Dou-lhe a mão enquanto estou a seu lado, e Drew, por sua vez, pega a minha. Sinto que desta forma estamos um pouco mais unidos.

Depois do padre falar, chega a minha vez.

— Você se sairá muito bem, confie em si mesma. — Drew me anima. — Estarei com você no altar — promete enquanto se levanta do banco e me acompanha.

— Espero que isso se repita algum dia, mas por motivos diferentes — digo com um sorriso, e ele me beija.

Começo a ler a carta, a mais dura entre todas as que escrevi. Para lê-la, preciso de todo o controle e serenidade que ainda não tenho.

Papai, foram muito felizes os últimos dias ao seu lado e espero que leve todos os bons momentos consigo. Você sempre foi uma pessoa especial para mim e sei que será sempre um anjo cujas asas estão batendo agora mesmo.

Você me viu crescer e, com o tempo, me tornei uma mulher. Esteve a meu lado em todos os momentos. Cada vez que vi a possibilidade de perdê-lo, meu coração ficou pequeno, mas esta sem dúvida foi a vez definitiva. A partir de agora, não há mais volta, só me resta olhar para a frente e pensar que um novo mundo foi aberto diante de você.

O motivo pelo qual quis escrever esta carta é para me despedir. Ontem foi um dos dias mais difíceis de minha vida, pois, ainda que tentasse, não conseguia acreditar na visão que tinha diante de mim. Aquele não podia ser você. Porém, todos os meus medos e inseguranças foram adotando formas tenebrosas ao vê-lo frio no chão.

Não poderei expressar suficientemente o quanto sentirei sua falta. Você sempre esteve a meu lado, e às vezes, foi meu melhor companheiro.

Paro um segundo para respirar, é muito difícil falar diante de tantas pessoas sobre alguém tão importante quanto meu pai. "Não posso chorar" digo a mim mesma. Drew aperta minha mão, me transmitindo as forças de que preciso, e só assim sou capaz de continuar:

Quando olho para trás e revejo sua vida, não posso lhe dizer nada além do que já disse umas mil vezes. Você é uma pessoa simplesmente maravilhosa, que deu tudo pela família. Tivemos que superar muitas dificuldades juntos, mas conseguimos, porque sempre estivemos unidos e isso nos ajudou a seguir em frente, sendo fortes.

Você foi minha principal inspiração nesta vida, me ensinou a não me render nunca e a lutar por meus sonhos. Você me ensinou como a felicidade pode se apresentar de milhares de formas, também me ensinou a buscar mais além das sombras.

Sei que sempre me faltarão coisas por dizer, mas agora a única coisa que quero é relembrar os bons momentos que passamos juntos, todos os dias que fomos escalar a montanha, todas as tardes em que você reuniu toda a paciência que tinha para me ensinar a ler...

Posso relembrar muitos momentos e sei que na maioria deles você estava presente. Espero que a partir de hoje as situações que se apresentem sirvam apenas para tirar lições delas, e desejo que você veja que continuo sendo forte e lutando por tudo o que for importante para mim.

Eu me lembro de todos os risos compartilhados entre nós, porque estes, agora mesmo, me servem para substituir as lágrimas.

Sentirei saudade; sinto sua falta desde que o perdi. Talvez devesse ter dito mais coisas, mas o que importa de verdade é aquilo que você já sabe: que te amo muito.

Ao acabar, enquanto todo mundo aplaude minhas palavras, enfim deixo que fluam as lágrimas.

— Você está bem? — pergunta Drew. — Quer ir lá fora?

Eu o sigo. Ao meu redor se ouvem mil murmurinhos e tenho que respirar fundo algumas vezes para tranquilizar meu coração acelerado. Foi um momento muito importante e carregado de emoções.

Quando finalmente me sinto mais calma, sinto que posso falar.

— Foi um momento importante de verdade… Agora sinto que lhe disse adeus.

A faculdade

Depois daqueles momentos de muita emoção, sinto que devo seguir em frente com minha vida. Mesmo que doa e seja muito difícil — é simplesmente impossível — esquecer um ente querido, estou certa de que ele gostaria de que eu continuasse com minha vida e que me levantasse a cada dia mais disposta a lutar. É o que farei.

Hoje vou começar a faculdade, o que me parece uma verdadeira loucura depois de todas as emoções vividas em tão poucos meses. Não sei se estou preparada para dar outro passo importante, não sei se estou preparada para realizar meu sonho na faculdade de Literatura e Filosofia.

Minha mãe quer me acompanhar, quer estar ao meu lado nesse dia que será tão importante. Fui me informar sobre como será a faculdade, as aulas, as matérias que escolhi cursar... Não me sinto tão perdida, porque pelo menos sei aonde devo ir, mas isso não exclui o fato de estar nervosa. Agora vai começar uma nova etapa de minha vida. Os dias de ficar na escola, rodeada dos companheiros com quem passei uma grande parte da vida, já ficaram para trás.

Tento ir o mais apresentável possível, dentro destas circunstâncias, quando preciso fazer um grande esforço para tudo.

A viagem é longa, mas é como se demorasse apenas alguns minutos. Eu me sinto tão distraída e ao mesmo tempo tão nervosa e emocionada que, quando minha mãe diz que cheguei, só tenho tempo para me despedir dela.

Fico assombrada ao entrar quando vejo as escadarias em caracol que estão diante de mim. Há vários andares no edifício, mas não posso subir pelas escadas. Por sorte, reparo que no fim do corredor há um elevador e respiro aliviada.

Vou para a sala que me indicaram. Tenho vontade de começar com esta nova aventura e conhecer meus professores, mas... quando vejo Clara, toda a energia, todo o otimismo se derrubam em segundos, e me lembro de nossa última conversa. Devo me aproximar dela ou espero que acabem as aulas? Não tinha nem ideia de que ela também viria estudar aqui. Que começo! Bem, estou certa de que me viu, mas entro na sala como se não a tivesse visto.

Vou para o lado de um garoto e uma garota que olharam primeiro para a cadeira de rodas e só depois para mim, mas nenhum dos dois faz qualquer comentário. Eu me limito a cumprimentá-los. Então o Prof. Gonzalez se apresenta e nos explica o funcionamento de suas aulas. Também nos fala sobre o essencial de cada matéria. Deu a partida do início do curso.

O resto da manhã passa rápido. Entre as mudanças de sala, me pergunto se acabarei encontrando com Clara. Por sorte, vejo que só compartilhamos uma aula.

Em um dos intervalos vou ao banheiro e encontro Clara. "Agora não você não poderá escapar", digo a mim mesma. Ao me ver, ela parece que não sabe bem o que dizer. Eu também não sei o que deveria falar ou se nem deveria dizer nada. Mas ela reage depressa.

— Vejo que você está bem, pensei que não viria... Mas então, o importante é que está bem — diz, e me deixa desconcertada. Não sei como tomar suas palavras. — Ouça, me deixe dizer que sinto muito pelo que aconteceu naquele dia...

— Nós duas agimos mal. Você tinha razão em algumas das coisas que disse, mas ainda assim não deveríamos ter colocado um ponto final na nossa amizade.

— Sempre podemos consertar nossos erros, você disse isso tantas vezes... — fala, com um pequeno sorriso. — Sinto pela maneira como a trarei, acho que era porque não suportava ver você nessa situação. Por que não vamos tomar algo quando acabarem as aulas? — propõe, e penso nisso.

— Acho uma boa ideia — me limito a dizer, uma vez que não sei como reagir. Não esperava voltar a vê-la.

Acaba o último período de aula e, após recolher os livros e anotar os primeiros trabalhos, encontro-me com Clara.

— Como foi seu primeiro dia? — pergunta ela.

— Os professores parecem amáveis, e por enquanto não nos deram muitos trabalhos.

— Espere alguns meses, quando tivermos que entregar pelo menos dois ou três trabalhos a cada semana, sem contar as provas — diz, com um sorriso sarcástico.

— Não quero pensar nisso agora.

— Nestes momentos é o mais importante, não? — pergunta, mas muda o tom de voz quando vê meus olhos ainda avermelhados. — O que aconteceu?

— Meu pai morreu — conto de repente, engolindo toda a dor. Sem pensar duas vezes, Clara me abraça e de repente, mesmo que seja só uma ilusão, sinto como se nunca tivéssemos deixado de ser amigas.

— Sinto muito, Elise... — diz, com tristeza.

— Bem, acho que eu sabia que esse momento estava chegando, e que seu coração não suportaria uma outra batalha...

— Seu pai lutou muito e agora você também precisa lutar. Mas por que não me contou? Assim não teria ficado sozinha...

— Nunca fico completamente sozinha, sempre tem alguém ao meu lado — respondo. — Além disso, depois da nossa última conversa, eu achava que nossa amizade tivesse acabado.

— Só quero que saiba que sinto muito e que não voltarei a falar daquele modo. Eu não deveria ter agido assim se soubesse de tudo o que você estava passando... Aconteceu mais alguma coisa? Sei que você não está bem. Agora é o momento — me anima a falar.

— Terminei com Diego — conto de maneira seca.

— Mas... como é possível? Ainda não tinham nem começado! — exclama Clara, como se não acreditasse. Nem eu mesma acredito em tudo o que aconteceu.

— Começamos, mas não durou. Agora estou com Drew — anuncio, e ela me olha mais confusa ainda. — Não quero me dar falsas esperanças porque não sei onde o nosso relacionamento chegará, mas pelo menos tenho a certeza de que Drew me ama.

— Caramba, então... com certeza aconteceram muitas coisas — diz, sem saber como se expressar. — Sinto pelo que Diego lhe fez, mas depois de tudo acha que está preparada para começar uma nova relação?

— Ainda não sei, mas por enquanto ele se tornou alguém muito importante. E o que tem acontecido na sua vida? — pergunto, para evitar falar de mim.

— Estou saindo com um cara da sala. Viu um garoto que tinha a cabeça raspada dos lados? — pergunta, e lembro que o vi porque ele se afastou de meu caminho quando passei por ele. Mostrou-se um pouco hostil, mas me limitei a ignorá-lo.

—É ele? — pergunto, apesar de ela confirmar com seu sorriso. — Desde que faça você feliz... — digo finalmente.

— As aparências enganam, e agora entendo o que me disse no bosque sobre Sarah. Quando se fala com Juan vê-se que ele é uma pessoa amável e muito atenciosa.

Depois de um tempo, a cafeteria fica vazia, e vamos comer em um restaurante, como costumávamos fazer um tempo atrás. Quanto mais passa o tempo, mais me sinto recuperando a amizade que achava estar perdida.

Marquei com Drew pela tarde na biblioteca. Ele está lendo e eu me dedico a passar a limpo minhas anotações feitas com pressa.

— Como foi? — pergunta ele em voz baixa, para que não nos chamem a atenção.

— A verdade é que foi muito bom — afirmo. — Voltei a me encontrar com Clara.

— A que tinha sido sua amiga?

— Agora somos quase como antes. Está claro que estamos em momentos muito diferentes, mas pelo menos voltamos a conversar. Ela se desculpou pelo que me disse, e pronto.

— Essa atitude me parece um pouco infantil — comenta ele. — Quero dizer, um dia vocês são amigas, no dia seguinte brigam e deixam de ser... É um pouco absurdo — diz, enquanto segue lendo.

— No dia que fomos ao bosque, conheci um lado de Clara que nunca tinha visto, mas parece que ela mudou um pouco seu jeito de ser.

Continuo com minhas tarefas e me surpreendo ao descobrir que Drew está me olhando.

— No que você está pensando? — pergunto.

— Eu te admiro. Você é uma pessoa forte depois de tudo o que aconteceu. É difícil manter minha rotina em situações assim, e você começou a faculdade.

— É a única coisa que posso fazer, não? — faço uma pausa e digo o que estou pensando. — Lembra do quanto lhe falei que escrever era uma paixão que me ajudava?

— Como esquecer? Sempre vejo você lendo ou escrevendo. — Ele se cala por uns segundos, como se não soubesse se é apropriado o que irá dizer. — Uma vez tirei uma foto sua lendo e estava tão distraída que você nem percebeu.

— Tirou uma foto minha? — repito, ao mesmo tempo que Drew me mostra em seu celular uma foto na qual estou sentada na cadeira de rodas lendo um de meus livros favoritos.

— Queria ter uma lembrança de você, caso não voltássemos a nos ver. — Olho para ele lembrando do dia que saiu do quarto, e a tristeza que senti naquele momento me invade. — O que dizia sobre escrever? — pergunta.

— Hoje escrevi um relato curto e quando chegar em casa vou inscrevê-lo em um concurso que encontrei... Mas antes gostaria que você lesse e me dissesse o que pensa. Com sinceridade. Se não gostar me diga. — Eu lhe entrego as duas folhas de texto.

Depois de lê-lo, Drew fica um tempo em silêncio. Então fala, com os olhos brilhando:

— É lindo, Elise. Principalmente esta parte. — Ele aponta para um parágrafo que talvez seja o que eu também goste mais. Leio mais uma vez o trecho que ele marcou.

Nada nunca está perdido por completo, às vezes só precisamos encontrar a luz para escapar da escuridão. Nesses momentos a coisa mais valiosa é quando alguém diz que nos ama e que sempre estará ao nosso lado.

A luz chega a todas os seres, mas às vezes não a encontramos, às vezes pensamos que não está lá. Mas ela sempre estará, mesmo que não a vejamos.

— Francamente, adorei, Elise. Na minha opinião é um dos melhores textos que você já escreveu e que tive oportunidade de ler. De quem você está falando?

— Falo de você — respondo. — Você é uma das pessoas mais importantes da minha vida. Você é minha luz.

— Eu te amo muito, Elise.

Ele me abraça e vamos para casa. Ao chegar, encontro minha mãe com uma expressão séria, até Drew fica surpreso quando a vê com o olhar perdido.

— Aconteceu mais alguma coisa? — pergunto com cautela.

— Venham aqui — chama ela, apontando para o sofá. — Elise, você sabe que nunca esquecerei seu pai. Ele foi o amor da minha vida, e agora que ele não está é muito difícil para mim continuar vivendo. Minha vida não é a mesma — diz com uma voz apagada de emoções.

— Mas ele gostaria que continuássemos sorrindo, não é assim, mamãe? — digo, sem saber onde ela quer chegar.

— Sim, Elise, e por isso decidi fazer o que ele me disse um dia para fazer. Tivemos uma longa conversa, dias depois que ele teve o ataque do coração mais recente.

— E o que ele disse exatamente? — pergunto, sentido uma ansiedade.

— Disse que quando ele morresse, seu último desejo era que eu fizesse uma viagem, que fizesse a maior viagem da minha vida, uma volta ao mundo. Sabe que sempre gostamos de viajar. Fomos a muitos lugares quando jovens... — conta, me olhando com tristeza. — Agora que chegou a hora dele, sei que meus dias não serão os mesmos, mas quero que seu último desejo se torne realidade. Deixarei Madri em uma semana — anuncia, e tenho dificuldade de assimilar suas palavras.

— Por que não me disse nada até agora? — sem querer, pareço estar criticando-a. — Eu poderia ir com você...

— Elise, você precisa continuar seus estudos e sua vida, com as pessoas que você ama. — Ela olha para Drew e entendo o quer dizer. — Sei que ficará bem. Você é muito forte e já é adulta e pode se defender sozinha. Só queria lhe dizer que eu vou, mas quis lhe dar um presente.

— Por quê?

— Porque certamente não voltarei. Apesar de sempre estar ao seu lado nos momentos mais importantes, sei que preciso partir. Eu te amo muito, Elise, mas devo realizar meu sonho e quero que saiba que sempre estarei aqui para você.

— E o que vai acontecer com a casa? — pergunto, olhando ao redor.

— A casa é o seu presente. É toda sua para ficar com as pessoas que você quiser. Até que comece a trabalhar lhe mandarei dinheiro, na verdade é o dinheiro que recebo pela perda do teu pai, mas de todas as formas temos economias e poderemos seguir em frente.

Incapaz de dizer nada vou para o meu quarto e Drew me segue. Tento processar tudo o que aconteceu, mas não consigo entender nada.

Quer morar comigo?

À medida que passam os dias, sinto que ainda não assimilei que minha mãe está prestes a ir embora. Perdi meu pai recentemente e agora minha mãe vai embora? Só tenho Drew a meu lado.

Chegou o dia da viagem de minha mãe. As malas já estão prontas e, mesmo que eu tenha insistido para que ela ficasse ao menos mais uns dois dias, não consegui fazê-la mudar de ideia. Na verdade, trata-se de sua vida.

O tempo todo ela diz que vai fazer a viagem por causa de meu pai, mas não sei se é o correto que se afaste neste momento, quando me sinto moída por todo o peso que levo nas costas. Drew está comigo e a partir de agora a casa é minha, então tenho que começar a tomar minhas próprias decisões.

Como o voo é às onze da noite, passo todo o dia na companhia de minha mãe. Seu primeiro destino será a França. Ela nunca se separou de mim antes e não sei como lidarei com a distância. De toda forma, a única coisa que posso fazer é desejar que seja feliz, só espero isso e, assim, não me resta outra coisa a não ser me alegrar por ela.

— Mamãe, há uns dias, quando me disse que partiria, não acreditei. Pensei que só queria ver minha reação. — confesso.

— Sempre falo sério. Eu tinha certeza do que deveria fazer, e passar os dias chorando pela perda do meu marido não era uma opção. Dói muito seguir em frente, mas quero que o último desejo dele se torne realidade.

— Por que acredita que esse era o seu último desejo? — Sempre quis lhe fazer esta pergunta, mas nunca tinha encontrado o momento adequado.

— Elise, quando você nasceu, tínhamos planejado dar a volta ao mundo, nós três juntos — conta, com um sorriso sonhador. — Estávamos muito unidos, tudo ia bem e éramos felizes. Nunca esquecerei, mas quando você tinha apenas cinco anos, seu pai começou com os problemas do coração. E todos aqueles planos ficaram no ar. Você era muito jovem para lembrar disso, mas tivemos que enfrentar vários problemas e os sonhos dele ficaram estacionados. Dias antes de morrer, ele me disse que queria que eu transformasse nossos planos em realidade. Não quero pensar nisso, mas talvez ele já soubesse que suas horas estavam contadas. Sinto agora que o momento chegou e sei que ele ficará bem. É verdade que durante esses dias aconteceram muitas coisas, de uma forma avassaladora, mas de algum modo pudemos continuar, e isso é o que importa.

— Não posso acreditar que você vai embora e que não saberei quando vou voltar a vê-la.

— As pessoas que você mais ama jamais a abandonam. Podem sair da sua vida, mas sempre formarão parte de você. Como lhe disse há uns dias, você deve continuar com a sua vida, que é ao lado de Drew, e não se preocupe comigo. Conversaremos todos os dias e lhe contarei tudo o que vivenciar.

— Vou poder visitar você?

— Pense que agora não terei casa, viverei de hotel em hotel, me deixando levar. Não tenho nenhuma rota traçada, irei a todos os lugares que puder ir, darei a volta ao mundo e lembrarei todos os dias que estou realizando um sonho muito desejado. Sei que você também conseguirá transformar os seus em realidade.

— Por favor não vá embora... — peço. — Só quero que você seja feliz, mas não entendo por que precisa ir.

— Cada vez que viajar vou me lembrar de seu pai e sentirei que estamos juntos — diz ela, e vejo que pisca com força para afastar as lágrimas. — De onde quer que seja que ele esteja me vendo, sei que sorrirá por ver a decisão que tomei.

— Eu te amo mamãe.

— Fazia tanto tempo que você não me dizia isso...

Sinto que meu coração se contrai.

— Você me deu a vida e, mesmo que tenha lhe dito poucas vezes, sempre te amei, por estar comigo, por me ajudar na medida do possível. — Drew nos observa e o vejo emocionado.

— Você vai me acompanhar ao aeroporto?

— Insisto que eu deveria ir com você — repito, sem me dar por vencida.

— Ainda não é o momento. Você tem uma vida pela frente aqui, e não vou permitir que a abandone.

À medida que se passam as horas, me sinto cada vez mais triste ao saber que vou perdê-la, mas também me sinto feliz por saber que um ciclo finalmente será encerrado.

— Preciso ir... — diz minha mãe, horas mais tarde. Paro de escrever.

— Drew, você vem? — chamo, e ele me segue.

O trajeto de táxi até o aeroporto é curto, mas o silêncio entre nós faz parecer que se passa muito tempo.

Ao descer do carro sinto que meus olhos começam a doer, e que estou a ponto de chorar. Mais uma vez enfrento novas situações. Mas se viajar é o que minha mãe quer, nunca a impedirei. Não sou ninguém para lhe cortar as asas que podem conduzi-la à felicidade.

— Espero que você seja muito feliz com a decisão que tomou — digo, enquanto me sinto lentamente destruída. — Sempre pensarei em você e estou muito agradecida por todos os momentos que compartilhamos. Agora chegou o momento de fazer dos seus sonhos uma realidade, mas não gostaria que se esquecesse de mim.

— Isso jamais acontecerá, minha filha.

— Te amo mais do que jamais confessei. — Dou-lhe um abraço carregado de milhões de emoções, no qual se expressa o que as palavras não podem dizer. Há uma grande mistura de sentimentos, tristeza, amor e felicidade, impossível de descrever.

Minha mãe começa a chorar e eu finalmente me quebro. Abraço-a com força e quero que saiba que a apoio em tudo o que fizer.

Anunciam que seu voo está a ponto de decolar.

Vejo minha mãe partir uns segundos mais tarde. Não a detenho, apenas olho sorrindo para ela.

Então me viro e não posso deixar de chorar com força.

Retornamos para casa em outro táxi, vou triste durante todo o trajeto e Drew fica tentando me animar, mas ninguém conseguiria hoje. Agora só me resta ele, e não quero que se vá.

Chegamos em casa e me jogo na cama, olho ao redor, e de repente tenho a certeza de que esta casa na qual me criei é onde passarei o resto da vida.

— Como você está? — Drew me pergunta, enquanto senta a meu lado. Não sei se é necessário que me pergunte. As lágrimas falam por mim.

— Eu me sinto abandonada por algo tão importante como é a família…

— Não fizeram isso, porque estarão sempre com você. Mas também precisa pensar que eles têm todo o direito do mundo de serem felizes.

— Eu sei, mas só passaram algumas semanas desde que perdi meu pai… Agora minha mãe se foi, e não quero perder você.

— Não me perderá, linda, sempre estarei aqui a seu lado, ok? — diz, e me olha fixamente.

— Não acho que exista o *para sempre* dos contos de fada. Muitas pessoas que se casam e prometem amor eterno acabam se separando e vivendo vidas diferentes.

— Elise, descobri o valor dos sorrisos quando a encontrei. Acha mesmo que pretendo me afastar de você algum dia?

— Mas existirão mil obstáculos… — digo com tristeza.

— Haverá milhões de obstáculos a cada minuto, mas isso pode se aplicar a qualquer situação — lembra Drew.— Precisamos apenas que nosso amor seja mais forte que os problemas.

— Te amo com toda a minha alma. Posso lhe dizer uma coisa? — pergunto quando me sinto mais tranquila. — Eu me sinto sozinha demais em casa. Gostaria que viesse morar comigo, e a verdade é que não conseguiria esperar até o dia em que nos casemos para morar com você. — "Se é que nos casaremos algum dia no futuro", penso.

— Adoraria morar com você e poder estar a seu lado, mas não quero apressar as coisas. Você me deixa pensar?

— Claro — respondo. — Mas quero que saiba que não adianta nada ter uma casa com uma vista para as montanhas se não puder compartilhá-la com alguém.

— Se chegarmos a ficar juntos um dia, tanto Diego como minha irmã precisam saber. Enquanto isso, só resta esperar. Tudo bem?

— Drew, sei que pode soar irracional, mas preciso de você, é uma das poucas pessoas com as quais me importo.

— Não é verdade, há muito mais gente, como seus amigos e o resto da família...

— Com o tempo, eu me distanciei das pessoas com quem costumava me relacionar e fiquei isolada em meu próprio universo. Agora não sei se poderei sair.

— Mas você retomou sua relação com os seus primos, e conhece mais gente — reflete.

— Sim, verdade, mas ainda tenho que mudar muito para deixar a antiga Elise para trás.

— Você mudou muito em pouco tempo, mas ainda lhe restam passos a dar e não tenha dúvidas de que estarei a seu lado para ajudá-la sempre que puder — promete, com um sorriso.

— Às vezes sinto medo.

— Medo de quê? — me pergunta.

— De que você se esqueça de todo o amor que sente por mim. — E sei que não suportaria deixar escapar alguém tão querido como ele.

— Jamais permitirei que isso aconteça. — Ele me dá as mãos enquanto me beija na testa.

— Tenho medo de que encontre o amor em outra pessoa, como fez Diego. Não quero que seja como ele.

— Eu não sou Diego. É verdade que foi um imbecil, não tenho motivos para defendê-lo, mesmo que seja meu irmão — diz, cruzando os braços. — Mas eu te amo de verdade e trair você seria como cravar facas no meu peito.

— Isso é o que você sente de verdade?

— É o que sinto agora e o que sentirei se fizer você sofrer alguma vez — responde. — Não posso lhe prometer um caminho cor de rosa, mas asseguro que juntos percorreremos milhares de caminhos. Alguns serão melhores que outros, mas sempre continuaremos em frente.

— Eu te amo mais a cada dia que passa. Por estar a meu lado, por me dar motivos para sorrir — digo, sorrindo. — Vem morar comigo? Pode responder quando quiser, desde que um dia me responda.

A partir de hoje, sei que teremos muitos obstáculos para enfrentar, mas também sei que as alegrias sempre se sobrepõem às tristezas. Pode ser muito cedo para que Drew more comigo, mas às vezes na vida temos que nos arriscar pelo que queremos. E a única coisa que quero é sua companhia e seu amor.

Faz uns dias que venho pensando nisso e, à medida que tempo passa e vejo que ele continua ao meu lado, sinto que Drew me ajuda a ser forte, da mesma forma que fez quando estive no hospital. Só que nossas vidas agora são bem diferentes do que eram naquela época.

Sonhos realizados

Já passou um mês desde que minha mãe se foi e sinto muito sua falta, mas cada vez que a escuto me alegro de que esteja feliz.

Vou todos os dias à faculdade, e estou satisfeita com as aulas que escolhi. Isso é exatamente o que eu queria fazer, e não há nada melhor do que fazer o que se sonhou.

Drew vem todos os dias a minha casa, mas continuo sentindo que o lugar é grande demais para eu ficar sozinha. Para que eu preciso de quatro quartos, se com um já tenho o suficiente?

Estou me sentindo um tanto inquieta e perdida em pensamentos. É que hoje sai a lista de classificação do concurso de literatura para o qual me inscrevi.

Não entra em minha cabeça a palavra *vitória,* porque quando escrevo não o faço com essa intenção, não gosto de me vender dessa forma. O que eu quis me inscrevendo é que mais pessoas possam ler o que escrevo. Além disso, acho que sempre é bom se deixar conhecer um pouco mais, mas daí a ganhar... Ganhar ou não ganhar não deveria ter importância alguma. Escrevo com o coração e sou feliz com o que faço. Não procuro por nenhuma recompensa além da pessoal, porque quando escrevo me deixo guiar por meus sentimentos e nada mais. Minha principal motivação sempre será a felicidade.

Ultimamente, me tornei bastante estudiosa e aplicada. Por não poder sair à noite como antes, me dedico mais a escrever ou adiantar os trabalhos. Algo que há alguns meses não teria feito nem em sonhos, mas agora tudo é diferente.

Estou distraída hoje, e tento escrever e terminar os trabalhos pendentes, mas qualquer outro pensamento viaja por minha mente, me impedindo de prestar atenção no que faço. Quando estou nas aulas teóricas, sem me dar conta, começo a fazer rabiscos na margem do livro de filosofia e, distraída como estou, não percebo que alguém se aproxima.

— Poderia compartilhar o que está fazendo com o restante dos alunos? — pergunta a sra. Burgos em um tom mal-humorado. Levanto a cabeça das palavras que estou escrevendo e dou de cara com seu olhar fixo em mim.

— Perdão... — Quero me desculpar, mas não sei como. Eu me distraí e agora não me resta mais nada a fazer a não ser abaixar a cabeça enquanto a professora me olha, extremamente irritada.

— É ótimo que goste de escrever no seu tempo livre, porém, apesar de estar na aula de filosofia, neste instante não quero que escreva. Só desejo que preste atenção. Pode ser que seja interessante. — Não digo nada, porque a vergonha de ter todos me olhando me impede de falar.

Depois de passar o que pareceram mil horas, mas na verdade foram cinco, acabam as aulas. É meio-dia e vou comer com Clara no mesmo bar de sempre. Fomos recuperando nossa amizade pouco a pouco, e agora sinto como se não tivessem existido barreiras entre nós.

— Tem alguma coisa preocupando você? — Ela me chama a atenção quando vê que estou pouco receptiva a conversar. — Na aula de filosofia você estava muito distraída, no que estava pensando? — pergunta enquanto seguimos para uma mesa ao fundo do bar.

— Estava pensando no texto que inscrevi no concurso; vão divulgar o resultado hoje.

Clara foi a segunda pessoa a ler o texto, depois de Drew.

— Por que está nervosa? Seu texto é lindo.

— Ganhar é o de menos, claro que ficaria feliz, mas não foi o meu propósito em momento algum. Eu só queria participar.

— Mas então o que lhe preocupa?

— Estou preocupada com muitas coisas, na verdade, mas não devo ficar pensando nisso.

— Drew vai morar com você? — pergunta ela.

— Por enquanto não, mesmo que agora quem decida sou eu, porque a casa é minha. Mas não sei se o melhor é que moremos juntos. Pode ser que nossa relação mude com a convivência, e não quero isso.

— Há algum obstáculo que o impeça?

— Que eu saiba, Drew ainda não falou nem com Diego nem com a irmã... Nem tudo é tão fácil, e não se pode tomar decisões da noite para o dia. Há escolhas que devem ser pensadas mil vezes antes de serem feitas.

— Entendo o que quer dizer, mas acho que Drew já é bastante grandinho para tomar as próprias decisões, não acha?

— Não queremos nos apressar por enquanto — reflito.

— Pois já passaram dois meses desde que começaram a sair. — "Ainda é cedo", penso.

— Ainda não chegou o momento — concluo.

Depois de comer, volto para casa e mando uma mensagem a Drew:

Quero entrar na página do concurso pela internet. Hoje, vão divulgar os vencedores. Gostaria que viesse aqui, ainda não me atrevi a olhar, vou esperar você.

Apenas uns minutos mais tarde já tenho a resposta e sorrio ao ler. Drew sempre sabe o que responder.

Irei em meia hora. Tenho certeza de que vai dar tudo certo. Pelo menos você tentou, e além de mim, quem mais leu com certeza gostou. ;)

Olho várias vezes para a tela acesa do computador. Ainda que queira entrar na página, não o faço até Drew chegar. Seja qual for o resultado, quero compartilhar com ele. Convidá-lo para checar isso comigo não deixa de ser outra desculpa para ficarmos juntos.

Vários minutos depois, quando não posso mais conter a emoção, Drew bate à porta. Ele se senta ao meu lado antes mesmo de me cumprimentar.

— Estou nervosa! — digo, enquanto digito o endereço do site. — Tive que conter minha vontade de olhar os resultados.

— Se ganhar... qual é o prêmio? — pergunta.

— A princípio publicarão o livro que escrevi ao longo dos dias em que estive no hospital — conto. — Quando me inscrevi no concurso, lhes enviei alguns fragmentos, mas se ganhar terei que enviar o manuscrito do livro para que decidam o que fazer. A verdade é que não tenho certeza de qual é o prêmio, mas o que mais me interessa é me tornar conhecida.

Espero a página carregar enquanto sinto que a paciência vai me abandonando, depois me dirijo rapidamente aonde se lê "vencedores". Começo procurando desde os últimos lugares, mas meu nome não aparece em ponto nenhum da lista até que quando já estou prestes a sair da página e... encontro o meu nome em primeiro lugar.

As lágrimas começaram a turvar minha visão e sinto que nada é real. Tenho que ler mais de duas vezes para entender que o sonho está se realizando.

— Elise, você viu? — pergunta Drew enquanto olha para a tela sem acreditar.

— Não pode ser verdade, com certeza estou sonhando... — digo com o maior de meus sorrisos. Depois de alguns segundos reajo com mais força:

— Eu ganhei! — Abraço Drew ainda sem sair de meu estado de surpresa.

— Você viu qual é o prêmio? — pergunta ele, e me dou conta do quanto estou distraída e emocionada, nem reparei no prêmio. Vou para a página que anuncia os prêmios.

— Dizem que o primeiro prêmio, além da publicação do texto apresentado em um diário, receberá… quinhentos euros?! — exclamo. Isso sim é uma surpresa; não sabia que parte do prêmio seria dinheiro em efetivo.

— E para que o dinheiro? — pergunta Drew, com estranheza.

— Suponho que seja para me ajudar na publicação do livro — respondo. — Sei que deverei fazer algumas mudanças no que escrevi durante minha estadia no hospital, mas a ideia essencial está ali.

— Estou tão contente de que tenha realizado o seu sonho! — diz ele, emocionado.

Quando já estou mais tranquila, me conecto ao Skype para falar com minha mãe. Tem sido um dos meios que mais uso para me comunicar com ela ultimamente. Logo, minha mãe atende a ligação e a vejo do outro lado da tela. Tanto Drew como eu a cumprimentamos e ela intui que algo bom aconteceu.

— Elise, como está tudo?

— Mamãe, eu ganhei! — é a primeira coisa que digo, e sinto que meu sorriso é tão grande como minhas emoções.

— O que você ganhou? — pergunta ela, perdida. Então, me lembro que não lhe contei nada quando me inscrevi no concurso.

— Há um tempo, Daniel, o professor de literatura da escola, me animou a me inscrever em um concurso. Finalmente me atrevi a enviar um breve relato e ganhei o primeiro prêmio.

— É maravilhoso! — diz, e a vejo feliz de verdade. — Mas não deixe os estudos… — avisa.

— Não deixarei. — Eu a tranquilizo. — Mas estou emocionada porque meu sonho se tornou realidade.

— Seu sonho era ganhar o concurso? — pergunta confusa, já que eu não tinha falado muito sobre isso com ela.

— Meu sonho nunca foi ganhar e sim publicar um livro, e agora, graças ao concurso, terei a oportunidade de fazer isso. Estou perto de conseguir!

— Mas com que dinheiro você o pagará? E já pensou no assunto de que tratará o livro? — Ela me encheria de perguntas se eu não a interrompesse.

— O prêmio é de quinhentos euros, e é um bom começo. Já que ganhei o concurso com o breve relato que apresentei, vou adaptá-lo ao livro que já tenho pronto, o escrevi quando estive no hospital.

— Eu te amo, Elise — me diz com um sorriso. — E estarei sempre orgulhosa de você, contanto que faça o que a deixe feliz. — Eu me retiro um segundo da webcam para secar as lágrimas. Minha mãe nunca tinha me dito que estava orgulhosa de mim. Sei que me ama e que está feliz a sua maneira quando me vê sorrir, mas nunca estivemos tão unidas. Justo agora, quando parecíamos ter uma relação diferente, ela foi embora.

Até hoje não tinha falado com ela sobre meus sonhos. Agora, de repente e depois de ouvir suas palavras, sinto como se algo tivesse se quebrado em mim.

— Onde você está? — pergunta ela, e me recomponho quando a escuto falar.

— Tinha ido buscar um copo de água — respondo depressa. Não seria capaz de lhe dizer que suas palavras me deixaram emocionada.

Nossa conversa sempre costuma versar sobre os mesmos assuntos: minha mãe me fala sobre os lugares onde esteve e eu a ouço atentamente, ao mesmo tempo que me alegro de todo o coração que por fim seja feliz. Hoje ela me conta sobre uma de suas últimas aventuras, incluindo a perda de duas malas no aeroporto, que foram encontradas no final.

— E Drew, já foi? — pergunta, quando se dá conta de que não o vê pela câmera.

— Está preparando a comida — digo, olhando em direção à cozinha.

— Vocês estão morando juntos? — pergunta, com um sorriso. — Não me contou nada…

— Não, ainda não moramos juntos — afirmo. — Mas é verdade que ele passa bastante tempo aqui em casa e eu gostaria que viesse morar comigo. Quando ele não está me sinto sozinha, agora ele é a minha melhor companhia. — Esta última parte, só eu escuto.

— É uma pessoa que demonstrou estar a seu lado em todos os momentos. Pense que nem todas as pessoas ficam com você nos maus momentos, e é isso o que deve valorizar.

— O que você pensa a respeito de ele vir morar comigo? — pergunto, com certo receio.

— Agora a casa é sua, e se quiser morar com ele e experimentar durante um tempo como é a convivência de vocês, não posso fazer outra coisa a não ser apoiar. E sabe que gosto muito dele.

— É verdade — digo, satisfeita com a resposta. Cheguei a temer por um momento que me dissesse que estávamos indo rápido demais, coisa que faria com que eu me retraísse. Até pode ser que tenhamos ido rápido demais, mas nos amamos, e por menos lógico que possa parecer, é a única emoção que talvez tenha valor neste mundo.

— Como está indo na faculdade? — pergunta minha mãe. — Faz dias que não lhe pergunto, porque sei que parece estar mais centrada ultimamente. Você se tornou mais responsável — acrescenta, com um sorriso.

— Alguns dias são difíceis, não nego. Sinto que o nível de exigência é alto, e durante o verão passado não me preparei como gostaria. Agora tenho que recuperar tudo o que foi perdido.

— Talvez você deva se esforçar mais, mas como já pode comprovar, o resultado é positivo quando você faz tudo o que pode. Se, por acaso, o resultado não for o esperado, não precisará ficar pensando em como poderia ter sido diferente. A reabilitação está indo bem? — pergunta, mudando de assunto.

— Vou à tarde, às cinco — informo.— Drew sempre me acompanha. Antes, eu gostava de fazer os exercícios pela manhã porque achava que era uma boa forma de iniciar o dia, mas agora que comecei a faculdade, querendo ir pela manhã teria que ir no horário de abertura, às seis, cedo demais.

— Ainda que esteja cansada, é melhor pela tarde, depois das aulas — afirma ela.

— Depois de tudo o que aconteceu, dizer que estou cansada é um eufemismo.

— Entendo você, Elise — diz, compreensiva. — Eu fui embora para me desconectar por uma temporada e ser feliz.

— Mas antes de ir embora você me disse para continuar com meus estudos, e é exatamente o que estou fazendo.

— Sinto muito — lamenta ela. — Mas sei que você também poderá viajar quando chegar a hora certa.

— Estou contente que você seja feliz, mas antes de me deixar sozinha chegou a pensar que eu poderia querer viajar também? — questiono, com raiva.

— Mas nós nos falamos todos os dias, e você tem a casa toda para si. É agora que deve começar a entender o que é certo ou não. Enquanto eu estou cada dia mais feliz do outro lado do mundo, descobrindo que, depois de perder alguém muito amado, a vida muda, mas não acaba.

— Está falando como se quisesse esquecê-lo… — digo magoada, pensando que a atitude que tive não deixa de ser egoísta, mesmo que eu tenha muitos motivos para isso.

— Não poderei esquecer o maior amor da minha vida. Mas, Elise, ele não queria me ver chorando por não o ter a meu lado — afirma, e vejo que seus olhos brilham. — Estou realizando um dos sonhos dele e também um dos meus.

Mudança

Dois meses depois do dia em que disse para Drew se mudar e vir morar comigo, eu o vejo subir pelas escadas com várias malas. Sinto que é bom demais para ser verdade que já tenha chegado o dia pelo qual esperei com tanta ansiedade. Finamente iremos morar juntos, agora não terei que ligar para ele cada vez que quiser vê-lo.

A partir de hoje sei que mudarão muitas coisas, mas... quantas outras já não mudaram desde que nos conhecemos? Tudo passou a ser diferente porque ele me ajudou a lutar nos dias em que a esperança estava ausente, porque todos os dias que abria os olhos e o via, sentia que ele também estava ao meu lado... eu tinha que lutar porque muita gente estava comigo. Sem todas aquelas pessoas, minha luta teria sido a mesma, porém com outros objetivos.

Sei que há mudanças quando a convivência é diária. Mas sei que o amo e estou convencida de que ele é o melhor que aconteceu em minha vida.

Quando ele acaba de deixar as malas no quarto de convidados, me aproximo.

— Sabe que hoje é um dia muito importante para mim? — digo. — Por fim, estamos juntos. Como não esperei que acontecesse tão de repente, não posso evitar ter medo de que algo dê errado.

— Isso não acontecerá, mas se você for se sentir mais tranquila, posso ir embora, hein? — responde ele, brincando.

— É o primeiro dia que estamos juntos, como quer comemorar? — pergunto.

— Simplesmente quero estar com você — diz enquanto me abraça, e sinto que eu gostaria de poder guardar todos estes instantes em meu coração.

— Temos muito o que conversar, Drew. — falo, mas ele tenta reduzir a importância disso. — Como Diego e sua família reagiram?

— No início, Diego foi contra — conta ele. — Mas não importa o que ele ache. De fato, não é a pessoa mais adequada para me aconselhar sobre como devo agir, já que foi ele quem fez você sofrer.

— Para ser sincera, sempre pensei que seria com Diego que eu viveria. E ainda acho que fiz algo muito ruim.

— O que você fez de tão ruim? — questiona ele, preocupado. — Não foi você quem botou tudo a perder, em momento nenhum você foi infiel. Não me importa que ele seja meu irmão, a forma como Diego agiu não foi correta para quem dizia amar alguém.

— De qualquer forma, isso está no passado. Já não penso nele, mas só em você — afirmo, porque não quero que se irrite.

Agora que Drew está aqui, sinto que a casa não está tão vazia, porque estou com a pessoa que mais amo.

— Você se importa que eu tenha trazido a guitarra? — Ele olha para o lado, onde apoiou a capa escura da guitarra.

— Claro que não, adoro música. Por que eu não gostaria que trouxesse a guitarra?

— Sempre que venho eu reparo no piano. Você já não toca, não é? — Ele se aproxima do piano que agora está coberto por uma fina camada de pó, o que demonstra que a última vez que o toquei foi na noite do acidente. Agora tudo me parece tão distante...

— No hospital, havia uma sala de música e foi ali a última vez que toquei. Mas como soube que não voltei a tocar no piano aqui de casa? — pergunto, porque pensava que eu era a única que havia notado a poeira.

— Percebi pela quantidade de pó que ele acumula. Além disso, nunca há partituras nele, percebe-se que está meio abandonado.

— É verdade — digo com tristeza. — Com o tempo, fui me desviando desse mundo para me centrar em meus verdadeiros sonhos.

— Faz dias que você não me fala do livro, como está indo?

— Acabei a primeira parte e tem mais de duzentas páginas.

— Haverá mais de um livro, certo? — questiona, e penso nisso.

— Só fiz a primeira parte, tenho que levar para que revisem e, se for bem aceito, depois posso continuar com a série.

— Imaginemos esta situação: e se o livro não tiver uma boa recepção? — pergunta, e não sei onde quer chegar. — Seria o fim do seu sonho?

— Não seria o fim. Desta vez, não deixarei que a opinião dos outros me influencie.

— Gostei de ouvir isso — diz ele. — Se as pessoas se interessarem, irão te seguir, e se não, simplesmente que fechem o livro. Mas em nenhum momento deve deixar que a crítica a faça sofrer. Certo? Não deve deixar que a afastem dos seus horizontes em um mundo onde as pessoas podem ser cruéis e frias.

— Quero que você o leia antes que eu o leve para a revisão.

— Está bem, mas antes precisamos ir à reabilitação, e vou lhe contar algo no caminho.

— São quase quatro horas agora e quando chegarmos já serão cinco. Vamos? — Entramos no carro. Hoje me sinto muito feliz e qualquer coisa me faz sorrir, em especial quando ouço Drew falar. Depois de alguns minutos no carro, quero lhe perguntar o que é o que ia me dizer, mas antes disso ele já está respondendo minha pergunta.

— Queria lhe dizer que Diego... Saiu da reabilitação — me informa, e não sei o que deveria dizer.

— Por que ele foi embora?

— Trabalhará temporariamente em outra seção do hospital. Acho que ouvi ele falando que estaria no setor de raio x, por isso esta semana não estará na academia. O que acha disso? — pergunta, quando me vê distraída.

— Apesar de tudo, por causa da reabilitação, Diego fez parte desta minha viagem.

— É incrível que depois de tanto tempo você ainda pense nele. — Vejo que Drew agarra com mais força o volante e sei que a última coisa que quero é que ele se sinta mal.

— É só porque quando olho para o passado, vejo que Diego foi uma grande ajuda para mim, alguém muito importante na minha recuperação.

— Foi alguém muito importante, é verdade, mas… — me interrompe.

— Mas você sempre esteve ao meu lado, me animou, me aconselhou, me fez sorrir e tudo isto não se pode pagar nem com todo o dinheiro deste mundo. E sinto que a cada dia te amo mais.

Vejo que ele relaxa e suspiro. Não posso me permitir lhe fazer mal, ele é quem menos merece.

— Ultimamente você tem melhorado muito, Elise. Fico feliz que esteja conseguindo — diz, suavizando o tom de voz.

— Mesmo assim, sei muito bem que, por mais que me empenhe, não voltarei a andar — respondo angustiada.

— Está indo por um bom caminho. Não entendo por que volta e meia pensa que não vai conseguir — fala Drew, e sei que tem razão. — Quando você começou a escrever dizia a mesma coisa, e agora, em apenas alguns dias, publicará seu primeiro livro.

Alguns minutos mais tarde, chegamos à reabilitação e encontro Maria no lugar de Diego.

A hora passa rápido, já que enquanto isso vou conversando com Maria. Somos amigas e com o tempo passei a ter confiança nela.

— E essa cara, qual o motivo da felicidade hoje? — pergunta ela ao me ver chegar e reparar que estou acompanhada por Drew, que ficou na sala de espera da academia.

— Drew se mudou para minha casa — anuncio, sem fazer nada para esconder minha felicidade.

— Que boa notícia! — me diz, contente

— Agora, não me sentirei sozinha — falo.

— Alguma vez se imaginou morando com Drew? — pergunta, por curiosidade.

— Sempre pensei que ficaria com Diego, mas depois de tudo que aconteceu, sei que tomei a decisão certa.

À noite estamos no quarto enquanto ele improvisa com a guitarra, e a verdade é que tudo parece maravilhoso. Eu, talvez inspirada por sua música, não pude me conter, e comecei a escrever as primeiras páginas do segundo livro.

De repente, Drew para de tocar, afina as cordas durante uns segundos e depois me olha fixamente.

— Estes são alguns dos momentos nos quais mais gosto de estar com você — afirma. — Porque cada um vive seu próprio sonho ao lado da pessoa que ama. Não parece mágico e incrível?

— É algo tão especial que você não imagina o quanto que me sinto feliz de compartilhar um espaço com você.

— Eu te amo, Elise. E devo lhe dizer uma coisa. — Ele vê que fico calada encarando-o e continua. — Cada canção que componho é pensando em você... você é o tema principal da minha vida.

Eu o ouço tocar uma melodia que nunca tinha escutado antes, mas que é linda. Em alguns segundos começa a cantar, e tem uma voz tão doce que envolve todo o quarto com ainda mais magia.

Desde o primeiro dia em que te vi,
Não deixei de sorrir...
Dormia pensando em te ver
Despertar.
Cada segundo que passava
Ao teu lado era especial
O tempo passou,
Mas a cada segundo te amo mais.
O felizes para sempre
Sei que não é real, mas o
Amor que sinto por ti é
O que quero guardar.

Lutarei até a morte
Se assim puder estar
Toda minha vida ao teu lado.
É o mais importante
Que tive em mim.
Por ti sonhei noite e dia,
E em teu sorriso me perdi,
Enquanto imaginava como
Seria uma vida a teu lado
Estando juntos e agora que se
É assim, sei que não te deixarei
Escapar... Nunca mais...

Ele toca os últimos acordes e repete o último verso, ao acabar estou sem palavras. Antes de que eu possa evitar, as lágrimas escorrem de meus olhos. Drew me abraça e, depois de alguns momentos, consigo voltar a falar.

— Drew, a cada dia que passa tenho mais certeza de que há muitos obstáculos na vida, mas estava escrito no universo em algum lugar que nossos caminhos se cruzariam para não se separarem mais. Porque sei que, apesar dos problemas, nosso amor é inevitavelmente mais forte. Porque quando se quer algo com todo o seu ser, se é capaz de fazer coisas que jamais teria imaginado, e a única coisa que desejo é ficar com você. Enquanto vejo os dias passarem, sei que em meus sonhos está você.

Comemorações

Chego na faculdade me sentindo realmente bem. Poder viver ao lado de Drew é inesperado, e também maravilhoso, algo que talvez nem em meus sonhos eu tivesse imaginado. É uma oportunidade única e especial, que seria impossível não aproveitar.

Clara se aproxima de mim com um café na mão, mas não a vejo, já que ando muito perdida em meus pensamentos.

— Onde você está? — pergunta ela em um tom engraçado. — Vejo que hoje está de bom humor, me diga o que aconteceu.

— Drew veio morar comigo. Só estou feliz — conto, com um grande sorriso. — Eu queria que chegasse o momento, mas ao mesmo tempo tenho medo de que algo de errado aconteça.

— Por que algo daria errado? — pergunta ela, confusa. — Vocês se amam e isso é o melhor que aconteceu a vocês.

— Às vezes sinto que não o mereço, que ele é algo fora das minhas possibilidades. De vez em quando sinto que ele não teria por que estar a meu lado e apesar de tudo, continua comigo — confesso.

— Depois de tanto tempo ainda não está claro para você que se amam? E não diga que não o merece, porque depois de tudo o que você passou, merece ficar com ele. Não tenha dúvidas. — Em momentos como este, sinto que com Clara tudo voltou ao normal. Durante um tempo nos distanciamos, mas agora que voltamos a nos falar sinto que de algum modo a recuperei e que aquele desentendimento foi só um obstáculo entre nós.

— Hoje apresentarei meu livro a uma editora — anuncio. — Drew vai me acompanhar.

— Já revisou o livro?

— Tentei polir ao máximo, a primeira parte tem por volta de duzentas páginas. Com um pouco de sorte, algum dia... verei um livro meu nas vitrines das livrarias — digo sonhadora.

— Você não sabe o quanto me alegra ver que está realizando o seu sonho — diz ela com sinceridade.

— Tenho que ir. Minha aula de literatura está a prestes a começar.

Levando os livros comigo, me despeço e vou para a aula de literatura clássica.

Durante a aula, volto a ficar distraída e sinto como se uma parte de mim permanecesse na sala, escutando com atenção, mas outra parte estivesse pensando no que poderá acontecer em apenas algumas horas.

Quando o professor chama meu nome, volto à realidade. Demoro alguns segundos para ouvi-lo, até que não repete mais meu nome.

— Pode responder à pergunta? — pede, e vejo que dezenas de olhos se voltam em minha direção.

— Perdão, pode repetir por favor? — respondo mecanicamente. Quando me pergunta de novo, estou mais concentrada e ao menos respondo com coerência.

— Bom — diz enfim. — Mas não volte a se distrair — me avisa, e consinto em silêncio enquanto dirijo minha atenção à lousa. Ao terminar a aula, o sr. Garcia me detém.

— Hoje estava muito distraída na aula, e isso não é próprio de você. Aconteceu algo? — pergunta, com um olhar inquisitivo.

— Nesta tarde, levarei meu livro a uma editora — confesso, porque considero desnecessário mentir em relação ao motivo de minha felicidade.

— Francamente é uma boa notícia — responde ele animado. Por um momento parece ter se esquecido de que me chamou a atenção poucos minutos atrás. — Ainda assim, não é motivo algum para se distrair.

— Sinto muito e peço desculpas.

— Conte-me mais sobre o livro — me diz. — Foi revisado?

— Sim — respondo. — Primeiro, eu mesma revisei na íntegra e depois mandei para outra revisão antes de levá-lo à editora. Por enquanto, as críticas têm sido favoráveis, e agora me resta o último e decisivo passo.

— O que mais conta em todo esse caminho é que não perca as esperanças em nenhum momento, nem a força inicial de quando começou a escrever. Nunca perca a sua essência. É um dos melhores conselhos que posso lhe dar. O resto você irá descobrindo à medida que o tempo passa, a vida lhe irá ensinando, e pelo visto já ensinou bastante. A que horas vai à editora? — pergunta.

— Às seis da tarde, depois da reabilitação.

Eu me despeço do professor e, ao sair da aula, vejo que Drew está me esperando na entrada da faculdade. Suas aulas são em outro horário, por isso pode me acompanhar.

Depois de ir comer, passeamos enquanto conversamos sobre o livro, e mais tarde ele me leva para a reabilitação.

— Temos que comemorar. Ontem só comemoramos a minha mudança, hoje você vai publicar o seu primeiro livro — diz com um de seus sorrisos verdadeiros, aquele que é impossível de esquecer.

— E então o que celebraremos amanhã? — pergunto, também sorrindo.

— Que continuamos juntos e nos amamos — responde, sem pensar. — Tinha pensado em levar você ao meu restaurante favorito e depois ir ao cinema.

— Parece bom, mas amanhã tenho aula e preciso estudar...

— Elise, não é sempre que podemos viver esses momentos importantes — diz ele, e entendo que tem razão. Temos obrigações, mas mesmo em dias normais devemos encontrar motivos pelos quais comemorar como a vida é bonita.

Durante a fisioterapia falo animadamente com Maria e os exercícios se tornam menos pesados, hoje tudo é mais leve. Já não me lembro de quando, para mover as pernas, necessitava um esforço sobre-humano. A tarde enfim chega, Drew está me esperando no carro e o encontro relendo meu livro.

— Sinceramente acho que é um ótimo livro, mas gosto ainda mais de ter sido um dos primeiros a ter o privilégio de lê-lo. — Quando diz isso, lembro que enviei também há uns dias uma cópia para minha mãe, mas ainda não sei se a leu. — Tenho certeza de que ela vai gostar, é lindo, mas a escritora é ainda mais. — Fico corada e no mesmo instante olho pela janela.

— Espero que as pessoas da editora pensem o mesmo — digo, com os nervos à flor da pele.

— Estou certo de que pensarão — afirma ele enquanto me acaricia com a mão.

À medida que nos dirigimos para a editora, vou observando as ruas que percorremos. Nunca estive aqui antes, mas graças ao senso de direção de Drew conseguimos encontrar o caminho e chegamos antes da hora marcada.

— Seu nome é… — pergunta a recepcionista, sem tirar os olhos do computador.

— Eu me chamo Elise Vidal, e o diretor da editora marcou comigo às sete.

— Espere um minuto, já será atendida. Ele ainda não chegou — informa, e vou para o fundo da sala, onde espero por uns minutos antes que um moço jovem abra a porta do escritório e, segundos depois, diga meu nome.

— Elise Vidal, não é? — diz e me dá dois beijos, me conduzindo ao seu escritório. Apenas me deu tempo de reagir. Drew me acompanha e sinto que tenho sorte de não vir sozinha. Graças a ele me sinto menos nervosa e sou capaz de falar sem que minha voz trema.

— Mandei para vocês um exemplar do livro há uns dias, e o levei para revisão na semana passada — começo a dizer, tentando controlar meu tom de voz.

— Acho que é um bom livro, no qual os valores estão expressos de uma forma brilhante. Agora falta publicar e distribuir. A nível pessoal me interessou, e também às demais pessoas com quem compartilhei. Sempre haverá críticas ruins, ou que não sejam exatamente o que você gostaria de ouvir, mas deverá levá-las de uma forma positiva, sem que fossem algo relevante para você.

— Então há a possibilidade de publicação? — pergunto, tentando não criar esperanças demais.

— Claro, é por isso que quis vê-la — diz, sorrindo. — Além disso, quero saber mais da sua vida.

— No último dez de junho tive um acidente, e desde então soube que minha vida tinha mudado, e que deveria mudar minhas atitudes. Hoje em dia, luto para voltar a andar. — Resumo em poucas palavras os eventos ocorridos.

— Sem dúvida você é uma pessoa forte.

Depois de conversar durante mais um tempo, saímos. Estou ainda mais sonhadora, se é que é possível, porque agora tenho a data da publicação do meu livro, que será em... duas semanas! Quando penso nisso sinto que é algo tão incrível que eu poderia ficar sorrindo eternamente.

Vamos jantar em um restaurante italiano que é um dos favoritos de Drew, e eu estou encantada por estar em sua companhia.

— Você se lembra de quando tudo começou? — pergunta ele enquanto esperamos que nos sirvam.

— Já faz bastante tempo desde o início de tudo, mas passou tão rápido que sinto como se tivesse sido há apenas alguns dias.

— Logo fará um ano desde a primeira vez que nos vimos — ele me lembra.

— E desde então temos sido grandes amigos.

— Depois de tudo o que aconteceu, ainda acha que somos só amigos? — pergunta sorrindo.

— Gostei muito da forma como o diretor da editora falou comigo, ele se mostrou próximo — digo, pensando em voz alta.

— Ele é simpático, mas desconfio dele.

— Por quê? É normal que tenha vontade de falar com a autora do próximo livro que irá publicar.

— Reparei que ele só se importa com a sua vida, não com como escreveu o livro ou o que a motivou a fazê-lo — diz. — Eu percebi que ele estava interessado em você.

— Não posso acreditar que esteja com ciúmes. Não vê que eu te amo? Você é a coisa mais importante que há na minha vida e ainda acha que posso me interessar por outras pessoas... — sei que a forma como começamos talvez não tenha sido a melhor, mas não importa como começou tudo, e sim o resultado final.

— Confio em você. Elise, me desculpa — pede mais tranquilo, enquanto continuamos jantando.

Ao acabar de jantar nos dirigimos ao cinema, que fica perto do restaurante.

— Hoje escolheremos um filme de que nós dois gostemos, ok? — diz ele, enquanto esperamos na bilheteria e olhamos para os cartazes.

— Está bem, na última vez, você quase dormiu — lembro.

— Na verdade, penso que aquele foi nosso primeiro encontro, então tenho uma boa recordação. Além disso, minha parte preferida do filme foi ver você sorrir.

— Sempre pensarei que, neste imenso muito, tive muita sorte de encontrar você.

— Tivemos sorte por nossas vidas se cruzarem

Depois de discutir alguns minutos sobre o que vamos ver, escolhemos um filme de diretores franceses que recebeu boas críticas.

Os primeiros minutos indicam ser um filme romântico, apesar de não ser precisamente o tipo de filme de que gosto, mas vemos tudo de outra forma quando estamos apaixonados, como se de alguma maneira nosso foco para determinados aspectos da vida fosse alterado.

Eu me identifico com o momento em que a vida de um casal de namorados dá um giro radical. Seu mundo perfeitamente calculado desmorona e a partir daí precisam começar do zero. Às vezes começar do zero é a melhor opção.

Tentativa

Preciso de cadernos novos, por isso vou depois do café à livraria que fica a algumas ruas de minha casa. Conheço os donos já faz muitos anos, porque quando precisava comprar algum livro ou material para a escola, eu sempre ia lá.

— Quem diria que a Elise que há anos vinha comprar livros aqui hoje seria escritora... — diz o homem mais velho. Sua esposa, que está atendendo um cliente, me olha sorrindo.

— Como sabe disso? — pergunto surpresa. Sei que desde a publicação muitos exemplares de meu livro foram distribuídos, mas não pensei que chegariam a uma pequena livraria.

— Não olhou na vitrine? — pergunta a mulher. — Temos um livro de uma tal Elise Vidal, que talvez chegue a ser um best-seller.

Vou para a vitrine e me deparo com o meu primeiro livro, com a capa que eu mesma pintei.

Lágrimas de emoção me escapam. Realizei um grande sonho.

Quando chego em casa, Drew está acordando. Assim que me vê, meio sonolento, pergunta:

— Por que acordou tão cedo? É sábado.

— Fui à livraria aqui perto de casa, e sabe de uma coisa? Estão vendendo o meu livro! — exclamo emocionada, e Drew me abraça.

— Não pode nem imaginar o quanto me sinto feliz por você ter realizado seus sonhos. Mas quando for uma escritora de renome, pode ser que se afaste de mim. Talvez eu não seja mais suficiente — responde, e percebo certa preocupação em suas palavras.

— Isso nunca vai acontecer — digo com convicção. — Não posso me afastar da pessoa pela qual eu luto e lutarei todos os dias.

— É uma frase muito poética, mas preciso despertar para saber o que responder —diz ele, rindo. — Bem, então vou deixar que você acorde enquanto falo com minha mãe — digo, vendo que ele volta a fechar os olhos.

— Talvez onde ela estiver haja diferença de horário e você acabe acordando-a também.

— Ela costuma madrugar — respondo simplesmente. Drew continua dormindo e não posso evitar sorrir.

Vou para a cozinha e ligo para minha mãe. Depois de quase quarenta minutos de espera, finalmente ela aceita a ligação.

— Elise, você está linda! — exclama ao me ver.

— Você é que está! Andou tomando sol? — pergunto, pois ela está um pouco bronzeada.

— Estou agora no Caribe e o tempo não poderia estar melhor — conta animada. — Como você está?

— Acredito que estou passando por um dos melhores momentos da minha vida —digo maravilhada.

— O que aconteceu? — pergunta minha mãe, com curiosidade e emoção.

— Publiquei o livro que lhe enviei! Lembra que falei uns dias atrás que iria na editora? Então, enfim o publicaram. Fui à livraria aqui perto de casa esta manhã e vi o primeiro exemplar.

— É maravilhoso! — exclama ela, com lágrimas nos olhos. — Não sabe o quanto me alegro!

— Gostaria que você estivesse do meu lado, mas suponho que você está feliz... — digo, sorrindo.

— Estou ainda mais feliz depois de ver como sua vida está indo. Os últimos meses não foram exatamente fáceis, mas você conseguiu seguir em frente e agora realizou um sonho. O que mais você poderia pedir?

— Voltar a andar — digo em um sussurro.

— O que disse? Não escutei...

— Quero voltar a andar — respondo, com mais força e convicção.

— Meu amor, a última coisa que quero fazer é desanimar você, mas precisa ser realista e sabe que isso é muito complicado... — começa a dizer, mas eu a impeço.

— Não tentei, para saber se é possível ou não — replico, porque sei que é verdade.

— Mesmo que você tente, deve saber que há coisas que não pode fazer e é inútil que fique mais obcecada pensando nisso.

— Sei que é difícil, mas estou certa de que consigo — afirmo. — Pensei que seria impossível publicar um livro, que fosse algo inalcançável, mas agora vejo que uma pessoa pode conseguir tudo o que quiser quando se esforça com toda a alma.

— É verdade, Elise, mas estamos falando de algo que é fisicamente impossível. Os médicos não acreditam que isso vá acontecer.

— Para começar, ninguém teria imaginado que eu sobreviveria depois do acidente, e eu enfim aprendi a viver — digo. — Evito falar do impossível, sei que há muitas coisas difíceis de conseguir. Mas há ainda menos probabilidade de alcançar os objetivos quando não se tenta.

— Então, está dizendo que vai tentar?

— Sim — respondo, segura de mim mesma. — Quero voltar a andar, então no mínimo preciso tentar.

Depois de alguns minutos, acabo de falar com minha mãe e reflito sobre o que lhe disse. Apesar de estes serem momentos muito felizes em minha vida, também tenho um objetivo que ainda não tornei realidade e logo fará um ano que sofri o acidente. Foram 365 dias vividos, 365 dias para mudar.

Drew está comigo, eu estudo, acabo de realizar um sonho e começo a colocar minha vida nos trilhos. Mas ainda falta um pouco para que possa dizer que sou feliz de verdade. Não sei se poderei voltar a andar ou se apenas cairei e me causarei sofrimento. Talvez as pernas não aguentem, mas sei que tenho força dentro de mim e que um dia vou conseguir. Sei que todas as horas que passei na reabilitação devem trazer algum resultado e agora só quero, depois de todos os sofrimentos vividos, sentir que tudo valeu a pena. Quero ficar de pé e dar o passo mais importante de minha nova vida. Os minutos passam, logo uma hora, e continuo perdida me minhas reflexões até que Drew entra na cozinha e volto a mim.

— Elise, sua mãe disse algo que tenha incomodado você? — pergunta Drew com cautela enquanto se senta a meu lado.

— Não, não me disse nada. Só contei do livro e ela se alegrou muito por isso.

— Mas? — pergunta ele, temendo que haja algo que eu não tenha dito.

— Mas quando ela me perguntou o que mais eu poderia querer para ser feliz…

— O que você disse? — questiona, impaciente.

— Falei que quero voltar a andar. — Ele me abraça e me sinto melhor, mas minha reflexão não acaba aqui.

— Não vejo isso como algo impossível, quer dizer, sei que cedo ou tarde você conseguirá. Talvez não agora, mas algum dia você conseguirá — diz Drew, com a esperança de me animar.

— Lembra-se de quando pendurei o calendário no quarto do hospital? — digo, e sinto que me transporto para aquele quarto no qual a luz era causada pelos sorrisos da pessoa que tenho a meu lado e onde ele às vezes passava tardes inteiras me perguntando sobre minha vida, mas ao fim apreciei com todo o coração cada palavra que ele me dizia.

— Faz muito tempo desde aquele dia — relembra ele. — Perguntei por que você estava pendurando aquele calendário — recorda depois de pensar por um momento.

— Sim, acontece que todo dia que chegava ao fim eu marcava no calendário e assim ia contando o tempo que faltava para passar um ano.

— E...? — me pergunta confuso, e sinto que preciso me explicar melhor.

— Em poucos dias fará um ano do acidente.

— Contou todos, e cada um dos dias que passaram desde então? — questiona, sem acreditar, claramente assombrado.

— Um de meus maiores objetivos durante este ano era voltar a andar.

— Mas por que se propôs a voltar a andar? A vida segue e não termina neste ano.

— Eu sei, mas a reabilitação no hospital sim.

— E o que importa?

— Quando acabar o ano deverei ir a outro lugar, e eu desejo muito sair andando do lugar aonde fui tantas vezes.

— Continuo sem entender — diz ele, piscando.

— Eu teria 365 dias para mudar, esta foi a primeira coisa que Diego me disse, e desde esse dia estou mudando. A mudança deveria terminar quando eu voltasse a andar e retornasse à vida tal como eu a havia deixado.

— Mas não sabemos quando isso vai acontecer... Nem você nem os médicos que seguiram a sua evolução podem saber... — diz ele, duvidando, da mesma forma que minha mãe.

— É verdade que não sei, mas quero tentar.

— A cada dia admiro você um pouco mais — confessa, com os olhos brilhando. — E quero te dizer uma coisa...

— Diga-me — respondo emocionada.

— Descobri a felicidade quando você entrou na minha vida — declara simplesmente, e durante alguns segundos apenas olho para ele.

— Uma pessoa pode ser tão importante? — Minha voz treme e a emoção que me invade é inexplicável.

— Desde o primeiro beijo me dou conta de que, a partir do momento em que a conheci, sempre penso em um presente e um futuro juntos. Você sempre foi muito importante para mim e sempre será.

— Te amo mais do que poderia amar a alguém no mundo, Drew.

— Posso perguntar uma coisa? — pede, de repente adotando uma expressão mais séria.

— Claro.

— Ainda… pensa no Diego?

— Já não penso nele, agora com o que tenho em minha vida, você é a única pessoa em quem quero pensar. — Pela primeira vez, vejo um indício de lágrimas em seus olhos.

— Faz tanto tempo que eu quero ouvir isso… — diz ele, piscando com rapidez.

— Drew, desde que você está na minha vida, é o melhor que me aconteceu. Sei que todas as coisas boas que eu passar na vida não terão sentido se você não estiver junto.

— Minha vida nunca teve tanto sentido até que você chegou.

— Não percebe? Não há dia em que eu não pense que somos uma só alma.

— E somos — concorda e me beija durante um tempo que não me incomodo em contar. — Além disso, amanhã será um dia especial, porque farei dezenove anos.

— Sério? — digo e me surpreendo por não saber disso. Como era possível nunca ter lhe perguntado o dia de seu aniversário?

— De qualquer maneira, você sempre será um ano mais velha que eu… — me diz sorrindo.

— E agora a idade importa para ficar comigo? — pergunto. — Se você pudesse fazer um pedido, qual seria?

— Simplesmente pediria que você continuasse ao meu lado e nunca se afastasse. Não peço que me ame para sempre porque existem promessas impossíveis de se cumprir, mas só preciso que não se afaste.

— Sabe que isso não acontecerá. — Eu o calo com um beijo. Quero esquecer o passado e deixar de pensar no futuro para focar em nada mais do que o presente.

Ao cair a noite, antes de adormecer, penso no que posso lhe dar de presente. Drew foi uma das pessoas mais cuidadosas e gentis que conheci e não sei o que posso fazer por ele.

Espero que ele durma, e na escuridão do quarto luto para não dormir. Quando escuto sua respiração pausada, tento sair da cama. Apesar de ele me abraçar com força, consigo não o acordar e vou até o computador.

Depois de muito tempo termino a surpresa, olho no relógio e não posso acreditar que... Já são seis horas! Não dormi toda a noite, mas não tenho sono. Volto para a cama. Drew continua em um sono profundo e tento fechar os olhos para não o acordar.

Penso em todas as minhas lembranças sobre ele: o grafite, todos os poemas, todas as canções de amor, todas as surpresas inesperadas... Eu o amo por ser como é, o amo por estar a meu lado e por mil motivos mais que jamais acabarei de descobrir.

Pôr do sol

Não passam nem dez minutos desde que estou na cama e sinto que será impossível dormir. Considerando que hoje é domingo, terei tempo para dormir ao longo do dia. Eu me levanto da cama e vou preparar o café. Muitas vezes é Drew quem cozinha, porque esse é um de seus principais passatempos, mas hoje é o seu dia.

Passadas as nove horas, ele acorda.

— Parabéns! — digo e me jogo na cama, lhe dando um beijo daqueles que não se esquecem. No início ele fica um pouco surpreso e desconcertado, mas em seguida sorri.

— Muito obrigado — agradece, me dando um beijo no rosto.

— Tenho uma surpresa, mas vou esperar para entregar...

— Por que faz esse mistério? — pergunta, brincando.

— Você é sempre assim quando quer me fazer alguma surpresa, fica sempre calado até a última hora. Sabe perfeitamente que a espera é o que menos suporto e se aproveita disso — digo com um sorriso, e acrescento: — Mas sabe que te amo muito. — Ambos caímos na gargalhada e sou muito feliz neste momento de cumplicidade.

— Então, agora vai me fazer pagar?

— Depende de como se comportar — respondo. — Mas espero que você goste.

— Pode me dar uma pista do que seria? — pede ele.

— Fiz suas malas. Sabe por quê?

— A surpresa é que você vai me botar para fora de casa? — diz, e há um quê de seriedade em sua voz. Começamos a tomar o café e ele ainda espera a resposta.

— Posso dizer que não ficaremos em casa, nós iremos sair.

— Aonde? — me pergunta com interesse.

— Não posso dizer, ou não seria uma surpresa.

— Quando sairemos?

— Hoje — respondo, sem revelar o lugar

— A que horas? — segue perguntando.

— Não sei, pode ser que em alguns minutos, pode ser que em horas...

— Já entendi. Mas só mais uma pergunta...

Não o deixo continuar.

— Drew, não insista...

— Está bem, parei — diz, tentando conter o riso. — Mas se eu for dirigindo, preciso saber para onde vamos.

Ele tem razão, mas ainda assim me nego a dizer aonde iremos.

— Podemos ir com meu carro. Já faz uns dias que tentei dirigir, e pouco a pouco vou me acostumando à minha nova rotina.

— Como preferir — diz, enquanto continuamos tomando o café. Ao acabar, eu me arrumo um pouco e verifico se estou levando tudo de que preciso.

Algumas horas mais tarde, chegamos à praia da Virgem do Mar em Santander. A estas horas é quando os raios do sol queimam com mais intensidade. Hoje é um dia quente e sorrio ao ver o mar diante de nós, radiante de vida e com um infinito de cores azuladas e esverdeadas que se misturam.

— Já sei aonde está me levando... — diz Drew, sorrindo à medida que vai reconhecendo o lugar onde nos encontramos.

— Já esteve alguma vez aqui? — pergunto.

— Não. Vivi em Astúrias quando era pequeno, e a praia de lá foi uma das poucas que vi. Gostava muito de passar horas no mar. — Ele olha para a frente, ainda sorrindo. — Porém, não vai sujar a cadeira de rodas?

— Pensa que isso me importa agora? — pergunto, e ele nega. Então me ajuda a descer do carro e pergunta:

— Onde iremos comer?

— Há um restaurante aqui no qual eu costumava ir com meu pai… — digo, e tenho que tragar o nó que fica na garganta ao voltar a falar de meu pai.

— Sua mãe não acompanhava vocês? — questiona Drew, e por uns instantes me perco nas lembranças.

— Ela não gostava de praia — respondo enfim. — Mas isso não impediu que passássemos bons momentos.

Chegamos no restaurante. Apesar de ser afastado do mar, pode-se ver perfeitamente a praia. A vista é linda e adoro as paellas que se servem aqui.

— Elise? — Escuto uma voz que reconheço no mesmo instante.

— Jessica! Que alegria em ver você! — exclamo, e vou para o lado de minha amiga enquanto vejo que Drew se dirige a uma mesa.

— O que aconteceu? — pergunta, surpresa ao reparar na cadeira de rodas.

— É uma longa história… — respondo sorrindo. — Tive um acidente, mas estou aqui. — E depois de muito tempo compreendo que ser forte é ser capaz de sorrir por algo que um dia me fez sentir no chão. Finalmente, consigo sorrir apesar do passado. Porque, se não fosse pelo que vivi no passado, não teria o presente com o qual sempre sonhei.

— Passou muito tempo! — diz ela, contente de voltar a me ver. — E vejo que agora vem com companhia diferente… — Olha para Drew. — Quem é?

— É meu namorado. — Nunca me acostumarei a pronunciar estas palavras, tudo continua soando como algo mágico e irreal. — E como hoje é aniversário dele, trouxe-o para comemorar. Mas o melhor está por vir.

— Eu me alegro de ver que você está seguindo em frente — me diz sorrindo. — Faz tempo que não vejo seu pai, como ele está? — Fico bloqueada e não sei o que responder. Segundos depois, decido expor as coisas como são.

— Há uns meses ele teve um ataque do coração e… morreu. — Ignoro a vontade de chorar que por momentos se apoderou de mim e sigo falando: — Isso foi mais cruel que o acidente, mas não resta outra coisa a fazer a não ser seguir em frente.

— Sinto muito, de verdade— diz ela, com tristeza. — Lembro bem dos verões que você vinha aqui… — Eu também puxo pela memória. — Bom, quando for embora se despeça de mim. Foi incrível rever você, mas tenho muitas mesas para atender. — Ela se desculpa e a vejo seguir para o balcão. Volto para a mesa em que Drew está.

— Quem era?

— Era uma amiga que conheci porque vínhamos aqui todo verão depois da praia, eu vinha comer aqui com meu pai. Agora quero compartilhar com você um lugar onde vivi momentos incríveis.

Durante o almoço ficamos conversando e recordando bons momentos. Hoje não há lugar para o silêncio ou para a tristeza.

Às cinco da tarde nós saímos do restaurante, e me despeço de Jessica.

— Agora, aonde vamos? — pergunta Drew enquanto o conduzo por um lugar onde há mais pedras. Ao ver o terreno por onde quero seguir, ele se detém. — Aonde vamos? — insiste.

— Há um caminho plano entre as pedras — digo tranquilamente. Lembro de quando eu cruzava esses caminhos, agora me dou conta de que preciso ter mais cuidado.

Logo nos afastamos de qualquer indício de ruído, de pessoas. Gosto da calma que se respira. Durante uns instantes me limito a fechar os olhos, e a única coisa que escuto é o som das ondas se chocando contra a areia. Chegou o entardecer e com ele sei que chegou o momento de dizer a Drew tudo o que planejei falar durante o dia.

— Desde o dia em que nos conhecemos até agora, muitas frases puderam descrever o nosso amor, ainda que depois de cada beijo eu entenda haver emoções que não podem ser descritas com palavras. Mesmo assim, tentei, e desde ontem pela noite escrevi todas as frases que lembro que dissemos um ao outro. Com algumas frases poderíamos escrever nossa própria história. O presente que quero lhe dar é não sair jamais do seu lado, e se alguma vez imaginamos um futuro juntos, só precisaremos ler as frases e que o amor por si só nos relembre o que nos trouxe aonde estamos.

Tiro as folhas de papel da mochila e as começo a ler. Espero uma reação, mas ele está simplesmente assombrado.

Descobrimos a felicidade quando nossas vidas se cruzaram.

Cada canção que componho é pensando em você... você é o tema principal da minha vida.

Estava escrito no universo em algum lugar que nossos caminhos se cruzariam para não se separarem mais.

Cada beijo, cada caricia, é o melhor sentimento da vida.
Só peço uma coisa: não se afaste da minha vida.
Depois de cada olhar compreendo que nosso amor é mais forte que todos os problemas.
Me beije e esqueça do passado e do futuro, só existe o presente.
Não quero ver tuas lágrimas se não forem de alegria.
A verdade é que não conseguiria esperar até o dia em que nos casemos para morar com você.
Cada vez que te olho nos olhos sinto que tenho tudo.
Tantos sentimentos encontrados... Deixe-me descobrir muitos mais.

Não posso lhe prometer um caminho cor de rosa, mas asseguro que juntos percorreremos milhares de caminhos. Alguns serão melhores que outros, mas sempre continuaremos em frente.

Juntos somos um mundo.

Desde o primeiro beijo me dou conta de que, a partir do momento em que a conheci, sempre penso em um presente e um futuro juntos.

A cada dia que passava eu ia dormir sendo mais forte porque nosso amor restabeleceu minhas forças e me ajudou a continuar.

Já não penso nele, agora com o que tenho em minha vida, você é a única pessoa em quem quero pensar.

— Por que continua acordando antes de mim? — Continuo querendo ver você acordar, hoje, amanhã e todos os dias.
Nossas vidas se cruzaram porque precisávamos ficar juntos.

Ontem à noite olhei para as estrelas e no meio da escuridão vi seus olhos brilhantes no firmamento. Lembro-me às vezes de como tudo começou, nunca pensei que fosse possível estar a seu lado e agora não imagino minha vida sem você.

Acabo de ler com lágrimas nos olhos, foi um dos textos mais emocionantes que fiz, aqueles que saem do coração e não da mente. E foi escrito para a pessoa que mais amo.

Depois de uns instantes, ficamos olhando o pôr do sol diante de nós, abraçados em silêncio.

— No que está pensando?

— Acho que você esqueceu uma frase — diz Drew, e mentalmente releio o texto.

— Qual?

— A que diz *desde que a conheci, você foi a coisa mais importante da minha vida.*

Durante um bom tempo, só existem os beijos sobre a areia da praia, enquanto os últimos raios de sol nos iluminam

— Eu te amo, Drew, e quero que saiba que, ainda que passemos muitos dias juntos, alguns serão ruins, mas em compensação sempre haverá os inesquecíveis.

— Eu te amo demais Elise — diz ele. — Eu sofreria muito se perdesse você, mas a cada dia que passa você está mais perto de mim, e isso é a única coisa que me importa, agora e para sempre.

— Você esperava a surpresa?

— Não esperava que lembrasse de tantas coisas que lhe disse — responde com sinceridade. — Já passou muito tempo.

— Mas por mais que o tempo passe, nunca poderemos esquecer — termino sua frase.

Dias mágicos na reabilitação

Depois de passar o domingo na praia, chega a segunda. E como a cada segunda, as aulas passam lentas demais, e sinto que sempre estou pensando em milhares de coisas ao mesmo tempo, nenhuma delas relacionada à aula. Sei que isso não está certo, eu deveria me concentrar mais, porém meus pensamentos são mais fortes que minha perseverança durante as aulas que parecem não acabar nunca.

Por fim, as aulas acabam e Drew está me esperando para irmos à reabilitação. Mesmo que os dias difíceis voltem, tudo é mais suportável a seu lado.

— Como foi o seu dia?

— Como toda segunda... — respondo sem ânimo nenhum.

— Tenho uma notícia — diz sem prestar atenção em meu comentário. — Diego voltou para a fisioterapia.

— Mas como pode ter ficado no setor de raio x apenas algumas semanas? — pergunto, confusa.

— Pelo visto, teve problemas com as radiografias, não sei quais, e... bem, lhe disseram para voltar à reabilitação.

— Bom, de qualquer maneira o que ele faz não me importa — falo, sem vontade de continuar a conversa.

Logo chegamos à reabilitação e percebo que pelo visto a segunda é o dia que mais pessoas vão durante a tarde. A academia está cheia.

— Drew, se importa em vir comigo?

— Claro que não. Mas posso saber por que quer que eu a acompanhe?

— Creio que talvez mude alguma coisa hoje. — Sorrio e ele me segue até a academia.

— Oi, Elise — cumprimenta Diego ao me ver. — Sentiu minha falta? — Sei que não pergunta com má intenção, mas não sei qual resposta espera.

— Sabe que você não é imprescindível, não é? — respondo com grosseria, sem conseguir evitar.

Então, ele vê Drew ao meu lado e sinto que está... magoado? Talvez seja só uma impressão, mas ao me ver com Drew, Diego percebe que já não somos apenas amigos.

Começo a fazer os exercícios como em um dia qualquer. A tensão ainda não desapareceu no ambiente, mas me sinto mais confortável porque Drew está aqui.

— Gostaria que algum dia voltássemos a ser amigos, só isso. Você é alguém que eu adorei ter conhecido e não gostaria de ter uma relação ruim com você, principalmente se você está com Drew... — diz Diego quando pensa que seu irmão não está nos escutando.

— Já acabei o ano da reabilitação no hospital, hoje é o último dia — anuncio, um pouco seca.

— Mas podemos continuar nos falando, não? — pergunta, mas eu o evito.

— Não — respondo, objetiva.

— Por que não? — questiona, insistente, e começo a me exaltar.

— Acha que perdoar e esquecer é simples?

— Sei que não é, e entendo você, mas não gostaria deixar de falar com uma das melhores pessoas que conheci.

— Por ser meu último dia, tinha pensado em uma coisa... — De repente me encontro com o olhar incógnito de Drew.

— Em quê? — pergunta Diego.

— Quero ficar de pé e tentar andar.

— Tem certeza? — pergunta Drew, com um olhar que parece me perguntar se perdi a cabeça.

— Reabilitação é como a vida — digo. — Cada vez que você cai, deve voltar a tentar se levantar. Não tenho medo de cair, só de não tentar.

— Se é o que quer... — me diz Diego. — Sei que pode conseguir, desde o primeiro dia que veio à academia eu soube. — Vejo que ele sorri. — Eu ajudo.

Não esperava essa sua resposta; achei que diria que eu estava louca por só pensar em tentar. Mas como lhe disse, não tenho medo das quedas. Caí tantas vezes nestes últimos meses que não tive outra opção a não ser voltar a me levantar, e a soma de todas essas quedas me fez ser mais forte.

Eu me posiciono diante das barras paralelas, olho para o espelho que está à minha frente e vejo um olhar repleto de força, determinação e segurança que poucas vezes tinha visto. Sei que o mais provável é que eu caia e até pode ser que me machuque, mas devo tentar.

Diego e Drew me observam em silêncio. Maria também está ali e muitas pessoas de repente deixaram de fazer seus exercícios, devem estar se perguntando o que está acontecendo.

— Você tem certeza? — pergunta Diego.

— Sim — respondo convencida, enquanto Drew se aproxima de mim e me dá a mão para que fique de pé. Preciso de toda força que fui ganhando nas pernas durante este ano, mas sobretudo nos braços, e finalmente... eu consigo.

Depois de me levantar da cadeira, avanço com a perna direita e quando me sinto mais estável e vejo que não perco o equilíbrio, vou com a esquerda. Sinto que fico tonta no início, mas tento me acalmar e volto a repetir a ação, desta vez com mais confiança. Fico alguns segundos de pé até que sinto que as pernas estão rígidas, que as sinto começarem a doer, por voltar a andar pela segunda vez na minha vida. Neste momento meu choro é a única coisa que se ouve.

Estou de pé e... é incrível! Eu me sinto tão feliz que apenas posso me sentir consciente do que aconteceu, só sei que consegui.

Drew me abraça com tanta força que quase me deixa sem respiração. Segundos mais tarde, todas as pessoas ao redor, que até agora presenciavam a cena, aplaudem ao uníssono.

Voltei a andar e cumpri meus objetivos! Eu consegui! Mas é tão incrível que não acredito. Peço que Drew tire uma foto porque não quero esquecer este momento jamais.

Durante alguns minutos olho fixamente para a cadeira de rodas, chorando de alegria. Consegui muitas vitórias durante este ano, mas esta, sem sombra de dúvidas, é a maior. Quando o momento chega ao fim, estou esgotada e volto a me sentar. Foram apenas alguns passos, mas significam tanto para mim!

Drew se senta ao meu lado e me abraça. Procuro o celular no bolso da calça e ligo para minha mãe. Minha voz treme e mal sinto minhas mãos e ainda menos os pés, mas a felicidade não poderia ter um sabor melhor.

— Elise, o que aconteceu? — pergunta surpresa, porque são poucas as vezes que ligo para ela do celular.

— Eu andei!

Durante uns segundos não se escuta nada do outro lado da linha, penso que a ligação caiu, até que ouço uns soluços abafados.

— Não sabe o quanto me sinto feliz que tenha conseguido. Você é a minha lutadora, minha grande alegria. Te amo muito, de verdade. Acaba de tornar este dia muito especial.

Diego se aproxima de mim, mas mal o vejo, e então me abraça.

— Sabia que você conseguiria, nunca duvidei disso — diz com firmeza. Cada vez que o vejo ainda sinto como se um espinho estivesse cravado em meu coração, mas sei que com o tempo seremos amigos.

— Foi o melhor dia na reabilitação — afirmo, com um largo sorriso.

— Eu também acho — diz Diego. — Lembra do que eu lhe disse no início?

— Eu teria 365 dias para mudar, 365 dias para dar uma guinada na situação. Nunca esquecerei — digo enquanto sinto que as lágrimas voltam e com elas também as lembranças.

— Voltaremos a nos falar algum dia? — pergunta, esperançoso.

— Sim — afirmo, pensando no assunto. — Você me fez sofrer, mas no fim das contas o que importa é que me ajudou, e isso é o que mais valorizo, e do que sempre irei me lembrar. Agradeço a você pelo que consegui.

Depois de um último abraço, sinto que me despedi de Diego. Este foi o último dia de reabilitação. Já passou um ano.

— O que fará com a cadeira? — me pergunta Drew. Deixo meus braços caírem sobre os braços de descanso e penso por uns segundos.

— Vou guardá-la — respondo.

— Por que quer guardar? — questiona ele, sem entender.

— Porque cada vez que me sentir sem forças, eu a verei e saberei que consegui coisas que me pareciam impossíveis. É simplesmente um objeto que significa muito para mim — explico. A cadeira se transformou em algo que me transmite muitos sentimentos e emoções. Não posso me desfazer de algo que significa tanto para mim.

— Eu te amo, Elise, e te amo ainda mais a cada vez que percebo o que você é capaz de fazer para alcançar os seus sonhos — diz Drew, e vejo que ele também está feliz ao me ver sorrir. — Já pensou como sua vida mudou no último ano?

— Ainda resta muito para mudar. Nunca se muda por completo.

— Como quer ir para o carro? — pergunta quando saímos do hospital.

— Andando — digo. — A partir de agora darei às minhas pernas a importância que merecem. — Ele me ajuda a me levantar da cadeira de rodas, me dá a mão enquanto eu me apoio no respaldo da cadeira como se fosse um andador e andamos tranquilamente para o estacionamento. Vou a um passo lento e muito inseguro, pois ainda tenho medo de me machucar. Mas sei que o maior passo já foi dado.

— Quando olho você, penso que me ensinou o que é ser forte, porque foi uma lutadora até o último instante. Desde o primeiro dia, quando a conheci, soube que era forte, mas você ainda não tinha descoberto isso, e agora sabe. Na verdade, sempre soube.

— Por mais que os dias passem, Drew, quero que nós dois continuemos sendo fortes.

— Seremos. — Ele me beija na testa. — Te amo.

Olho para ele nos olhos e sei que o amo cada dia mais. Sei que lutaria para vê-lo ainda que fosse só por um dia mais. Só por saber que consigo fazer o que eu quiser, por mim e pelas pessoas que amo e que confiam em mim.

Muitas pessoas saíram de minha vida, mas há aqueles que sempre me acompanharam e há quem sempre me acompanhará.

Entre Drew e eu há uma grande conexão, uma poderosa magia que nunca poderá se romper, nem ser expressada em palavras. Juntos somos mais fortes, agora e sempre.

Final

Já passou um ano desde que um acidente cruzou o meu caminho. Terminaram os 365 dias que me fizeram mudar.

Durante minha viagem pessoal, viagem de mudanças, perdi um ente muito querido, meu pai, mas sei que deve estar muito feliz de ver tudo o que consegui. Minha mãe está feliz fazendo seu sonho virar realidade e eu não posso fazer nada mais do que me alegrar de que cada um tenha encontrado sua própria felicidade. Eu já encontrei a minha ao lado de Drew, amigo inseparável que se transformou na pessoa mais importante de minha vida.

Há muitos caminhos difíceis, mas ninguém disse que a vida seria fácil.

Nós temos que enfrentar muitos desafios dia após dia, muitos obstáculos que nos colocam à prova de mil formas. Um dia você acorda e vê que a vida passou, mas que apesar de tudo você viveu. Acordar em um hospital e saber que minha vida nunca mais seria igual... Agora vivo de modo diferente. Valorizo outras emoções e sei que às vezes as mudanças que você menos espera são as melhores.

Descobri muitas coisas; agora sei que o passado pode regressar para o presente e então é sua a decisão se afastar ou voltar atrás. Agora também sei que as pessoas que mais dizem que amam você são as que mais podem lhe fazer sofrer.

Todo dia, ao despertar, eu ia ficando um pouco mais forte. Aprendi muitas coisas, mas diante de tudo aprendi a viver. Chorei muito, mas também sorri até não poder mais. A dor sempre existe, mas nós decidimos se vamos sofrer.

Cada minuto em que pude ser feliz compensou todos aqueles em que tive vontade de deixar de lutar e abandonar tudo.

Realizei meus sonhos e nada nem ninguém me impediu. Porque sempre somos nós os únicos que nos impomos barreiras.

Atrás de todas as minhas lágrimas se esconde muita experiência e muita superação.

Por trás de todas as minhas lágrimas se escondem as maiores emoções de minha vida.

O acidente, conhecer tanta gente, me apaixonar... Foram emoções demais que fizeram meu coração bater, que me impulsionaram a seguir em frente apesar das circunstâncias.

Se não fosse pelo acidente, eu não teria mudado. Mas não precisamos de um acidente grave para mudar a forma de viver. Talvez eu sim precisasse, porque se não tivesse vivido aquilo não teria conseguido tudo o que tenho agora.

No final, foi a vida se encarregou de me dar umas valiosas lições, que levarei para sempre em algum lugar dentro de mim.

Se naquela noite de dez de junho aquele carro não tivesse batido contra minha vida, agora eu não estaria ao lado da pessoa que mais amo em meu mundo. Tampouco teria descoberto o imenso valor de poder voltar a andar.

Não se aprecia o que se tem até que se perde, até que seja tarde demais, mas isso não deveria ser assim. Deveríamos valorizar o que temos porque nunca sabemos se amanhã o perderemos e não poderemos fazer mais nada para seguir em frente.

E isso é exatamente o que fiz durante todo esse tempo: seguir em frente olhando para minhas metas e meus sonhos, para tudo o que desejava e que mais cedo ou mais tarde acabaria conseguindo.

O que não nos destrói nos fortalece, e esta foi uma das maiores lições que tive que aprender nos últimos doze meses.

Hoje sinto que voltei ao dia do acidente. Minha vida era tranquila até que um imprevisto fez com que tudo desmoronasse. Ainda posso sentir a batida do carro contra o meu, jamais esquecerei. Não queria acreditar, era demais para assimilar em tão poucos minutos. Atualmente, um ano mais tarde, descobri pelo que vale a pena lutar.

Diante de tudo, ainda que tenha perdido muitas coisas, se você conserva a vida, não há mais nada a fazer além de lutar.

Não existe o impossível, somos nós que criamos os limites e os rotulamos como intransponíveis. Eu achava que era impossível voltar a andar até que consegui. Acreditava que muitas coisas eram impossíveis até que aconteceram em minha vida e entendi que não eram.

Caí muitas vezes, me machuquei em cada tentativa, mas só devemos parar de tentar quando não nos restarem mais forças.

Há força para muito além de onde podemos enxergar, o mundo tem força, e todos os seus habitantes também, porque só os que lutam são os que seguem em frente.

Eu precisava de algo que desse uma girada na minha vida. Uma mudança que me fizesse abandonar os maus hábitos e as relações tóxicas, e quando esse algo chegou eu o enfrentei da melhor maneira que podia.

Chorei como nunca, mas entre todas as lágrimas também havia alegria, sonhos, e é dessas lágrimas que me lembrarei para sempre. Porque às vezes um sentimento não pode ser expressado com palavras.

Sei que o que vem a partir de agora não vai ser fácil, a vida nunca é e nem nunca será. Tudo custa esforço e, se queremos algo de verdade, não podemos fazer outra coisa a não ser lutar por isso. Enquanto existirem pessoas que gostem de mim e me ajudem a seguir em frente, enxergarei tudo com outros olhos.

Às vezes, você precisa estar prestes a perder a vida para valorizar o que tem. Eu estive à beira da morte, mas consegui me afastar de tudo o que me destruía. Cada dia que marquei no calendário reflete minha verdadeira evolução. O tempo passou, e a cada dia eu mudo um pouco minha mentalidade.

Passei por dias de todos os tipos, dias sombrios em que a luz tinha abandonado o meu mundo, mas sempre houve alguém que me deu a mão no meio da escuridão. Por outro lado, também vivi dias inesquecíveis, momentos nos quais podia me sentir tão perto da felicidade... Sentimentos não vividos até pouco tempo antes, porque não era feliz apesar de ter tudo. Precisei perder muitas coisas importantes para poder ser feliz.

Por isso ria, chore, se zangue e viva emoções novas, nunca deixe de contar os momentos que irão construindo sua vida.

Porque depois de tudo o que aconteceu, eu estou aqui. Preparada para mais batalhas nas quais poderei demonstrar que nada nos destrói completamente, tudo acaba nos tornando ainda mais fortes.

Agora chegou o dia em que posso dizer que sou feliz. Chegou o dia em que minha vida mudou.

Nunca imaginei que um dia mudaria o resto de minha vida...

Agradecimentos

Quero agradecer principalmente aos meus pais, Jordi e Remédios, porque em todos os momentos foram o apoio para minhas decisões, e também a minha família. Agradeço a toda a maravilhosa equipe de médicos do Hospital Sant Joan de Deus de Barcelona, porque graças a eles, apesar da minha lesão da espinha bífida, posso levar uma vida em boas condições, o que não teria sido possível sem as devidas atenções médicas. Agradeço à escola Cultura Pratica de Terrassa, pelo apoio recebido. Também a todos os seguidores da plataforma de livros gratuitos Wattpad, por terem lido meus textos, porque com seus conselhos e sugestões pude começar a realizar um dos meus sonhos. Um sonho que, claro, só foi possível graças à Nova Casa Editorial, ao editor, ao revisor… e à toda a equipe, que me brindaram com esta grande oportunidade de publicar este livro. Enfim, agradeço a todas as pessoas que leram o livro e que pude fazer sorrir. Obrigada por formarem parte desse pequeno pedaço de mim, do meu universo de letras.